Voskresenie

부활

톨스토이 지음 / 오재연 옮김

惠園出版社

"용서하세요."
그녀는 들릴락말락하게 작은 소리로 말했다.
두 사람의 눈이 마주쳤다.
네흘류도프는 그녀의 묘한 사시인 듯한 눈의 시선과 애처로운 미소로
그녀가 한 말은 '안녕히 가세요' 가 아니라
'용서해 주세요' 라는 사실을 깨달았다.

Hye Won World Best
Hye Won World Best

제1부

　수많은 사람들이 비좁은 장소에 아등바등 모여 살면서 아무리 자연을 망가뜨리려 해도, 아무것도 자랄 수 없도록 돌을 깔거나 풀을 닥치는 대로 뽑아 버리거나 석탄이나 석유로 공기를 오염시키거나 나무를 베어 버리고 짐승과 새를 모두 쫓아 버려도, 오는 봄을 막을 수는 없었다. 따뜻한 햇살 아래 가로수 밑이나 포장 도로의 틈이나 가리지 않고 풀이 돋아나고, 자작나무와 미루나무 또한 끈적끈적하고 향기로운 새 잎사귀를 내밀고, 보리수도 새 움을 터뜨렸다. 새들도 즐겁게 둥지를 틀기 시작했으며, 양지바른 벽 주위에서는 파리들이 윙윙거리고 있었다. 초목이나 새와 곤충, 그리고 아이들까지도 모두 봄을 반기고 있었다.

　그러나 어른들에게만은 이 봄날 아침의 아름다움이나 자연의 오묘한 섭리 따위는 아무런 의미도 없었다. 그들은 끊임없이 자신뿐만 아니라 서로가 서로를 속이고 괴롭히는 일을 멈추지 않으며, 오직 서로를 지배하기 위해 마련해 놓은 일에 몰두하고 있었다.

　한 형무소에서도 역시 중요한 것은 봄의 생기가 주는 감동과 기쁨 따위가 아니라 그 전날 받은 명령서였다. 그것은 오늘, 즉 4월 28일 오전 9시까지 구류중인 미결수 3명—— 여죄수 2명과 남죄수 1명—— 을 재판소로 출두시키라는 것이었다. 그 중 한 여죄수는 중죄인으로서 개별 호송하도록 되어 있었다.

　4월 28일 오전 8시, 이 명령서에 따르기 위해 당직 간수장은, 안색이 창백한 잿빛 곱슬머리의 여간수와 함께 음침하고 고약한 냄새가 진동하는 여죄수 감방으로 들어갔다. 간수장은 열쇠 꾸러미를 철거덕거리며 자물쇠를 풀고 감방 문을 열었다. 그러자 안에서 훨씬 더 지독한 악취가 확 쏟아져 나왔다.

　"마슬로바, 출정이다."

　간수장이 얼굴을 일그러뜨리며 소리쳤다. 봄의 기운도 배설물과 부패물로 속이 뒤집힐 것 같은 악취와 여죄수들의 떠드는 소리와 맨발을 구르는 소음으로 가득 찬 이 감방 안에는 미치지 못하고 있는 듯싶었다.

　"마슬로바, 서둘러. 듣고 있나!"

　간수장이 감방 문을 향해 버럭 소리를 질렀다. 2분 정도 지나자 흰옷 위에 잿빛 수의를 걸쳐 입은, 자그마하고 가슴이 풍만한 여죄수가 경쾌한 발걸음으로 문에서 나오더니 빠르게 몸을 돌려 간수장 옆으로 다가섰다. 그녀는 긴 양말과 죄수용 장화를 신고 있었으며, 머리에는 흰 수건을 쓰고 있었는데 일부러 멋을 부린 듯 검은 곱슬머리 몇 올을 흘러내리게 하고 있었다. 그녀는 오랫동안 갇혔던 사람 특유의 윤기 없는 창백한 피부를 가지고 있었으나 약간 사시처럼 느껴지는 부은 듯한 눈 속에서는 새카만 눈동자가 빛을 내뿜고 있었다.

　복도로 나온 그녀는 자기에게 내려지는 명령이라면 무엇이라도 복종할 준비가 되어 있다는 듯이 간수장의 눈을 똑바로 쳐다보았다. 간수장이 문을 잠그려고 할 때 안에서 하얗게 센 머리카락이 온통 헝클어진 주름살투성이의 노파가 얼굴을 불쑥 내밀었다. 노파는 마슬로바에게 무엇인가 말을 하기 시작했다. 그러나 간수장은 막무가내로 노파의 머리를 밀치고 문을 잠가 버렸다. 그러자 그 노파는 쇠창살 창문에 매달려 쉰 목소리로 말했다.

　"네게 불리한 증언은 하지 말고, 주장을 굽히지 마. 그리고 입을 꼭 다무는 거야. 명심하라고."

　마슬로바는 조그마한 쇠창살 창문 안에 있는 그녀를 바라보며 빙그레 웃었다.

"자, 빨리 따라와!"

마슬로바는 재촉을 하는 간수장의 뒤를 종종걸음으로 따라갔다. 돌계단을 내려와서 여자 감방보다 훨씬 지독한 악취를 풍기는 소란스러운 남자 감방을 지나 사무실에 도착하자, 그곳에는 총을 든 두 사람의 호위병이 벌써 대기하고 있었다. 사무실에 앉아 있던 서기는 담배 연기가 배어 있는 서류를 한 병사에게 건네 주면서 짧게 말했다.

"인수해 가시오!"

호위병들은 여죄수를 사이에 끼고 계단을 내려와 현관으로 걸어갔다. 현관 쪽 문이 열렸다. 그들은 형무소를 빠져 나가 시내의 포장 도로로 들어섰다. 거리에 있는 모든 사람들이 걸음을 멈추고 호기심에 찬 눈초리로 여죄수를 바라보았다. 구경꾼들 중 몇몇은 '행실이 나쁘니 저런 꼴이 됐지.' 하며 머리를 저었다. 어린아이들은 두려움에 가득 찬 눈으로 여죄수를 바라보았지만 옆에 병사들이 있다는 사실에 어느 정도 안심하는 눈치였다. 차를 마시던 한 시골 농부는 그녀에게 다가가서 성호를 긋고 1코페이카짜리 동전 한 닢을 쥐여 주었다. 여죄수는 얼굴을 붉히더니 머리를 숙인 채 뭐라고 중얼거렸다.

많은 사람들의 시선을 느끼며 여죄수는 자기를 쳐다보는 사람들을 곁눈질로 훔쳐보았다. 그녀는 여러 사람들의 눈길을 끌고 있는 것이 싫지 않은 듯했다. 오랜만에 맛보는 봄날의 신선한 공기가 그녀의 마음을 밝게 해 주었던 것이다. 하지만 한동안 걸어 보지 못한 허약한 다리로 죄수용 장화를 신은 채 자갈로 포장된 도로를 걷는 일은 여간 고통스러운 것이 아니었다. 그래서 그녀는 발끝을 내려다보며 될 수 있는 대로 가볍게 디디려고 애썼다. 곡물 가게 옆에서는 비둘기들이 아장아장 걷거나 곡식을 쪼아 먹고 있었는데, 그녀는 하마터면 그 중 한 마리를 발로 건드릴 뻔했다. 그러자 그 비둘기는 푸드득거리며 날개를 치더니 그녀의 귓가를 스치고 날아갔다. 여죄수는 미소를 지었지만 자신의 처지를 생각하며 곧 깊은 한숨을 몰아 쉬었다.

여죄수 마슬로바의 성장과정은 평범했다. 마슬로바는 늙은 두 자매가 지주(地主)인 집에서, 가축을 돌보며 종살이를 하는 비천한 여인의 사생아였다. 그 여인은 결혼을 하지 않았음에도 불구하고 거의 해마다 애를 낳았다. 그러나 시골에서는 흔히 그러하듯이 아이를 돌보지 못해 굶겨 죽이곤 했다. 다섯 명의 어린애가 이런 식으로 죽어 갔다.

여섯 번째 아이는 떠돌이 집시와의 사이에서 태어난 여자 아이였다. 그 아이는 마침 두 늙은 자매 지주 중 한 여자가 외양간을 찾아오는 바람에 굶어 죽지 않을 수 있었다. 여지주는 크림에서 소 비린내가 난다고 가축 돌보는 여자를 꾸짖기 위해 방문했던 것이다. 그런데 외양간에는 귀엽고 건강한 갓난아기와 함께 산모가 누워 있었다. 여지주는 크림에 관해, 그리고 산모를 외양간에 뉘어 놓은 것에 관해 한바탕 꾸짖고 돌아나가다가 무심코 갓난아이를 보았다. 그리고 마음이 움직여 그 아이의 대모가 되어 이름을 지어 주겠다고 나섰다. 그녀는 아기에게 영세를 받게 하고 산모에게 우유며 돈 따위를 주기도 했다. 그래서 그 아기는 살아날 수 있었고, 두 여지주는 그 아이를 '구원받은 아기'라고 부르기로 했다.

아이가 세 살이 되던 해, 그애의 어머니는 병들어 죽고 말았다. 그러자 아예 두 여지주는 아이를 자기들에게로 데려와 버렸고, 까만 눈망울을 가진 이 아이가 생기 발랄하고 귀엽게 성장해 가는 것을 보며 마음의 위안을 찾을 수 있었다.

늙은 여지주 중 마음씨가 착한 편인 동생 소피아 이바노브나는 그 아이에게 영세를 받게 해 주고, 좋은 옷을 입히고 책 읽는 법을 가르치며 어엿한 숙녀로 키우고 싶어했다. 하지만 언니인 마리아 이바노브나는 다소 엄격한 여자였다. 그녀는 그 아이를 일 잘하는 훌륭한 하녀로 만들고 싶어했다. 그래서 그녀는 그 아이에게 까다롭게 대하며 벌을 주었고, 마음에 들지 않을 때는 매질까지 하곤 했다. 아이는 이처럼 성격이 서로 다른 자매 밑에서 반은 숙녀로 또 반은 하녀로 성장했다. 이름 또한 천한 카티카나 귀여운 카젠카가 아닌 그 중간을 딴 카추샤로 불리었다. 그녀는 바느질도

하고 방 청소도 하고 커피를 끓여 내기도 하였지만, 여주인들과 함께 앉아서 책을 읽기도 했다.

그녀에게는 여러 곳에서 혼담이 들어왔지만, 아무에게도 시집을 가려하지 않았다. 지주 댁의 편안한 생활에 젖은 그녀로서는 가난한 사람들과 고생스럽게 살고 싶은 생각이 없었던 것이다.

그런데 마슬로바가 만 16세가 되었을 때, 잠시 놀러 온 여지주들의 조카뻘이 되는, 부유한 대학생 공작을 사모하게 되었다. 그로부터 2년 뒤에 싸움터로 나가는 길에 다시 그곳에 들른 그는 나흘 동안 묵으면서 떠나기 전날 밤 마슬로바를 유혹하고 말았다. 그리고 이튿날 아침 그녀의 손에 100루블짜리 지폐 한 장을 쥐여 주고는 떠났다. 그가 떠난 지 다섯 달 뒤 그녀는 자기가 임신한 것을 알았다.

그때부터 그녀의 모든 것이 변해 버렸다. 그녀는 매사에 의욕을 잃고 어떻게 하면 그 치욕스러운 상황에서 벗어날 수 있을까만을 골똘히 생각했다. 그러면서 차츰 여지주들의 시중에도 소홀해졌고 가끔씩 자신도 모르게 화가 치밀어 여지주들에게 갑자기 성질을 부리기도 했다. 그러다 정신을 차리면 후회하며 자신을 내보내 달라고 그들에게 간청했다.

여지주들은 결국 어쩔 수 없이 마슬로바를 내보내고 말았다. 그 뒤 마슬로바는 지방 경찰서장의 집에 하녀로 들어갔다. 그런데 쉰을 넘긴 서장이 치근덕거리는 것을 참지 못하고 발칵하여 석 달 만에 쫓겨나고 말았다. 이미 아이를 낳을 때가 가까워서였다. 마슬로바는 술 도매를 하는 과부인 산파 집에 머물며 지내다 남자 아이를 낳았다. 해산은 비교적 수월했다. 그런데 그 산파가 마슬로바에게 산욕열을 옮겨 주어 갓난아이는 양육원에 보낼 수밖에 없었고, 아기는 그곳에 도착하자마자 곧 죽었다고 했다.

돈을 아낄 줄 모르는 마슬로바는 그 동안 공작이 주었던 돈과 자신이 번 돈을 모두 써 버리고 빈털터리가 되어 몸을 추스르자마자 당장 일자리를 구하지 않으면 안 되었다.

마슬로바는 다시 산림관 집 하녀로 들어갔다. 그런데 산림관은 서장과 마찬가지로 첫날부터 마슬로바에게 치근거리기 시작했다. 교활하기 이를 데 없는 산림관의 손에 넘어간 마슬로바는 그로 인해 그의 부인과 심하게 다투고는 월급도 못 받고 쫓겨나고 말았다. 오갈 데 없는 마슬로바는 조그마한 세탁소를 하고 있는 이모네 집에 몸을 의탁했다. 이모는 마슬로바에게 자기 집의 세탁부가 되라고 권했지만 세탁부들의 고달픈 생활을 잘 알고 있는 그녀는 고용인 소개소를 돌아다니며 하녀 일자리를 찾았다. 그러나 새로 얻은 일자리 역시 주인집 아들에게 시달리다가 쫓겨나고 말았다.

그러던 차에 그녀는 직업 소개소에서 우연히 풍채 좋고 화려하게 치장을 한 어떤 부인을 만나게 되었다. 그녀는 희끗희끗한 머리를 길게 기르고 흰 턱수염이 있는 키 큰 사나이에게 시골서 갓 데려온 싱싱한 상품이라며 마슬로바를 소개해 주었다. 마슬로바는 그의 마음에 들었다. 부자인 듯한 그 노인은 가끔 만나자며 그녀에게 꽤 많은 돈을 주었다. 그러나 마슬로바는 그 돈으로 이모에게 진 빚을 갚고, 새 옷과 모자와 리본을 사는 데 다 써버렸다. 며칠 뒤 다시 그녀를 찾은 그 노인은 다시 돈을 주면서 따로 방을 얻어 이사하라고 권했다.

노인이 얻어 준 집에서 살면서 마슬로바는 같은 건물 안에 사는 한 점원과 서로 좋아하게 되었다. 그녀는 노인과 헤어지고 점원과 결혼 약속까지 했지만, 어느 날 그는 말없이 종적을 감추고 말았다. 마슬로바는 다시 외톨이가 되었다. 그녀는 그 방에서 혼자 살아 보려고 했지만 그럴 수가 없었다. 경찰관이 와서 매음 감찰을 받고 검진을 받지 않으면 거기서 살 수가 없다고 했던 것이다. 마슬로바는 다시 이모네 집으로 들어갔다. 하지만 여전히 세탁부가 될 생각은 없었다. 오히려 고되게 일하고 있는 세탁부들을 보며 자신이 세탁부가 되지 않은 것이 천만다행이라고 생각하곤 했다.

형편이 어려워진 마슬로바는 마침 매춘을 알선하는 한 노파를 만나게 되었다. 오래 전부터 담배를 피우고 술로 괴로움을 달래는 맛을 익힌 마슬로바에게 그 노파는 술을 사 주면서 시내에 있는 한 유곽에 들어가라고 끈질기게 유혹을 했다. 천한 하녀 생활을 하면서 굴욕스럽게 여러 남자들을 겪느니 차라리 합법적이고 안정된 환경에서 실속을 차리는 것이 낫지 않느냐고 꼬드겼다. 마슬로바는 마침내 결심을 했다. 그녀는 그 길을 걸음으로써 자기를 유혹한 남자와 그 점원, 그리고 자기한테 나쁜 짓을 한 모든 사람들에게 복수하겠다고 마음먹었다. 물론 그렇게 결심을 하게 된 데에는 값비싸고 화려한 옷을 마음대로 입을 수 있다는 노파의 말도 한몫했다. 까만 벨벳 장식이 달린 비단옷을 몸에 걸친 자신의 모습을 상상하면서 마슬로바는 그만 더 이상 망설이지 않고 신분 증명서를 내주고 말았다. 그날 밤 그녀는 그 노파를 따라 키타예바라는 여자가 경영하는 유명한 유곽으로 갔다.

그때부터 신과 인간의 계율에 벗어난 마슬로바의 만성적인 범죄 생활이 시작되었다. 필요악이라는 미명하에 정부는 그런 생활을 하는 몇십만 명의 여자들이 나쁜 병에 걸리거나 빨리 늙어 버리거나 비참하게 죽어 가는 것을 합법적으로 용인하고 있었다. 그녀들의 생활은 항상 비슷했다. 한밤중까지 남자들과 난잡한 연회를 하고, 한낮이 지나도록 수렁에 빠진 듯한 깊은 잠을 자다가 더러운 잠자리에서 부스스 일어나 아직 술도 깨지 않은 상태에서 다시 치장을 하고, 정력이 넘치도록 기름진 음식을 먹고, 다시 몸이 훤히 비치는 화려한 옷을 입고 손님을 받는 것이다. 고함 소리와 신음 소리, 싸움과 춤, 담배와 술, 저녁부터 새벽까지 끊이지 않고 울리는 음악. 아침이 되어서야 가까스로 해방이 되고 나면 또다시 무겁고 답답한 수렁 같은 잠. 이러한 세월이 날마다 되풀이된다. 욕지거리와 싸움이 다반사인 거친 삶이었다.

주말에는 국가 기관인 경찰서에 가서 검진을 하는 사람이나 검진을 받는 사람이나 인간 본연의 수치심도 잊은 채 일 주일 동안 공모자들과 저질러 온 범죄를 다시 계속해도 좋다는 면허증을 받는다. 그리고 다시 똑같은 일 주일이 지난다. 이것이 쉴새없이 되풀이된다.

그렇게 마슬로바는 7년을 살았다. 그 동안 그녀는 두 번 포주를 바꾸고 한 번 병원에 입원했다. 유곽에 나간 지 7년, 그리고 타락의 길로 들어선 지 8년째인 마슬로바가 26세가 되었을 때 그녀를 형무소로 가게 한 사건이 일어났다. 그리하여 살인범과 도둑들과 다섯 달이나 한 방에 갇혀 있다가 이제 법정에 끌려 나오게 된 것이다.

마슬로바가 지칠 대로 지친 몸으로 호위병과 함께 지방 재판소 건물에 다가가고 있을 무렵, 그녀를 길러 준 여지주의 조카이며 그녀를 유혹했던 드미트리 이바노비치 네흘류도프 공작은 푹신한 침대 속에서 가슴의 주름이 단정히 다려진 깨끗한 네덜란드제 파자마를 입은 채 담배를 피우고 있었다. 그는 시선을 앞으로 향하고 지금부터 할 일과 어제 있었던 일을 생각하고 있었다.

그는 부호이자 명문인 코르차킨 공작 댁에서 지낸 간밤의 일을 생각하고 한숨을 내쉬었다. 사람들은 모두 그가 그 공작의 영양과 결혼할 거라고 생각하고 있었다. 그는 은제 담배 케이스에서 새로 담배를 꺼내려다 말고, 침대에서 내려와 살찐 어깨에 비단 가운을 걸치고 육중하지만 빠른 걸음으로 고급스러운 인공의 향기가 품어져 나오는 침실에 붙은 화장실로 들어갔다.

거기서 그는 특제 칫솔로 부드럽게 이를 닦고 향료가 든 양칫물로 입가심을 한 뒤 향기가 나는 비누로 샤워를 마치고 커다란 타월로 몸을 잘 닦았다. 그리고 깨끗하게 잘 손질되어 있는 속옷을 갈아입고 거울처럼 반들반들하게 닦아 놓은 멋진 구두를 신고서 화장대 앞에 앉아 곱게 머리를 빗어 넘겼다. 그 다음 수많은 고급 넥타이 가운데 아무거나 하나를 집어들고 의자 위에 잘 손질되어 놓여 있는 옷을 차려입은 뒤 식당으로 향했다.

흰 테이블보가 덮여 있는 커다란 식탁 위에는 은으로 만든 커피 주전자와 설탕 접시, 금방 구워낸 빵, 편지, 그리고 신문과 잡지가 잘 정돈되어 놓여 있었다. 네흘류도프가 편지를 집어들려고 할 때 뚱뚱한 중년 부인이 조용히 식당 안으로 들어왔다. 아그라페나 페트로브나였다. 아주 어렸을 때부터 이 집의 하녀로 일해 온 그녀는 네흘류도프의 어머니를 따라 10여 년 동안 외국 생활도 한 적이 있어 귀부인 같은 풍채와 태도를 갖추고 있었다. 그녀는 최근 네흘류도프의 어머니가 별세하자 가정부 역할을 하고 있었다.

"안녕히 주무셨어요? 드미트리님."

"잘 잤소? 아그라페나 페트로브나. 뭐 별일은 없소?"

네흘류도프는 습관적으로 그녀에게 아침 인사를 했다.

"코르차킨 공작 댁에서 편지가 왔어요. 조금 전에 그댁의 심부름꾼이 가지고 왔지요."

아그라페나 페트로브나는 의미 있는 미소를 띠면서 편지를 네흘류도프에게 건네 주고 조용히 밖으로 나갔다. 네흘류도프는 그 미소가 연애 편지라고 짐작하는 것에서 나온 것임을 알고 기분이 상했다.

네흘류도프는 향기로운 냄새가 풍기는 그 편지를 뜯어서 천천히 읽기 시작했다. 편지는 끝이 고르지 않은 두꺼운 잿빛 종이에 뾰족한 글씨로 가볍게 씌어 있었다.

공작님이 혹시 잊으셨나 하고 드리는 말씀인데, 오늘 4월 28일에 당신은 배심원으로서 재판장에 가셔야 합니다. 그렇기 때문에 저희들과 함께 전람회에 가시기로 한 약속을 지키지 못하실 것 같군요. 물론 정해진 시간까지 재판장에 가시지 않고 300루블의 벌금을 물으시겠다면 사정이 다르지만요. 저도 공작님이 어제 댁으로 돌아가신 후에야 뒤늦게 생각이 났습니다. 부디 잊지 마십시오

공작의 영양 미씨 코르차킨

그리고 편지 뒷면에는 프랑스 어로 아무리 늦더라도 오늘 밤에 잠깐 들렀다 가라는 그녀의 어머니 말을 전하고 있었다.

네흘류도프는 편지를 다 읽고 나서 약간 눈살을 찌푸렸다. 이 편지 역시 코르차킨 공작의 딸이 두 달 전부터 네흘류도프를 눈에 보이지 않게 차츰 자기 쪽으로 끌어당기려 하고 있는 그 교묘한 수법의 하나라고 생각했기 때문이었다. 그러나 네흘류도프에게는 보통 사람들이 결혼을 망설이는 것과는 별도로 곧 결혼을 할 수 없는 이유가 있었다. 그것은 그가 10년 전에 마슬로바를 유혹하고 버렸기 때문은 아니었다. 네흘류도프는 그런

일 따위는 벌써 까맣게 잊고 있었고, 또 그런 문제는 그의 결혼에 아무런 방해도 되지 않았다. 네흘류도프가 결혼을 망설이고 있는 이유는 어떤 유부녀와의 관계 때문이었다. 그의 입장에서는 이미 그녀에 대해서도 싫증이 나 있었지만 여자 쪽에서 놔주지 않는 바람에 네흘류도프는 관계를 청산하지 못하고 있었다. 소심한 네흘류도프에게는 이것이 차마 공작 딸에게 청혼할 수 없다는 자격지심으로 남아 있었기 때문이다.

공교롭게도 식탁 위에는 그 유부녀의 남편에게서 온 편지가 놓여 있었다. 그것을 보는 순간 네흘류도프는 그에 대한 죄책감과 긴장감으로 움찔했지만, 편지에는 단지 어떤 회의에 참석해 달라는 내용이 적혀 있었다. 그녀와의 관계를 정리해야겠다고 생각한 네흘류도프는 최근 그 유부녀에게 작별의 편지를 보냈었다. 그리고 아직 아무런 답장도 받지 못했지만, 그녀에게 새로운 남자가 생겼다는 소문을 듣고 내심 홀가분해하고 있었다.

그리고 또 한 통의 편지가 있었는데 그것은 네흘류도프 가의 영지 관리인이 보낸 것이었다. 관리인은 상속권 확인과 앞으로의 영지 경영에 대해 의논하기 위해 네흘류도프와 만나고 싶으며, 농민들에게서 수금이 안 돼 다달이 보내는 3000루블의 송금이 좀 늦어질 것 같으니 양해를 구한다고 적고 있었다. 이 편지를 읽은 네흘류도프는 자기 영지에 대한 자신의 지배력을 실감하며 흐뭇해졌으나 토지 사유의 불법성에 대한 자신의 신념에 반하는 위치에 있는 자신의 입장이 불편하게 느껴지기도 했다.

커피를 다 마시고 네흘류도프는 서재로 갔다. 배심원으로 재판장에 나가야 하는 시간이 적혀 있는 통지서도 보고 공작 영양에게 회답도 쓰기 위해서였다. 커다란 책상 서랍 속에서 찾아낸 통지서에는 11시까지 재판장으로 출두하라고 딱딱하게 씌어 있었다. 네흘류도프는 그것을 확인하고 난 뒤 공작 영양에게 편지를 썼으나 제대로 써지지 않아 몇 번이고 찢어 버리다가는 포기하고 말았다. 네흘류도프는 벽에 있는 초인종으로 하인을 불러서 마차를 준비시키라고 일렀다. 그리고 덧붙여서 말했다.

"저기, 코르차킨 공작 댁에서 심부름 온 사람이 기다리고 있으면, 고맙다고 말하고 되도록 찾아 뵙겠다고 전해 줘."

네흘류도프가 외출복으로 갈아입고 밖으로 나가자 그곳에는 벌써 마차가 준비되어 있었다. 그는 마차를 타고 가면서 공작 영양과의 결혼에 대해 생각해 보았다.

그는 만일 결혼을 해서 가정이 생기면 불륜이 아닌 떳떳한 남녀 관계를 맺을 수 있고, 아이들에게서도 어떤 의미를 찾을 수 있을 것 같았다. 그러나 자유로운 독신 생활을 청산해야 한다는 것과 여자라는 존재에 대한 어떤 막연한 공포감 같은 것 때문에 결혼을 하는 게 그다지 좋을 것 같지도 않았다.

네흘류도프는 코르차킨 영양이 좋은 집안의 품위 있는 여성이라는 점과 그를 다른 누구보다 높이 평가하고 이해할 만큼의 지성과 판단력을 가지고 있다는 점에서 그녀와 결혼하는 것도 좋으리라 생각하고 있었다. 그렇지만 만약 그녀와 결혼을 한 후에 더 좋은 여자를 만나게 될지도 모른다는 것과 이미 스물일곱 살이나 된 그녀에게 연애 경험이 있을지도 모른다는 사실이 그를 망설이게 했다.

"아무튼, 이 문제는 나중에 잘 생각해 보기로 하자."

네흘류도프는 마차가 어느 새 소리도 없이 재판장에 도착하자 이렇게 중얼거렸다. 그리고 언제나 그랬듯이 사회적인 의무를 다하자고 생각하며 그는 문지기 옆을 지나 재판장의 현관으로 들어갔다.

재판소는 바쁘게 움직이는 사람들로 어수선했다. 네흘류도프가 몇몇 사람들에게 물어서 재판소의 배심원 대기실을 찾아 들어갔을 때에는 벌써 10명쯤의 배심원들이 모여 있었다. 상인이나 예비역 장교, 귀족 등으로 구성된 그들은 서로 첫인사를 나누며 어색하게 이리저리 옮겨 다니거나 방 안을 서성대고 있었다. 네흘류도프를 보자 그들은 모두 높은 신분의 사람과 알게 된 것이 영광이라는 듯이 앞을 다투어 그에게 인사를 청했다. 네흘류도프는 자신이 그런 대접을 받는 걸 당연하게 생각하고 있었다. 그래서 배심원들 중에서 유일하게 안면이 있는 중학교 교사 표트르 게라시모비치의 거침없는 태도가 언짢게 느껴졌다.

"아이고, 당신도 피하지 못하고 끌려 나오셨군요."

표트르 게라시모비치가 말했다.

"피할 생각은 하지도 않았소."

네흘류도프가 무뚝뚝하고 침울한 목소리로 대꾸했다.

"허어, 공민적인 미덕을 지니셨군요. 하지만 이제 두고 보십시오. 못 해먹겠다는 소리가 곧 나올 겁니다."

더욱 큰 소리로 웃어대며 말하는 표트르 게라시모비치의 말에 네흘류도프는 쓸쓸한 표정을 지으며 곧 그의 곁을 떠났다.

그곳에 모인 사람들은 이런저런 이야기꽃을 피우고 있었다. 아직 판사 한 사람이 도착하지 않아 개정이 늦어지고 있었기 때문이었다.

그곳에 모인 사람들과의 대화도 싫증이 났을 무렵, 몸이 마르고 목이 긴 정리가 배심원들의 방으로 들어왔다.

"자, 모두 모이셨습니까?"

정리가 코안경 너머로 배심원들을 둘러보며 말하였다. 그리고 이름을 불러 한명 한명 확인을 한 다음 정중하게 문 쪽을 가리키며 안내했고, 배심원들은 정리가 가리킨 문 쪽으로 줄을 지어 나가 법정으로 들어갔다. 길쭉하고 커다란 법정은 한쪽 끝이 높은 단으로 되어 있었는데 그 단상 가운데에는 파란 천이 덮인 책상이 놓여 있고 그 뒤에는 등이 높은 팔걸이 의자 3개가 나란히 놓여 있었다. 또 그 뒤의 벽에는 위엄 있는 황제의 전신상이 담긴 황금색 액자가 걸려 있었고, 오른쪽 구석에는 가시관을 쓴 그리스도 상(像)이 엄숙하게 걸려 있었다.

방청석 가까운 곳에는 목책이 있고 거기에는 피고석 벤치가 있었으며, 단상 오른쪽에는 배심원용 의자가 두 줄로 나란히 자리잡고 있었고 그 밑에 변호사들의 책상이 역시 나란히 있었다. 방청석에는 직공이나 하녀인 듯한 여자 네 사람과 노동자인 듯한 남자 두 사람이 불안하게 앉아 있었는데 법정의 위엄에 압도된 듯 방청객들은 낮은 목소리로 소곤대고 있었다.

배심원들이 법정에 들어가자마자 정리가 가운데로 나가더니 사람들이 깜짝 놀랄 만큼 큰 소리로 목청을 돋우어 소리쳤다.

"개정!"

법정의 단상에는 수염을 멋지게 기른 재판장과 두 사람의 판사가 나타났다. 그들은 모두 금빛 장식이 달린 법복을 입고 있었고 엄숙한 표정이었다. 곧이어 가방을 옆구리에 낀 검사가 들어와 정해진 자리에 가서 앉았다.

서류를 쭉 훑어보고 난 재판장은 정리와 서기에게 몇 가지 질문을 하고는 곧 피고인을 데려오라고 지시했다. 명령이 떨어지자마자 창살 뒤에 있는 문이 활짝 열리더니 모자를 쓰고 칼을 찬 헌병 두 사람이 나타났다. 그 뒤로 붉은 머리에 주근깨투성이인 남자 피고와 함께 두 사람의 여자 피고가 나란히 들어왔다. 창백한 얼굴에 빨간 눈을 가진 중년 여자와 마슬로바였다.

마슬로바가 들어오는 순간 법정에 모여 있던 남자들의 시선이 온통 그녀 쪽으로 쏠렸다. 마슬로바의 창백한 하얀 얼굴과 빛나는 검은 눈, 풍만한 가슴이 그들의 넋을 빼놓았던 것이다.

피고가 자리에 앉기를 기다리고 있던 재판장은 마지막으로 마슬로바가 자리에 앉자 서기를 향해 신호를 보냈다.

곧 재판이 시작되었다. 먼저 배심원의 인원 점검과 선서가 있었다. 배심원들의 선서가 끝나자 재판장은 피고 쪽으로 시선을 돌렸다.

"시몬 카르친킨, 일어서."

카르친킨이라 불린 남자는 당황했는지 벌떡 일어섰다. 그는 이름이나 주소 따위의 기본적인 사항을 묻는 재판장의 말에 들뜬 목소리로 빠르게 대답해 나갔다.

"직업은?"

"마브리타니아 호텔에서 청소부로 일하고 있었습니다."

"이 전에도 재판을 받은 일이 있었는가?"

"아닙니다. 그런 일은 전혀 없었습니다."

"재판장의 사본을 받았겠지?"

“네, 받았습니다.”

“앉아도 좋아. 다음은 예브피미아 이바노브나 보치코바.”

재판장은 여자 피고 쪽을 돌아보았다.

그러나 서른네 살의 농부인 카르친킨은 보치코바의 앞을 가로막은 채, 아직도 멍하니 서 있었다.

“이봐요, 카르친킨, 앉으시오!”

정리가 황급히 카르친킨에게 다가가서 빨리 앉으라고 말한 후에야 아무 말도 못 들은 척 서 있었던 카르친킨은 비로소 앉았다.

재판장은 두 번째 피고는 쳐다보지도 않은 채 서류를 살피면서 지겹다는 듯이 이름을 물었다. 재판장은 하나의 습관처럼 되어 있는 이러한 절차를 빨리 끝내 버리려고 하는 듯했다.

마흔세 살의 보치코바 역시 마브리타니아 호텔의 객실 하녀로 일하는 여자였다. 그녀는 재판장의 질문에 꼬박꼬박 단서를 달아가며 힘차게 대답을 하고는 심문이 끝나자 앉으라는 말도 하기 전에 얼른 앉아 버렸다.

재판장은 호색한답게 세 번째 여자 피고에게는 특별히 상냥하게 질문을 건넸다.

“이름은?”

그렇게 물은 재판장은 아직도 앉아 있는 마슬로바에게 부드럽게 웃으면서 어서 일어나라고 주의를 주었다. 마슬로바는 재빠르게 일어서더니 높게 솟은 가슴을 내밀며 뭐든 대답할 각오가 되어 있다는 듯이 미소를 지으며 약간 사시인 듯한 반짝이는 검은 눈으로 재판장을 똑바로 쳐다보았다.

“이름이 뭐지?”

재판장이 다시 물었다.

“루보비예요.”

그녀가 재빨리 말했다.

코안경을 걸고 심문받고 있는 피고들의 얼굴을 바라보고 있던 네흘류도프는 세 번째 피고가 일어서는 순간 깜짝 놀라 움찔했다. 그리고 피고의 얼굴에서 눈을 떼지 않은 채 생각에 잠겼다.

'설마 그럴 리가……. 그런데 어째서 루보비라고 할까?'

"루보비라니? 여기에는 분명히 다른 이름이 적혀 있는데."

재판장의 말에 피고는 잠자코 있었다.

"여기서는 본명을 말해야 돼. 세례명이 뭐야?"

답답하다는 듯이 판사가 불쑥 재판에 끼여 들었다.

"전에는 카체리나라고 불렀습니다."

네흘류도프는 그럴 리가 없다고 생각하고 있었다. 그러나 그 피고는 고모 집에서 양녀 대접을 받으며 일하던 하녀 마슬로바가 틀림없었다. 자신이 한때 사랑했었으나 미칠 듯한 욕정에 사로잡혀 범하고는 버렸던 여자. 네흘류도프는 그 뒤로는 지금 눈앞에 서 있는 여자에 대해 한 번도 생각해 본 적이 없었다. 스스로 인격자라고 자부하는 네흘류도프는 자신의 비열하기 이를 데 없는 행동을 머릿속에서 지워 버리고 싶었던 것이다.

네흘류도프의 눈앞에 있는 여자는 그녀가 확실했다. 그는 그제야 비로소 그녀만이 가지고 있는 신비스럽다고 할 만한 특별한 모습을 분명하게 알아보았다. 지나치게 하얗고 살이 조금 찌긴 했으나 약간 사시인 듯한 눈과 귀여운 입술에 머금은 천진스런 미소, 그리고 몸 전체에서 우러나는 자연스러운 분위기에는 옛날의 아름다움이 그대로 남아 있었다.

"처음부터 그렇게 말했어야지. 그러면 아버지 성은?"

재판장은 상냥하고 부드러운 시선을 그녀의 팽팽한 가슴에 고정시킨 채 말했다.

"저는 사생아입니다."

네흘류도프는 줄곧 그녀가 도대체 무슨 죄를 지은 것일까 하고 곰곰이 생각해 보았다.

"성은?"

심문은 계속되었다.

"어머니의 성을 따서 마슬로바라고 합니다."

"직업은? 무슨 일을 하고 있었지?"

마슬로바는 잠자코 있었다.

"하던 일이 뭐였어?"

재판장이 재촉하듯 되풀이했다.

"가게에 있었습니다."

"무엇을 하는 가게인가?"

판사가 준엄하게 재차 물었다.

"어떤 가게인지 다 아시면서요."

마슬로바는 부끄러운 듯 어색한 웃음을 지으며 말하고 나서 곧 아무렇지도 않다는 듯이 재판장을 똑바로 쳐다보았다. 이러한 그녀의 말투나 태도는 그곳에 있는 사람들에게 알 수 없는 비애감을 불러일으키는 것이어서 법정은 순간적으로 아주 고요해졌다.

"앉아도 좋아."

재판장의 말이 끝나자 마슬로바는 화려하게 차려 입은 부인들이 치맛자락을 매만질 때와 같은 우아한 동작으로 치마 뒷자락을 살짝 집어들고 앉아서 재판장을 공손하게 바라보았다.

이어서 증인들의 호출과 퇴장, 감식 의사에 대한 결정과 소환이 있었다. 그것이 끝나자 서기가 일어나 기소장을 큰 소리로 읽기 시작했다. 마슬로바는 귀를 기울여 서기가 낭독하는 것을 듣고 있었는데 이따금 몸을 부르르 떨며 항의를 하려는 듯이 얼굴을 붉혔다가는 또 땅이 꺼질 듯이 한숨을 쉬기도 하며 사방을 둘러보고는 다시 서기가 있는 쪽으로 시선을 돌리는 것이었다.

네흘류도프는 배심원석의 맨 앞줄 끝에서 두 번째 자리에 앉아 코안경을 낀 채 지그시 마슬로바를 응시하고 있었다. 그의 마음 속에서는 복잡하고 괴로운 싸움이 벌어지고 있었다.

기소장의 내용은 다음과 같았다.

188×년 1월 17일 마브리타니아 호텔에서, 시베리아에서 온 상인 스멜리

코프가 갑자기 죽었다. 경찰은 스멜리코프의 급사 원인이 술을 너무 많이 마신 데서 온 심장 파열이라고 판단했고 스멜리코프의 사체는 매장되었다. 그런데 죽은 지 나흘째 되는 날 스멜리코프의 동업자인 치모힌이 페테르부르크에서 돌아왔다. 그는 스멜리코프가 가지고 있던 돈과 다이아몬드가 없어진 것으로 보아 그의 죽음이 금품을 노린 독살일 가능성이 크다고 강력하게 주장했다. 조사 결과 그 혐의를 뒷받침할 수 있는 증거로 다음과 같은 다섯 가지 사실이 밝혀졌다.

① 스멜리코프가 죽기 전에 은행에서 3800루블의 돈을 찾은 사실을 많은 사람들이 알고 있었으나 죽은 후에 보니 312루블밖에는 가지고 있지 않았다.

② 스멜리코프는 죽기 전날 온종일 매춘부 루브카(예카체리나 마슬로바)와 같이 지냈는데 그 동안 그녀는 두 번 그의 방에 갔다.

③ 스멜리코프가 가졌던 다이아몬드 반지를 이 매춘부가 자기 고용주에게 팔았다.

④ 호텔 객실 담당 예브피미아 보치코바는 상인 스멜리코프가 죽은 다음 날, 상업은행에 당좌예금으로 1800루블을 예금했다.

⑤ 매춘부 루브카의 진술에 따르면 객실 담당 시몬 카르친킨은 한 봉지의 가루약을 루브카에게 주면서 그것을 술에 타 스멜리코프에게 먹이도록 권했으며, 루브카는 그렇게 했다고 털어놓았다. 상인 스멜리코프의 시체를 해부한 결과 독극물로 인해 죽은 것으로 판명되었다. 그리하여 마슬로바, 보치코바, 카르친킨 세 사람이 살인 용의자로 기소되었다. 그러나 세 사람은 모두 독살하지 않았다고 부인했다.

그들의 주장은 다음과 같다.

마슬로바는 상인 스멜리코프의 요청으로 마브리타니아 호텔에 돈을 가지러 갔다. 마슬로바는 가지고 간 열쇠로 상인의 가방을 열고 그 속에서 지시받은 40루블의 돈을 꺼냈으나, 그 외에는 한푼도 꺼낸 사실이 없으며, 그러한 사실을 같이 있던 보치코바와 카르친킨이 증언해 줄 것이라고 말했다. 또한 마슬로바는 스멜리코프와 함께 두 번째로 호텔에 갔을 때 카르친킨의 권유로 술 속에 어떤 가루약을 넣고 그것을 스멜리코프에게 먹인 사실을 시인하였다. 그렇지만 마슬로바는 그것을 단순히 수면제라고만 생각하고 있었으며, 그것을 먹이면 스멜리코프가 빨리 잠들어 그에게 시달리지 않아도 된다고 생각했을 뿐이라고 고백했다. 또한 반지는 스멜리코프가 자기를 때려 울면서 돌아가려고 하자 스멜리코프가 자신을 달래기 위해 준 것이라고 마슬로바는 말했다.

보치코바는 없어진 돈에 대해서는 아무것도 모르며 자기는 스멜리코프의 방에는 들어가지 않았고, 방 안에서 무엇인가를 하고 있었던 사람은 마슬로바뿐이었으므로 만일 상인의 물건이 없어졌다면 그것은 틀림없이 마슬로바의 짓이라고 말했다.

기소장에서 이 대목이 낭독되었을 때 마슬로바는 몸을 부르르 떨며 입을 크게 벌리고 보치코바 쪽을 쳐다보았다. 낭독은 계속되었다.

보치코바에게 1800루블이란 큰돈이 들어 있는 은행의 예금 통장을 보이며 이렇게 큰돈이 어디서 났느냐고 물었더니, 보치코바는 그 돈은 장래 결혼할 예정인 카르친킨과 함께 12년 동안 모은 것이라고 말하였다. 한편, 카르친킨은 최초의 심문 때 자기가 마슬로바의 꾐에 빠져 보치코바와 함께 상인의 돈을 훔쳐 그것을 자기와 보치코바, 마슬로바 세 사람이 나누어 가졌다고 자백했다.

이때에도 마슬로바는 흥분으로 얼굴이 새빨개져서 뭐라고 말하려고 했으나 정리에게 제지당하였다. 서기는 계속 낭독했다.

또한 카르친킨은 상인을 잠재우기 위해서 마슬로바에게 가루약을 준 사실도 시인하였다. 그런데 카르친킨은 그 뒤에 도둑질에 가담했던 사실과 마슬로바에게 가루약을 준 일을 부인하며, 모든 것이 마슬로바의 죄라고 덮어씌웠다. 보치코바가 은행에 예금했던 돈에 대해서는 그도 보치코바가 말한 것처럼 12년 동안 호텔에서 일하며 팁 등을 모아 두었던 것이라고 말했다.

　모든 사실로 미루어 시몬 카르친킨, 예브피미아 이바노브나 보치코바, 예카체리나 미하일로바 마슬로바는 188×년 1월 17일 공모해서 상인 스멜리코프의 돈과 반지를 훔치고, 스멜리코프를 죽일 생각으로 그에게 독약을 먹인 것으로 추측된다. 따라서 형법에 비추어 이상 세 사람을 배심원이 참가한 본 재판에 회부하는 바이다.

　긴 기소장의 낭독을 끝내고 서기는 서류를 덮어 놓고는 두 손으로 머리를 매만지며 자리에 앉았다. 모든 사람들이 이제 심리가 시작되면 모든 것이 분명하게 밝혀지고 정당한 판결이 내려지리라는 기대에 부풀어 마음을 집중하고 앉아 있었다. 그러나 네흘류도프만은 그런 생각을 할 여유가 없었다. 10년 전의 저 천진하고 아름다운 소녀가 이런 엄청난 일을 저지르게 되었다고 생각하니 두렵고 안타까울 뿐이었다.

　재판장은 판사들과 무엇인가를 의논한 다음 단호한 표정으로 카르친킨에게 물었다.

　"시몬 카르친킨, 당신은 보치코바, 그리고 마슬로바와 공모해서 상인 스멜리코프의 가방에 들어 있던 돈을 훔치고, 또 독약을 가져다가 마슬로바를 꾀어 술에 타서 스멜리코프에게 먹여 그를 죽게 한 혐의로 기소되어 있다. 당신은 그 죄를 시인하는가?"

　"아니! 절대로 그렇지 않습니다. 우리가 하는 일은 손님에게 서비스를 제공하고 그리고……."

　"그런 것은 나중에 말해도 돼. 죄를 시인하는가?"

　"그런 일은 있을 수 없습니다. 왜냐하면……."

　이때 다시 정리가 다가가서 카르친킨을 제지했다. 재판장은 이 질문은 이것으로 일단 마친다는 표정을 지으며 서류를 든 손의 팔꿈치의 위치를 바꾸더니 보치코바 쪽으로 시선을 돌렸다.

　"예브피미아 보치코바, 당신은 카르친킨 그리고 마슬로바와 같이 상인 스멜리코프의 돈과 반지를 훔친 다음 그것을 세 사람이 분배하고, 그 뒤에는 자기들의 범죄를 감추기 위해서 스멜리코프에게 독약을 먹여 죽였다는 혐의로 기소되어 있는데 그 죄를 시인하는가?"

"저는 죄가 없습니다! 저는 그곳에 들어간 적도 없습니다. 들어간 것은 마슬로바였으니까요. 모든 짓은 이 여자가 한 게 틀림없습니다."

보치코바가 단호하게 외쳤다.

"그런 말은 나중에 하라고 했잖소. 당신은 죄를 시인하는가?"

재판장은 부드럽지만 엄격한 말투로 물었다.

"돈을 훔친 것은 제가 아닙니다. 독약을 먹이고 방에 들어간 것도 저는 아닙니다. 만약 제가 방에 들어갔다면 이런 년은 내쫓았을 겁니다."

"당신은 죄를 시인할 수 없다는 건가?"

"네, 절대로 시인할 수 없습니다."

"좋아."

재판장은 이렇게 말하고는 세 번째 피고 쪽으로 얼굴을 돌리며 관성적으로 같은 질문을 되풀이했다.

"예카체리나 마슬로바, 당신은 상인 스멜리코프의 열쇠를 가지고 마브리타니아 호텔로 가서 스멜리코프의 가방에서 돈과 반지를 훔쳤고 그것을 세 사람이 나누어 가졌으며, 그 뒤에는 스멜리코프와 같이 다시 호텔에 가서 그에게 독약을 먹여서 죽였다는 혐의로 기소되어 있다. 당신은 기소 사실을 시인하는가?"

"저는 아무 죄도 없습니다! 아까도 말씀드렸지만 저는 절대로 아무것도 훔치지 않았습니다. 반지는 그 사람이 직접 저에게 주었다니까요."

빠른 말로 마슬로바가 대답했다.

"피고는 2500루블의 돈을 훔친 건에 대해서 자기의 죄를 인정하지 않는단 말이지?"

"몇 번이나 말씀드린 것처럼 저는 40루블말고는 한푼도 꺼내지 않았습니다."

"그렇다면 상인 스멜리코프의 술에 가루약을 넣은 것은?"

"네, 그것은 시인합니다. 그렇지만 그것은 수면제였을 뿐이에요. 아무 해도 없는 거라고요. 전 그를 죽이려는 생각은 전혀 하지 않았습니다. 거짓말이 아니라는 것을 하나님께 맹세할 수 있어요."

"그렇다면 돈과 반지를 훔친 것은 시인하지 않아도 가루약을 먹인 것만은 시인한다는 거지?"

"그것을 시인은 하지만 정말 수면제로 알았습니다. 그리고 그냥 그 사람을 잠재우기 위해서 먹인 것입니다. 죽는 것은 바라지도 않았을 뿐더러 꿈에도 그런 생각은 하지 않았습니다."

"좋아. 그러면 그때의 정황을 모두 이야기하라. 모든 것을 사실대로 정확하게 말하면 죄가 가벼워질 수도 있으니까."

재판장은 재판이 만족스럽게 진행되고 있다는 듯이 여유롭게 말했다. 그러나 재판장을 똑바로 쳐다보고 있는 마슬로바는 얼른 말을 잇지 못했다.

"자, 사실대로 바르게 말해."

"사실대로라고요?"

갑자기 빠른 말로 마슬로바는 재판장에게 되물었다.

"제가 호텔 방으로 안내되었을 때, 그 사람은 벌써 많이 취해 있었습니다. 저는 그냥 돌아가려고 했지만 그는 저를 붙들고 놓아 주지 않았습니다."

마슬로바는 여기서 말의 실마리를 잊었는지, 아니면 다른 일이 생각났는지 갑자기 입을 다물며 주위를 둘러보다가 한순간 네흘류도프에게 눈길을 멈추었다. 네흘류도프는 그녀가 자신을 알아본 것이 아닌가 해서 온몸의 피가 얼굴로 모두 모여드는 것 같았다. 그러나 마슬로바는 그를 알아본 기색 없이 그대로 재판장 쪽으로 시선을 보냈다.

"그래서?"

재판장은 다음 이야기를 재촉했다.

"할 수 없이 잠깐 그와 같이 있다가 저는 돌아가서 주인에게 돈을 주고 잤습니다. 막 잠이 들었을 때 한집에 있는 베르타라는 여자 아이가 와서

'빨리 일어나. 그 상인이 또 왔어.'라고 제게 말했습니다. 나가고 싶지 않았으나 주인의 명령이기 때문에 어쩔 수 없이 나가 보니까 그 사람이 와서 홀 안에 있는 여자아이들에게 술을 나누어 주고 있었습니다. 그런데 그때 그는 이미 돈이 다 떨어졌기 때문에 저에게 호텔에 가서 돈을 좀 갖다 달라는 것이었습니다. 그는 제게 돈이 있는 장소를 가르쳐 주면서 40루블을 갖다 달라고 부탁했습니다. 그래서 저는 그 말을 듣고 밖으로 나갔습니다."

재판장은 이때 그의 왼쪽에 있는 판사들과 소곤거리느라 마슬로바의 이야기를 듣고 있지 않았으나 듣고 있었음을 표하기 위해 그녀의 마지막 말을 되풀이했다.

"밖으로 나갔다. 그래서 그 다음은 어떻게 하였지?"

"호텔로 가서 그 상인이 시키는 대로 했습니다. 그렇지만 저 혼자 가지 않고 시몬 카르친킨과 이 여자를 불러서 같이 방으로 들어갔습니다."

마슬로바는 보치코바를 가리키면서 말했다.

"거짓말입니다. 저는 그 자리에 없었어요."

보치코바가 끼여 들며 변명했으나 곧 제지당했다.

마슬로바는 얼굴을 찌푸리고 보치코바가 있는 쪽을 보지 않으려 하면서 이야기를 계속했다.

"이 두 사람이 보고 있는 데서 40루블을 꺼냈습니다."

"피고는 그때 남은 돈이 얼마였는지 기억할 수 있겠나?"

이때 갑자기 검사가 끼여 들며 말했다. 마슬로바는 검사의 목소리를 듣는 순간 몸을 떨었다. 왜 그런지는 모르겠으나 검사가 자기에게 악의를 품고 있는 것같이 느껴졌기 때문이다.

"세어 보지는 않았지만 100루블짜리 지폐가 많이 있었던 것으로 기억납니다."

"피고는 100루블짜리 지폐를 보았단 말이지. 그것만 알면 됐어."

검사가 만족스럽다는 듯이 말했다.

"그래서 그 돈을 가지고 돌아갔는가?"

재판장은 시계를 보면서 질문을 계속했다.

"네, 가지고 돌아갔습니다."

"또 그 다음에는?"

"그 다음에 그 사람은 또 저를 데리고 호텔로 갔습니다."

"그럼 어떻게 가루약을 탄 술을 먹였는가?"

"어떻게 해서라니요? 술에 타서 주었습니다."

"무엇 때문에 그런 짓을 했는가?"

마슬로바는 깊은 한숨을 쉬고 말을 했다.

"그 사람은 잠시도 저를 가만히 놔 두지를 않았습니다. 그래서 복도로 나가 시몬 카르친킨에게 '어서 빨리 갔으면 좋겠어. 나도 이젠 완전히 지쳐 버렸어.'라고 말했습니다. 그 말을 들은 카르친킨은 '녀석한테는 우리도 두 손 두 발 다 들었어. 녀석에게 수면제를 먹이자. 그렇게 하면 녀석도 잠들어 버리겠지, 그렇게 되면 너도 돌아갈 수 있어.' 하고 말했습니다. 카르친킨이 저에게 종이 봉지를 건네 주었지만 그것이 독약이라고는 생각조차 하지 못했습니다. 제가 방으로 돌아가 보니 그 사람은 칸막이 안쪽에 누워 있다가 빨리 술을 달라고 소리쳤습니다. 저는 책상 위에 있던 술을 그 사람과 저의 몫으로 두 개의 컵에 따르고, 그 사람 컵 속에 가루약을 넣었습니다. 만일 그것이 독약인 줄 알았더라면 절대로 그렇게 하지 않았을 거예요."

"그러면 반지는 어떻게 해서 갖고 있지?"

재판장이 날카롭게 물었다.

"그것은 그 사람이 저에게 준 것입니다."

"언제 주었는가?"

"그 사람과 같이 호텔에 도착한 뒤 곧 돌아가고 싶다고 했어요. 그랬더니 그 사람이 저의 머리를 때려서 핀을 부러뜨렸습니다. 제가 화를 내며 가겠다고 하니까 그 사람이 손가락에서 반지를 빼 주고는 가지 말라고 했습니다."

검사가 다시 일어서서 재판장에게 질문을 허락받고 물었다.

"피고는 상인 스멜리코프의 방에 얼마 동안이나 있었는가?"

"잘 생각나지 않습니다. 얼마 동안인지……"

"그러면 피고는 상인 스멜리코프의 방을 나온 뒤 그 호텔의 다른 방에도 들른 일이 있는가?"

마슬로바는 잠시 생각에 잠겼다가 대답했다.

"그 옆에 비어 있는 방이 있어서 들어갔습니다."

"왜 들어갔지?"

"차림새가 흐트러졌기 때문에 바로잡기 위해서 거기에 들어갔는데, 거기서 마차가 올 때까지 기다리고 있었습니다. 그때 카르친킨도 함께 있었습니다."

"무엇 때문에?"

"그 상인의 술이 남아 있어서 같이 마셨습니다."

"술을 같이 마셨단 말이지? 흠…… 아주 좋아! 그런데 피고는 그때 카르친킨과 둘이서 무슨 말을 주고받았지?"

마슬로바는 갑자기 얼굴을 찌푸린 채 신경질적으로 빠르게 말을 하였다.

"무슨 말을 했느냐고요? 저는 아무 말도 하지 않았어요. 거기서 있었던 일을 벌써 죄다 말씀드렸습니다. 이 이상 저는 아무것도 모릅니다. 이런 저를 아무쪼록 선처해 주십시오. 아무리 생각해도 저는 조금도 나쁜 짓을 하지 않았습니다. 절대 하지 않았습니다!"

"다른 질문은 더 없습니다."

검사는 재판장에게 이렇게 말하고 어깨를 어색하게 치켜올린 다음, 그녀가 카르친킨과 함께 빈방에 들어갔었다는 말을 자기의 논고서에 적어 넣었다.

"피고는 더 할말은 없는가?"

"저는 제가 알고 있는 사실을 죄다 말씀드렸습니다."

재판장의 물음에 한숨을 쉬며 마슬로바가 말했다.

종이 위에 무엇인지를 쓰고 있던 재판장은 옆에 앉은 판사가 무엇인가

귀엣말을 하자 10분간의 휴정을 선언하고 법정을 나갔다. 그 판사는 위 상태가 좋지 않아서 약을 먹어야 한다고 재판장에게 말했던 것이다. 판사들에 이어 배심원, 변호사 그리고 증인들도 한숨을 쉬며 각각 다른 곳으로 몰려 나갔다. 네흘류도프는 배심원용 대기실로 가서 창가의 의자에 힘없이 걸터앉았다.

그 여자는 분명히 마슬로바였다. 네흘류도프는 대학교 3학년 여름 마슬로바를 처음 만났다. 그 당시 네흘류도프는 토지 문제에 관한 논문을 쓰기 위해 초목이 우거지고 조용한 시골인 고모 집으로 갔었다. 여느 때는 어머니의 영지에서 여름을 보내곤 하였지만, 누이는 결혼을 하고 어머니마저 외국의 온천으로 여행을 떠나셨기 때문에 자신을 사랑하고 귀여워해 주는 고모 집을 선택한 것이었다. 그는 그녀들의 유산 상속자이기도 했다.

그 여름, 네흘류도프는 참되고 올바른 인생을 보내고자 하는 의지에 불타고 있었다. 그는 그해 대학에서 스펜서라는 학자가 쓴 토지 사유의 폐해에 관한 저서인 《사회 평형론》을 읽고, 자신이 대지주의 아들이었던 탓에 그 내용에 깊이 관심을 가졌었던 것이다. 그의 아버지는 그렇게 대단한 부자는 아니었으나 어머니는 1만 헥타르의 땅을 가진 지주였다. 그는 그 책을 읽고 처음으로 토지 사유의 죄가 얼마나 큰 것인가를 알게 되어 아버지한테 상속받은 땅을 농민들에게 나눠 주었다. 그리고 자신은 절대 토지를 소유하지 않겠다고 결심하며 그와 관련된 논문을 쓸 생각이었다.

이와 같은 생각에 빠져 있던 그는 어느 때보다 독립된 인생의 아름다움과 중대함, 사람에게 주어진 사명의 참뜻을 깨달아, 완전한 인간이 되고자 하는 이상에 젖어 평화롭고 즐거운 시골 생활을 즐겼다.

그는 아침 일찍, 때로는 3시쯤에 일어나서 아직 아침 안개도 걷히지 않은 산 아래에 있는 냇물에서 목욕을 하고 풀잎이나 꽃잎에 맺힌 이슬이 마르기도 전에 집으로 한가롭게 돌아왔다. 아침에는 커피를 마시면서 책상에 붙어 앉아 논문을 쓰기 위한 자료를 읽기도 하고 들판이나 숲 속을 산책하기도 했다. 점심을 먹기 전에는 뜰의 나무 밑에서 낮잠을 자고 점심 때에는 고모들과 담소를 나누고, 그 뒤에는 말이나 보트를 타기도 했다.

밤이 되면 책을 읽고, 고모들과 트럼프 놀이도 하며 여름을 즐겼다. 때로는 밤에, 특히 달이 밝은 밤이면 삶에 대한 벅찬 희열에 들떠서 잠을 이루지 못하고 날이 밝기까지 이런저런 공상에 잠기면서 뜰을 거닐기도 했다.

고모들과 같이 보낸 처음 한 달 동안의 생활은 그렇게 행복하고 평온한 가운데 지나가 버렸으므로 네흘류도프는 마슬로바의 존재에 대해서는 전혀 관심을 가지지 않았다. 그는 어머니 슬하에서 성장했기 때문에 열아홉 살이 되었지만 아직 순진한 청년이었다. 그는 여자라는 것을 아내로서밖에 생각할 수 없었다. 그의 생각으로는 그의 아내가 될 수 없는 여성은 모두 여자가 아니고 그저 인간일 따름이었다. 그런데 그해 여름 그리스도 승천제에 이웃 마을의 부인이 어린애들과 그녀의 집에 사는 농민 출신의 젊은 화가와 함께 놀러 왔다.

어쩌다가 그들은 차를 마신 뒤 집 앞의 널따란 뜰에서 술래잡기를 하게 되었다. 마슬로바도 함께 어울렸다. 몇 번이나 짝이 바뀐 뒤 네흘류도프는 마슬로바와 짝이 되어 숨게 되었다. 네흘류도프는 마슬로바와 마주 대하는 것이 언제나 즐겁기는 했지만 두 사람이 특별한 관계가 되리라고는 상상조차 해 보지 않았다.

술래가 된 화가가 네흘류도프와 마슬로바를 보고 말했다.

"이번만은 잡지 못하겠는걸. 너희들이 혹시 넘어지면 모르지만."

"자, 잡아 보시지!"

"하나, 둘, 셋."

모두들 세 번 손뼉을 쳤다. 마슬로바는 나오는 웃음을 억지로 참으면서 그 작은 손으로 네흘류도프의 큰 손을 잡고는 왼쪽으로 달려 나가기 시작했다. 네흘류도프는 발이 제법 빠르기도 했지만, 화가에게 잡히고 싶지도 않았으므로 온 힘을 다해서 뛰기 시작했다. 그가 뒤를 돌아보았더니 화가는 마슬로바를 쫓아가고 있었다. 그러나 마슬로바는 고운 발을 재빠르게 움직이면서 화가한테 잡히지 않으려고 왼쪽으로 멀리 뛰어가고 있었다. 앞쪽에는 라일락 숲이 우거져 있었는데 라일락이 길게 늘어진 그곳은 사람들이 별로 가지 않는 곳이었다. 마슬로바는 네흘류도프 쪽을 보고 그 화단 아래 함께 숨자고 머리로 신호를 보냈다. 네흘류도프는 금방 그 신호를 알아차리고 마슬로바가 있는 쪽으로 뛰어갔다. 그런데 라일락이 무성한 그늘 한쪽에는 쐐기풀이 덮인 조그마한 도랑이 있었다. 그는 그 사실을 모른 채 뛰다가 거기에서 발을 헛디뎌 넘어지면서 손을 쐐기풀에 긁히고 옷을 적시고 말았다. 네흘류도프는 스스로도 자신의 일이 우스워서 곧 일어나 아무도 없는 곳으로 달려갔다. 그것을 본 마슬로바는 미소를 지으며 네흘류도프에게로 달려갔다. 두 사람은 서로 달려가서 손을 마주 잡았다.

"쐐기풀에 긁히셨군요."

마슬로바는 한 손으론 흐트러진 머리카락을 매만지면서 가쁜 숨을 몰아쉬더니 방긋 웃고는 네흘류도프의 얼굴을 올려다보았다.

"이런 곳에 도랑이 있을 줄은 정말 몰랐는걸."

네흘류도프는 마슬로바의 손을 잡은 채 역시 싱긋하고 웃었다. 마슬로바는 네흘류도프 쪽으로 몸을 기울였으며 그 역시 어느 틈엔지 자신도 모르는 사이에 그녀 쪽으로 얼굴을 가까이 대고 있었다. 그는 그녀의 손을 꼭 쥐고 입술에 키스를 했다.

"어머나!"

마슬로바는 이렇게 외치며 재빠르게 손을 빼고는 달아났다. 마슬로바는 라일락이 무성한 쪽으로 뛰어가더니 이미 꽃이 떨어진 하얀 라일락의 작은 가지를 꺾어서 그것으로 자기의 달아오른 두 볼을 두드리며 네흘류도프가 있는 쪽을 바라보다가 손을 흔들고는 다른 사람들이 모여 있는 곳을 향해 달려갔다.

그때부터 네흘류도프와 마슬로바는 서로에게 이끌리는 순진한 젊은 남녀가 되어 갔다. 네흘류도프는 마슬로바가 가까이 있거나 혹은 멀리서 그녀의 모습을 보기만 해도, 모든 것들이 마치 햇빛을 가득히 받고 있는 것처럼 밝아지고 즐거워지며 삶에 대한 희열이 솟구치는 것 같았다. 그런 마음은 마슬로바도 마찬가지였다.

네흘류도프는 마슬로바를 볼 때만이 아니라 그녀가 이 세상에 있다는 생각만 해도 그런 기분에 사로잡혔다. 그는 어머니한테서 기분 좋지 않은 편지를 받아도, 또는 그가 쓰고 있던 논문이 잘 되지 않아도, 까닭 모를 우울한 기분에 사로잡혀 있을 때에도 오직 마슬로바를 생각하고 마슬로바를 만날 수 있다는 것만으로 기분이 좋아지곤 했다. 그러나 그들은 막상 만나게 되면 입술이 굳어지고 어쩐지 어색해져서 허둥지둥 헤어지곤 했다.

네흘류도프와 마슬로바 사이의 그러한 관계는 그가 고모의 집에 머물고 있는 동안 줄곧 지속되었다. 그러나 고모들이 그것을 알아차리고 놀라서 외국에 있는 네흘류도프의 어머니에게 알려 주었다. 마리아 이바노브나는 네흘류도프가 마슬로바와 깊은 관계를 맺은 것은 아닐까 하고 걱정까지 하였다. 그렇지만 그것은 쓸데없는 염려였다. 순진한 젊은이였던 그는 마슬로바를 사랑하면서도 그것이 사랑이란 것을 미처 깨닫지 못하고 있었다. 그의 그러한 사랑은 그들의 타락을 막아 주는 수호신 같은 것이었다. 그에게는 그녀를 자기의 것으로 만들어 버리겠다는 욕정이 전혀 없었을 뿐만 아니라, 그녀와 자신의 관계에 대한 상상만으로도 두려워 그것은 생각조차 하려 하지 않았다. 만약 그것이 사랑이라고 네흘류도프가 깨달았다면 그의 외곬의 성격상 분명 신분을 돌보지 않고 마슬로바와 결혼하겠다고 생각했을 것이다. 그러나 그는 마슬로바에 대한 감정이 자신의 마음을 가득 채우고 있었던 삶에 대한 희열의 한 발로라고만 생각했을 뿐 사랑이라고는 전혀 깨닫지 못하고 있었다.

마침내, 그는 그곳을 떠나야 할 때가 되었다. 약간 사시인 듯한 검은 눈에 눈물을 가득 담은 마슬로바가 고모들과 현관 앞에 서서 전송하고 있는 것을 보았을 때, 그는 문득 너무도 아름답고 소중한 것을 잃어버리는 듯한 묘한 감정에 휩싸였다.

"안녕. 카추샤, 여러 가지로 고마웠어."

네흘류도프는 갑자기 밀려드는 슬픔을 억누르며 간신히 말하고 마차에 올라탔다.

"안녕히 가세요. 드미트리 이바노비치."

그녀는 여느 때처럼 정다운 목소리로 말하더니 넘쳐 흐르는 눈물을 억제하면서 마음껏 울 수 있는 집 안으로 뛰어들어갔다.

그리고 2년 후 네흘류도프는 신임 장교로 승진하여 자기의 부대로 가는 도중에 고모들의 집에 들르게 되었다. 그래서 그는 마슬로바를 다시 만날 수 있었다. 그러나 그는 이미 2년 전의 성실하고 순수하고 헌신적인 청년이 아니었다. 오직 자기의 쾌락만을 추구하는 철저한 이기주의자로 변해 있었던 것이다. 자연과의 교감이나 위대한 사상가나 작가들의 세계보다 인간이 만든 제도나 동료와의 교제를 더 절실하고 중요하게 생각하고 있었다. 여성에 대해서도 더 이상 신비하고 매혹적인 존재로 보지 않고 그의 가족이나 친구의 부인들을 제외하곤 단순한 노리개로 보았다. 전에는 돈도 별로 쓰지 않고 관심도 없었으나 그 즈음은 어머니에게 매월 받는 1400루블로도 만족하지 못해 돈 문제로 어머니와 불쾌한 감정 대립을 벌이게 되었다.

네흘류도프에게 이처럼 놀라운 변화가 생기게 된 것은 자신을 믿지 않고 타인을 믿게 된 탓이다. 그는 자신을 믿고 산다는 것이 너무 괴롭다는 것을 알게 되었다.

예를 들자면 네흘류도프가 신에 관한 것이나 사회의 불평등에 대한 책을 읽거나 이야기할 때에는 그 스스로도 우습게 여겨지고, 어머니한테서나 고모한테서 '우리 철학자 선생'이란 놀림을 받았는데, 반대로 그가 시시한 소설을 읽거나 다소 호색적인 이야기를 하면 모두가 그를 다 컸구나 하고 추켜세워 준 탓이다. 또 한편으로는 그가 욕구를 자제하거나 남루한 옷을 입고 술을 먹지 않거나 하면 위선적인 행동이라고 비난을 받았고, 그와 반대로 호사스러운 것에 관심을 가지면 도리어 고상한 취미라고 인정을 받았다.

네흘류도프가 성년이 되어 아버지에게서 상속받은 영지를 토지의 농민들에게 나누어 주었을 때도, 그 행동은 어머니를 비롯해서 친척들을 놀라게 했고 모든 주위 사람들한테서 혹심한 비난과 비웃음을 샀다. 그 후 그는 토지를 얻은 농민들이 부유해지지 못했을 뿐만 아니라 그들이 그 땅에 세 채나 되는 술집을 세우고 전혀 일을 하지 않으며 오히려 그 전보다 더 가난해졌다는 비난을 몇 번이나 들어야 했다.

네흘류도프가 근위 장교가 되어서 상관들과 호화스런 유흥을 즐기거나 노름을 해도, 어머니는 그것을 마치 상류 사회의 젊은이들이 당연히 하는 일인 것처럼, 아니 오히려 훌륭한 일이라고 여기는 듯 그다지 걱정하지 않았던 것이다. 처음에는 네흘류도프도 주위 사람들의 그러한 모순된 생각과 싸웠으나 너무도 외로운 그 싸움에서 철저하게 패배하고 말았다. 그리고 더 이상 자신을 믿지 않고 타인들의 말을 믿게 되었다.

네흘류도프는 정열이 뻗치는 대로 주위 사람들에게 허락받은 그 새로운 생활의 한가운데로 뛰어들었으며 자신의 내면에서 울려 오는 양심의 소리는 모두 억압해 버렸다. 페테르부르크로 옮겨간 뒤에 곧 시작된 그의 변화는 군대에 들어간 뒤로는 더욱 만성적인 것이 되었다. 대체로 군대는 인간을 타락시키는 곳이다. 군대는 인간을 완전한 무위의 상태에 두고, 정신적인 활동을 하지 않게 하며, 그 대신 군복, 군기라는 한정된 명예만을 앞세워 한편으로는 무제한의 권력을 부여하고, 한편으로는 노예와 같은 복종을 강요하기 때문이다.

더구나 부자나 명문의 자제들만 들어갈 수 있는 근위 연대는 일반적인 군인의 타락 외에 금전에 의한 타락이 첨가되어, 입대하게 되면 자기에게 이익이 되는 것밖에는 생각지 않는 무례한 이기주의자로 변하게 된다. 네흘류도프도 군대에 들어가서 동료들과 똑같은 생활을 시작하게 되면서부터 완전히 그런 이기주의자가 되고 말았다.

이처럼 부끄러운 생활을 군인들이 오히려 당연하다는 듯이 자랑삼아 하고 있는 것은 그들이 자신들은 전쟁에서 목숨을 바칠 각오를 하고 있기 때문에 평소 태평하고 즐거운 생활을 해야 한다는 생각 때문이기도 하다. 따라서 전시에는 군인들의 방탕한 생활의 정도가 더 심해지는 것도 당연했다.

터키와의 전쟁이 시작된 후 군대에 들어간 네흘류도프도 대체로 그런 잘못된 생각에 깊이 빠져 있었다. 그는 지금껏 자신을 짓눌러온 정신의 속박으로부터 해방된 것을 기뻐하면서 만성적인 이기주의의 병에 단단히 걸렸다. 그렇게 해서 네흘류도프는 완전히 다른 사람이 되어 있었던 것이었다.

네흘류도프가 고모들의 집에 들른 것은 그곳이 이동중인 그의 연대를 따라가는 길목에 있었고 고모들이 성화를 해서이기도 했지만, 무엇보다 다시 한 번 마슬로바를 만나기 위해서였다. 그의 마음 속에서는 이미 마슬로바에 대한 욕정이 싹트고 있었는지도 모르지만 그는 그런 것들을 의식하고 있지는 않았다. 그는 단지 인품 좋은 고모들을 만나고 동시에 그리운 추억을 안겨 준 인상 깊은 마슬로바를 만나고 싶다는 생각뿐이었다.

3월 말의 부활절 직전 금요일에, 네흘류도프는 눈이 녹은 질척한 길을 억수 같은 비를 흠뻑 맞으면서도 평소대로 씩씩하게 도착했다.

네흘류도프는 낯익은 고풍스런 저택으로 마차를 타고 다가가면서 마슬로바를 볼 수 있을까 하는 생각에 가슴을 설레며 마차의 방울 소리를 듣고 그녀가 뛰어나와 주었으면 좋겠다고 생각했다. 그러나 네흘류도프가 막상 도착했을 때 하녀가 사는 집 문 앞에 나온 것은 맨발의 두 시골 여자뿐이었다. 마슬로바는 고모의 집 앞에서도 모습을 나타내지 않았다. 네흘류도프가 현관으로 들어가자 비단옷을 입은 고모 소피아 이바노브나가 나왔다.

"얘, 참 잘 왔다! 어서 네 방으로 들어가라."

네흘류도프에게 입을 맞추며 소피아 이바노브나가 말했다.

"죄송합니다, 고모님 옷을 다 적셔서."

네흘류도프는 고모의 손에 키스를 하며 말했다.

"비를 흠뻑 맞았구나. 벌써 수염을 다 기르고……. 카추샤, 빨리 커피를 갖다 드려라."

"네, 곧 가져가요!"

복도 쪽에서 귀에 익은 그리운 목소리가 들려 왔다. 네흘류도프는 기쁨으로 가슴이 저려 왔다. 태양이 구름 사이로 얼굴을 내민 듯한 화려한 기분을 느끼며 네흘류도프는 옷을 갈아입기 위해 전에 쓰던 방으로 갔다. 그가 비에 젖은 옷을 모두 벗고 새 옷으로 갈아입기 시작했을 때 빠른 발소리가 들리더니 노크 소리가 났다. 그런 식으로 걷고 그런 식으로 문을 두드리는 사람은 마슬로바뿐이었다.

"들어와요."

들어온 사람은 틀림없는 마슬로바였다. 그녀의 모습은 그 전보다 훨씬 더 성숙하고 아름다워져 있었다. 그녀는 그 전처럼 미소를 지으며 약간 사시인 듯한 천진스런 눈으로 그를 올려다보았다. 예전처럼 눈에 익은 하얀 앞치마를 두르고 있는 그녀는 향기 좋은 비누와 수건을 가지고 왔는데 네흘류도프는 그녀와 더불어 모든 것들이 깨끗하고 상쾌하며 순결하게만 느껴졌다. 마슬로바의 붉고 예쁜 입술은 그를 보자 뛰어오를 듯한 즐거움 때문에 옛날의 맑은 미소로 방긋 벌어져 있는 것 같았다.

"안녕하셨어요. 드미트리님!"

얼굴을 붉히며 그녀가 겨우 말했다.

"아…… 잘 있었소? 그 전보다 훨씬 더 건강해졌는걸."

그는 너라고 해야 할지 당신이라 해야 할지 몰라 이렇게만 말하고 그녀와 마찬가지로 얼굴을 붉혔다.

"덕분에……. 이건 고모님께서 주신 도련님이 좋아하시는 장미향의 비누예요."

마슬로바는 가지고 온 비누를 책상 위에 놓고 수건은 의자 위에 놓으며 말했다.

"고모한테 고맙다고 전해 줘. 정말 오기를 잘했어. 이곳에 오니까 기분이 아주 좋은걸."

네흘류도프는 전처럼 기분이 밝아지는 것을 느끼면서 말했다. 마슬로바는 방긋 웃으면서 밖으로 나갔다.

항상 네흘류도프를 사랑하고 있던 고모들은 전쟁터로 가는 그를 예전보다 더 따뜻하게 대해 주었다. 그는 고모의 집에서 하룻밤만 자고 갈 예정이었으나 마슬로바를 보는 순간 3일 후로 다가온 부활절을 고모의 집에서 보내기로 하고, 오데사에서 만나기로 약속되어 있는 친구 센보크에게 전보를 쳐서 고모 집으로 와 달라고 부탁하였다.

　네흘류도프는 마슬로바를 다시 본 날부터 그녀에 대해서 전과 같은 기분을 느끼고 있었다. 하얀 앞치마를 입은 마슬로바의 모습을 보면서 두근거리는 가슴을 억제하기 힘들었고, 그녀의 발소리나 음성, 웃음소리를 듣기만 해도 저절로 기쁨이 얼굴에 솟아올랐다. 그는 그녀의 촉촉이 젖은 포도알 같은 눈을 감동 없이 바라볼 수가 없었고 또 무엇보다도 그를 보고 얼굴을 붉히는 그녀를 당황하지 않고는 쳐다볼 수가 없었다. 그는 그녀를 사랑하고 있다는 것을 느끼고 있었으나, 그 느낌은 전과는 다른 것이었다. 그전의 그에게는 사랑은 신비 그 자체였으므로 자기가 사랑하고 있다는 것을 시인할 만한 용기도 없었다. 그러나 지금의 그는 사랑이 어떤 것인가를 잘 알고 있었고, 그 결과가 무엇을 초래하는지도 자각하고 있었다.

　네흘류도프의 마음 속에는 다른 사람들과 마찬가지로 두 개의 마음이 살고 있었다. 하나는 남에게도 행복이 될 수 있는 행복을 추구하는 정신적인 마음이었고, 또 하나는 자기 자신만을 위해 구하는 행복으로 이것을 위해서는 다른 사람의 행복 따위는 희생시켜도 상관없는 동물적인 마음이었다. 페테르부르크의 생활과 군복무에 중독이 된 그는 이 동물적인 마음이 승리를 거두어 정신적인 마음을 완전히 제압하고 있었다.

　하지만 마슬로바를 다시 만나면서부터 전에 느꼈던 모든 감정이 새삼 되살아나면서 정신적인 마음이 머리를 치켜들고 그 권리를 주장하기 시작했다. 그리하여 네흘류도프는 부활절까지의 이틀 동안 끊임없는 마음의 갈등을 겪어야만 했다. 마음 속 깊은 곳에서는 어서 빨리 떠나야 한다고, 이대로 머물러 있다가는 결코 좋은 결과가 생기지 않는다고 그에게 말하고 있었지만, 네흘류도프는 너무나 즐겁고 기분이 좋아서 그 말을 외면하고 있었다.

　부활절 전날 밤 고모의 집에서 기도식이 끝난 뒤, 오래 전부터 있던 하녀 마트리오나 파블로브나와 마슬로바가 함께 교회에 가는 것을 보고 네흘류도프는 자신도 문득 따라가야겠다는 생각을 했다. 그는 말에 안장을 얹게 하고, 승마복을 입은 다음 외투를 걸치고 어둠 속을 달려 교회로 갔다.

　네흘류도프에게 이날의 새벽 기도식은 평생 잊지 못할 가장 빛나는 추억의 하나가 되었다.

　그가 여기저기 눈에 덮여 희뿌옇게 드러나 보이는 어두운 길을 달려 교회로 갔을 때 벌써 기도가 시작되고 있었다. 농민들은 그가 여지주들의 조카란 것을 알고, 그를 교회 안으로 정중하게 안내했다. 교회 안은 성도들로 가득 차 있었다. 성단은 수많은 커다란 촛불들로 빛나고 있었으며, 성가대 쪽에서는 저음과 고음의 성스런 성가곡이 은은히 퍼져 나오고 있었다.

　네흘류도프는 앞쪽으로 걸어갔다. 가운데는 지주나 지주 부인, 그리고 그 아들이나 딸 등 마을의 귀족 계급 사람들이 있었다. 마트리오나 파블로브나와 마슬로바는 설교대의 오른쪽에 서 있었다.

　모든 것이 축제답고, 엄숙하고, 즐겁고, 아름다웠다. 금십자가를 손에 든 사제도, 엄숙한 성가대도, 그 노래의 장엄한 곡조도, 사람들이 목소리를 합쳐서 외는 '그리스도께서 부활하셨네!'라는 문구도 모두 훌륭했다. 하지만 그 가운데에서도 특히 아름다운 것은 흰옷에 푸른 띠를 두르고 검은 머리에 붉은 리본을 달고 서서 감동으로 눈을 반짝이고 있는 마슬로바였다.

　네흘류도프는 그녀가 얼굴을 움직이지 않고 자기를 쳐다보고 있다는 것을 의식하고 있었다. 그녀 옆을 지나서 제단 쪽으로 갈 때 그는 그것을 확실히 느낄 수 있었다. 그는 그녀의 곁을 지나치면서 문득 생각이 나서 말을 건넸다.

　"아침 미사가 끝나면 파티가 있다고 고모께서 말씀하시더군."

　"알고 있어요."

　그녀는 네흘류도프의 말에 기쁨에 가득 찬 검은 눈으로 수줍게 웃으며 그를 쳐다보며 말했다.

　네흘류도프에게는 이 세상의 모든 것이, 성단의 금빛 광휘나 수많은 촛불들, 기쁨에 찬 찬미가가 오로지 마슬로바만을 위해 존재하고 있는 것처럼 느껴졌다. 네흘류도프는 그녀의 날씬하고 아름다운 모습과 환한 표정을 보면서 마슬로바 자신도 그렇게 느끼고 있으리라고 여겼다. 그리고 그

가 마음 속으로 부르고 있는 그 노래를 그녀도 부르고 있다는 것을 알아
차렸다.

새벽 미사가 끝나고 아침 미사가 시작되기 전에 네흘류도프는 교회에서
나왔다. 아직 해는 뜨지 않았지만 날이 밝아오고 있었다. 그는 교회 앞에
서서 마슬로바를 기다리고 있었다. 마침내 마트리오나 파블로브나와 함께
마슬로바가 나왔다. 그녀는 앞에 가는 사람들 머리 너머로 곧 그를 알아보
았다. 그는 그녀의 얼굴이 활짝 피어나는 것을 보았다.

마슬로바는 마트리오나 파블로브나와 함께 입구까지 나와 거지에게 적
선을 하기 위해 멈춰 서 있었다. 코가 종기 때문에 짓무른 거지가 마슬로
바에게 다가왔다. 그녀는 손수건 속에서 무엇인가를 꺼내 주면서 거지에
게 다가가 조금도 언짢은 표정 없이 오히려 기쁜 듯이 눈을 반짝였다. 그
리고 거지에게 키스를 하면서 네흘류도프의 눈과 마주쳤다. 그녀의 눈은
'제가 이렇게 하는 일이 괜찮은 것인가요?' 하고 묻는 듯한 것이었다. 네
흘류도프는 마슬로바 쪽으로 걸어갔다.

"그리스도께서 부활하셨습니다."

마트리오나 파블로브나가 먼저 네흘류도프에게 인사를 했다. 네흘류도
프도 키스를 하며 그 인사에 답하고 마슬로바가 있는 쪽을 돌아다보았다.
마슬로바는 얼굴을 붉히면서 그에게 천천히 다가갔다.

"그리스도께서 부활하셨습니다, 드미트리 이바노비치."

"정녕으로 부활하셨습니다."

그들은 두 번 입을 맞추었다. 그러고는 망설이다가 마음먹은 듯이 세
번째 입맞춤을 나누고 서로 생긋 웃었다.

남녀 사이의 사랑에는 의식도 분별도 감각도 모두 사라져 버린 것 같은
절정의 순간이 언제나 있는 법이다. 네흘류도프에게는 부활절의 그 밤이
바로 그러한 순간이었다. 지금도 네흘류도프는 마슬로바를 회상하면서 그
밤의 청순하고 아름다웠던 사랑스러운 모습을 무엇보다 강하게 떠올리고
있었다. 마슬로바에게는 처녀로서의 순결한 사랑뿐만 아니라 세상 모든
것에 대한 사랑이 넘쳐나고 있었다. 그는 그녀 속에 그런 사랑이 있다는

것을 알고 있었다. 왜냐하면 그 밤과 그 아침은 그도 자기 속에 그러한 사랑이 있는 것을 느끼고, 그러한 순수한 사랑으로 자기와 그녀가 하나로 융합되어 있는 것을 느끼고 있었기 때문이다.

아, 모든 일이 그때 품었던 그 감정대로만 있었다면! 그런 끔찍한 일을 저지르지 않았었더라면 하고 네흘류도프는 배심원용 대기실의 창가에 앉아 옛일을 회상하며 탄식하고 있었다.

네흘류도프는 교회에서 돌아와 고모들과 같이 축제 음식을 먹고 군대에서 익힌 습관대로 기운을 돋우기 위해 보드카와 포도주를 마시고 자기 방으로 가 옷을 입은 채로 곧 잠이 들어 버렸다. 그리고 노크 소리에 잠이 깼다. 노크 소리로 미루어 그것이 마슬로바란 것을 안 네흘류도프는 눈을 비비고 기지개를 켜면서 일어났다.

"카추샤지? 들어와."

"식사하세요."

그녀가 문을 조심스럽게 열면서 말했다. 마슬로바는 기도식 때 입었던 옷을 입고 있었으나 머리에 달고 있는 붉은 리본은 떼어져 있었다. 그녀는 그와 눈이 마주치자 무슨 특별한 기쁜 일을 알리기라도 할 것처럼 얼굴을 활짝 펴며 방긋 웃었다.

"그래, 곧 갈게."

네흘류도프는 머리를 빗으면서 대답했다.

마슬로바는 방을 나가지 못하고 머뭇거렸다. 그것을 본 네흘류도프는 빗을 내던지며 그녀한테로 다가갔다. 그러나 그녀는 그 순간 재빨리 몸을 획 돌려서 여느 때와 같이 경쾌하고 빠른 걸음으로 걸어 나갔다. 그러자 그는 그녀를 붙잡지 않은 자신이 바보처럼 여겨졌다. 그는 재빨리 그녀를 뒤쫓아갔다. 그는 자신이 그녀에게 무엇을 원하고 있는지 알지 못했다. 그러나 그녀가 그의 방에 왔을 때, 바로 그러한 경우에 누구나 했을 일을 자기는 하지 못한 것 같은 그런 느낌이 들었던 것이다.

"이봐 카추샤, 잠깐만!"

마슬로바는 뒤를 돌아보더니 멈춰 서서 물었다.

"왜 그러세요?"

"아니, 그저 잠깐만……."

네흘류도프는 이럴 경우 모든 사람들이 다 자신처럼 행동할 것이라고 스스로를 타이르며 마슬로바의 허리를 껴안았다.

"이러시면 안 돼요. 드미트리님, 안 돼요."

그녀는 금방이라도 울음을 터뜨릴 것처럼 얼굴이 새빨개지더니 있는 힘을 다해서 네흘류도프의 억세고 거친 손을 밀어냈다.

네흘류도프는 그녀를 놓았다. 그 순간 창피하고 부끄러운 생각이 들었을 뿐만 아니라 자신에게 깊은 혐오를 느꼈다. 그러나 그는 창피스러움과 부끄러움이야말로 자기의 영혼이 가지고 있는 가장 성스러운 감정이며 그것으로 인해 지금 자신이 마음의 동요를 느끼고 괴로워하고 있음을 이해하지 못했다. 반대로 그렇게 느끼는 것이 자기의 어리석음을 드러낸 것이라고 단정하고는 남들이 대수롭지 않게 생각하는 일을 자기도 하지 않으면 안 된다고 생각했다.

그래서 그는 다시 한 번 그녀를 뒤쫓아가 그녀의 목덜미에 길게 키스를 퍼부었다. 이 키스는 그 전의 두 번의 키스와는 다른, 무서운 것이었다. 마슬로바도 그것을 직감으로 알아차리고 있었다.

"왜 이러세요?"

그녀는 더할 나위 없이 소중한 것이 부서져 버린 것처럼 비통한 소리로 원망스레 말을 하더니 그에게서 달아나 버렸다.

네흘류도프는 식당으로 들어갔다. 성장(盛裝)을 한 고모들과 이웃 마을의 부인이 식탁에 둘러앉아 있었다. 모두가 평상시와 다름없었으나 네흘류도프의 마음 속에서만은 강렬한 태풍이 불고 있었다. 그는 사람들의 질문에 건성으로 엉뚱한 대답을 하면서 조금 전의 그 키스의 감촉을 떠올리며 오로지 마슬로바만을 생각하고 있었다. 그 밖에 다른 일들은 아무것도 생각할 수가 없었다. 마슬로바가 식당에 들어왔을 때 그는 그 쪽을 보지 않고도 그녀가 있다는 것을 온몸으로 느끼고 있었다. 그리고 그녀를 쳐다보지 않으려고 무던히 애를 쓰고 있었다.

　식사가 끝나자 그는 곧 자신의 방으로 돌아갔다. 몹시 흥분한 상태인 그는 방 안을 왔다갔다하면서 집 안에서 들리는 소리 하나하나에 귀를 기울이며 마슬로바의 소리가 들리지는 않나 하고 촉각을 곤두세웠다. 그의 내부에는 동물적인 마음이 온통 지배하고 있었다. 그가 처음으로 이곳에 왔을 때나 이날 아침 교회 안에서 그를 지배하고 있던 정신적인 자아는 완전히 짓밟혀 버리고 없었다. 그는 하루 종일 마슬로바의 동정만을 살폈다. 그러나 그녀와 단 둘이 만날 수 있는 기회는 한 번도 오지 않았다. 그녀가 그를 피하고 있기 때문인 것 같았다. 그런데 저녁때 마슬로바가 그의 옆방으로 올 일이 생기게 되었다. 이 집에 온 의사가 묵을 자리를 봐주기 위해서였다. 네흘류도프는 그녀가 그곳에 있다는 것을 알고는 소리를 죽여 가며 아무도 모르게 그 방으로 들어갔다.

　두 손을 깨끗한 베갯잇 속으로 디밀고, 그 손으로 베개의 귀퉁이를 움켜쥐고 있던 그녀는 고개를 돌려서 네흘류도프를 보더니 방긋 웃었다. 그러나 그것은 전과 같이 밝고 기쁨에 찬 미소가 아니라 두려움에 찬 미소였다. 그 미소는 네흘류도프가 하려는 일이 옳지 않다고 그에게 애원하는 것 같았다. 그는 잠깐 멈칫했다. 그녀에 대한 진실한 애정과 그녀의 인생을 소중히 여기지 않으면 안 된다는 것과, 모처럼의 기회를 놓쳐 버려서는 안 된다는 두 마음이 서로 싸웠기 때문이다. 금세 두 번째의 마음이 처음의 마음을 압도해 버렸다. 그는 과감하게 그녀 곁으로 다가갔다. 무서운, 억제할 수 없는 동물적인 감정이 그를 사로잡았다.

　네흘류도프는 마슬로바를 꽉 끌어안은 채 침대에 앉혔다. 그리고 다시 무엇인가를 해야 한다는 것을 느끼면서 자신도 그녀 옆에 앉았다.

　"드미트리님, 이러시면 안 돼요. 제발 놓아 주세요."

　그녀는 떨리는 목소리로 가까스로 말했다.

　"어머나, 마트리오나가 와요!"

　마슬로바는 몸을 빼내려고 안간힘을 썼다. 그리고 정말로 어떤 사람의 발소리가 들려 오고 있었다.

　"그럼 오늘밤에 너한테 갈게. 너 혼자 있지?"

"그건 절대 안 돼요."

그녀는 입으로는 이렇게 말했지만 자신이 없는 말투였다.

정말로 마트리오나 파블로브나가 곧 나타났다. 그녀는 담요를 방에 들고 와서 나무라듯이 네흘류도프를 흘겨보고는 화가 난 듯이 담요를 잘못 가지고 온 마슬로바를 나무랐다.

네흘류도프는 잠자코 방에서 나왔다. 마트리오나 파블로브나의 표정으로 미루어 그녀가 자기를 비난하고 있으며, 그 비난이 옳다고 여겼지만 그는 부끄럽다는 생각도 들지 않았다. 마슬로바에 대한 동물적인 감정이 그를 완전히 지배하여 다른 감정을 모조리 내몰아 버렸던 것이다. 그는 이제 동물적인 감정을 충족시키기 위해 무엇을 해야 하는지 오로지 그 방법만을 궁리하고 있었다.

네흘류도프는 해질 무렵부터 벌써 들뜨기 시작하여 안절부절못하고 있었다. 그는 고모의 방에도 들어가 봤다가 자기 방에도 들어가 봤다가 다시 현관 입구로 나가 보기도 하면서 마음 속으로는 어떻게 하면 마슬로바를 만날 수 있을까 하는 것만을 생각하고 있었다. 그렇지만 마슬로바는 그를 피하고 있었고 마트리오나도 마슬로바에게서 눈을 떼지 않으려 애쓰고 있었다.

칠흑 같은 밤이 깊어 가고 있었다. 의사는 침실로 들어가고 고모들도 잠자리에 들어갔다. 이제 하녀방에는 아무도 없이 마슬로바 혼자뿐이었다. 그는 다시 현관 입구로 나갔다. 뜰은 어둡고 음산했으나 다가오는 봄 기운으로 따뜻했고, 뿌연 안개가 낮게 깔려 있었다. 집에서 백 걸음쯤 떨어진 곳에 있는, 절벽 밑을 흐르는 냇물에서는 얼음이 부서지는 소리가 들려 왔다.

네흘류도프는 돌층계를 내려가서 웅덩이를 건너고 얼어붙어 있는 눈 위를 걸어서 하녀방 창가로 갔다. 그의 심장은 소리가 들릴 만큼 뛰었고 호흡이 멎었다가는 무거운 한숨이 되어 터져 나오곤 했다. 하녀방에는 조그만 램프가 켜져 있었다. 마슬로바는 책상 위에 앉아 무슨 생각에 잠긴 듯 앞쪽만을 멍하니 쳐다보고 있었다. 네흘류도프는 그녀가 무엇을 하고 있는지 알고 싶어서, 꼼짝도 하지 않고 그녀를 지켜 보았다. 그녀는 잠시 동안 가만히 앉아 있다가 갑자기 위를 쳐다보고 한숨을 짓더니 곧 자기를 나무라는 듯이 머리를 흔들고는 몸의 자세를 바꾸어 두 손을 책상 위에 놓고는 또 앞을 똑바로 바라보았다.

네흘류도프는 마음 속의 갈등으로 괴로워하고 있는 마슬로바를 지그시 지켜보고 있었다. 그러자 점점 그녀가 가엾게 느껴지기 시작했다. 그렇지만 이상하게도 그런 연민의 정은 그녀에 대한 욕망을 더욱 강하게 할 뿐이었다. 욕정이 이미 그의 모든 것을 지배하고 있었다.

그는 창을 두드렸다. 그러자 마슬로바는 전류에 닿기라도 한 것처럼 몸을 떨며 얼굴에 공포의 빛을 띠었다. 그 다음 갑자기 일어나서 창가로 다가와 유리에 얼굴을 댔다. 그녀는 그가 네흘류도프라는 것을 확인하고는 더욱 당혹스러워하며 두려움을 감추지 못하고 하얗게 질린 얼굴이 되었다. 그는 그처럼 심각한 그녀의 얼굴을 이제까지 본 일이 없었다. 그가 웃어 보이자 그녀도 겨우 따라 웃었다. 그러나 그녀의 마음 속에는 미소가 아닌 공포가 가득 차 있었다.

네흘류도프는 그녀에게 밖으로 나오라는 손짓을 했다. 그러나 그녀는 그 자리에 선 채 머리를 가로저었다. 그는 다시 한번 얼굴을 창 가까이에 대고 나오라고 하려 했다. 그때 마슬로바가 문 쪽을 획 돌아다보았다. 누군가가 부르는 모양이었다. 네흘류도프는 창가에서 떨어졌다. 짙은 안개 때문에 몇 걸음 떨어지자 벌써 창이 보이지 않았다. 겨우 램프의 불빛만이 어둠 속에서 희미하게 보일 뿐이었다. 냇물에서는 여전히 쉴 사이 없이 기묘한 소리가 들려 오고 있었다.

네흘류도프는 집 모퉁이를 두 번 가량 왔다갔다하고, 웅덩이에 몇 번이나 발이 미끄러지기도 하면서 다시 하녀방 창가로 다가갔다. 램프는 여전히 켜져 있었고 마슬로바는 예의 그 자리에 꼼짝도 하지 않고 앉아 있었다. 그가 창에 기대자마자 그녀는 그쪽을 쳐다보았다. 그는 창을 두드렸다. 그러자 그녀는 그게 누구인지조차 확인도 해 보지 않고 방에서 달려 나왔다. 네흘류도프는 문 앞에 가서 기다리고 있다가 뛰어나오는 그녀를 다짜

고짜 끌어안았다. 그녀는 그에게 와락 몸을 던지고 얼굴을 들어 입술로 그의 키스를 받았다. 두 사람은 문 옆 모퉁이의 어두운 곳에 서 있었다. 네흘류도프의 온몸은 채워지지 않는 욕망의 불길에 휩싸여 있었다. 이때 입구의 문이 열리는 소리가 들리더니 마트리오나 파블로브나의 성난 목소리가 들려왔다.

"카추샤!"

마슬로바는 네흘류도프의 품에서 빠져 나와 방으로 돌아갔다. 자물쇠 잠그는 소리가 그의 귀에 들렸다. 이어 조용해지더니 빨간 불이 꺼지고 그곳에는 안개와 냇물 소리만이 남게 되었다.

네흘류도프는 창에 얼굴을 대어 보았으나 아무것도 보이지 않았고, 창을 두드려 보았으나 아무 반응이 없었다. 그는 할 수 없이 자기 방으로 돌아왔다. 하지만 도저히 잠을 이룰 수가 없었다. 그는 구두를 벗고 맨발로 복도를 따라서 마트리오나 파블로브나의 방과 붙어 있는 마슬로바의 방문이 있는 쪽으로 갔다. 마트리오나 파블로브나의 코고는 소리가 나직이 들려왔다. 살금살금 걸어가는데 그녀가 기침을 하며 몸을 뒤척이는 바람에 침대가 삐걱거렸다. 네흘류도프는 목을 움츠리고 잠시 동안 그 자리에 가만히 서 있었다. 다시 주위가 조용해지며 마트리오나 파블로브나의 숨소리가 일정해지자 그는 마슬로바의 방문 앞까지 가서 문에 귀를 대어 보았다. 아무 소리도 들리지 않았다. 그러나 그가 '카추샤!' 하고 나직이 부르자 그녀는 벌떡 일어나 문 쪽으로 오더니 '제발 돌아가세요!'라고 성이 난 목소리로 조용히 애원하기 시작하였다.

"안 돼요, 이러시면 안 돼요. 고모님한테 들켜요!"

그녀는 입으로 이렇게 말하고 있었으나, 이미 그녀의 마음은 완전히 무너져 있었다. 네흘류도프도 그것을 느낄 수 있었다.

"이것 봐, 카추샤! 잠깐만 문을 열어 봐. 소원이야."

네흘류도프의 말에 마슬로바는 잠자코 있었다. 그러더니 자물쇠가 딸깍거리는 소리가 들렸다. 네흘류도프는 재빨리 문을 밀고 들어섰다. 그는 소매 없는 속옷만 입고 있는 마슬로바를 그대로 안아 들고 방을 나왔다.

"어머나 이게 무슨 짓이에요!"

그러나 네흘류도프는 마슬로바의 말엔 아랑곳하지 않고 자기 방으로 그녀를 안고 갔다.

"안 돼요!"

마슬로바는 그렇게 말하면서도 그에게 꼭 안겨 있었다.

....

마슬로바는 네흘류도프의 말에 아무 말도 하지 않고 입술을 깨문 채 온몸을 떨며 그의 방에서 나갔다. 네흘류도프는 현관 밖의 돌층계에 나가서 도대체 어떤 일이 벌어진 것인가 하고 조금 전에 있었던 일을 생각해 보려고 애썼다. 날은 점차 환해지면서 밑의 냇물 쪽에서는 졸졸 물이 흐르는 소리와 얼음이 부서지는 소리가 더 크게 들려 왔다. 안개가 조금 엷어지자 초승달이 스산하게 빛나고 있었다.

그는 조금 전에 자신이 도대체 무슨 짓을 한 것인지 생각해 보았다. 그것이 다행이었는지 아니면 불행이었는지도 생각해 보았다. 그러나 그는 누구든 그런 일을 겪는 것이라며 스스로에게 반복해서 말할 뿐이었다. 그리고 잠을 청하기 위해 침실로 돌아갔다.

이튿날 네흘류도프의 친구 센보크가 고모들의 집으로 찾아왔다. 그는 다정하고 명랑하며 시원시원한 행동으로 그 집 식구들을 완전히 매혹시키고 말았다. 그의 대범함은 고모의 마음을 사로잡았으나 그것이 너무 지나칠 정도였기 때문에 고모들은 당혹해하기도 했다. 그가 구걸하러 온 거지에게 1루블을 주는가 하면 고용인들에게는 팁으로 15루블을 주기도 했기 때문이었다. 고모들은 여태껏 센보크만큼 씀씀이가 큰 사람을 본 적이 없었다. 그러나 센보크에게는 20만 루블이나 되는 빚이 있었는데 그에게는 그만한 빚을 갚을 돈이 없었으므로 15루블 정도의 돈이 그렇게 중요하게 여겨지지 않았던 것이다.

센보크는 단 하루 동안을 묵었다. 그리고 다음 날 밤에 네흘류도프와 함께 출발하였다. 부대로 돌아가야 할 날이 다가왔기 때문에 두 사람은 그 이상 머물 수가 없었다.

고모 댁에서의 마지막 날, 네흘류도프는 그 전날 밤의 일로 마음이 복잡했다. 기대만큼 충족되지는 않았지만 어쨌든 목적을 달성했다는 동물적인 만족감과 자기가 어쩐지 남을 속이며 나쁜 짓을 저지르고 말았다는 죄의식이 엉켜 그를 괴롭히고 있었다. 하지만 그는 자신의 행동이 어떤 대가를 치러야 하지만 그것은 마슬로바를 위해서라기보다는 자신을 위해서라고 생각하고 있었다. 네흘류도프는 그 무렵 이기주의에 빠져 있었으므로 자신밖에는 생각지 않았던 것이다. 마슬로바에게 행한 일이 세상에 알려지면 비난을 받을 것이라는 생각만 하고 있었을 뿐이지, 그녀의 기분이라든가 그녀가 앞으로 어떻게 될 것인가에 대해서는 조금도 생각지 않았다.

"네흘류도프, 네가 고모 댁을 몹시 좋아하게 된 이유를 알겠다. 1주일간이나 머문 것도 당연하지. 내가 만일 너라면 아주 여기에 눌러앉았을 것이다. 진짜 미인이더군."

마슬로바를 본 셴보크는 네흘류도프에게 이렇게 말했다. 네흘류도프는 셴보크가 자기와 마슬로바와의 관계를 어떻게 알아차렸을까 궁금해하면서도 한편으로는 그 일로 우쭐해지기까지 했다. 그리고 지금 그녀와의 사랑을 마음껏 즐기지 못하고 떠나는 것이 참으로 섭섭하긴 했지만, 어차피 오래 지속할 수 없는 관계이므로 차라리 잘됐다고 생각했다. 또한 그는 그녀에게 돈을 주어야겠다고 생각했다. 그것은 그녀를 위해서가 아니었다. 그녀가 앞으로 돈을 필요로 할지도 모르기 때문이 아니라 이러한 경우에는 모두들 그렇게 하고 있었고, 만일 자기가 그녀를 이용하고도 그 대가를 지불하지 않는다면 뻔뻔한 사람이라고 생각했기 때문이다. 그래서 그는 자기 신분과 그녀의 신분을 비교해 보며 거기에 적합하다고 생각한 금액의 돈을 그녀에게 주었다.

그곳을 떠나는 날, 점심을 먹고 나서 네흘류도프는 현관에서 마슬로바를 기다렸다. 그녀는 그를 보더니 얼굴을 확 붉히며 열려 있는 문 쪽을 향해 얼른 지나가려고 했다.

"작별 인사를 할까 해서. 그리고 이건 나의……"

마슬로바를 가로막고 선 그는 100루블짜리 지폐를 넣은 봉투를 손에 쥐여 주면서 말했다.

그녀는 그 뜻을 알아차리고 얼굴을 찡그리며 머리를 흔들고는 그의 손을 밀어냈다.

"아냐, 받아 줘!"

네흘류도프는 이렇게 말하면서 봉투를 다시 그녀의 손에 꼭 쥐여 주고는 마치 화상이라고 입은 것처럼 얼굴을 찌푸리더니 신음 소리를 내면서 자기 방으로 돌아갔다.

그 뒤 그는 오랫동안 자기 방을 서성대며, 그날 밤의 일들을 생각하고는 육체적 고통이라도 느끼는 듯 몸을 뒤틀고 울적해져서 신음 소리를 내며 괴로워했다. 그러면서 그는 센보크도 가정 교사에게 똑같은 짓을 했었고, 그리샤 아저씨도 그렇게 했으며, 자신의 아버지만 해도 시골에서 농민의 딸에게 사생아를 낳게 했다고 자신에게 계속해서 설명했다. 하지만 그것은 조금도 그에게 도움을 주기는커녕 오히려 그의 양심을 더욱 괴롭힐 뿐이었다.

마음 속 깊은 곳에서 그는 자기의 행위가 더럽고 비열하고 잔혹하다는 것을 알고 있었다. 그런 짓을 저질렀기 때문에 남을 비난할 수 없을 뿐 아니라, 남들의 얼굴을 똑바로 쳐다볼 수도 없게 되었다. 또 전처럼 자기를 훌륭하고 고상한 청년이라고 생각할 수도 없게 되었다. 그러나 명랑하고 즐거운 생활을 하기 위해서는 자기가 저지른 일을 잊어버리면 그만이었다. 그녀와의 일을 생각하지 않는 것이었다. 그는 그것을 실행에 옮겼다. 그의 새로운 군대 생활이나 전쟁이 그것에 큰 도움이 되었다. 세월이 감에 따라 차츰 잊게 되더니 마침내는 완전히 잊어버리게 된 것이다.

단 한 번, 네흘류도프는 전쟁이 끝난 뒤에 그녀를 만나고 싶어 고모의 집에 들른 적이 있었다. 그러나 마슬로바는 이미 그 집을 떠난 후였다. 그때 네흘류도프는 그가 떠나고 얼마 안 되어 마슬로바가 고모의 집을 뛰쳐나갔고, 어디선가 아기를 낳았으며 완전히 몸을 망치고 말았다는 소문이 있다는 얘기를 들었다. 그것을 듣고 그는 마음 아파했다. 달수를 헤아려 보면 그녀가 낳았다는 아이는 그의 아이인 것 같기도 하고 또 그렇지 않은 것 같기도 했다.

두 고모는 마슬로바가 타락한 것이 원래 그녀의 어머니와 마찬가지로 음란한 피가 흐르고 있었기 때문이었다고 했다. 고모들의 말은 그에게 많은 위로가 되었다. 그래도 처음에는 그녀와 그 어린애를 어떻게 해서든지 찾아내야겠다고 생각했다. 그러나 그는 그런 것을 생각하는 것조차 괴롭고 부끄러웠기 때문에, 그들을 찾기 위해 별다른 노력을 기울이지 않았고 얼마 후에는 자기의 죄를 차차 잊었으며 아무것도 생각하지 않게 되었다.

그런데 이 뜻밖의 우연은 모든 기억을 다시 떠올리게 했고, 지난 10년 동안 그러한 죄를 마음 속에 간직한 채 태평스럽게 지낼 수 있었던 자신의 무정함, 잔혹함, 그리고 비열함을 시인할 것을 그에게 요구하고 있었다. 그러나 그는 아직 그것을 시인할 마음의 준비가 되어 있지 못했다. 다만 자신의 과거가 여기 법정에서 폭로되지 않기만을 간절히 바라고 있었다. 네흘류도프는 자신의 치욕이 드러나면 어쩌나 하고 전전긍긍하고 있었던 것이다.

법정을 나와서 배심원용 대기실로 들어갔을 때의 네흘류도프의 마음은 이런 상태였다. 그는 창가에 앉아서 주위 사람들이 주고받는 이런저런 이야기를 멍청하게 들으면서 줄담배를 피워대고 있었다. 배심원의 한 사람인 쾌활한 상인은 스멜리코프의 호탕한 기질에 몹시 감동한 모양이었다.

"굉장한 호남이야, 정말 시베리아 식이야. 게다가 그 친구 제법 눈이 높은걸. 저런 여자한테 눈독을 들였으니 말야."

정리가 다시 배심원들을 법정으로 불렀을 때 네흘류도프는 문득 자기가 재판하러 가는 것이 아니라 오히려 재판을 받기 위해 끌려 나가는 것 같은 두려움을 느꼈다. 그는 마음 속으로는 어찌할 바 몰라 하고 있었지만 겉으로는 아주 침착하고 태연하게 배심원석에 가서 다리를 꼬고 앉아 코안경을 만지작거리고 있었다. 피고인들도 어디론가 끌려 나갔다가 다시 법정으로 막 들어오고 있었다.

법정에는 새로운 증인들이 나와 있었다.

네흘류도프는 마슬로바가 매우 화려한 옷차림을 한 어떤 뚱뚱한 부인에게 자주 시선을 보내고 있다는 것을 알아차렸다. 커다란 리본이 달린 높은 모자를 쓰고, 팔꿈치까지 드러낸 팔에 값비싼 핸드백을 걸고 있는 여자였다. 알고 보니 그녀는 마슬로바가 몸을 담고 있던 유곽의 여주인인 키타예바였다.

키타예바도 증인으로 불려 나왔다. 키타예바는 이 사건에 대해서 무엇을 알고 있는가 하는 질문을 받았다. 그녀는 가식적인 웃음을 지으면서 독일어 악센트가 섞인 러시아 말로 상세하고 요령 있게 진술했다.

그녀는 전부터 알고 있던 호텔의 청소부 시몬 카르친킨이 돈 많은 시베리아 상인을 위해 여자 한 사람을 데리러 와서 마슬로바를 불러 주었고, 4, 5시간 지나서 마슬로바는 상인과 함께 돌아왔다고 얘기했다.

"스멜리코프는 매우 만족한 표정이었습니다."

키타예바는 웃음을 지으면서 이야기를 계속했다.

"그리고 우리 가게에 와서도 아이들에게 술을 한잔 사다가 돈이 떨어지니까 반해 버린 루바샤(루보비의 애칭)에게 호텔 자기방에 가서 돈을 가져 오라고 했습니다."

이렇게 말하고 그녀는 마슬로바 쪽으로 시선을 보냈다. 그러자 마슬로바는 보일락말락 미소를 지었다. 네흘류도프는 그 미소가 어쩐지 천박하게 느껴져 혐오와 동정이 엇갈린 기묘한 감정이 일었다.

"그러면 증인은 평소 마슬로바에 대해 어떻게 생각하고 계십니까?"

마슬로바의 관선 변호사가 머뭇거리면서 물었다.

"더할 나위 없이 좋은 아이죠. 좋은 가정에서 교육도 잘 받았고, 얼굴도 예쁘고, 또 프랑스 어도 줄줄 읽습니다. 때때로 과음하는 버릇이 있긴 했지만 제정신을 잃은 적은 한 번도 없었습니다. 정말로 좋은 아이였습니다."

마슬로바는 여자 주인 쪽을 쳐다보고 있더니 얼마 후에는 배심원 쪽으로 시선을 옮겼다가 네흘류도프의 얼굴에서 시선을 멈추었다. 순간 그녀의 얼굴이 심각해지더니 험악해졌다. 약간 사시인 듯한 두 눈은 이상하게 번들거리면서 한참 동안이나 네흘류도프를 바라보고 있었다. 네흘류도프는 순간 강한 공포를 느꼈다. 그러나 그녀의 눈에서 그는 벗어날 수가 없었다. 그날의 무서운 밤, 얼음이 갈라지는 소리, 안개, 그리고 무엇보다도 그 기분 나쁘던 초승달이 그의 눈앞에 떠올라 왔다.

마슬로바가 드디어 자신을 알아본 모양이라고 네흘류도프는 생각하였다. 네흘류도프의 전신이 긴장으로 자지러지는 것을 느낄 때, 마슬로바는 한숨을 쉬며 다시 재판장 쪽으로 시선을 옮겼다. 네흘류도프도 안도의 한숨을 쉬었다.

재판은 오랫동안 지루하게 이어졌다. 증인들에게 무의미하고 형식적인 질문이 계속되고 있었다. 그것이 끝나자 재판장은 배심원들에게 증거물을 살펴보라고 권하였다. 증거물이라야 굵은 손가락에 끼워져 있던 것 같은 커다란 다이아몬드 반지와 독약을 분석했던 시험관 따위가 고작이었다. 이때 검사가 일어나 의사의 검시(檢屍) 보고서를 읽어 줄 것을 재판장에게 요청하였다.

검사가 그런 요구를 하는 것은 그가 그런 요구를 할 권리를 가지고 있다는 오직 그 한 가지 이유 때문이었다. 재판장도 그 사실을 잘 알고 있었다. 하지만 지루할 뿐더러 아무 의미도 없고 점심 시간을 늦춰지게 할 뿐인 그 보고서 낭독을 그는 거부할 수가 없었다.

서기가 음산한 목소리로 외부 검진에서 드러난 것을 읽어 내려가기 시작했다.

1. 페라폰트 스멜리코프의 키는 193센티미터.
2. 외모로 보아 40세 안팎으로 추정됨.
3. 사체는 온 몸이 부어 있는 것같이 보였음.
4. 피부는 푸르고 여기저기 검은 반점이 있었음.
5. 피부 표면에는 크고 작은 여러 개의 물집이 생기고 여러 곳이 벗겨져서 큰 헝겊 조각이 달려 있는 것처럼 보였음.

4쪽 27항목에 걸친 검시 보고가 자세하게 낭독되었다. 네흘류도프가 막연하게 느끼고 있던 혐오감은 사체에 대한 이 보고에 의해서 한층 더 강해졌다. 마슬로바의 생활도, 코에서 흘러나온 피도, 안구에서 튀어나온 눈도, 그녀에게 저질렀던 네흘류도프의 행위도 모두 똑같은 종류의 것처럼, 그는 지금 그런 끔찍한 사건에 에워싸여 삼켜지고 있는 것 같은 기분이 들었다.

외부 검시 보고가 끝나자 재판장은 겨우 끝났다고 생각하면서 한숨을 내쉬며 머리를 들었다. 그러나 서기는 곧 내부 검시 보고서를 읽기 시작하였다.

"내부 검진에 의해서 다음과 같은 사실이 밝혀지게 되었습니다."

13개 종목에 걸쳐 나열되어 있는 검시 보고서의 끝에는 스멜리코프의 죽음이 위나 장, 그리고 신장의 변화 상태로 볼 때 술과 함께 위 속에 들어간 독약의 작용 때문임이 분명하다는 의사의 결론이 첨가되어 있었다.

이 보고서의 낭독은 한 시간 가까이 계속되었지만 검사는 그것으로 아직 만족하지 않았다. 그는 검시 보고서의 낭독이 끝나자 재판장 쪽을 보지도 않은 채, 자신의 권리라는 듯이 무뚝뚝하게 말했다.

"해부 보고는 낭독할 필요가 없다고 생각합니다만, 저는 그 보고서의 낭독을 듣고 싶습니다."

해부에 대한 지루한 보고가 또다시 이어졌다. 그런데 판사 한 사람이 재판장의 귀에 대고 무엇인가를 속삭이자 재판장은 양쪽 옆에 앉아 있는 판사들과 의논을 하더니 낭독을 중지시켰다. 낭독을 하던 서기는 서류를 챙기기 시작했으며, 검사는 화가 나서 무엇인가를 메모하기 시작했다.

"배심원 여러분, 증거물을 봐 주십시오."

재판장의 말에 배심원들은 일어나서 책상으로 다가가 차례로 반지, 유리병, 시험관 등을 살펴보았다. 상인은 반지를 만져 보더니 자기의 손가락에 끼워 보기도 했다.

"그 사람, 손가락이 꽤 굵었군. 굵은 오이만 한걸!"

상인은 자리로 돌아오면서 이렇게 중얼거렸다. 그는 살해된 남자를 옛

이야기에 나오는 호걸쯤으로 상상하며 재미있어 하는 기색이었다.

　배심원들의 증거물 확인이 끝나자, 재판장은 심리의 종결을 선언하고는 휴식 없이 곧바로 검사의 논고를 재촉하였다. 재판장은 검사도 역시 인간이므로 담배도 피우고 싶고 식사도 하고 싶어 간단히 끝낼 것이라고 생각했다. 하지만 자부심 강하고 우둔한 이 검사는 자신에게도 남에게도 관대하지 않았다. 그는 지명을 당하자 천천히 일어나서 두 손으로 책상을 힘껏 치더니 피고들의 시선을 피한 채 법정을 한 차례 돌아보며 말했다.

　"배심원 여러분, 이 사건은 아주 특색 있는 범죄입니다."

　검사는 한바탕 연설을 늘어놓기 시작했다. 그에 의하면 검사의 논고도 유명한 변호사들에 의한 변론과 마찬가지로 사회적 의의를 지녀야만 되었다. 이때 법정에 방청인이라고는 겨우 카르친킨의 패거리 세 사람밖에 없었지만, 이 검사에게 그런 것쯤은 아무런 문제가 되지 않았다. 그는 그 범죄의 심리를 깊이 분석해서 사회에 깃들이어 있는 병폐를 도려 내려고 열중하고 있었다.

　"이 사건은 세기말적 특색을 가진 사건으로서, 여러 가지 퇴폐 현상을 적나라하게 반영하고 있습니다……."

　검사는 자신의 머리에 떠오르는 모든 지식에 명구를 삽입시켜 가면서 1시간 15분 동안이나 열변을 토하였다. 그의 견해로는 상인 스멜리코프는 넓은 도량을 가진 건강하고 순수한 사람이었으나 남을 잘 믿는 관대한 성격 때문에 타락한 자들의 희생물이 되었다는 것이었다. 그리고 시몬 카르친킨은 교육도 받지 못했고 신념도 없으며 자기에게 이득이 되는 것이라면 어떤 일이든 태연하게 해치우는 사람이었다. 따라서 이 범죄 사건의 주요 인물은 데카당적 저질 현상을 대표하는 마슬로바라고 규정지었다.

　검사는 마슬로바 쪽을 외면한 채 말했다.

　"교육을 받은 이 여자는 글을 읽을 줄 알 뿐 아니라 프랑스 말도 잘 알고 있습니다. 물론 고아라는 신분상 항시 범죄에 노출되어 있기는 하지만 귀족 가정에서 자라났으니 옳은 일을 해서 살아갈 수도 있었을 것입니다. 그런데 이 여자는 은인들을 저버리고 정욕에 몸을 맡겼습니다. 그리고 다른 사람에게 그랬던 것처럼 스멜리코프라는 선량한 상인을 사로잡아서 자기를 신임하게 하고, 그것을 이용하였던 것입니다."

"저 친구, 굉장히 우쭐대는군."

재판장이 빙긋 웃으면서 옆의 판사에게 소곤거렸다.

"정말 어처구니없는 바보로군요."

판사가 말했다.

검사는 온갖 몸짓을 다 써가며 말을 계속 이어 나갔다.

"배심원 여러분, 이제 이 피고들의 운명은 여러분의 손에 달려 있습니다. 뿐만 아니라 여러분이 내리는 판결은 사회에 아주 커다란 영향을 미칠 것이므로 이 사회의 운명도 여러분의 손에 달려 있습니다. 어쨌든 여러분은 이 범죄의 의미를 깊이 참고하셔서 마슬로바와 같은 병균과 같은 존재로부터 건전한 사회를 지켜 주시기 바라는 바입니다."

긴 연설을 마친 검사는 스스로 자기의 말에 도취된 듯한 표정으로 의자에 털썩 주저앉았다.

검사의 논고는 결국 마슬로바가 스멜리코프로 하여금 자신을 신임하게 한 다음, 열쇠를 가지고 호텔로 가서 돈을 독차지할 계획이었으나, 카르친킨과 보치코바에게 들키는 바람에 할 수 없이 세 사람이 나누어 가졌으며, 그 뒤 자기의 범죄를 숨기기 위해 다시 상인 스멜리코프와 같이 호텔로 가서 그를 독살해 버렸다는 이야기였다.

검사의 논고가 끝나자 변호인석에서 한 중년 남자가 일어났다. 그는 카르친킨과 보치코바에게 300루블을 받기로 한 변호사였다. 그는 마슬로바가 돈을 가지러 갔을 때 보치코바와 카르친킨이 함께 있었다는 마슬로바의 증언을 강력히 부정했다. 그는 보치코바가 예금한 1800루블은 근면한 두 사람이면 얼마든지 모을 수 있는 돈이며, 상인 스멜리코프를 독살한 것도 마슬로바이고 돈도 마슬로바가 훔쳤을 것이라고 했다. 그리고 마슬로바가 그 돈을 누구에게 주었거나 아니면 너무 취했기 때문에 어디에다 버렸을 것이라고 하며 카르친킨과 보치코바는 무죄라는 것을 인정하기 바란다고 호소했다.

　다음으로 재판소에 의해 선정된 마슬로바의 변호사가 일어나더니 더듬더듬 조심스럽게 그녀의 변호를 시작했다. 변호사는 마슬로바의 절도 혐의에 대해서 부정하지 않으면서 그녀가 스멜리코프를 죽일 생각 없이 다만 그를 잠자게 할 목적으로 그에게 가루약을 주었다는 것을 거듭 주장했다. 그는 여기서, 마슬로바가 타락하게 된 동기는 그녀가 어떤 남자한테 강간을 당한 데 있었다고 말하고 남자의 잔학함과 여자의 무력함에 대해서 일장 연설을 늘어놓으려 했지만 뜻대로 되지 않아 재판장에게 요점만 말하라는 주의를 받는 것으로 그치게 되었다.

　이어서 피고들의 진술이 허락되었다. 보치코바는 자기는 아무것도 모르며 이 사건과 아무 관계가 없다고 변명을 늘어놓더니 모든 것은 마슬로바의 짓이라고 완강하게 말했다.

　"아무리 생각해 봐도 제게는 죄가 없습니다."

　카르친킨 또한 되풀이하여 말했다.

　그러나 마슬로바는 아무 말도 하지 않았다. 재판장이 자기를 변호하기 위해서 말할 것이 있으면 말하라고 권하자 그녀는 재판장을 쳐다보고 나서는 쫓기는 짐승처럼 주위를 둘러보더니 곧 고개를 떨구고 흐느껴 울기 시작했다.

　"왜 그러십니까?"

　네흘류도프의 곁에 앉아 있던 상인이 네흘류도프의 신음 소리를 듣고 그에게 물었다. 그것은 통곡을 참는 소리였다.

　네흘류도프는 자신의 현재 입장을 아직 확실하게 깨닫지 못하고 있었다. 그래서 가슴이 뻐근하게 아파 오고 눈에 가득 눈물이 고이는 것을 자신의 신경이 약한 탓이라고 생각하고 있었다. 그는 눈물을 감추기 위해서 코안경을 쓰고 손수건을 꺼내 코를 풀기 시작했다. 과거의 행실이 탄로나면 이만저만한 창피가 아니라는 사실이 그의 양심의 가책을 억압하고 있었다.

　피고들의 마지막 증언이 끝나자 재판장은 배심원들이 주의해야 할 여러 가지 일에 대해 듣기 좋게 친근한 말투로 설명했다. 그러면서 그는 자주 네흘류도프 쪽을 쳐다보았다. 아마도 그는 네흘류도프야말로 자기가 말하는 중대한 진리를 이해하여 동료 배심원들에게 납득시켜 줄 것이라고 생각하는 모양이었다.

재판장은 곧이어 이미 변호사, 검사, 증인 등이 몇 번이나 되풀이해 말한 사실을 다시 한 번 되풀이하며 사건의 개요를 설명했다.

재판장이 사건을 설명하기 시작하자, 마슬로바는 그의 말을 한 마디도 놓치지 않으려는 듯 그의 얼굴을 뚫어지게 바라보고 있었다. 그래서 네흘류도프는 그녀와 눈이 마주칠지도 모른다는 걱정을 하지 않고 그녀를 바라볼 수가 있었다. 사랑하는 사람을 오랜만에 대하게 되면, 처음에는 헤어져 있는 동안에 나타난 외적인 변화에 놀라게 되지만, 조금 익숙해지면 차츰 옛모습이 보이게 되어 헤어져 있는 동안에 변했던 모든 모습은 없어지고 그 사람이 예전에 지니고 있던 중요한 특징만이 보이게 마련이다. 이런 일이 네흘류도프에게도 똑같이 일어났다.

죄수복을 입고 있고, 전체적으로 풍만해지고, 이마나 눈가에 잔주름이 생긴 눈이 좀 부석부석하긴 해도, 그것은 틀림없이 부활절의 그날, 기쁨에 차서 미소 지으며 사랑스런 소녀의 눈으로 그토록 천진스럽게 그를 쳐다보던 바로 그 마슬로바임에 틀림없었다.

그는 10년 동안이나 못 만났던 그녀를 이런 장소에서, 더구나 배심원과 피고로서 보아야 한다는 사실이 믿어지지 않았다. 그리고 일이 앞으로 어떻게 전개될지 모르지만 어서 끝났으면 하고 바랐다.

그는 이번 일은 아주 우연한 일이므로 시간이 지나면 소멸되어 버리고, 그의 생활을 어지럽히지는 않을 것이라고 생각하고 있었다. 그는 아직도 지금 눈앞에서 벌어지는 일이 자신이 저질러 놓은 엄청난 죄의 대가라고는 생각하지 못하고 있었다. 그러나 그를 완강하게 억누르고 있는 눈에 보이지 않는 손에서 이젠 빠져 나갈 수 없으리라는 것을 막연하게 예감하고 있었다.

그는 몸에 밴 습관대로 다리를 꼬고 따분하다는 듯이 안경을 만지작거리며 자신 있는 자세로 앉아 있으면서도 자기 행위가 얼마나 비열했으며 지금까지 자신의 무기력한 생활이 얼마나 죄스러운 것이었던가를 느끼고 있었다. 이 기적적인 우연으로 인해 지난 12년 동안 그의 눈을 가리고 있던 무거운 장막이 흔들리기 시작하여 뒤에 숨겨져 있던 것이 들여다보이는 듯했다.

마침내, 이야기를 끝낸 재판장은 자문 사항이 써 있는 서류를 배심원장에게 주었다. 배심원들은 이제서야 겨우 퇴정할 수 있게 된 것을 다행이라 생각하면서 모두 익숙지 않은 자세로 옆의 회의실로 갔다. 배심원들이 모두 들어가자 회의실 문이 닫히고 한 사람의 헌병이 와서 칼을 빼어 어깨에 메고 문 앞에서 보초를 섰다. 재판관들은 모두 퇴정하고 피고들도 끌려 나갔다.

배심원들은 회의장에 들어가자 담배부터 피우기 시작했다. 그리고 배심원석에 위선을 떨며 부자연스럽게 앉아 있던 것에서 벗어나 자유스러운 기분으로 떠들어대기 시작했다.

"저 젊은 여자에게는 죄가 없어요. 말려 들어간 거죠. 관대하게 처리해 주지 않으면 안 됩니다."

인상 좋아 보이는 상인이 말했다.

"이제부터 전부 심의할 겁니다. 개인 감정에 사로잡혀서는 안 됩니다."

배심원장이 말했다.

"저 마슬로바라는 여자가 가르쳐 주지 않았더라면 호텔 종업원 두 사람은 돈이 어디에 있는지도 몰랐을 게 뻔해요."

유태인인 듯한 영지 관리인이 말했다.

"그러면 당신은 그 여자가 상인을 해쳤다고 생각합니까?"

배심원 한 사람이 물었다.

"나는 그렇지 않다고 생각합니다. 이번 일은 모두가 저 토끼 눈을 가진 여우 같은 늙은 여자가 짠 시나리오일 뿐이에요."

아까 말한, 인상 좋은 상인이 큰 소리로 말했다.

"하지만 그 여자는 호텔 방에는 들어가지 않았다고 말하던데요."

"당신은 저런 늙은 여자가 말하는 것을 믿는 모양이군요. 나는 저런 사람들의 말은 절대로 믿지 않습니다."

"그렇지만 당신이 믿지 않는다는 것만으로 유죄나 무죄를 결정할 수는 없습니다."

"마슬로바가 열쇠를 가지고 있었거든요."

"그것이 뭐가 어떻단 말입니까?"

상인이 대꾸했다.

"거기다가 반지까지 가지고 있었는데요."

"그건 그 여자가 말했잖소. 시베리아 상인이 몹시 취해서 그 여자를 때리고는 가엾은 생각이 드니까 그것을 주고 달랜 거라고."

상인이 다시 소리쳤다.

그러자 표트르 게라시모비치가 참견했다.

"그런 것은 문제가 아닙니다. 문제는 이 사건을 꾸미고 저지른 사람이 그 여자냐, 그렇지 않으면 호텔 종업원들이냐 하는 것입니다."

"호텔 종업원들만으로 사건이 저질러졌을 리는 없다고 봅니다. 어쨌든 열쇠는 마슬로바가 가지고 있었으니까요."

이와 같이 갈피를 잡을 수 없는 이야기가 계속되다 이윽고 배심원장이 일어섰다.

"자, 여러분, 모두 자리에 앉아 주십시오. 이제부터 심의를 시작하겠습니다."

"저런 여자들은 전부가 철면피한 것들이에요."

영지 관리인은 이렇게 말하더니 이 사건의 주범이 마슬로바라고 하는 자신의 의견을 뒷받침하기 위해서 자기의 친구가 이런 여자에게 시계를 도둑 맞은 일이 있다는 이야기를 재미있다는 듯이 말했다. 그 말을 받아서 퇴역 대령은 더욱 놀라운 도난 사건을 얘기했다.

"여러분, 자문 사항을 기초로 해서 심의해 주십시오."

배심원장이 연필로 책상을 두드리며 말했다. 그러자 모두들 조용해졌다. 자문 사항은 다음과 같았다.

① 시몬 카르친킨(33세)은 금품을 강탈할 목적으로 상인 스멜리코프의 살해를 도모하여 다른 동료와 공모 끝에 술에 독약을 타 먹여 죽이고 약 2500루블과 다이아몬드 반지를 훔친 사건에 있어 유죄인가?

② 예브피미아 이바노브나 보치코바(43세)는 위의 사건에서 유죄인가?

③ 위 사건에서 예카체리나 미하일로바 마슬로바(27세)는 유죄인가?

④ 보치코바가 제1문의 범행에서 무죄라면, 마브리타니아 호텔의 손님, 즉 상인 스멜리코프의 방에 있었던 가방 속에서 또 하나의 열쇠로 몰래 2500루블을 훔쳐 간 사실에 대해 유죄인가, 아닌가?

배심원장은 첫번째 질문을 읽고 나서 배심원들에게 물었다.

"여러분은 어떻게 생각하십니까?"

이 질문에 대해서는 전원의 의견이 곧 일치하여, 카르친킨이 독살에도 절도에도 가담했음을 인정했으므로 '유죄'라고 결정했다.

보치코바에 관한 둘째 사항에 대해서는 한동안 의논한 끝에, 그녀가 독살에 가담했다는 확실한 증거가 없으므로 '무죄'로 결정했다.

상인은 마슬로바를 변호하기 위하여 보치코바야말로 주모자라고 주장했다. 배심원 다수가 그의 주장에 동의했으나 배심원장은 법률에 비추어 판단하는 한 그녀가 독살의 주모자라고 생각할 수 있는 근거가 없다고 말했다. 오랜 토론 끝에 배심원장의 의견이 승리를 거두었다. 그리고 보치코바에 관한 넷째 사항에 대해서는 곧 '유죄'로 결정했다.

마슬로바에 관한 사항은 심한 논쟁을 불러일으켰다. 배심원장은 독살에서나 절도에서 마슬로바가 절대적으로 유죄라고 주장했으나, 상인과 대령 및 그 밖의 두 사람이 그 주장에 반박했다. 그 이외의 배심원들은 그 어느 쪽으로도 결정을 내리지 못하였다. 그런데 시간이 흐름에 따라서 배심원장의 의견이 차츰 우세해졌다. 지친 배심원들이 빨리 끝낼 수 있는 의견을 지지하였기 때문이었다.

네흘류도프는 사건의 경위로 보거나 마슬로바의 됨됨이로 보거나 그녀가 절도나 독살에 대해 무죄라는 것을 확신하고 있었다. 그러나 어느 새 유죄로 기울어지는 것을 보고도 네흘류도프는 아무 말도 하지 못했다. 만약 입을 열게 되면 곧 그와 마슬로바와의 관계가 알려질 것 같았기 때문이다. 그렇지만 그냥 그녀를 내버려 둘 수는 없는 일이었다. 그는 얼굴이 빨개졌다 파래졌다 하면서 용기를 내 이윽고 입을 열려고 했다. 그런데 지금까지 잠자코 있던 중학교 교사 표트르 게라시모비치가 배심원장의 억압적인 말버릇에 화가 났는지, 이윽고 네흘류도프가 하려던 말을 했다.

"그 여자가 열쇠를 가지고 있었기 때문에 그 여자가 훔쳤다고 하지만 가령 호텔 종업원들이 그 여자가 돌아간 뒤에 다른 열쇠로 방을 열 수도 있잖습니까?"

"네, 옳습니다. 옳아요."

상인이 찬성하며 맞장구를 쳤다.

"더구나 그 여자는 돈을 훔칠 수가 없었을 겁니다. 훔친 돈을 숨길 장소도 없으니까요. 오히려 그 여자가 호텔에 갔던 것을 호텔 종업원들이 이용해서 범죄를 저지르고 뒤집어 씌웠다고 봐야 할 겁니다."

표트르 게라시모비치는 강력하게 주장했다. 이에 자극을 받은 배심원장이 한층 더 강경하게 반대 의견을 내세우기 시작했으나 표트르 게라시모비치의 이야기가 설득력 있었기 때문에 대부분의 배심원이 그의 주장에 찬성하여, 마슬로바는 돈도 반지도 훔치지 않았고 반지는 죽은 상인 스멜리코프에게서 얻은 것이라는 점이 인정되었다. 독살 건으로 넘어가자, 마슬로바를 편들고 있던 상인이 그녀에게는 피해자를 죽일 이유가 없었기 때문에 무죄를 인정해야 한다고 말했다. 그러나 배심원장은 그녀 자신이 가루약을 타서 먹인 것을 자백했기 때문에 무죄로 판정할 수는 없는 일이라고 우겼다.

"그러나 그 여자는 가루약을 타서 먹이긴 했지만 그 약을 수면제로 믿고 먹였던 것이 확실합니다."

상인이 변론했다.

"그렇지만 수면제도 사람을 죽일 수는 있습니다."

이때 이야기를 딴 데로 끌어가기 잘하는 대령이 엉뚱하게 자기 친척의 예를 들면서 수면제가 인체에 미치는 영향에 대해 말했다.

"여러분 벌써 4시가 지났습니다."

배심원 한 사람이 말했다.

"그러면 여러분, 이렇게 합시다. 유죄는 인정하되, 훔칠 생각은 없었고 또 아무것도 훔치지 않았다고 합시다."

배심원장은 여러 사람들을 둘러보며 이렇게 말했다.

"거기에다가 정상을 참작해야 합니다."

상인의 말에 모두가 동의했다. 단 한 사람의 배심원만은 '무죄'로 해야 한다고 주장했다.

"어찌 되었든 마찬가지 아닙니까. 훔칠 생각이 없었고, 또 아무것도 훔치지 않았다고 하면 결국은 무죄라는 말이거든요."

모든 사람들이 지치고 토론하느라고 머리가 혼란해져 있었기 때문에 누구 한 사람도 그 항목의 마지막에 '유죄이지만 살해할 생각은 없었다'라고 덧붙여야 하는 것을 깨닫지 못했다. 네흘류도프도 완전히 흥분하여 그것을 모르고 있었다. 모두가 지쳐서 일각이라도 빨리 그 자리에서 해방되고 싶은 불성실한 마음에 우스운 일이 벌어지고 만 것이다.

배심원들이 벨을 울렸다. 칼을 빼들고 문 앞에 서 있던 헌병이 칼을 칼집에 도로 꽂고 옆으로 비켜섰다. 재판관들이 자리에 앉자 배심원들이 차례차례로 나왔다.

재판장은 배심원장에게서 답신서를 받아 재빠르게 훑어보더니 놀란 표정으로 양 옆의 판사들과 재빠르게 의논하기 시작했다. 재판장이 놀란 것은 배심원들이 '약탈할 의사는 없었음'이라는 단서는 붙였으면서 '살해할 생각은 없었음'이라는 단서를 붙이지 않았기 때문이었다. 배심원들의 결정에 따르면 마슬로바는 훔치지도 않았고 약탈하지도 않았으나 아무 목적도 없이 한 사람을 독살하고 만 것이었다.

"배심원들이 참 어리석은 결론을 내렸군. 이러면 저 여자는 죄가 없는데도 징역감이 되고 말지."

재판장은 왼쪽의 판사에게 말했다.

"아니 어째서 죄가 없다는 겁니까?"

판사가 말했다.

"이 경우는 제818조가 적용되는 거지."

제818조에는 재판관은 유죄 판결이 부당하다고 인정할 경우, 배심원의 결정을 파기할 수 있다고 규정되어 있었다.

"당신은 이 점에 대해 어떻게 생각하시오?"

재판장은 오른쪽에 앉아 있는 사람 좋은 판사에게 물었다.

"글쎄, 그렇게 해야겠는데요."

판사가 어물쩍 대답을 했다.

"당신은?"

재판장은 다시 왼쪽의 판사에게 물었다.

"안 됩니다. 그건 안 됩니다. 신문들은 언제나 배심원들이 범인을 무죄로 만든다고 비난을 합니다."

"가엾긴 하지만 어쩔 수 없군."

시계를 들여다본 후 재판장이 말하며 답신서를 배심원장에게 주었다.

모두 일어섰다. 배심원장은 헛기침을 하고 나서 자문 사항과 답신서를 읽었다. 재판 관계자 모두가 놀란 듯한 표정이었지만 피고들은 답신의 뜻을 모르는 듯 무관심한 얼굴로 앉아 있었다.

모두 자리에 앉자 재판장은 검사에게 구형을 어떻게 할 것이냐고 물었다. 검사는 마슬로바가 유죄가 된 것이 모두 자신의 멋진 논고 때문이라 생각하며 기뻐하였다.

"시몬 카르친킨은 형법 제1452조 및 제1453조 제4항에 의거하여, 예브피미아 보치코바는 형법 제1659조에 의거하여, 예카체리나 마슬로바는 형법 제1454조에 의거하여 각각 처벌되어야 한다고 생각합니다."

그것은 예상할 수 있는 가장 무거운 형이었다.

"재판관은 판결 결정을 위해 일단 퇴정합시다."

재판장이 일어서면서 말했다.

잇따라 모두 일어났다. 안도감과 임무를 훌륭히 끝마쳤다는 흐뭇함을 느끼면서 밖으로 나가는 사람도 있고 법정 안을 서성거리는 사람도 있었다.

"우리는 어처구니없는 짓을 저질렀군요. 우리가 죄없는 저 여자를 징역으로 몰아넣고 말았어요!"

표트르 게라시모비치가 네흘류도프에게로 다가오면서 말했다.

"뭐라고요?"

네흘류도프는 놀라서 물었다. 이때는 그도 표트르 게라시모비치가 가까운 척하는 것이 조금도 거슬리지 않았다.

"그렇지 않습니까? 우리가 답신서에 '유죄이지만 살해할 생각은 없었음'이라고 쓰지 않았거든요. 방금 서기한테 들었는데 검사가 저 여자에게 15년의 유형을 구형했다고 합니다."

"하지만 여러분이 그렇게 결정하신 거잖아요"

배심원장이 말했다.

표트르 게라시모비치는 그녀가 돈을 훔치지 않았으니까 생명을 뺏을 의도를 가졌을 리가 없다는 것은 뻔한 노릇이라고 대들기 시작했다.

"우리가 법정으로 나오기 전에 내가 읽은 답신서에 아무도 이의를 제기하지 않았습니다."

배심원장이 변명했다.

"나는 그때 그 자리에 없었습니다. 그래 당신은 어떻게 그런 것을 듣고도 몰랐단 말입니까?"

표트르 게라시모비치가 네흘류도프에게 따져 물었다.

"나는 전혀 생각조차 못 했어요."

"생각도 못 했다니, 이것 참 안됐습니다."

"지금이라도 고칠 수 없을까요?"

네흘류도프가 말했다.

"아니, 이젠 때가 늦었습니다."

네흘류도프는 피고들 쪽으로 시선을 보냈다. 그들은 이미 운명이 결정된 줄도 모르고 헌병의 감시를 받으며 나무 칸막이 너머 자리에 가만히 앉아 있었다. 마슬로바는 예의 미소를 짓고 있었다. 그 순간 네흘류도프의 마음 속에 사악한 감정이 꿈틀거렸다. 지금까지는 마슬로바가 무죄로 석방될 때의 일을 생각하고 자기가 그녀에게 어떤 태도를 취해야 할지 거북해했지만 그녀가 유형을 언도받아 시베리아로 가 버리게 되면 그녀와의 관계가 완전히 끊어질 수 있고, 자신은 무겁고 힘든 짐을 벗어 버릴 수 있다고 생각한 것이다.

표트르 게라시모비치의 말은 정확했다. 재판장은 회의실에서 돌아오자 판결문을 읽기 시작했다.

"188×년 4월 28일, 당 지방 재판소는 배심원들의 결정에 따라서 다음과 같이 선고한다. 시몬 카르친킨(33세)과 미하일로바 마슬로바(27세)에 대해서는 일체의 권리를 박탈하고, 카르친킨은 8년, 마슬로바에게는 4년의 징역에 처한다. 예브피미아 보치코바(43세)에 대해서는 일체의 권리를 박탈하고 금고 3년에 처한다."

카르친킨은 여전히 몸을 꼿꼿이 펴고 서 있었다. 보치코바는 매우 침착해 보였다. 마슬로바는 판결을 듣더니 실망으로 얼굴이 빨개졌다. 그리고는 법정 안에 있는 사람들에게 다 들리도록 큰 소리로 부르짖었다.

"난 죄가 없어요. 아무 잘못도 저지르지 않았어요! 이건 정말 억울해요! 저는 아무 잘못도 저지르지 않았어요. 사람을 죽이긴커녕 그런 생각조차 하지 않았어요. 정말이에요. 거짓말이 아니에요!"

이렇게 말하고 그녀는 긴 의자에 엎드려서 큰 소리로 울음을 터뜨렸다. 카르친킨과 보치코바가 퇴정한 후에도 그녀는 자기 자리에 앉아 울고 있었다. 헌병은 하는 수 없이 그녀의 죄수복 소매를 잡아당기며 어서 일어나라고 재촉했다.

네흘류도프는 조금 전의 못된 생각은 까맣게 잊어버리고 이대로 내버려둘 수는 없다고 결심했다. 그는 자기도 모르게 다시 한번 그녀의 모습을 보려고 복도로 뛰어나갔다. 문 앞에는 재판이 끝났다는 만족감에 젖어 있는 배심원들과 변호사들이 먼저 나가려고 서로 밀치는 바람에 크게 혼란 스러웠다. 네흘류도프가 간신히 복도로 빠져 나왔을 때 이미 마슬로바는 벌써 멀리 가고 있었다. 그는 사람들의 시선에도 아랑곳하지 않고 그녀를 뒤쫓아가 앞지른 다음 걸음을 멈췄다. 그녀는 벌겋게 상기된 얼굴로 가끔 씩 흐느끼며 가고 있었다. 주위를 둘러보지 않고 걷던 그녀는 그냥 그의 곁을 스쳐 지나가고 말았다. 그녀가 옆을 지나가자 그는 재판장을 만나려 고 급히 되돌아갔으나, 재판장은 이미 자리를 뜨고 없었다. 네흘류도프는 수위실 앞에서 가까스로 그를 붙잡을 수 있었다.

"재판장님! 지금 판결이 끝난 사건에 대해 드릴 말씀이 있는데요. 저는 배심원입니다."

"네, 알고 있습니다. 네흘류도프 공작이시지요? 만나 뵙게 되어 무척 반 갑습니다. 그런데 무슨 일이십니까?"

"마슬로바에 관한 답신서에 어떤 착오가 생기고 말았습니다. 그녀는 사 실 독살에 있어서도 무죄입니다만, 그것 때문에 유형을 선고받게 되었습 니다."

네흘류도프가 몹시 우울한 표정으로 말했다.

"우리는 여러분들께서 제출하신 답신서에 근거를 두고 그 같은 판결을 내린 것입니다. 물론 우리도 부당한 처사라고 생각하지 않은 것은 아닙니 다만……."

그는 만일 살해할 의도를 부정하지 않고 '유죄임'이라고 기록되면 살해 할 의도가 있었다는 것을 인정하게 되는 것이라고 배심원들에게 주의시키 고 싶었으나, 빨리 끝마치려고 급히 서두르는 바람에 그 말을 빼먹었다는 것이 생각났다.

"잘 알고 있습니다. 그러나 잘못을 시정할 수는 없는 일인가요?"

"변호사와 상고에 대해 의논해 보시지요."

재판장은 모자를 약간 비스듬히 쓰고는 문 쪽으로 걸어가면서 말했다.

"하지만 이건 정말 엄청난 일입니다."

"잘 알고 계실 줄로 믿고 있습니다만, 마슬로바에게는 두 가지 길밖에는 없었습니다."

재판장은 네흘류도프에게 정중하게 대하려고 애를 쓰고 있었다.

"공작님도 나가시는 길이죠?"

"네, 그렇습니다."

네흘류도프는 급히 외투를 입으며 그와 함께 걸어 나갔다. 그들은 따가운 햇살이 내리쬐는 바깥으로 나왔다. 그러자 곧 아스팔트 위를 달리는 마차 바퀴 소리 때문에 목소리를 높여야 했다.

"아시다시피 일이 묘하게 꼬이고 말았습니다. 마슬로바에겐 두 가지 길밖에 없었어요. 거의 무죄나 다름없는 판결을 받아 수감된 날짜까지 계산해 넣은 짧은 금고형이나 구류 처분을 받거나, 아니면 유형 처분을 받는 거였지요. 어정쩡한 형벌이란 있을 수 없답니다. 만일 당신들이 '살해할 의도는 없었음'이라는 단서를 붙였더라면 무죄가 되었을 겁니다."

"우리가 돌이킬 수 없는 실수를 저지르고 만 것이군요."

"문제의 핵심은 바로 거기에 있었습니다."

재판장은 미소를 짓더니 시계를 들여다보며 말했다.

"원하신다면 지금 변호사와 의논해 보시죠. 상고 이유를 찾아야 할 테니까요. 그런 건 언제나 찾아낼 수 있는 법이랍니다. 혹시라도 용무가 있으시면 드보란스카야 거리에 있는 드보르니코프 저택으로 찾아오십시오."

그는 친절하게 인사를 하고 떠나 버렸다.

재판장과의 대화로 네흘류도프는 어느 정도 기분이 가라앉았다. 그리고 마슬로바의 운명을 덜어 주기 위해 파나린과 미키신이라는 변호사를 빨리 찾아봐야겠다고 생각했다. 그들은 꽤 유명한 변호사들이었다. 네흘류도프는 다시 재판소로 되돌아갔다. 첫 번째 복도에서 만난 파나린이 기꺼이 네흘류도프를 돕겠다고 말했다.

"실은 피로하기는 합니다만……오래 걸리지 않는다면 말씀을 들어보기로 하지요. 이리 오십시오."

파나린이 네흘류도프를 옆방으로 안내했다. 어느 판사의 사무실인 듯했다. 두 사람은 탁자를 사이에 두고 마주앉았다.

"우선 내가 이 문제에 관련되어 있다는 것을 아무에게도 말씀하지 말아 주십시오."

"그야 물론이죠. 그런데……."

"나는 조금 전에 배심원 노릇을 하다가 죄없는 여자 하나를 유죄에 처하고 말았습니다. 그것이 괴로워서……."

그는 자신도 모르게 얼굴을 붉히면서 더듬거렸다. 파나린은 그러한 네흘류도프를 호기심을 억누르며 쳐다보았다.

"죄없는 여자를 유죄로 만들어 버렸으니 최고 법정에 상고할까 합니다."

"대심원으로 말이지요?"

파나린이 고쳐 말했다.

"이 문제를 맡아 주셨으면 합니다. 물론 이 사건에 드는 모든 사례와 비용은 얼마가 들든 상관없습니다."

네흘류도프는 이 문제를 빨리 끝내려고 얼굴이 상기된 채로 서둘러 말했다.

"아아, 그것은 따로 얘기하기로 하고, 도대체 어떻게 된 사건입니까?"

네흘류도프가 대충 이야기를 했다.

"알겠습니다. 재판 기록을 조사해 보지요. 목요일 오후 6시에 집으로 와 주십시오. 그때 대답해 드리겠습니다. 그럼 지금부터 좀 해야 할 일이 있어서……."

네흘류도프는 그와 헤어져 복도로 나갔다.

변호사와 이야기했다는 것, 마슬로바를 위해 무엇인가를 했다는 것이 그의 기분을 더욱 가라앉혀 주었다. 그는 거리로 나갔다. 아름다운 날씨였다. 그는 마차를 타지 않고 걸어가면서 기쁜 마음으로 공기를 힘껏 들이마셨다. 그런데 걷고 있으려니 마슬로바에 대한 일과 자기의 소행에 대한 상념이 꼬리에 꼬리를 물고 일어나 머릿속에서 빙빙 돌기 시작했다. 그는 무거워지려는 마음을 추스르며 모든 일을 천천히 생각해 보고 지금은 그런 답답한 기억을 할 때가 아니라고 자신을 달랬다.

네흘류도프는 코르차킨 공작댁의 만찬회를 생각하고 시계를 보았다. 서두르면 시간에 맞출 수 있을 것 같았다. 그는 마차를 타고 코르차킨 공작의 웅장한 저택으로 향했다.

"어서 오십시오, 공작님. 벌써 식사가 시작되었습니다만 공작님만은 모시라는 분부가 있었습니다."

코르차킨 댁의 풍채 좋은 문지기가 네흘류도프에게 말했다.

네흘류도프는 층계를 올라가서 낯익은 화려한 홀을 지나 식당으로 걸어갔다. 식탁에는 자기 방에서 나온 적이 없는 여주인 공작 부인만 빼고 온 가족이 모여 앉아 있었다.

"마침 잘 오셨소. 자, 앉으시오. 지금 막 생선이 나온 참이오."

늙은 코르차킨 공작은 의치로 조심조심 음식을 씹으면서 벌겋고 탁한 눈을 네흘류도프 쪽으로 돌리며 우물거렸다.

네흘류도프는 늦어진 데에 대해 사과를 하고 차례차례 악수를 나누면서 식탁을 한 바퀴 돌았다. 늙은 공작과 부인말고는 모두 그가 다가가자 일어서서 맞이했다. 그는 대부분 한 번도 말해 본 적이 없는 사람들과 이렇게 악수를 나누는 것이 별나게 불쾌하고 우스꽝스럽게 여겨졌다. 네흘류도프는 식탁에 앉아 배가 고프지 않으면서도 먹는 것에 열중했다.

"아마 몹시 피곤하신가 봐요. 시장도 하시고."

여느 때처럼 우아하고 아름답게 차려 입은 코르차킨 공작의 영양 미씨가 네흘류도프가 수프를 다 먹기를 기다렸다가 상냥하게 물었다.

"뭐, 그렇지도 않습니다. 저, 전람회에는 가셨었는지요?"

네흘류도프가 물었다.

"아니에요. 미루었어요. 오늘은 사라마토프 씨 댁에 가서 테니스를 쳤어요."

네흘류도프는 이 집에서 평소 느꼈던 즐거운 기분과는 달리 오늘은 모든 것이 싫게만 생각되었다. 미씨까지도 오늘의 그에게는 매력이 없었으며 부자연스레 뽐내고 있는 듯이 보였다. 네흘류도프는 미씨에 대해서 언제나 두 가지 감정 사이를 헤매 왔다. 때로는 눈을 가늘게 뜨고 보거나, 어스름 달빛 속에서 보는 듯이 그녀의 모든 것이 그지없이 아름답게 보였다. 그러다가 어떤 때는 밝은 햇빛 아래 드러내 놓은 것처럼 그녀의 단점만 보였다. 얼굴의 잔주름이며 머리 모양, 그녀의 아버지를 닮은 엄지손가락의 넓은 손톱까지도 마음에 들지 않았던 것이다.

"무슨 일이 있으셨나 봐요. 무슨 일이에요?"

드러나지 않게 네흘류도프에게 모든 관심을 기울이고 있던 미씨가 물었다. 미씨는 그와의 결혼을 바라고 있었고, 그 목적을 달성하기 위해서 무의식적으로 교활한 지혜를 총동원하고 있었다.

"네, 있었습니다. 기묘하고도 야릇한, 그리고 중대한 사건입니다."

네흘류도프는 마슬로바와의 우연한 만남을 생각하고 눈살을 찌푸리며 정직하게 말했다.

"무슨 일인데요? 제게 말씀해 주실 수 없으세요?"

"지금은 말할 수 없습니다. 용서하십시오. 무슨 일인지 저도 아직 제대로 정리되지 않습니다."

"그럼 제게는 얘기해 주시지 않겠다는 말씀이군요?"

그녀는 야속하다는 듯이 네흘류도프에게 말하더니 입술을 꼭 다물었다. 네흘류도프는 그녀를 섭섭하게 한 것이 마음에 걸렸지만 조금이라도 약한 마음을 먹는다면 그녀에게 얽매여 버릴 것 같은 두려움이 들기도 했다.

사람들과 겉도는 얘기를 나누다가 네흘류도프는 돌아가 봐야겠다고 사과를 하며 작별 인사를 했다. 미씨는 평소보다 오래 그의 손을 잡고 놓지 않았다.

"공작님에게 소중한 것은 친한 친구에게도 소중하다는 것을 잊지 마세요."

그녀가 말했다.

"글쎄요."

네흘류도프는 자기에 대해서인지 그녀에 대해서인지 자신도 모를 부끄러움을 느끼며 말하고는 재빨리 밖으로 나왔다.

네흘류도프는 집을 향해 늘 다니는 거리를 걸어가면서 모든 일이 지저 분하고 더럽다고 생각했다. 미씨와의 관계뿐만 아니라 자기의 모든 일이 그렇게 느껴졌다. 그러면서 그는 자신이 미씨와 결혼을 하지 못하리라는 것을 뚜렷이 느끼고 있었다.

집으로 돌아온 네흘류도프는 조용히 응접실로 들어가 문을 닫았다. 그 는 하인들과 부딪치는 것조차 귀찮게 느껴졌기 때문이었다. 그곳은 그의 어머니가 한 달 전에 숨을 거둔 곳이었다. 그는 어머니에 대한 좋은 추억 을 간직하기 위해 유명한 화가에게 5000루블을 주고 그린 어머니의 초상 화를 물끄러미 바라보았다. 그의 어머니는 가슴이 움푹 파인 까만 벨벳 옷 을 입고 있었다. 화가는 가슴과 그 사이의 움푹한 곳과 눈부시게 흰 어깨 와 목을 공들여서 그려 놓았다. 반라의 미녀로 그려진 어머니의 초상화에 서 네흘류도프는 무엇인가 신성한 것을 모독하는 듯한 혐오스러움이 느껴 졌다. 더구나 3개월 전 앙상한 미라처럼 악취를 뿜으며 누워 있던 어머니 를 생각하니 더욱 기분이 상했다.

그 풍만한 대리석 같은 어깨와 팔을 내놓고 자랑스런 미소를 띤 반라의 여인을 물끄러미 바라보면서 네흘류도프는 며칠 전에 본 이와 같은 모습 의 젊은 여자를 떠올렸다. 그녀는 무도회에 입고 갈 야회복을 보여 주고 싶다는 구실로 밤에 집으로 그를 초대한 미씨였다. 그는 혐오를 느끼면서 그녀의 아름다운 어깨와 팔을 생각했다. 그리고 거칠고 동물적인 그녀의 아버지와 수상한 소문이 나돌고 있는 그녀의 어머니. 모든 것이 메스껍고 부끄럽게 여겨졌다.

네흘류도프는 모든 것에서 벗어나고 싶었다. 코르차킨 집안과 어머니의 유산과 그 밖의 모든 거짓된 관계에서 해방되고 싶었다. 그리고 자유롭게 숨쉴 수 있는 곳으로 멀리 떠나고 싶었다. 그는 무엇보다도 먼저 배심원의 의무에서 벗어나야 한다고 생각했다. 그러자 갑자기 그의 머릿속에 약간 사시인 듯한 까맣게 빛나는 눈을 가진 여죄수의 모습이 야릇하리만큼 선 명하게 떠올랐다. 선고를 받고 비통하게 울며 쓰러지던 그녀의 모습을 지 우기 위해 그는 다 태운 담배를 재떨이에 비벼 끄고는 다시 새 담배에 불을 붙여 물고 방 안을 왔다갔다하기 시작했다. 그러자 그녀와 함께 지낸 광경이 하나하나 더욱 선명하게 떠오르기 시작했다.

네흘류도프는 이제서야 논문을 쓰기 위해 고모집에 갔을 때 벌써 마슬로바를 사랑하고 있었다는 사실을 깨달았다. 그러자 그때의 자신이 얼마나 싱싱하고 젊고, 충만된 삶의 숨결을 지니고 있었는지 생각나 한없이 마음이 아파왔다. 그때의 자신과 지금의 자신은 너무나 엄청난 차이가 있었다. 그때 성당에서 기도하던 마슬로바와 매춘부가 된 루보비의 차이와 별로 다를 것이 없었다. 그 무렵의 그는 의기 왕성한 자유인이었고 끝없는 가능성이 열려 있었다. 그러나 지금의 그는 어리석고 공허하고 목적 없는 무(無)나 마찬가지인 생활의 굴레에 사로잡혀 있었다. 허위의 세계에 둘러싸여 그것에 익숙해지고 안일하게 지내고 있었다.

네흘류도프는 불륜 관계에 있는 유부녀와 미씨, 그리고 토지 사유 불법이라는 인식과 어머니의 유산을 소유하려는 모순 속에서 어서 빠져 나와야겠다고 생각했다. 그리고 마슬로바에 대해서도 죄를 씻어야겠다고 생각했다. 그는 시베리아 유형에서 그녀를 구하는 것이 그녀에게 할 일을 다하는 것이 아님을 비로소 알았다. 그녀에게 돈을 쥐여 주며 할 일을 다했다고 생각했던 그때처럼 그렇게 속죄할 수는 없었다.

네흘류도프는 복도에서 그녀를 붙잡고 억지로 돈을 주고 달아났을 때의 일이 생생하게 떠올라 스스로에게 심한 혐오를 느꼈다. 그러자 비열한 자기의 죄가 하나둘씩 들추어지기 시작했다. 비열한 자신을 들여다보면서 네흘류도프는 이제 사람들이 뭐라고 욕하든 상관하지 않으리라고 생각했다. 더 이상 남을 속일 수는 있지만 자신을 속일 수는 없다는 것을 깨달은 것이다. 요즘 그는 사람들에게 느꼈던 감정, 특히 오늘 늙은 공작이나 불륜의 애인, 미씨에게 느꼈던 혐오가 정말은 자기 자신에 대한 것임을 알았다. 이 모든 것을 인정하고 깨닫자 갑자기 마음이 편안해지기 시작했다.

네흘류도프는 지금까지 몇 번 자기 스스로 '영혼의 정화'라고 부르는 정신 상태를 경험해 왔다. 그것은 내면 생활의 정체나 정지를 깨닫고 마음 속에 가라앉아 이 정체의 원인이 된 찌꺼기를 말끔히 없애기 시작하는 때의 정신 상태였다.

그럴 때마다 그는 자신을 스스로 순화시키며 새로운 생활을 펼쳐 나가리라 다짐했다. 이러한 과정을 겪으면서 네흘류도프는 여러 번의 방황에서 돌아왔던 것이다. 그러나 이번에는 너무나 긴 시간 동안 정화 없이 살아 왔다. 그만큼 자신이 진흙투성이로 오염되어 있음을 깨닫고 네흘류도프는 전율을 느꼈다. 이번만큼은 쉽게 유혹당하지 않는 진실된 자신이 되어야겠다고 그는 결심했다. 어떤 일이 있더라도 자신을 얽매고 있는 모든 허위를 분쇄하자고 결심했다. 사람들에게 진실을 고백하고 옳다고 여기는 것을 실행하자고 그는 단호하게 자신에게 타일렀다.

네흘류도프는 우선 미씨에게는 자신이 자신도 용서할 수 없을 만큼 품행이 나쁜 남자이므로 그녀와 결혼할 자격이 없다고 말해야겠다고 생각했다. 또 마슬로바에게는 몰염치하고 큰 죄인일 수밖에 없으므로 그녀의 운명을 가볍게 하기 위해 최선을 다하겠다고 말하리라 생각했다. 어린애들처럼 손을 잡고 그녀에게 용서를 빌고 가능하다면 그녀와 결혼해서 죄를 하나씩 갚아야겠다는 작정도 했다.

네흘류도프는 똑바로 서서, 어린 시절처럼 두 손을 가슴에 모으고 위를 올려다보며 진심으로 신에게 기도를 했다.

"신이시여! 저를 구하소서. 제게 길을 가르쳐 주옵소서. 여기에 오셔서 저의 마음에 깃드시어 모든 더러움을 씻어 주소서."

기도를 하고 있는 사이에 그의 소원은 벌써 실현되고 있었다. 그의 내부에 잠들어 있던 신이 그의 마음 속에서 눈을 뜬 것이다. 그는 자유와 생기와 삶의 기쁨을 느꼈을 뿐만 아니라, 선(善)이 가지고 있는 힘까지도 느꼈다. 그는 이제 자신이 선한 일을 행할 수 있으리라는 확신이 들었다. 그의 눈에서는 눈물이 흐르고 있었다. 그것은 그의 각성을 기뻐하는 환희의 눈물인 동시에, 자기 만족의 눈물이기도 했다.

마슬로바는 저녁 6시경에야 겨우 감옥으로 돌아왔다. 처음으로 15킬로미터나 되는 자갈길을 걸었기 때문에 마슬로바는 몹시 지쳐 있었다. 그녀는 하루 종일 아무것도 안 먹었을 뿐 아니라 뜻밖의 무거운 판결에 깊이 절망하고 있었다. 그녀가 감옥에 왔을 때 100명 가량의 새로운 죄수가 기차에 실려 도착했다. 그들은 마슬로바의 곁을 지나면서 몸을 만지기도 하고 짓궂은 농담을 던지기도 하였다. 그들에게까지 시달림을 받은 마슬로바는 완전히 녹초가 되어 여자 감방에 닿았다. 그녀는 소지품 검사를 받은 다음, 이날 아침에 나왔던 그 감방에 다시 갇혔다.

그녀가 있는 감방은 넓이 5미터, 길이 6.5미터의 네모진 방인데, 거기에는 두 개의 창문과 벽에 붙어 있는 페치카와 방의 3분의 2를 차지하고 있는 침상들이 있었다. 그리고 문 뒤 왼편으로 바닥이 꺼멓게 더러워진 악취를 풍기는 변기가 놓여 있었다. 밤이면 여기에 12명의 어른과 어머니를 따라온 3명의 아이가 갇히는 것이다.

아직은 날이 저물지 않아 침상 위에 누워 있는 사람은 두 명뿐이었다. 한 사람은 패스포트를 갖지 않았다는 죄로 붙들려 와서 언제나 잠만 자고 있는 백치 여자였다. 또 다른 한 사람은 절도범으로 머지않아 형기가 끝나는 폐병 환자였다. 이 여자는 눈을 크게 뜨고 목에 걸려 그르렁거리는 가래와 기침을 억지로 참으면서 지저분한 천장을 가끔씩 멍하니 올려다보고 있었다. 다른 여자들은 전부 속옷만 걸친 채 나무 책상 위에 앉아 바느질을 하거나 창가에 앉아 바깥을 지나가는 남자 죄수들을 무심히 바라보거나 했다.

바느질을 하고 있는 세 사람 가운데 한 여자는 콜라브료바라는 늙은 여자였는데, 체격이 크고 주름진 얼굴에는 음침한 표정이 깃들어 있었다. 아침에 마슬로바를 전송한 이 여자는 자신이 데리고 간 딸을 건드린 남편을 도끼로 죽인 죄로 유형 선고를 받고 있었다. 콜라브료바는 이 방의 대장으로 몰래 술을 팔고 있었다.

그녀의 옆에서 조그만 검은 눈을 가진 마음씨 좋고 수다스러운 여자가 바느질을 하고 있었다. 철도 건널목지기였던 그녀는 기차가 올 때 기를 내걸지 않는 바람에 사고가 일어난 일로 금고 3개월을 언도받았다. 바느질을 하고 있는 또 한 명은 페도샤라는 하늘색 눈에 하얀 살결을 가진 앳되고 예쁜 여자였다. 그녀는 살인 미수죄로 수용되어 있었다. 그녀는 열다섯 살에 억지로 시집을 갔는데, 남편이 너무 싫어서 죽이려 했었다는 것이다. 그러나 보석이 되어 재판을 기다리는 여덟 달 사이에 그녀는 남편과 사이가 좋아졌을 뿐 아니라 남편을 진심으로 사랑하게 되어 재판이 시작될 즈음에는 사이 좋은 부부로 변해 있었다. 재판장에서 남편과 시부모가 열심히 변호를 해 주었지만 징역을 선고받아 시베리아로 유형을 가게 되어 있었다. 잠자리가 마슬로바의 바로 옆인 그녀는 마슬로바를 따를 뿐만 아니라 시중도 들어주고 있었다.

그 외에도 또 두 사람이 나무 침상 위에 앉아 있었다. 어린애에게 젖을 먹이고 있는, 젊었을 때는 꽤 미인이었을 것 같은 40세 가량의 얼굴색이 누런 여자와 흰머리에 허리가 구부러진 마음씨 좋은 노파였다.

네 명의 여자는 창가의 철창에 매달려서 그 바깥으로 지나가는 남자 죄수들과 시시덕거리고 있었다. 마지막으로 자기의 아이를 우물 속에 던져 넣었다는 머리가 돈 교회지기의 딸이 있었다. 이 여자는 주위 사람들이 무슨 일을 하건 참견도 하지 않고 방 안을 이리저리 왔다갔다 서성거릴 뿐이었다.

요란한 자물쇠 소리가 나고 마슬로바가 감방에 들어서자 모두들 그녀에게 시선을 보냈다. 교회지기의 딸도 잠깐 걸음을 멈추고 그녀를 바라보았다.

"아니, 도로 왔잖아. 틀림없이 석방될 줄 알았는데. 아마 유형을 선고받은 모양인 게로군."

콜라브료바가 안경을 벗고 바느질감을 옆으로 밀어 놓으며 말했다.

"바로 석방됐을 거라고 이 할머니하고 얘기하고 있던 참인데. 잘되면 돈도 받았을 거라고 그랬지. 그런데 이게 어찌 된 영문이야? 우리가 짐작했던 것이 모두 빗나간 모양이군. 하나님께는 하나님의 생각이 따로 있으시겠지."

건널목지기 여자가 다정하게 듣기 좋은 말로 떠들어 댔다.

"그렇다면 유죄 판결이 난 거야?"

페도샤가 동정어린 눈으로 마슬로바를 쳐다보면서 금세 울음을 터뜨릴 것 같은 기세로 물었다.

마슬로바는 아무 대꾸도 하지 않고 끝에서 두 번째인 자기의 자리로 가서 나무 침상 위에 걸터앉았다.

"아무것도 먹지 못했겠군."

페도샤가 일어나 마슬로바에게 다가가면서 말했다. 마슬로바는 아무 대꾸도 않고 형무소로 오는 도중에 호송하는 병사에게 부탁을 해서 사온 빵과 담배를 베갯머리에 놓고 먼지투성이의 옷을 벗었다.

남자 아이와 장난하고 있던 허리 굽은 노파가 마슬로바 앞으로 다가가서 혀를 끌끌 차면서 안타깝다는 표정을 지었다.

"저런, 이렇게 딱한 일이……."

남자 아이도 노파를 따라와서 눈을 크게 뜨고 입을 뾰족이 내밀며 마슬로바가 가지고 온 빵을 물끄러미 바라보았다.

하루 동안 감당하기 벅찬 여러 가지 일을 겪고 나서 이곳의 동정심 많은 사람들의 얼굴을 보자, 마슬로바는 그만 슬픔이 목까지 밀려와 입술이 바들바들 떨렸다. 그러나 그녀는 울지 않으려고 가까스로 참고 있었다. 하지만 자신을 측은히 여겨하는, 노파의 혀 차는 소리와 어린 남자 아이의 눈을 보게 되자 더 이상 견딜 수가 없었다. 그녀는 몸부림을 치면서 소리 내어 울기 시작했다.

"그러기에 내가 똑똑한 변호사를 대라고 했잖아. 어떻게 됐어? 유형이야?"

콜라브료바의 물음에 마슬로바는 대답을 하려고 했지만 말이 나오지 않았다. 그녀는 흐느껴 울면서 빵 안에서 담뱃갑을 꺼내 콜라브료바에게 내주었다. 콜라브료바는 그런 마슬로바를 어쩔 수 없는 사람이라는 듯 머리를 저으면서도 담배 한 대를 뽑아 불을 붙여서 마슬로바의 입에 물려 주었다. 마슬로바는 흐느껴 울면서 굶주린 사람처럼 연거푸 담배를 빨아댔다.

"유형이에요."

마슬로바는 흐느끼면서 간신히 말했다.

"하나님도 무섭지 않은 놈들이군. 아무 죄도 없는 사람에게 벌을 주다니. 그래 몇 년을 받았지?"

콜라브료바가 물었다.

"4년이에요."

마슬로바가 대답했다. 그러자 다시 굵은 눈물 방울이 와락 쏟아져 담배 위로 뚝뚝 떨어졌다. 마슬로바는 화가 나서 그것을 버리고 새 담배를 물었다. 건널목지기는 담배도 피우지 않으면서 마슬로바가 내버린 담배를 얼른 주워 중얼거리면서 구김살을 펴기 시작했다.

"돈이 없어서 그런 거야. 돈이 있었으면 좋은 변호사한테 의뢰해서 곧 풀려날 수 있었을 텐데……."

콜라브료바가 가련하다는 듯이 말했다.

"당신도 꽤나 재수가 없는 사람이야."

방화죄로 들어온 노파가 한 마디 거들었다.

"하긴 나도 마찬가지야. 내 아들은 제 색시와 헤어져서 감옥으로 끌려 들어가 있고, 늙은 나마저 이런 곳에 와 있으니 말이야."

노파는 벌써 백 번은 되풀이했을 자신의 신세 타령을 또 늘어놓기 시작했다. 밀주를 해서 잡혀온 여자가 그 말을 받았다.

"그것들은 언제나 그런 식이라니까! 우리가 왜 밀주를 했겠어? 그거 안 하고 어떻게 자식들을 먹여 살리냐고 되묻고 싶더라니까요."

이 말이 마슬로바로 하여금 술을 생각나게 만들었다.

"아아, 술이나 좀 마셨으면!"

그녀는 속옷 소매로 눈물을 닦으면서 말했다.

"술 말이야?"

마슬로바에게 돈을 받은 콜라브료바는 환기 구멍에 숨겨 둔 술병을 가지러 갔다. 그 동안 마슬로바는 빵을 먹기 시작했다. 페도샤가 마슬로바의 몫으로 얻어 두었던 차를 가져다 주었다. 마슬로바는 빵을 떼어 먹고 있는 그녀의 입을 물끄러미 바라보고 있는 사내아이에게 빵조각을 떼주었다.

그 동안에 술을 가져온 콜라브료바가 술병과 컵을 꺼내 놓았다. 술을 마신 마슬로바는 기운이 나서 오늘 있었던 재판 광경을 하나하나 이야기하기 시작했다.

다음 날 아침 눈을 뜨자마자 네흘류도프는 자기 신상에 중대한 변화가 일어났다는 것을 느끼고 충만감에 사로잡혔다. 그는 마슬로바와 재판이라는 두 단어를 머리에 떠올리며 이제부터는 속임수를 쓰지 말고 진실되게 살아야겠다고 생각했다.

그러나 지난밤의 결심과는 달리 사람들에게 모든 진실을 다 말한다는 것이 어렵게 여겨졌다. 오늘 아침에 와서는 모든 것을 다 말하지 않는 편이 더 나을 수도 있다는 생각이 들었다. 무슨 말인가를 하는 것이 오히려 상대를 모욕하는 것이 될지도 모른다고 생각하며 네흘류도프는 뒷걸음질을 쳤다. 대신 유부녀와는 다시 만나지 않고, 미씨의 집에도 절대 가지 않기로 결심하였다.

그러나 마슬로바와의 관계에 있어서는 조금이라도 불분명한 것이 있으면 안 된다고 그는 생각했다. 그는 우선 형무소에 가서 그녀에게 용서를 빌고, 가능하다면 그녀와 결혼을 하리라고 생각했다. 정신적인 만족을 위해 모든 것을 희생하고 그녀와 결혼한다는 생각에 네흘류도프는 스스로 감격하고 있었다.

그는 정말로 오랜만에 생기에 넘치는 아침을 맞고 있었다. 그런 상태로 가정부 아그라페나 페트로브나와 얼굴을 마주친 네흘류도프는 자신이 생각하기에도 뜻밖이다 싶게 단호한 태도로, 이제는 이 집도 그녀의 시중이 필요하지 않게 되었다고 말했다. 아그라페나 페트로브나는 깜짝 놀라며 네흘류도프를 쳐다보았다.

"아그라페나 페트로브나, 지금까지 여러 가지로 도와 준 것에 진심으로 감사하고 있소. 그렇지만 이제는 이렇게 큰 집도, 하인도 다 필요없어요. 당신이 만일 나를 도와 주겠다면 물건들이나 정리해서 당분간 보관해 주지 않겠소? 누나 나타샤도 아마 도와 줄 게요."

"어떻게 처분하란 말씀입니까? 모두 필요한 것들뿐인데요."

아그라페나 페트로브나는 머리를 흔들면서 물었다.

"아니오. 이제는 모두 필요없소. 그리고 코르네이에게도 두 달치 월급을 주고 이곳을 떠나라고 전해 주오."

"드미트리님, 그러시면 안 됩니다. 만약 외국으로 가신다 해도 집은 그대로 두셔야지요. 그렇지 않으면 나중에 곤란해집니다."

"아니, 외국에 가려는 것이 아니오. 만약 간다고 해도 그건 전혀 관계가 없소."

이렇게 말하면서 네흘류도프는 얼굴을 붉혔다. 그러면서 누구에게나 솔직하게 털어놓아야 한다고 그는 생각했다.

"실은 어제 생각지도 못했던 중대한 일이 일어났었소. 고모님 댁에 있었던 마슬로바라는 아가씨를 기억하오?"

"생각나고말고요. 제가 바느질을 가르쳐 주었는걸요."

"사실은 어제 마슬로바가 재판을 받았는데 내가 그 배심원이었소."

"어머나, 가엾어라. 아니, 대체 어쩌다가 재판까지 받았지요?"

아그라페나 페트로브나가 물었다

"살인죄의 혐의요. 원인을 따져 보면 잘못은 내게 있지. 그래서 내 계획을 모두 바꾸기로 결심했소."

"아니, 나리께서 무슨 잘못을 저질렀다고 그러세요. 도대체 무슨 일을 하시려는 거예요?"

네흘류도프와 마슬로바의 관계를 이미 예전부터 잘 알고 있던 아그라페나 페트로브나는 장난기를 감추며 물었다.

"카추샤가 그런 길을 걷게 된 것은 다 나 때문이었으니까, 그 여자를 구하기 위해 내 힘으로 할 수 있는 일은 무엇이든지 할 작정이오."

"좋은 일이기는 하지만, 나리께서 특별히 나빴다고 할 수는 없습니다. 그런 일들은 누구에게나 일어날 수 있는 일이고, 상식적으로 말씀드리자면 돈으로 적당히 보상해 주고 나서 다 잊어버리면 됩니다. 그러니 나리가 모든 일을 자신의 책임으로만 돌리시고 괴로워할 건 없지요. 그애가 길을 잘못 들었다는 소문을 들은 적이 있지만 그건 누구의 잘못도 아닙니다."
　그녀는 얼굴빛을 바꾸며 말했다.
　"아니오. 나의 죄요. 그래서 나는 그녀를 구해 내고 싶은 거요."
　"하지만 다시 전처럼 되돌리기는 어려울걸요."
　"그것은 내 문제예요. 그러니 당신이 갈 곳을 전에 어머니께서 원하시던 대로……"
　"제 걱정은 하지 마세요. 저는 돌아가신 마님께 큰 은혜를 입었기 때문에 이 이상은 아무것도 바라지 않습니다. 제가 더 이상 필요없으시다면, 저는 조카에게로 가겠습니다. 그렇지만 일을 그렇게 쉽게 결정하시면 안 됩니다. 그런 일은 누구에게나 있는 일이거든요."
　"나는 그렇게 생각지 않소. 어쨌든 이 집을 처분하고 정리해 주시오. 그리고 너무 서운하게는 생각지 마시오. 진심으로 감사하고 있으니까."
　이상하게도 네흘류도프는 자기가 보잘것없는 인간이라는 것을 깨달은 후부터 주위 사람들에 대한 불쾌한 느낌이 모두 사라져 버렸다. 그뿐 아니라 아그라페나 페트로브나나 코르네이에 대해서도 애정과 존경을 느끼게 되었다.
　마차를 타고 재판소로 가는 동안 네흘류도프는 마치 딴사람이 된 것 같은 자신을 보며 스스로도 몹시 놀랐다. 그는 한 여자의 신세를 망친 자신이 감히 미씨와 결혼한다는 것은 절대 있을 수 없는 일이라고 생각하고 있었다. 그리고 그림을 그리는 것 또한 지금 자신이 할 일이 아니라고 생각했다. 네흘류도프는 변호사를 만나 결론을 들은 다음 감옥으로 가서 마슬로바를 만나 사죄한 뒤 자기가 할 수 있는 일은 다 하겠으며, 결혼도 할 수 있다고 말하리라 마음먹었다. 네흘류도프는 이러한 자신의 모습을 상상하면서 감동에 사로잡혔다.
　재판소에 다다른 네흘류도프는 복도에서 어제의 그 정리를 만났다. 네흘류도프는 어제 선고를 받은 피고를 면회하려면 어떻게 해야 하는지 그에게 물어 보았다. 정리는 판결이 마지막 형식으로 공포될 때까지는 검사의 허가를 얻어야 면회가 가능하다고 대답했다.

"재판이 끝난 다음에 가르쳐 드리겠습니다. 검사는 아직 나오지 않았습니다. 지금은 어서 법정으로 가시지요. 곧 시작됩니다."

네흘류도프는 오늘따라 유난히 초라해 보이는 정리에게 감사를 표하며 배심원 대기실로 갔다. 마침 배심원들이 법정에 들어가려고 방에서 나오고 있었다. 상인은 어제와 마찬가지로 얼큰하게 취해서 마치 옛친구라도 만난 듯 네흘류도프를 맞았다. 네흘류도프는 그들을 보며 어제 마슬로바와의 관계에 대해서 모두 털어놓았어야 했다고 생각했다.

오늘의 사건은 집 안에 들어온 절도범에 관한 것이었다. 모든 절차가 어제와 마찬가지로 진행되었다. 재판이 진행되는 동안 네흘류도프는 줄곧 가여운 범죄자를 양산하는 사회에 대한 회의와 두려움에 휩싸여 있었다.

첫 번째 휴정이 선포되자 네흘류도프는 곧 자리에서 일어나 다시는 법정에 들어오지 않겠다고 생각하면서 복도로 나섰다. 더 이상 이 끔찍하고, 혐오스럽고, 어리석은 연극에 끼여들지 않겠다고 그는 생각했다.

가까스로 검사에게 면회를 허가하는 통행증을 받은 네흘류도프는 곧장 미결 구치소로 마차를 달리게 했다. 그러나 마슬로바는 그곳에 없었다. 네흘류도프는 소장이 일러 주는 대로 오래 된 유형수 중계 감옥으로 갔다. 저녁때가 되어서야 도착한 그곳에는 과연 예카체리나 마슬로바가 수용되어 있었다. 그러나 소장의 허락 없이는 면회가 되지 않는다는 것이었다. 네흘류도프는 소장 관사로 갔다. 안대를 한 하녀가 문을 열어 주었다. 네흘류도프는 그녀에게 소장이 집에 계시느냐고 물었다. 하녀는 없다고 대답했다.

"곧 돌아오십니까?"

"잠깐 물어보고 오겠어요."

하녀가 들어가고 곧이어 여자의 목소리가 문 안에서 들렸다.

"안 계신다고, 오늘 밤에는 돌아오시지 않는다고 그래. 귀찮아 죽겠네."

직접 불청객을 쫓아낼 작정으로 나온 여자는 네흘류도프가 비싼 외투를 입은 젊은 신사라는 것을 보더니 갑자기 상냥해졌다.

"어서 들어오세요…… 무슨 볼일이시죠?"

"어떤 여죄수를 만나 볼까 해서요."

"아마 정치범인가 보죠?"

"아니, 정치범은 아닙니다. 검사의 허가증을 갖고 있습니다만……."

"하지만 저는 모르겠어요. 아버지가 안 계셔서……. 바쁘시면 부소장에게 물어 보시는 게 어떠세요? 그런데 성함이……?"

네흘류도프는 그녀의 물음에는 대답하지 않고 고맙다는 인사만을 남긴 채 부리나케 부소장을 만나러 갔다. 그런데 그는 허가증을 받아들고 들여다보더니, 미결감 통행증을 가지고 이곳 통행을 허가한다는 것은 혼자서 정하기 어려운 일이며 게다가 이미 면회 시간으로는 너무 늦었다고 했다.

"내일 와 주십시오. 내일 10시에 면회가 허가됩니다. 소장님도 계실 겁니다. 내일은 일반 면회자와 함께 면회할 수 있고, 소장님의 허가가 있으면 특별히 사무실에서도 만나 볼 수 있습니다."

네흘류도프는 마슬로바를 만나지 못하고 집으로 돌아갔다. 그러나 곧 그녀를 만난다는 생각에 가슴을 두근거리면서 길을 걸었다. 그는 오늘 하루 종일 그녀와의 면회를 위해 뛰어다닌 모든 일로 인해 흥분해서 마음이 가라앉지 않았다. 집으로 돌아온 그는 오랫동안 쓰지 않던 일기장을 꺼내 여기저기 읽어 본 후 다음과 같이 적었다.

나는 2년 동안이나 일기를 쓰지 않았다. 그런 어린애 장난 같은 일은 이제 다시 하지 않으리라 생각했었다. 그러나 이것은 어린애 장난이 아니다. 저마다 마음 속에 들어 있는 참다운, 거룩한 자기와의 대화이다. 이 자아가 오랫동안 잠들어 있었기 때문에 나는 이야기할 상대가 없었다. 내가 배심원으로 나갔던 4월 28일, 이상한 우연이 법정에서 그것을 일깨워 주었다. 나는 배심원석에서 죄수복을 입은 그녀를, 나에게 배반당한 마슬로바를 보았다. 이상한 오해와 나의 과오로 그녀는 유형의 판결을 받았다. 나는 오늘 검사를 찾아갔으며 감옥에도 다녀왔다. 면회는 허용되지 않았으나, 나는 그녀를 만나 지난날의 잘못을 뉘우치고, 그녀와의 결혼에 의해서라도 나의 죄를 속죄하기 위해 있는 힘을 다할 결심을 했다. 주여, 저에게 힘을 주소서! 나는 무어라 말할 수 없는 상쾌한 기분이다. 마음이 온통 기쁨으로 넘쳐 있다.

그날 밤 마슬로바는 오랫동안 잠을 이루지 못했다. 자신이 유형수가 되었다는 것이 실감이 되지 않았다. 착잡한 마음으로 이런저런 생각에 잠긴 마슬로바는 비록 유형을 가더라도 결코 죄수 따위와는 결혼하지 않고, 감옥의 관리나 간수, 조수 같은 사람을 상대하리라고 생각했다. 여자에게 약한 그들에게 지금처럼 아름다움만 간직하고 있다면 그렇게 어려운 일도 아닐 것 같았다.

여러 가지 생각이 났지만 네흘류도프만은 기억에 떠오르지 않았다. 어릴 때의 일, 처녀 시절의 일, 특히 네흘류도프의 사랑에 대한 일은 한 번도 생각한 적이 없었다. 그것은 너무나 고통스러운 일이었기 때문이었다. 그녀는 꿈에서조차 한 번도 네흘류도프를 본 적이 없었다.

오늘 법정에서 그를 알아보지 못한 것도 그의 모습이 변한 탓도 있지만, 그보다는 그녀가 한 번도 그를 생각한 일이 없었기 때문이었다. 그녀는 과거에 있었던 그와의 모든 추억을, 그가 싸움터에서 돌아오는 길에 고모집에 들르지 않고 그대로 지나가 버린 날의 무섭고도 어두운 밤 속에 묻어 버렸다.

그날 밤까지 그녀는 그가 틀림없이 자기를 찾아오리라 생각하고 뱃속의 아기를 괴롭게 생각하지 않았다. 오히려 생명의 박동에 감동을 느끼곤 했다. 그러나 그날 밤을 끝으로 모든 것이 바뀌어 버렸다. 태어날 아기조차 하나의 방해물에 지나지 않게 되었다.

고모들의 한번 들르라는 편지에 네흘류도프는 정해진 날짜까지 페테르부르크에 닿아야 하므로 그럴 수가 없다는 전보를 보냈다. 마슬로바는 그것을 알고 네흘류도프를 한 번이라도 보기 위해 역으로 나갔다. 기차는 새벽 2시에 지나가기로 되어 있었다. 마슬로바는 미시카라는 찬모의 딸과 함께 헌 구두를 신고 수건으로 머리를 싸고는 옷자락을 걷어올리고 역으로 달려갔다.

　그날은 빗방울이 섞인 바람이 부는 어두운 가을 밤이었다. 너무나 어두워 숲 속에서 길을 잃는 바람에 마슬로바는 두 번째 벨이 울린 다음에야 역에 도착했다. 그 기차역은 3분밖에 머무르지 않는 조그만 역이었기 때문에 시간이 없었다. 플랫폼으로 달려 올라간 마슬로바는 곧 1등차의 창문 안에 있는 그의 모습을 보았다. 승마바지에 흰색 셔츠 차림의 그는 다른 장교와 트럼프를 치며 무엇 때문인지 웃고 있었다. 그녀는 그를 보자 재빨리 곱은 손으로 창문을 두드렸다.

　그때 세 번째 벨이 울리면서 기차가 천천히 출발하기 시작했다. 처음에는 '덜컹' 하고 뒤로 흔들렸다가 하나씩 끌려서 앞으로 나가기 시작했다. 트럼프를 치고 있던 한 사람이 카드를 손에 든 채 일어나서 창문 쪽을 보았다. 그녀는 한 번 더 두드리고 유리창에 얼굴을 들이댔다. 그때 그 차량도 움직이기 시작했다. 장교는 창문을 내리려 했으나 걸려서 잘 내려지지 않았다. 네흘류도프가 일어나서 그 장교를 밀어내고 커튼을 내리기 시작했다. 기차가 차츰 빨라졌다. 그녀는 창에서 눈을 떼지 않고 처지지 않으려고 종종걸음으로 달렸다. 기차의 속도는 점점 더 빨라졌다. 그리고 창문의 커튼이 내려짐과 동시에 차장이 그녀를 밀어내고 트랩에 올랐다.

　마슬로바는 혼자 남았다. 그러나 여전히 플랫폼의 젖은 널빤지 위를 계속 달리고 있었다. 마침내 플랫폼이 끝났다. 마슬로바는 넘어지지 않으려고 기를 쓰며 층계를 뛰어내렸다. 그녀는 달렸다. 그러나 1등차량은 이미 아득히 앞쪽에 가 있었다. 그녀 곁을 2등차량이 달리고, 곧 3등차량이 달렸다. 그래도 그녀는 정신없이 달렸다. 신호등을 단 마지막 차량이 지나갔을 때, 그녀는 벌써 울타리를 벗어나 급수 탱크 앞에까지 와 있었다. 바람이 심하게 불어 머릿수건이 날아가고 치맛자락이 다리에 휘감겼다. 그래도 그녀는 계속 달렸다.

　"카추샤 아줌마! 수건이 날아갔어요!"

　가까스로 그녀의 뒤를 따라오며 소녀가 소리쳤다.

　마슬로바는 걸음을 멈추었다. 그리고 머리를 뒤로 휙 젖히더니 갑자기 소녀를 꽉 껴안고 울음을 터뜨렸다.

마슬로바는 그렇게 통곡을 하면서 다음 기차에 뛰어들리라 결심하고 있었다. 죽어 버려야겠다고 생각한 것이다. 그러나 그때 뱃속에서 아기가 갑자기 꿈틀하더니 툭 부딪쳤다가는 쭉 몸을 펴고, 다시 무언지 가늘고 보드라운 뾰족한 것으로 콕콕 찌르기 시작했다. 그러자 바로 얼마 전까지 도저히 살 수 없다고 생각될 만큼 그녀를 괴롭히던 것, 그가 미워서 죽어서라도 복수해 주겠다던 저주가 스르르 사라져 버렸다. 마음이 가라앉은 그녀는 옷매무새를 고치고 수건을 쓰고는 재빨리 집으로 돌아갔다.

그녀는 피로에 지치고, 비에 젖고, 흙투성이가 되어서 돌아왔다. 그리고 그날부터 그녀의 내부에 변화가 일어났다. 그 무서운 밤 뒤로 그녀는 신을 믿지 않게 되었다. 그때까지는 그녀 자신도 신을 믿었고, 남들도 그런 줄 알았다. 그런데 그날 밤 이후, 아무도 신을 믿지 않으며 신을 말하는 것은 단지 사람들을 속이기 위해서 그럴 뿐이라고 생각하게 되었다.

그녀가 사랑했고 또 가장 훌륭하다고 생각하는 그는 사랑하는 여자의 순정을 희롱하고 육체를 향락하고는 버렸다. 다른 사람들은 더 나빴다. 신앙심 깊은 그의 고모들은 그녀가 여느 때처럼 일을 못하게 되자 내쫓아 버렸다. 그녀가 만난 모든 여자들은 그녀를 이용해 돈을 벌려고 애썼고, 모든 남자들은 그녀를 쾌락의 대상으로만 생각했다.

모든 사람들이 자기 자신을 위해, 자기의 즐거움만을 위해서 살고 있었다. 그리고 신에 대한 모든 말은 거짓이었다. 왜 이 세상은 나쁜 짓을 하고 모두가 괴로워하는 어리석은 구조로 되어 있을까 하는 의문이 생겨도 그런 것은 생각지 않는 것이 좋았다. 쓸쓸해지면 그녀는 담배를 피우거나 술을 마셨다. 아니 이런 모든 것을 떨쳐 버리는 데는 남자와 노는 일이 최고였다.

네흘류도프는 아침 일찍 집을 나섰다. 네흘류도프를 태운 마차는 감옥 정문 앞까지 가지 않고 감옥으로 가는 길모퉁이에서 멈추었다. 형무소에서 약간 떨어져 있는 그 모퉁이에는 몇몇 남녀가 조그만 보따리를 끼고 서 있었다. 석조 건물의 형무소 앞에는 어깨에 총을 멘 위병이 면회인의 접근을 막고 있었다. 위병한테서 조금 떨어진 곳에 있는 벤치에는 노란 금줄이 쳐진 제복을 입은 간수가 장부를 손에 들고 앉아 있었다. 그는 면회인들이 면회를 하고 싶어하는 사람의 이름을 장부에 기록하고 있었다. 네흘류도프도 그에게 가서 예카체리나 마슬로바의 이름을 댔다. 간수는 그 이름을 받아 적었다.

시간이 지날수록 면회를 하려고 온 사람들이 자꾸만 늘어갔다. 그들은 몇몇을 제외하고는 대부분 초라한 옷차림을 한 사람들이었다.

얼마 후 형무소의 육중한 철문이 열리고 안에서 군복을 입은 장교 한 사람이 다른 간수를 데리고 나왔다. 명부를 손에 든 간수가 면회인들에게 입소가 시작되었다고 알렸다. 그러자 한꺼번에 면회인들의 무리가 뒤쳐질세라 재빨리 밀려들었다. 달려가는 사람도 있었다. 문 옆에 간수 한 사람이 서서 안으로 들어가는 면회인의 수를 헤아리고 있었다. 이것은 면회인이 한 사람이라도 감옥에 남거나 죄수가 섞여 도망가지 못하도록 하기 위한 것이었다. 네흘류도프도 간수에게 등을 떠밀리며 문 안으로 휩쓸려 들어갔다.

첫 번째 방은 여러 개의 작은 창에 쇠창살이 끼워진, 천장이 둥근 커다란 방이었다. 네흘류도프는 급히 가는 면회인들을 먼저 가게 하고 맨 나중에 면회소로 정해져 있는 방에 들어갔다. 문을 열고 그 방에 들어간 네흘류도프는 귀가 멍멍해질 정도의 아우성에 깜짝 놀랐다. 이 방은 바닥에서부터 천장까지 닿는 두 장의 철망에 의해 둘로 갈라져 있었는데, 철망과 철망 사이는 간수들이 왔다갔다하고 있었다. 철망의 저쪽으로는 죄수들이 있고 이쪽으로는 면회인들이 있었는데, 두 철망 사이의 거리가 2미터 정도 되었기 때문에 면회인들이 죄수에게 물건을 건네는 것은 말할 것도 없고 눈이 나쁜 사람은 상대방의 얼굴조차 똑똑히 볼 수가 없었다. 그렇다 보니 이야기를 하는 것 또한 쉽지 않아서 상대방이 알아듣도록 하기 위해서는 큰 소리로 외치지 않으면 안 되었던 것이다.

두 장의 철망 양쪽에서는 서로 상대의 얼굴을 잘 보려고 철망에다 바싹 얼굴을 대고 있었는데, 많은 사람들이 서로 자기의 상대방에게 잘 들리게 하려고 큰 소리로 외치고 있었다. 그 결과 너무나 시끄러워 아무도 제대로 알아들을 수가 없는 아수라장이 되었다. 사람들은 그저 표정을 보고 이야기를 짐작하거나 얼굴을 보는 것으로 만족하고 있었다.

네흘류도프는 이러한 면회 방법을 마련하고 이것을 실시하는 사람들에 대해서 분노가 치밀어 올랐다. 그러나 이러한 우롱에도 사람들은 모욕을 느끼지 않는 것 같았다. 간수도, 소장도, 면회인들도, 죄수들도 이것이 당연한 것이라고 여기고 있는 것 같았다. 네흘류도프는 안타까움과 자기의 무력함을 느끼면서 한동안 정신적 구토증에 사로잡혀 있었다.

상황이 어떻거나 네흘류도프는 마슬로바를 만나야 한다고 생각했다. 그는 눈으로 형무소 관리를 찾았다. 그는 장교 견장을 달고 턱수염을 기른 키가 작고 여윈 남자를 발견하고 그쪽으로 갔다.

"실례지만 말씀 좀 묻겠습니다. 여죄수들은 어디서 면회를 하지요?"

"여죄수 감방에 가시려고 합니까?"

"네, 그렇습니다. 여죄수 한 사람을 면회하고 싶습니다."

네흘류도프는 공손하게 대답했다.

"그러시면 여기에 들어오실 때 바로 그렇게 말씀해 주셨어야죠. 누구를 만나 보시려고요?"

"예카체리나 마슬로바입니다."

"정치범입니까?"

"아니, 저……."

"판결이 내린 죄수입니까?"

"네, 그저께 선고를 받았습니다."

네흘류도프는 자기에게 호의를 베푸는 듯한 그의 기분을 혹시라도 상하지 않게 하려고 조심스럽게 대답했다.

그는 누군가를 부르더니 네흘류도프를 여죄수 감방으로 안내하라고 일렀다. 네흘류도프는 남죄수 면회실에서 복도로 나가 반대쪽 문을 열고 여죄수 면회실로 안내되었다.

여죄수 면회실은 남죄수 면회실보다는 작았지만 역시 두 장의 철망에 의해 나뉘어 있었으며 아우성도 마찬가지였다. 네흘류도프는 눈으로 마슬로바를 찾았지만 보이지 않았다. 그러나 여죄수들 뒤에 누군가 한 사람이 서 있는 것이 눈에 띄었다. 네흘류도프는 순간 그녀가 마슬로바임을 깨달았다. 그러자 갑자기 가슴의 고동이 심해지고 숨이 막혀 왔다. 그는 철망 앞으로 다가갔다. 정말로 마슬로바였다. 그녀는 푸른 눈의 페도샤 뒤에 서서 미소를 지으면서 그녀가 이야기하는 것을 듣고 있었다. 마슬로바는 법정에서 입었던 죄수복이 아니라 흰 스웨터를 입고 있었는데, 허리를 잘록하게 죄어 가슴이 더욱 불룩하게 솟아 보였다. 수건 밑으로는 법정에서처럼 물결치는 검은 머리가 흘러내려 있었다.

네흘류도프는 마슬로바를 불러야 할지 어떻게 해야 할지 몰라 망설이고 있었다. 어쩌면 그녀가 자기에게 올지도 모른다고 생각했다. 그러나 그녀는 오지 않았다. 마슬로바는 친구인 클라라가 면회를 왔으리라 생각을 하고 있었으므로 남자를 찾을 생각은 꿈에도 하지 않고 있었다.

"누구를 만나러 오셨습니까?"

철망 사이의 통로를 왔다갔다하고 있던 여간수가 네흘류도프에게 다가오며 물었다.

"예카체리나 마슬로바입니다."

네흘류도프는 간신히 말을 했다.

"마슬로바, 면회야!"

여간수가 커다랗게 외쳤다.

마슬로바가 이쪽을 보았다. 그리고 머리를 젖히고는 가슴을 내밀 듯이 철망 앞으로 와서 두 여죄수 사이에 끼여 들더니 그를 의아한 듯한 눈으로 바라보았다. 그러나 그의 옷차림으로 부자라는 것을 눈치채고 그녀는 방긋이 웃었다.

"당신이에요, 저를 만나러 오신 분이?"

마슬로바는 얼굴을 철망에 갖다 대며 말했다.

"내가 온 것은……"

네흘류도프는 '너'라고 불러야 할지 '당신'이라고 불러야 할지 망설이다가 결국 당신이라고 불렀다.

"당신을 만나고 싶었소…… . 나는…… ."

"시시한 소리하지 마! 훔쳤어, 안 훔쳤어?"

네흘류도프의 곁에서 누더기를 입은 남자가 외쳤다.

"죽게 되었다고 하잖아. 무슨 말을 더 하라는 거야?"

여죄수 쪽에서 누군가가 외쳤다.

카추샤는 네흘류도프의 말을 알아들을 수는 없었지만, 말하고 있을 때의 얼굴 표정으로 문득 그가 생각났다. 그러나 그녀는 자기 눈을 믿을 수가 없었다. 그녀의 얼굴에서 미소가 사라졌다. 그리고 괴로운 듯한 주름이 이마에 새겨졌다.

"안 들려요, 무슨 말씀이신지."

마슬로바는 눈을 가늘게 뜨고 차츰 더 이마의 주름을 깊게 새기면서 소리쳤다.

"내가 온 것은…… ."

네흘류도프는 문득 자신이 참회를 하고 있는 중이라는 것을 깨달았다. 그러자 눈물이 솟구쳐 오르고 목이 메어 왔다. 그는 철망을 꼭 붙잡고 입을 꽉 다물고 울지 않으려고 애를 쓰고 있었다. 마슬로바는 그의 흥분을 깨달았다. 그러자 그것이 그녀에게로 옮겨 왔다. 그녀의 눈이 빛나고 얼굴이 빨갛게 물들기 시작했으나 차가운 모습이었다.

"아는 얼굴 같지만 처음 뵙는 분인데요."

그를 보지 않고 마슬로바가 외쳤다. 그녀의 붉어진 얼굴이 점점 더 침울해지고 있었다.

"나는 당신한테 용서를 빌러 왔소."

그는 억양 없는 큰 소리로 외쳤다. 그리고 그것이 부끄러워 옆을 돌아보았다. 그러나 그는 곧 수치를 당하는 편이 오히려 더 잘된 일이라고 생각하며 큰 소리로 계속 말했다.

"나를 용서해 주시오. 나는 정말 나쁜 짓을…… ."

네흘류도프는 외쳐 댔다.

그녀는 가만히 서서 약간 사시인 듯한 눈을 그의 얼굴에서 떼지 않았다. 그는 더 이상 아무 말도 할 수가 없었다. 가슴에서는 통곡이 솟구쳐 올랐다. 그는 그것을 억누르기 위해 철망에서 한 걸음 물러섰다.

그런데 조금 전 네흘류도프를 이곳으로 데리고 온 사람이 그가 마음에 걸렸던지 네흘류도프를 보며 왜 만나 보려는 사람과 이야기를 하지 않느냐고 물었다. 네흘류도프는 코를 풀고 머리를 흔들고 나서 침착하게 말했다.

"철망 너머로는 얘기할 수 없습니다. 아무 말도 들리지 않는군요."

"그것 참 난처하군요. 그럼 잠깐 이리로 데려와도 좋습니다."

그는 여간수를 시켜 마슬로바를 데려오도록 했다.

곧 옆문으로 마슬로바가 나왔다. 그녀는 가벼운 걸음으로 네흘류도프에게 바싹 다가오더니 그를 올려다보았다. 법정에서 볼 때와 마찬가지로 검은 곱슬머리가 수건 밖으로 비어져 나와 있었고 창백하고 약간 부은 얼굴이지만 아름답고 침착해 보였으며, 검은 눈동자가 유난히 빛나고 있었다.

"여기서 이야기해도 좋습니다."

장교가 친절을 베풀며 옆으로 비켜 주었다.

네흘류도프는 벽 쪽의 긴 의자로 갔다. 마슬로바는 의아한 듯이 장교 쪽을 쳐다보고는 네흘류도프를 따라가서는 얌전하게 그의 곁에 앉았다.

"나는 당신에게 용서해 달라고 할 자격도 없는 사람이오. 그렇지만 지나간 일은 이제 돌이킬 수가 없고 그 대신 이제부터는 내 힘으로 할 수 있는 일은 무엇이든지 다 할 작정이오. 그래서……."

네흘류도프는 눈물을 참느라 잠시 입을 다물었다.

"그런데 제가 여기에 있는 걸 어떻게 아셨지요?"

그는 전과는 달리 천박하게 변해 버린 그녀를 어떻게 대해야 할지 몰라 쩔쩔매며 마음 속으로 신에게 구원을 청했다.

"나는 그저께 열렸던 당신의 재판에서 배심원으로 있었소. 나를 알아보지 못했소?"

"네, 그럴 여유가 없었어요. 그쪽은 한 번도 쳐다보지 않았어요."

"그런데 아이를 낳았다던데?"

그는 자기의 얼굴이 붉어지는 것을 느꼈다.

"그렇지만 고맙게도 곧 죽고 말았어요."

그녀는 그에게서 시선을 돌리며 매정하게 말했다.

"아니 어쩌다가 그렇게 됐소?"

"제가 병이 들어서 하마터면 죽을 뻔했는걸요."

마슬로바는 눈을 감고 감상에 젖은 듯이 옛일을 회상하며 대답하였다.

"도대체 왜 고모들은 당신을 내보냈소?"

"누가 임신한 하녀를 두나요. 그래도 그런 건 이제 아무렇지도 않아요. 저는 아무것도 기억하고 있지 않아요. 전부 다 잊어버렸어요. 옛날에 모두 끝난 일인걸요."

"아니, 끝난 게 아니오. 나는 이대로 그냥 있을 수가 없소. 지금부터라도 나는 그 죄를 보상하고 싶소."

"이제 와서 허울 좋게 보상이라니, 그건 말도 안 돼. 과거의 일은 과거의 일, 이미 지나가 버린 쓰레기에 불과하니까."

그녀는 이렇게 말하더니 네흘류도프에게 교태를 부리며 동정을 구하는 듯한 미소를 지어 그를 당황하게 만들었다.

마슬로바는 오늘, 더구나 이런 곳에서 그와 만나리라곤 꿈에도 생각지 못했다. 그래서 처음 그의 모습을 알아보고 몹시 놀라서 그녀가 지금까지 잊고 지냈던 일들을 생각해 냈다. 처음에 그녀는 사랑하던 아름다운 청년을 어렴풋이 떠올렸다. 그에 의해서 열렸던 꿈 같은 행복을 기억해 내고, 곧이어 그가 보여 준 잔혹성과 자신의 굴욕과 고통에 찬 비참한 과거를 회상했다. 그녀는 가슴이 아파 왔지만 여태까지 그랬던 것처럼 그러한 기억들을 음탕한 생활의 독기로 감춰 버릴 생각이었다.

처음에 그녀는 지금 자신의 눈앞에 있는 남자를 과거에 그녀가 사랑했던 청년과 결부시켜서 생각했다. 그러나 그것은 너무나 고통스러운 일이었으므로 그녀는 두 사람을 서로 다른 사람으로 생각하기로 작정했다. 그녀는 이제 이 턱수염을 기르고 훌륭한 복장을 한 이 신사를, 그녀가 사랑했던 네흘류도프가 아니라 세상의 일반적인 남자로 단순히 생각하기로 했다. 그리고 그녀는 교태를 부리는 듯한 미소를 그에게 던졌다. 그녀는 입을 다물며 그를 어떻게 이용할까 하고 잠시 궁리해 보았다.

"그런 건 다 지나간 일이에요. 그것보다도 저는 유형을 받았습니다."

그녀는 다시 그 무서운 사실을 떠올리며 입술을 가늘게 떨며 말했다.

"알고 있소. 하지만 당신한테 죄가 없다는 것을 나는 믿고 있소."

네흘류도프는 말했다.

"물론이죠! 저는 아무 죄도 없어요. 저는 도둑질이나 살인을 할 수 있는 여자가 못 돼요. 모두가 다 변호사 때문에 이 꼴을 당했다고들 말하죠. 청원서를 내라고들 하지만 아무래도 돈이 많이 들거래요."

"그렇소, 청원이 필요하오. 이미 변호사한테 부탁해 놓았소."

"돈을 아끼지 말고 훌륭한 변호사를 선임해야 한대요."

"염려 말아요. 내가 할 수 있는 일은 무엇이건 다 하겠소."

잠시 침묵이 흘렀다. 그녀는 조금 전처럼 방긋 웃었다.

"부탁이 있는데……. 돈 좀 주시겠어요? 조금이라도 좋아요. 10루블 정도 주실 수 있겠어요?"

그녀는 불쑥 애교를 섞어 가며 말했다.

"그러지."

네흘류도프는 당혹스러움을 감추며 호주머니에서 지갑을 꺼냈다. 그녀는 방 안을 왔다갔다하고 있는 장교에게 재빨리 시선을 보냈다.

"저 사람 앞에서는 꺼내지 마세요. 저쪽으로 가면 그때 주세요. 들키면 빼앗기고 말아요."

네흘류도프는 장교가 등을 돌렸을 때 지갑을 꺼냈으나 10루블짜리 지폐를 마슬로바에게 건네 주지는 못했다. 장교가 금방 그들 쪽으로 돌아섰기 때문이었다. 네흘류도프는 지폐를 손 안에 꽉 움켜쥐었다. 교활해 보이는 눈으로 장교와 지폐를 쥐고 있는 자신의 손을 번갈아 쳐다보는 마슬로바의 부어 오른 얼굴을 쳐다보면서 그는 과거에 자신이 사랑했던 그녀는 이미 죽어 버렸다고 생각했다. 그러면서 이런 여자를 상대로 모든 것을 바쳐 속죄를 하느니 차라리 자신이 가지고 있는 돈을 모두 주어 버리고 깨끗이 인연을 끊는 것이 세상을 위해 더 의미 있는 일이 아닐까 하는 계산을 해 보았다. 그러나 그는 지금 자기가 매우 중요한 일을 하고 있으며 이 기회를 놓치면 자기의 영혼은 영영 구제받지 못할 것이라고 마음을 다져 먹었다. 그는 용기를 내서 그녀에게 모든 것을 밝히기로 결심했다.

"카추샤! 나는 당신한테 용서받고 싶소. 그런데 당신은 아직 나를 용서를 했다고도, 용서해 주겠다고도 말해 주지 않는구려."

그러나 마슬로바는 네흘류도프가 하는 말은 들을 생각도 하지 않고 그의 손에 쥐어져 있는 돈과 장교 쪽을 번갈아 보며 기회 포착에 혈안이 되어 있었다. 잠시 후 장교가 저쪽으로 돌아서자 그녀는 재빨리 손을 뻗어 지폐를 낚아채더니 허리띠 사이에다 쑤셔 넣었다.

"당신은 이상한 소리만 계속 내뱉으시는군요."

그녀가 웃으면서 하는 말이 네흘류도프에게는 모욕처럼 느껴졌다. 네흘류도프는 그녀가 그를 받아들이지 않고 밀어내려 한다는 것을 알았다. 그러나 이상하게도 그의 마음은 그녀 쪽으로 한층 더 강하게 다가가고 있었다. 그는 그녀의 혼을 일깨우지 않으면 안 된다고 느꼈다. 그녀를 변화시킨다는 것은 너무도 어려운 일이었지만 그것이 오히려 그에게 힘을 주었다. 그가 자기를 위해 그녀한테서 구하는 것은 아무것도 없었다. 다만 그녀가 예전의 그녀로 다시 돌아가 주기를 간절히 원하고 있었다.

"카추샤, 어째서 당신은 그런 말을 하오? 나는 당신을 알고 있소. 고모 집에 있었을 때의 순수한 당신을 나는 아직도 기억하고 있소……."

"지난날을 회상해 보았자 아무 소용없어요."

그녀는 매정하게 말하였다.

"내가 옛일을 말한 것은 나의 죄를 씻고 싶기 때문이오, 카추샤!"

이어서 그는 그녀와 결혼하고 싶다고 말하려 했으나 그녀의 냉정한 시선과 부딪쳐 더 이상 말을 할 수가 없었다.

이때 면회인들이 돌아가기 시작했다. 조금 전의 그 장교가 네흘류도프에게로 다가와서, 면회 시간이 끝났다는 것을 알려 주었다. 마슬로바는 꼼짝도 하지 않은 채 끌려가게 될 때까지 가만히 기다렸다.

"몸조심하시오, 카추샤. 당신에게 할말이 아직 남아 있는데 오늘은 더 못 하겠구려. 또 오겠소."

네흘류도프는 마슬로바에게 손을 내밀었다.

"이야기할 건 다한 것 같은데요……."

그녀도 손을 내밀었으나, 네흘류도프의 손을 잡으려고는 하지 않았다.

"아니, 나는 좀더 얘기를 잘 할 수 있을 듯한 장소에서 당신과 만날 수 있도록 노력하겠소. 당신한테 할 중요한 말이 있소."

"아, 그러세요. 그럼 또 와 주세요."

그녀는 마음이 끌리는 남자들에게 늘 하던 식으로 교활한 웃음을 지었다.

"당신은 나에게 누이 이상 가는 사람이오."

네흘류도프는 마슬로바에게 자신의 심정을 고백했다.

"아, 그러세요?"

그녀는 또 한 번 같은 말을 하고는 고개를 갸우뚱하며 철망 저쪽으로 사라져 갔다.

마슬로바를 면회하면서 네흘류도프는 그녀가 자신이 참회를 하고 그녀를 위해 있는 힘을 다하면 기뻐하며 감동하여 다시 과거의 마슬로바로 되돌아가 주리라고 기대하고 있었다. 그런데 예전의 순수했던 마슬로바는 이미 없어졌고, 지금은 저속한 매춘부 마슬로바만이 있을 뿐이었다. 그것은 네흘류도프를 매우 당황하게 만들었다.

더구나 그녀는 자기 모습을 부끄러워하지 않았을 뿐만 아니라 도리어 그것에 만족하며 자랑으로 여기는 것처럼 보였다. 하지만 어찌 보면 그것은 그럴 수밖에 없는 일이었다. 누구나 자기에 대해 그 일이 중요하다고 생각하는 인생관에 사로잡히는 법이기 때문이다. 대부분의 사람들은 도둑이나 살인자, 스파이, 매춘부 등이 자신의 직업에 대해 부끄럽게 여긴다고 생각하지만 사실은 그렇지 않다. 그들은 어떠한 위치에 놓이게 되더라도 자기가 훌륭하고 존경할 만하다고 여겨지게끔 만들도록 애쓴다. 도둑이 자기의 민첩성을 자랑삼고, 매춘부가 자기의 음란성을 뽐내고, 살인자가 자기의 잔인성을 자랑삼을 때 우리는 깜짝깜짝 놀라게 된다. 그러나 그것은 그런 사람들이 속한 집단이 작고 우리는 그 집단의 바깥에 머무르기 때문이다. 생각해 보면 부자가 착취의 산물인 재산을 자랑삼고 위정자가 탄압의 산물인 자기의 권력을 자랑삼고 있는 것과 그런 일과 맥락을 같이한다고 볼 수 있다. 마찬가지로 마슬로바도 매춘부로서의 그녀의 입장을 자랑삼을 수 있는 인생관이 있었다.

그녀의 인생관은, 나이가 많거나 적거나 교양이 있거나 없거나 모든 남성은 매력적인 여자와 관계하는 것을 최대한의 행복으로 알고 있는데, 자신은 매력적인 여자로서 남자들의 이러한 욕망을 충족시켜 줄 수 있으므로 자신은 중요한 인간이기도 하고 또 필요한 인간이라는 것이다. 그녀는 지금까지 생활하면서 자신의 이러한 인생관이 옳다는 것을 쉽게 확인할 수 있었다.

지금까지 10년 동안 그녀는 어느 곳에서든 네흘류도프를 비롯해서 형무소의 간수에 이르기까지 모든 남자가 그녀를 필요로 하고 있음을 보아 왔다. 그녀를 필요로 하지 않는 남자는 한 번도 본 적이 없었다. 자연히 그녀는 이 세상이 성욕에 허덕이는 사람들의 집단이고, 어떤 수단이나 방법을 써서라도 그녀를 손에 넣으려 애쓰는 추잡한 사람들의 집단이라고 생각하게 되었다. 이렇게 보자면 그녀는 매우 중요한 인간이었다. 그래서 그녀는 그러한 사고 방식을 중히 여기고, 본능적으로 그러한 사고 방식에 집착하고 있었다. 그렇기 때문에 네흘류도프가 그녀를 다른 세계로 끌어내리려고 했을 때, 그녀는 이제까지의 자신과 자존심을 잃지 않으면 안 되었기 때문에 그의 뜻을 순순히 따를 수가 없었던 것이다. 마슬로바가 처녀 시절의 기억이나 네흘류도프와의 아름다웠던 추억을 자기의 머릿속에서 몰아냈던 것도 같은 이유에서다. 따라서 현재의 네흘류도프도 그녀에게 있어선 순수한 사랑으로 대했던 청년이 아니라 다른 남자들과 마찬가지의 관계를 맺고 이용할 뿐인, 한 사람의 돈 많은 신사에 지나지 않았던 것이다.

네흘류도프는 출구로 향하면서, 비록 그녀에게 결혼하겠다는 말은 하지 못했지만 결혼을 꼭 실행에 옮기겠다고 생각했다.

　네흘류도프는 자신의 집은 세를 놓고 하인들도 내보낸 뒤 호텔 생활을 하려고 했었다. 그러나 아그라페나 페트로브나가 여름 동안에는 마땅히 세들 사람도 없고, 어디에 가서 살든지 가구들은 필요하다고 끝까지 주장하는 바람에 자기의 생활을 바꾸려던 그의 계획은 무산되고 말았다. 그는 마슬로바가 석방되거나 시베리아로 추방되면 자연히 자신의 생활이 바뀌게 될 터이므로 그녀의 사건이 해결될 때까지는 그대로 살 작정이었다.
　변호사 파나린이 정해 준 날에 네흘류도프는 그의 집으로 찾아갔다. 파나린의 집은 커다란 나무들이 서 있고, 창문마다 호화로운 커튼이 쳐져 있었으며, 대부분의 벼락부자들이 그러하듯이 화려하고 값비싼 가구로 장식되어 있었다. 네흘류도프가 응접실에 들어가 보니 이미 많은 의뢰인들이 마치 병원의 대기실에서 의사를 기다리고 있는 환자처럼 침통한 표정으로 각자의 차례를 기다리고 있었다. 변호사의 서기는 네흘류도프를 보자 얼른 다가와 정중히 인사를 하며 곧 변호사에게 전하겠다고 말했다.
　그러나 서기가 방문까지 채 가기도 전에 안쪽에서 문이 열리며 변호사 파나린이 자기 의뢰인을 배웅하러 나왔다. 파나린은 네흘류도프를 자기 사무실로 안내했다.
　파나린은 방금 나간 의뢰인에 대해 설명을 하고 나서야 본론으로 들어갔다.
　"마슬로바 사건은 서류를 잘 읽고 검토해 보았습니다. 변호사가 바보였기 때문에 상고 이유를 전부 다 놓치고 말았더군요."
　"그러면 어떻게 됩니까?"
　절망을 느끼면서 네흘류도프가 물었다.
　"처리가 뒤죽박죽 되어 있어서 상고할 만한 적당한 이유를 찾기 힘들었지만 어쨌든 상고만은 해 보기로 합시다. 저도 이렇게 서류를 만들어 놓았습니다."
　변호사는 새까맣게 글씨를 써넣은 서류를 집어 들더니 어려운 법률 용

어로 가득 찬 긴 상소장을 읽기 시작했다. 그는 마슬로바 사건에 대한 판결이 취소되어야 하는 이유로 스멜리코프의 시체 해부에 관한 보고서 낭독이 시작되자마자 재판장에 의해 중지되었다는 점, 마슬로바의 관선 변호사가 변론하며 마슬로바의 타락 원인을 언급할 때 재판장이 가로막은 점, 재판장이 법률이 정하는 유죄의 개념과 과실치사에 대해 배심원에게 설명하지 않은 점, 배심원들의 답신서에 뚜렷한 모순이 발견되고 있는 점 등을 들고 있었다.

파나린이 읽기를 끝내자 네흘류도프가 물었다.

"대심원이 지방 재판소가 범한 과오를 정정해 줄까요?"

"그것은 누가 그것을 담당하느냐에 따라 다릅니다. 솔직히 말해서 성공할 가능성은 매우 적습니다. 하지만 모든 것은 담당자 나름이니까 줄을 댈 만한 곳이 있으면 미리 부탁해 보는 것이 좋을 겁니다."

"아는 사람이 조금은 있습니다만……."

"그렇다면 될 수 있는 대로 빨리 서두르는 편이 좋습니다. 그렇지 않으면 그들은 모두 피서를 떠나고 말거든요. 그래서 만일에 성공하지 못할 경우에는 황제에게 청원하는 최후의 방법이 있습니다."

"대단히 고맙습니다. 사례는……."

"그것은 서기가 상소장을 작성해서 드릴 때 말씀드릴 겁니다."

"또 하나 여쭙고 싶습니다. 검사가 저에게 마슬로바 면회 허가증을 주면서 일반의 면회일 외의 다른 날에 면회하려면 현 지사의 특별 허가가 있어야 한다던데 사실입니까?"

"그렇긴 합니다만 지금 지사는 자리에 없고 부지사가 대리를 하고 있습니다."

"마슬레니코프 말씀입니까?"

"그렇습니다."

"그 사람이라면 아는 사이입니다."

네흘류도프는 파나린과 인사를 나누고 사무실에서 나왔다. 서기가 네흘류도프에게 갖추어진 상고장을 주며, 보통 파나린은 이런 사건을 취급하지 않지만 네흘류도프 공작을 위해서 특별히 접수한 거라고 설명하며, 수수료는 1000루블이라고 말했다.

"그런데 이 상소장에는 누가 서명을 해야 합니까?"

네흘류도프가 물었다.

"네, 대개는 피고 자신입니다. 그것이 곤란할 경우는 본인의 위임을 받아서 우리 변호사님이 해도 됩니다."

"그럼 피고에게 서명을 받아야겠군요."

네흘류도프는 정해진 면회일 이전에 마슬로바와 만날 기회가 생긴 것을 기뻐하며 말했다.

네흘류도프는 마슬로바를 면회하기 위해 형무소에 가서 당번 간수에게 검사의 허가증을 보였다. 하지만 그는 소장의 사무실에서 한참을 기다려야 했다. 지정된 면회일이 아니라 특별히 소장의 허가를 받아야 하는데, 소장이 한 죄수의 태형에 입회하고 있었기 때문이었다. 그날 이 형무소에서는 한 정의감 넘치는 남자 죄수가 난폭한 간수에게 반항을 하여 그 벌로 여자 죄수 면회실에서 태형을 당했었다.

소장은 줄곧 한숨을 쉬며 사무실로 들어왔다. 그는 네흘류도프를 보더니 약간 당황하며 마슬로바를 데려오라고 했다. 그리고 가파른 층계를 올라가 책상 하나와 의자 몇 개가 놓여 있는 방으로 안내했다.

"이건 정말이지 너무 고달픈 직업입니다."

소장은 의자에 앉아 담배를 꺼내 물면서 이렇게 말했다.

"몹시 피로하신 것 같군요."

"이 직업은 정말로 피곤하죠. 2000명 이상의 죄수를 살펴야 하니. 그들도 인간이니까 동정해 줄 필요가 있기는 하지만 조금이라도 방치하면 버릇없이 기어오릅니다. 죄수를 함부로 때릴 수 없게 되어 있지만 우리도 어쩔 수가 없습니다."

소장은 죄수들끼리 싸워서 살인이 난 사건을 이야기하기 시작했다. 그의 이야기는 간수를 따라 마슬로바가 방으로 들어오는 바람에 그치고 말았다. 네흘류도프는 마슬로바를 보았다. 그녀는 얼굴이 붉어져 있었고 간수 뒤에서 생글생글 웃으며 힘차게 걷고 있었다. 마슬로바는 소장을 보고 깜짝 놀라 심각한 표정으로 네흘류도프를 쏘아보더니 곧 정신을 차리고 명랑한 얼굴로 그에게 다가왔다.

"안녕하셨어요?"

그녀는 생글생글 웃으면서 지난번과는 달리 손에 힘을 주고 그와 악수를 나누었다.

"카추샤, 오늘은 상소장에 당신의 서명을 받으러 왔소. 변호사가 서류를 만들었는데 당신의 서명이 필요하오. 이건 곧 페테르부르크로 보낼 거요."

"좋아요. 서명하지요. 무엇이든지 하겠어요."

그녀는 한쪽 눈을 찡긋하며 웃으면서 말했다.

"여기에서 서명해도 괜찮겠습니까?"

네흘류도프가 소장에게 물었다.

"이리로 와서 서명하시오. 펜도 있소. 글씨를 쓸 줄 아시오?"

소장이 마슬로바에게 물었다.

"그전에는 썼지만……"

마슬로바는 책상으로 다가와 앉으며 조그만 손으로 서툴게 펜을 잡더니 웃으면서 네흘류도프를 돌아다보았다. 그는 어디다 어떻게 서명하는지 그녀에게 친절하게 설명해 주었다. 그녀는 조심스럽게 펜을 잉크에 적신 다음 자기 이름을 썼다.

"이렇게 쓰면 되나요?"

마슬로바는 네흘류도프와 소장을 번갈아 쳐다보며 물었다.

"당신과 얘기할 것이 있소."

네흘류도프는 그녀의 손에서 펜을 받아 들고 말했다.

"네, 좋아요. 말씀하세요."

마슬로바는 무언가를 생각하고 있는지, 아니면 졸음이 오는지 갑자기 진지한 표정이 되어 네흘류도프를 바라보며 말했다.

소장이 밖으로 나가자 네흘류도프는 마슬로바와 마주보는 자리로 갔다.

마슬로바를 데리고 왔던 간수는 책상에서 약간 떨어진 창가에 앉아 있었다. 네흘류도프에게 결정적인 순간이 다가왔다. 그는 지난번에 면회 왔을 때에 그녀와 결혼할 계획이라는 것을 밝히지 않았던 것을 몹시 후회하고 있었기 때문에, 오늘은 반드시 그 말을 하려고 마음먹고 있었다. 방 안이 밝아 네흘류도프는 마주 보고 앉아 있는 그녀의 얼굴을 처음으로 가까운 거리에서 똑똑히 쳐다볼 수 있었다. 그녀의 얼굴은 잔주름이 생겨 있었고, 눈이 약간 부어 있었다. 그녀가 전보다도 가엾고 측은하게 여겨졌다.

"이번 상고가 잘되지 않으면 황제에게 청원하겠소. 당신을 위해서 내가 할 수 있는 일은 무엇이든 다 하겠소."

네흘류도프는 간수에게 들리지 않도록 그녀 쪽으로 몸을 기울여 말했다.

"좋은 변호사였어야 했는데……. 지난번 변호사는 바보라서 저한테는 좋은 말만 해 줬어요. 만약 그때 제가 공작님하고 아는 사이라는 것을 알았더라면 이렇게까지는 되지 않았을 거예요. 그런데 왜 모두들 나를 도둑년으로 생각하지요?"

네흘류도프가 오늘은 마슬로바가 좀 이상하다는 생각을 하고 있을 때 그녀는 다시 이야기를 계속했다.

"저어, 부탁이 하나 있어요. 우리 방에 할머니 한 분이 계신데요, 정말 착한 할머니가 아무 죄도 없이 들어와 있어요. 그분의 아들도 함께 들어와 있고요. 죄가 없다는 것이 분명한데도 방화범으로 몰려서 들어왔어요. 그 할머니가 내가 공작님과 아는 사이라는 것을 알고선 저한테 부탁을 했어요. 공작님이 그 할머니의 아들을 한번 만나 주십사 하고요. 이름은 메니쇼프래요. 그가 모두 얘기할 텐데 한번 만나 주시겠어요? 정말 참 착한 할머니예요……. 죄가 없다는 것을 첫눈에도 알 수 있어요."

그녀는 미소를 지으며 그를 바라보다가 눈을 아래로 내리깔았다.

"좋소. 만나 보겠소. 그리고 힘껏 알아 보겠소. 그런데 나는 지금 당신한테 꼭 하고 싶은 말이 있소. 요전에 내가 당신에게 했던 말을 기억하고 있소?"

"여러 가지 말씀을 하셨잖아요. 그런데 무슨 얘기였더라?"

그녀는 여전히 웃으면서 머리를 좌우로 갸웃거리며 말했다.

"당신한테 용서받고 싶다고 말했었소."

"용서하라, 저더러 용서하라 하시는데, 저야 아무러면 어때요? 그것보다도 오히려……."

"아니오. 나는 나의 죄를 씻고 싶소. 그것도 말뿐이 아닌 실제 행동으로 씻고 싶은 거요. 나는 당신과 결혼하기로 결심했소."

그녀의 얼굴이 놀라움으로 갑자기 굳어졌다. 조금 사시인 듯한 까만 눈이 꼼짝도 않고 있었다.

"이제 와서 결혼 따위가 왜 필요해지셨죠?"

그녀는 원망스럽다는 듯이 얼굴을 찌푸리며 물었다.

"하나님 앞에서 그렇게 해야 한다고 느꼈소."

"어머, 이제 와서 무슨 하나님을 찾아냈단 말씀이세요. 공작님은 어이없는 말씀만 하시는군요. 하나님이라고요? 당신은 벌써 오래 전에 하나님을 생각해 내셨어야 했어요."

이렇게 말한 그녀는 혼이 나간 사람처럼 입을 다물지 못했다. 네흘류도프는 그제야 비로소 그녀에게서 술 냄새가 나는 것을 알아채고 그녀가 흥분한 원인을 깨달았다. 마슬로바는 전에 네흘류도프에게 받은 돈으로 매일같이 몰래 콜라브료바에게 술을 사서 마시고 있었다. 네흘류도프와 만나기 전에도 그녀는 한바탕 술잔치를 벌였었다.

"좀 진정하시오."

네흘류도프가 말했다.

"진정하고 말 것도 없어요. 제가 취한 줄 아세요? 그래요. 취했어요. 그렇지만 내가 하는 말은 분명히 다 알고 있어요. 저는 유형수예요. 당신은 지주 어른이시고 또 귀하신 공작님이시잖아요? 저 같은 여자의 일로 자신의 얼굴에 먹칠까지 할 이유가 없잖아요. 어서 공작 아가씨한테나 가시는게 좋겠어요. 제 몸값은 겨우 100루블인걸요!"

그녀는 갑자기 빠른 말로 뇌까리더니 얼굴이 새빨개졌다.

"당신이 아무리 심한 말을 해도…… 내 마음을 알 수 없을 거야. 내가 당신에게 얼마나 깊이 죄를 느끼고 있는지 당신은 아마 상상도 못 할 거요!"

네흘류도프는 온몸을 떨면서 낮은 목소리로 말했다.

"죄를 느끼고 있다고요? 정말 우습군요. 그 전에는 그런 것을 느끼지 않고 100루블을 쥐여 주고 떠나시더니, 그 100루블이야말로 당신이 주신 제 몸값이에요."

"카추샤, 미안하오. 정말 미안하오. 하지만 지금에 와서 어떻게 할 수가 없지 않소. 그러나 이번에는 당신을 떠나지 않을 거야. 이 말은 꼭 실행하겠소."

"하지만 절대로 그렇게 못 하실걸요!"

그녀가 큰 소리로 비웃으며 말했다.

"카추샤!"

네흘류도프가 그녀의 손을 꽉 잡으며 큰 소리로 불렀다.

"어서 가세요. 저는 죄수이고 당신은 지체 높은 공작님이세요. 당신 같은 분은 이런 곳에 더 이상 오실 필요가 없어요. 당신은 저를 방편삼아 구원받고 싶으신 거예요."

그녀는 분노로 얼굴이 굳어지더니 그가 잡고 있는 손을 힘껏 흔들어 뿌리치며 소리쳤다.

"당신은 이세상에선 저를 노리개삼아 농락하고 저세상에 가서는 저를 방편으로 삼아 구원받으려 하고 있군요! 정말로 비열하기 짝이 없군. 그 안경도 그 밉살스런 얼굴도 다 보기 싫어요. 어서 돌아가세요. 어서 돌아가시란 말예요!"

그녀는 마음 속에 솟구쳐 오른 것을 모두 털어놓아 버리려는 듯 떠들더니 발끈해서 자리를 박차고 일어나 큰 소리로 외쳤다. 그러자 간수가 다가왔다.

"왜 그렇게 떠들어! 그러지 말라고……."

"괜찮습니다. 걱정하지 마십시오."

네흘류도프가 침착하게 말했다.

"분수에 맞게 처신해야지!"
간수가 마슬로바에게 말했다.
"조금만 더 기다려 주십시오. 부탁입니다."
네흘류도프가 간수에게 애원하자 간수는 다시 창 쪽으로 돌아갔다.
마슬로바는 다시 의자에 앉아 고개를 숙이고 팔짱을 끼고 손가락으로 팔꿈치를 움켜쥐었다. 네흘류도프는 어쩔 줄 모르고 우두커니 서 있었다.
"당신은 나를 믿지 않는구려."
네흘류도프가 한숨을 지으며 말했다.
"공작님이 저와 결혼하시겠다는 그 말을 저는 절대로 믿지 않아요. 그런 말씀을 믿느니 차라리 제 스스로 목을 매는 게 낫겠어요. 이제 돌아가 주세요."
"당신이 뭐라고 해도 나는 당신을 위해 힘을 다하겠소."
"그건 당신 자유지만 저는 당신에게 아무것도 바라는 것이 없어요. 이것만은 분명히 말해 두겠어요."
마슬로바가 신경질적으로 말했다.
"아아, 그때 내가 왜 죽어 버리지 않았는지 몰라."
그녀는 갑자기 이렇게 말하며 흐느껴 울기 시작했다. 그녀의 눈물이 네흘류도프에게 전해졌다. 그녀는 얼굴을 들어 네흘류도프를 보더니 깜짝 놀란 표정으로 흘러내린 눈물을 재빨리 닦기 시작했다. 이때 간수가 다시 다가와서 시간이 다 됐다고 알렸다. 마슬로바는 일어섰다.
"당신은 지금 무척 흥분하고 있소. 될 수 있으면 내일 또 오겠소. 잘 생각해 보시오."
네흘류도프가 말했다.
마슬로바는 아무 대꾸도 없이 그를 쳐다보려고도 하지 않고 간수의 뒤를 따라 나가 버렸다.

콜라브료바와 노파가 감방으로 돌아온 마슬로바를 맞았다.
"카추샤, 아무래도 그 남자가 너한테 홀딱 반한 모양이야. 그 사람한테

빈틈없이 처신을 잘해야 해. 그러면 꼭 구해 줄 거야. 돈 있는 사람들이야 뭐든지 할 수 있으니까.”

“그건 그렇고 내가 부탁한 것 그분에게 말씀드렸어?”

마음 좋은 노파가 다급하게 물었다.

그러나 마슬로바는 그런 동료들의 말에는 아무 대꾸도 없이 자신의 나무 침상에 누웠다. 그녀는 방 한구석을 멍하니 쳐다보면서 어두워질 때까지 꼼짝도 않고 있었다. 그녀의 마음은 너무나 고통스러운 나머지 이유도 모르면서 증오하고 도망쳐 나왔던 세계로 다시 향하고 있었다. 그녀는 이미 그 세계를 잊어버리고 살 수는 없게 되었다. 그러나 과거에 대한 생생한 추억을 떠올린다는 것은 너무나도 고통스런 일이었기에, 그녀는 그것을 잊기 위해 술을 사서 동료들과 같이 나누어 마셨다.

마슬로바와 헤어진 네흘류도프가 형무소의 문을 나서려고 하는데, 가슴에다 십자가를 붙인 한 간수가 그에게 다가오더니 슬그머니 편지를 건네 주었다.

“어떤 여자가 선생님께 이것을 전해 드리라고 했습니다. 읽어 보시면 아실 겁니다. 정치범입니다. 저는 그쪽을 담당한 사람입니다. 이런 일은 규칙에 위반되는 것입니다만 인정상 어쩔 수가 없어서……”

정치범 담당 간수가 감옥에서, 더군다나 수많은 눈이 있는 이런 곳에서 편지를 건네 준 것에 네흘류도프는 너무나 놀랐다. 그는 편지를 받아 들고 밖에 나가서 뜯어 보았다. 거기에는 연필로 다음과 같이 휘갈겨 써 있었다.

당신이 어떤 형사범에게 관심을 가지시고 형무소에 자주 오신다는 말을 들었습니다. 저도 꼭 당신을 한번 만나 뵙고 싶습니다. 부디 저도 면회해 주십시오. 공작님이라면 면회가 허락될 겁니다. 저는 당신의 피보호자에게나 우리들의 그룹에게 다같이 중요한 사실을 많이 전해 드릴 수 있습니다.

당신에게 항상 감사하고 있는 베라 보고두호프스카야 올림 네흘류도프는 베라 보고두호프스카야라는 여자를 금방 생각해 냈다. 그녀는 네흘류도프가 동료들과 함께 곰 사냥을 하러 갔을 때 만난 한 벽촌 학교의 여교사였다. 그때 그녀는 네흘류도프를 찾아와서 대학에 가고 싶다면서 학비를 보태 달라고 부탁했다.

"저는 여교사예요. 대학에 가고 싶지만 갈 수가 없어요. 학비가 없기 때문입니다. 돈을 좀 빌려 주실 수 없을까요? 졸업하고 갚아 드리겠어요. 돈 많은 사람들은 곰을 잡거나 농부들에게 술을 먹이면서 돈을 쓰지요. 이런 것은 좋지 않은 일이라고 생각합니다. 제게 필요한 돈은 겨우 80루블이에요. 싫으시다면 도와 주지 않으셔도 괜찮습니다."

"천만에요. 당신이 이런 기회를 주셔서 얼마나 기쁜지 모릅니다."

네흘류도프는 그때 친구들이 비꼬는 말에는 대꾸도 하지 않고 그 여교사에게 돈을 주었었다. 그리고 그 여교사에 대해서는 까맣게 잊고 있었다. 네흘류도프는 그때의 건강과 젊은 힘과 아무런 근심 걱정 없이 홀가분했던 자신의 모습을 생각하며 쓸쓸한 미소를 지었다. 지금은 모든 것이 너무나 힘들고 괴로웠던 것이다.

그는 베라 보고두호프스카야를 만나 봐야겠다고 생각했다.

이튿날 아침, 잠에서 깨어난 네흘류도프는 마슬로바와의 면회를 떠올리며, 힘들고 점점 자신이 없어져 가고 있지만 자기가 시작한 일을 무슨 일이 있더라도 추진해야겠다고 마음을 다졌다.

이렇게 자기 의무를 의식하면서 네흘류도프는 부지사 마슬레니코프를 찾아갔다. 마슬로바와의 면회 허가 이외에, 마슬로바가 그에게 부탁했던 메니쇼프, 베라 보고두호프스카야의 면회 허가도 얻기 위해서였다.

네흘류도프는 마슬레니코프와 군대 시절부터 아는 사이였다. 사람 좋고, 성실하고 실천력이 강한 장교였던 그는 부잣집 딸과 결혼을 하고 군대를 제대한 다음 지금은 부지사가 되어 있었다.

마슬레니코프는 네흘류도프를 보자 몹시 반가워했다.

네흘류도프는 세 사람의 면회 허가를 위해 증명서를 써 달라고 그에게 부탁했다.

"그럼, 좋아. 공통된 허가증을 내주지. 자네가 나쁜 데 쓸 일은 없을 테니까."

마슬레니코프는 네흘류도프가 원하는 대로 곧 면회 허가증을 써 주었다.

서둘러 마슬레니코프의 집을 나온 네흘류도프는 곧장 형무소로 달려갔다. 그러나 소장은 마슬로바와의 면회를 허가하지 않았다.

"안 됩니다. 그건 안 됩니다! 마슬로바는 어제 아주 엉망이었습니다."

"왜 그랬습니까?"

네흘류도프가 묻자 소장은 쓴웃음을 지으며 찬찬히 설명했다.

"사실은 바로 공작님이 잘못하셨기 때문입니다. 그 여자에게 절대 직접 돈을 주지 마십시오. 주고 싶으시면 저에게 맡겨 주십시오. 그 여자의 소유물로 확실하게 보관해 둘 테니까요. 그렇지 않으면 어제처럼 불미스런 일이 또 일어날 테니까요. 지난밤에 그 여자는 몹시 취해 가지고 감방에서 난동을 부렸어요. 손을 쓸 수 없을 정도였답니다."

"그게 정말입니까?"

"정말이고말고요. 그래서 비상 수단을 써서 다른 감방으로 옮겨 놓았습니다. 평상시에는 얌전한 여자인데. 어쨌든 돈을 주어서는 안 됩니다. 그런 여자들은 모두……."

네흘류도프는 어제의 면회를 생각하고 잠깐 침묵을 지키다가 소장에게 다시 물었다.

"그러면 정치범 베라 보고두호프스카야하고는 면회할 수 있겠습니까?"

"되고말고요. 그렇지만 그 죄수는 높은 건물 쪽에 있기 때문에 데려 오려면 시간이 좀 걸립니다."

"그렇다면 그 사이에 메니쇼프라는 죄수를 면회할 수 없을까요? 어머니와 아들이 방화범으로 들어와 있다고 하던데요."

"좋습니다. 불러 드리지요."

"메니쇼프를 감방에서 면회할 수 없을까요?"

"면회실 쪽이 조용하니까 더 나을 겁니다."

“그래도 저에게 흥미가 있어 그럽니다.”

“그거 참, 이상한 데에 흥미를 다 가지시는군요.”

이때, 옆문을 열고 부소장이 들어왔다.

“마침 잘 왔네. 이 공작님을 메니쇼프의 감방으로 안내해 드리게. 그 사이에 제가 아까 말한 죄수를 불러 두지요.”

“어떻게 해서 형무소에 흥미를 가지게 됐습니까?”

멋쟁이 부소장이 기분 좋은 미소를 띠고 네흘류도프에게 물었다.

“네, 메니쇼프에게 흥미가 있습니다. 아무런 죄도 없이 이곳에 들어와 있다더군요.”

부소장은 어깨를 움츠렸다.

“예. 그런 일도 있지요. 하지만 거짓말을 하는 사람들도 가끔 있습니다. 자, 가십시오.”

부소장은 악취가 풍기는 어둡고 침침한 복도로 네흘류도프를 안내했다. 복도 양쪽에는 자물쇠가 걸린 문들이 죽 늘어서 있었다. 그 문에는 보통 ‘눈[目]’이라고 불리는 작은 구멍이 나 있었다 복도에는 나이가 많은 간수 한 사람이 있을 뿐 그 외에는 아무도 보이지 않았다.

“메니쇼프는 어디 있지?”

부소장이 물었다.

“왼쪽 여덟 번째입니다.”

간수가 대답하였다.

“이 감방에는 모두 사람이 꽉 차 있습니까?”

네흘류도프가 부소장에게 물었다.

“네, 한 방만 빼놓고는 모두 차 있습니다.”

“들여다봐도 괜찮습니까?”

네흘류도프가 물었다.

“네, 괜찮습니다.”

부소장이 기분 좋은 미소를 띠면서 말하고는 간수에게 무엇인가를 묻기 시작했다. 네흘류도프는 작은 구멍에 눈을 대고 안을 들여다보았다. 거기에는 턱수염을 기른 한 젊은이가 셔츠 바람으로 이리저리 걸어다니고 있었다.

그는 다음 구멍을 들여다보았다. 그 순간 그의 눈이 안에서 내다보는 크게 뜬 다른 눈과 마주쳤다. 그는 얼른 물러났다. 세 번째의 구멍에서는 한 남자가 죄수복을 머리까지 덮어쓴 채 오그리고 누워 있었다. 네 번째의 구멍에서는 얼굴이 넓적한 남자가 고개를 숙이고 나무 침상에 앉아 있었다. 그 남자는 발소리가 들리자 문 쪽으로 고개를 돌렸다. 그의 얼굴에는 깊은 절망이 담겨 있었다. 누가 들여다보든 좋은 일이 있으리라고는 전혀 기대조차 하지 않는 듯한 표정이었다. 네흘류도프는 기분이 울적해져서 들여다보는 것을 그만두고 메니쇼프의 방으로 갔다.

간수가 자물쇠를 풀고 문을 열었다. 착해 보이는 둥근 눈의 건장한 젊은이가 얼른 죄수복을 껴입으면서 깜짝 놀란 얼굴로 들어온 사람들을 쳐다보았다. 네흘류도프는 놀라울 정도로 선량해 보이는 그 젊은이의 동그랗고 맑은 눈에 호감을 느꼈다.

"이분이 너에 대해서 몇 가지 듣고 싶어하신다."

"자네의 사건에 대해 다른 사람한테 듣기는 했지만 자네에게 직접 듣고 싶네."

네흘류도프는 감방 안의 창살이 끼워져 있는 지저분한 창 쪽으로 가며 겁을 먹고 있는 듯한 그에게 다정하게 물었다. 메니쇼프도 창가로 다가와서 머뭇거리다가 차츰 용기를 내서 말하기 시작했는데, 부소장이 다른 볼일 때문에 밖으로 나가자 갑자기 활기를 띠며 말했다. 그는 제법 논리적이었으며 시골 젊은이답게 아주 솔직했다. 네흘류도프는 그와 같은 말을 이 어둡고 음산한 형무소 안에서 죄수한테 들으며 뭐라 말할 수 없는 야릇한 기분을 느꼈다.

네흘류도프는 더럽고 구차한 감방에, 죄수복 차림의 불쌍한 농부의 비참한 얼굴을 보고 있으려니 차츰 마음이 어둡고 우울해졌다. 그는 이 마음씨 착한 젊은이가 하는 말을 믿고 싶지 않았다. 아무 이유도 없이 한 남자를 체포하여 죄수복을 입혀서 이런 곳에 처박아 놓을 수도 있다고 생각하니, 세상이 정말 끔찍하게 여겨졌기 때문이었다.

그 젊은이는 결혼한 지 얼마 안 되어 술집 주인에게 그의 아내를 빼앗겼다. 그래서 여기저기 호소하여 재판을 걸었으나, 그때마다 술집 주인이 교리를 매수해 매번 그 주인이 이겼다. 그러다가 한번은 젊은이가 억지로 아내를 데려왔는데 다음 날 아내가 달아나 버려서 그는 아내를 돌려 달라고 술집 주인에게 가서 소리쳤다. 젊은이는 그 술집에 들어가면서 분명히 아내를 보았는데, 주인은 그런 사람이 없다며 돌아가라고 말했다. 그리고 꼼짝도 하지 않는 젊은이를 고용인을 시켜서 피투성이가 되도록 몽둥이로 두들겨 팼다. 그 다음 날 그 술집은 불이 났고, 젊은이와 그의 어머니는 방화 혐의로 체포되었다. 그러나 젊은이는 그날 친구의 집에 있었기 때문에 방화 같은 것을 할 상황이 아니었다.

"정말로 자네는 불을 지르지 않았단 말이지?"

"그렇습니다, 선생님. 그런 것은 생각조차 한 일이 없습니다. 그놈이 제 손으로 불을 지른 것이 틀림없습니다. 분명하지는 않지만, 그 직전에 그놈이 보험에 들었다는 소문을 들었습니다. 놈은 그 보험금을 타려고 제 손으로 불을 지르고 저와 어머니한테 덮어씌운 것이 분명합니다."

"그게 정말인가?"

"정말이고말고요. 하나님께 맹세해도 좋습니다. 선생님, 제발 저희 모자를 도와 주십시오!"

젊은이는 마룻바닥까지 머리를 숙이며 그에게 부탁을 했다. 네흘류도프는 그가 안쓰럽게 느껴져 얼른 그를 부축해 일으켰다.

"제발 부탁입니다. 이대로 있다가는 아무 죄도 없는 저희들이 시베리아로 유형되고 맙니다!"

젊은이가 갑자기 얼굴을 감싸안고 울기 시작했다.

"끝났습니까?"

부소장이 감방으로 들어오면서 물었다.

"어쨌든 너무 상심하지 말게. 내가 힘이 닿는 데까지 힘써 보겠네."

네흘류도프는 감방을 나왔다. 문가에 서 있던 메니쇼프는 간수가 닫는

문에 부딪혔다. 간수가 자물쇠를 채우는 동안 메니쇼프는 문구멍으로 내다보고 있었다.

마침 점심 시간이라 감방의 문들이 전부 열려 있었다. 죄수복을 입은 초라한 몰골의 죄수들이 네흘류도프를 빤히 쳐다보았다. 그는 말할 수 없는 부끄러움을 느끼며 복도를 걸었다.

복도에서 누군가가 발소리를 내며 감방 안으로 뛰어가는 것 같더니 곧이어 많은 죄수들이 복도로 줄지어 나와서는 네흘류도프의 앞길을 가로막고 차례차례 머리를 숙이며 말했다.

"어떤 분이신지는 모르겠지만 빨리 저희들이 나갈 수 있도록 배려해 주십시오!"

"나는 관리가 아니라서 아무것도 모릅니다."

"관리가 아니셔도 좋습니다. 어떤 관리에게나 말씀 좀 해 주십시오. 저희들은 아무 죄가 없는데도 벌써 두 달째나 갇혀 있습니다요."

"그게 정말입니까? 아니 어째서입니까?"

네흘류도프는 관심을 가지고 물었다.

"이렇게 여기 갇혀 있을 뿐 저희들은 무엇 때문인지 영문조차 모른답니다."

"정말로 이 사람들은 운이 나빴습니다."

부소장이 그들이 갇혀 있는 이유를 설명해 주었다. 그들은 패스포트를 가지고 있지 않아 유치되었는데, 곧 그들의 마을로 송치될 예정이었지만 그곳 형무소가 불타는 바람에 보내지 못하고 오랫동안 이곳에 갇혀 있다는 것이었다.

"실제로 분명히 죄없는 사람들을 이렇게 감금해 두어도 괜찮습니까?"

네흘류도프는 복도에서 밖으로 나왔을 때 부소장에게 따지듯이 물었다.

"그렇다고 별 방도가 없습니다. 그런 사람들은 거짓말을 잘하거든요. 그 사람들의 말을 다 들어주다 보면 모두 무죄가 됩니다."

"그렇지만 지금 그 사람들은 실제로 죄가 없지 않습니까?"

"그렇죠. 그 사람들은 그렇습니다. 그러나 요즈음 녀석들은 교활하고 포악해지고 있어서 동정을 할 수가 없습니다."

네흘류도프는 부소장의 말이 불쾌하게 느껴져 더 이상 그와 말하고 싶지 않아 복도를 나와 급히 사무실로 걸어갔다.

소장은 베라 보고두호프스카야를 부르는 것을 깜빡 잊고 있다가 네흘류도프가 사무실로 들어오는 것을 보고 그때서야 생각해 냈다.

"지금 곧 불러오게 하겠습니다. 잠깐 거기 앉아 기다리십시오."

소장이 친절하게 말했다. 사무실은 두 개의 방으로 되어 있었다. 첫 번째 방에는 벽 쪽으로 칠이 벗겨진 난로가 있었고, 한쪽 구석에는 죄수의 키를 재는 틀이 있었으며, 그 맞은쪽에는 그리스도상이 마치 그리스도의 가르침을 비웃기나 하듯이 무표정하게 걸려 있었다. 이 방에는 몇 사람의 간수가 서 있었다. 두 번째의 방에는 벽을 따라 스무 명 가량의 남녀가 앉아 두 사람씩 짝을 지어 낮은 소리로 이야기를 나누고 있었다. 이들은 정치범과 그 면회인들이었다. 창 옆으로는 책상이 놓여 있었다.

소장은 그 책상 앞에 앉아서 네흘류도프에게도 그곳에 있는 의자에 앉으라고 권했다.

네흘류도프는 거기에 앉아서 면회를 하고 있는 사람들을 쭉 훑어보고 있었다. 그러다가 잠시 후에 뒤쪽에 있는 문으로 머리를 짧게 자른, 여위고 누렇게 뜬 얼굴을 한 베라 보고두호프스카야가 들어왔다.

"일부러 와 주셔서 고맙습니다. 절 기억하시겠어요?"

베라 보고두호프스카야가 네흘류도프와 악수를 하면서 물었다.

"이런 곳에서 뵙게 되리라고는 생각지도 못했습니다."

"그래도 저는 몹시 기쁩니다."

베라 보고두호프스카야는 쾌활한 목소리로 말했다. 네흘류도프는 그녀의 명랑한 태도가 너무나 놀랍게 느껴졌다.

그녀가 네흘류도프에게 부탁하고 싶어한 것은 그녀의 친구 슈스토바에 관해서였다. 슈스토바는 혁명당원이 아닌데 우연히 비밀 문서와 책을 보관하게 되어 5개월 전에 그녀와 함께 체포되어, 지금 페테르부르크의 감옥에 갇혀 있다는 것이었다. 그녀는 슈스토바에 대해 일종의 책임을 느끼고 있었기 때문에 네흘류도프에게 부탁을 해 보는 것이라고 했다. 네흘류도프는 페테르부르크에 갈 때 힘써 보겠다고 그녀에게 굳게 약속하였다.

베라 보고두호프스카야는 그 동안 혁명당 그룹과 가까워져서 그들과 함께 선전 활동을 벌이다가 체포되었다고 했다. 그리고 앞으로 유형을 당하게 될 거라고 말했다.

베라 보고두호프스카야의 두 번째 용건은 마슬로바에 관한 것이었다. 형무소 내의 일은 소문이 쉽게 퍼지기 때문에 베라 보고두호프스카야는 마슬로바의 사건과 그들의 관계에 대해 잘 알고 있었다. 그녀는 네흘류도프에게 마슬로바를 정치범들 쪽으로 옮기거나 병원의 작업원으로 가게끔 힘써 보는 것이 좋겠다고 권하였다. 네흘류도프는 그녀의 조언에 감사하며 그렇게 되도록 힘써 보겠다고 대답했다.

다음 날 네흘류도프는 변호사를 찾아가 메니쇼프의 사건을 이야기하고 그에 대한 변호를 의뢰하였다. 네흘류도프의 말을 듣고 난 변호사는, 조사 결과 그것이 사실이라면 무보수로 변호를 맡겠다고 했다. 네흘류도프는 또한 패스포트 때문에 2개월이나 형무소에 갇혀 있는 사람들에 대한 이야기를 하고 그것이 누구의 책임인지 물었다.

"어느 누구에게도 책임이 없습니다. 검사에게 말하면 지사의 책임이라고 미룰 겁니다. 또 지사에게 말하면 검사의 책임이라고 말할 것입니다. 말하자면 누구의 책임도 아니라는 얘기지요."

잠시 생각에 잠겼던 변호사가 말했다.

변호사와 헤어진 네흘류도프는 그 길로 부지사 마슬레니코프에게 가서 마슬로바의 병원 근무 허락을 얻어 냈다. 그리고 다음 날 마슬로바를 면회하기 위해 다시 형무소로 향했다.

그는 면회 허가를 받았으나 장소는 사무실이 아닌 여자 죄수 면회소였다. 네흘류도프를 대하는 소장의 태도가 전과 달리 훨씬 조심스러워졌다. 네흘류도프는 마음씨 좋은 소장의 변화를 이상하게 생각했다. 그러다가 어제 마슬레니코프를 찾아가 메니쇼프와 그 밖의 수많은 죄수들에 대해

애기한 것이 떠올랐다. 아마 소장은 네흘류도프에게 특히 주의하라는 지시를 받은 것이 틀림없었다.

"부탁이 있습니다. 면회는 문제가 없습니다만 돈은 주지 마십시오. 그리고 그 여자를 병원으로 옮기도록 하라는 지사님의 명령을 받았습니다. 병원에서도 알고 좋다고 했습니다."

네흘류도프는 소장의 말에는 대답도 하지 않고 빨리 면회할 수 있도록 해 달라고 부탁했다. 소장은 간수들을 불러 그를 안내하게 하였다. 네흘류도프는 간수의 뒤를 따라 여자 면회소로 들어갔다. 마슬로바는 벌써 그곳에 와 있다가 조심스럽게 철망 뒤쪽에서 나왔다.

"지난번에는 버릇없게 굴어 정말로 죄송합니다. 용서해 주세요."

"내가 당신을 용서하다니……."

네흘류도프가 당황하며 말했다.

"어쨌든 저 같은 건 제발 이대로 내버려 두세요."

마슬로바는 쌀쌀한 표정을 지으며 얌전하게 말했다.

"내가 어째서 당신을 그대로 내버려 두어야 한단 말이오?"

"그냥 그렇게 해 주세요."

"도대체 왜 그러는 거요?"

마슬로바는 다시 쌀쌀한 눈빛으로 그를 쳐다보았다.

"아무튼 그렇게 해 주세요. 저 같은 건 조금도 걱정하지 말아 주세요. 진심으로 말씀드리는 겁니다. 제발 저에 대해서는 염려하지 말아 주세요. 부탁이에요. 자꾸 이러시면 아주 목을 매서 죽어 버리는 편이 낫겠어요!"

마슬로바는 부르르 떨리는 입술을 감추려고 이를 악물었다. 네흘류도프는 그녀의 말 속에서 그에 대한 증오나 원한이 아닌 어떤 순수한 것이 담겨 있다는 것을 느낄 수 있었다. 더구나 완전히 침착한 태도를 되찾은 마슬로바가 이전의 그 거절을 되풀이했다는 것이 그것을 확신시켜 주었다.

"카추샤, 다시 한번 말하겠소. 나와 결혼해 주시오. 만일 당신이 싫다고 하면 싫어하지 않게 될 때까지 기다리겠소. 그리고 나는 당신이 어디에 있든 계속 당신을 따라 다닐 거요."

"그건 당신 자유니까요. 저는 이 이상 말하지는 않겠습니다."

그녀가 떨리는 목소리로 말했다.

그는 한동안 아무 말도 할 수가 없었다. 그러다가 마음을 가다듬고 그녀에게 말했다.

"나는 우리 시골에 갔다가 거기서 곧장 페테르부르크로 갈 생각이오. 당신의, 아니 우리의 문제에 대해 거기에 가서 할 일이 있소. 판결은 꼭 취소될 것이오."

"취소되지 않더라도 마찬가지예요. 그것과는 별도로 우리는 벌을 받아도 마땅하니까요."

그녀는 눈물을 참느라고 애를 쓰며 간신히 말했다. 그녀의 그러한 모습을 네흘류도프는 안타깝게 바라보았다.

"참, 메니쇼프는 만나 보셨나요? 그들이 죄가 없다는 사실을 아셨지요?"

그녀는 마음의 동요를 감추기 위해 급히 화제를 바꾸었다.

"그렇소. 나도 그렇게 인정하오."

"정말 착한 할머니예요."

네흘류도프는 마슬로바에게 메니쇼프한테서 들은 것을 이야기해 준 다음 필요한 것이 없느냐고 물었다. 그녀는 아무것도 없다고 대답했다.

그들은 다시 짧은 침묵 속에 빠졌다. 그러다가 갑자기 마슬로바가 약간 사시인 듯한 아름다운 눈으로 네흘류도프를 쳐다보았다.

"저, 당신이 원하신다면 병원으로 가겠어요. 그리고 술도 다시는 마시지 않겠어요."

네흘류도프는 잠자코 그녀의 눈을 쳐다보았다. 그녀의 눈은 수줍게 웃고 있었다.

"그래요. 그건 좋은 생각이오."

그는 겨우 그렇게만 말하고 그녀와 헤어졌다.

그는 그녀가 아주 딴사람이 되었다고 생각하면서 이제까지의 의혹을 죄다 버리고 지금까지 느껴 보지 못했던 사랑의 힘을 실감했다.

네흘류도프와의 면회를 마치고 감방으로 돌아온 마슬로바는 죄수복을 벗고 자기 침상에 앉아서 두 손을 무릎 위에 얹었다. 모두 세탁을 하러 나가고 감방 안은 폐병 환자와 메니쇼프의 늙은 어머니, 건널목지기 여자밖에 없었다. 교회지기의 딸은 어제 정신병 환자로 인정되어 병원으로 옮겨졌다.

"그래, 만나고 왔어?"

건널목지기 여자의 말에 모두들 궁금한 듯 마슬로바를 쳐다보았다. 그러나 마슬로바는 높은 나무 침상에 앉아서 바닥에 닿지 않은 발을 흔들고 있을 뿐, 아무 대답도 하지 않았다.

"카추샤, 왜 울고 있어? 실망하면 절대 안 돼요. 자, 기운을 내라고!"

건널목지기 여자가 말했다.

그래도 마슬로바는 대꾸가 없었다.

"모두 빨래를 하러 갔어요. 왜 그런지 오늘은 자선 차입이 많다던데."

폐병 환자가 말했다.

이때 시끄러운 발소리와 여자들의 시끄럽게 떠드는 소리가 들리더니 줄을 지어 사람들이 들어왔다. 모두 빵을 하나씩 들고 있었는데 그 중에는 두 개를 가지고 온 여자도 있었다. 페도샤는 곧바로 마슬로바에게 가까이 다가가더니 그 푸르고 맑은 눈으로 정답게 바라보며 물었다.

"왜 그래? 기분이 좋지 않은 일이라도 있었어? 이건 차 마실 때 같이 먹어요."

페도샤가 빵을 선반 위에 얹어 놓으며 말했다.

"어떻게 됐어? 그 사람이 결혼을 망설여?"

콜라브료바가 물었다.

"아니, 그렇지 않아. 오히려 내가 그렇게 하기 싫다고 했어."

"아이고, 저런 바보 같으니!"

콜라브료바가 말했다.

"그런 게 아니야. 어차피 결혼을 해도 같이 살 수가 없으니 무슨 소용이야?"

페도샤가 말했다.

"그래도 네 남편도 너를 따라가려고 하지 않아?"

건널목지기 여자가 참견을 했다.

"그야 우린 정식으로 결혼한 사이인걸. 그렇지만 그 사람의 경우에는 같이 살 수도 없는데 왜 결혼을 하려 하는 거지?"

"왜냐고? 그야 결혼을 하면 카추샤를 편하게 해 줄 수 있으니까 그러는 거지."

"그이는 내가 어디로 가든 따라오겠다고 말했어. 하지만 따라와도 좋고 안 따라와도 괜찮아. 어쨌든 그는 이제 곧 페테르부르크로 간대. 그는 대신들과 전부 친척이 되니까 나를 위해 그들에게 부탁을 해 줄 거야. 하지만 난 역시 그이의 도움이 필요없어."

"그야 당연하지!"

콜라브료바가 자기의 주머니 속을 뒤지면서 무엇인가를 골똘히 생각하고 있었는지 갑자기 그렇게 맞장구를 치면서 말했다. 그러고는 한잔하지 않겠냐고 물었다.

"나는 마시지 않겠어."

마슬로바가 대답했다.

<h1 style="text-align:center">제2부</h1>

두 주일 후 있을 상소가 대심원에서 기각될 것에 대비해서 네흘류도프는 페테르부르크에 가서 황제에게 청원을 할 생각이었다. 그리고 그것도 뜻대로 되지 않을 경우 카추샤를 따라 시베리아로 떠나게 된다면 미리 준비를 해 두어야 했다. 그러기 위해 네흘류도프는 시골에 있는 자기의 토지부터 정리할 생각이었다.

네흘류도프는 먼저 쿠즈민스코예 마을로 떠났다. 그곳은 그가 어린 시절을 보냈으며 그가 소유한 가장 커다란 영지였다. 네흘류도프는 대학 시절에 토지 사유를 죄악이라고 생각하고, 아버지에게서 물려 받은 토지를 농민들에게 나눠 주었었다. 그러나 군대에 들어가 1년에 2만 루블이나 쓰는 생활에 익숙해진 후로 거의 그런 생각을 하지 않고 지내 왔다. 그러나 어머니의 유산을 상속받게 되자, 다시금 토지 사유에 대해 생각해 보게 되었다. 그래도 아마 '영혼의 정화'를 하지 않은 한 달 전의 네흘류도프였다면, 자기가 현행 질서를 바꾸기는 어려운 일이라고 생각하며 영지에서 멀리 떠나 살면서 돈만 받는 것으로써 자신은 할 만큼 했다고 스스로를 위로했을 것이다.

그러나 지금 그는 시베리아행과 감옥이라는 특수 사회와의 복잡하고 곤란한 관계를 눈앞에 두고 돈이 필요한 상황임에도 불구하고, 자신의 토지를 농민들에게 싼값으로 빌려 주어, 그들이 독립할 수 있도록 해 주어야겠다고 생각했다.

네흘류도프는 정오가 다 되어서 쿠즈민스코예에 닿았다. 가는 동안 마부는 네흘류도프가 그 고장의 주인인 줄 모르고 쿠즈민스코예 마을의 관리인에 대한 이야기를 했다.

"멋있는 독일 사람입니다요. 지난 겨울에는 크리스마스 트리를 세워 놓고, 꼬마 전구를 잔뜩 달아 놓고…… 이 현에서는 볼 수 없을 만큼 호화로웠답니다요! 돈을 잔뜩 빼먹어 훌륭한 땅을 샀다고들 합디다요. 아무튼 제멋대로라니까요."

네흘류도프는 독일인이 영지를 어떻게 관리하든, 어떻게 이용하든 자기로선 상관없는 일이라고 생각하고 있었다. 그러나 그 마부의 이야기를 들으니 몹시 언짢았다. 그는 화창한 봄날의 한가로운 전원 풍경을 황홀한 기분으로 바라보고 있으면서도 독일인 관리인이 제멋대로 행동하고 있다는 말에 신경이 쓰였다. 그러나 쿠즈민스코예에 닿자, 곧 그러한 것들은 모두 잊어버렸다.

그는 관리 사무소의 장부를 낱낱이 훑어보고, 관리인의 설명을 들으면서 영지의 관리를 그만두고 농민들에게 토지를 몽땅 빌려 주겠다는 마음을 더욱 굳혔다. 그는 자신이 마을에 있는 동안 이 일을 모두 처리해 버려야겠다고 마음먹었다. 네흘류도프는 자신의 생각을 관리인에게 설명을 하고, 내일 그 문제로 의논할 것이 있으니 농민들을 소집해 달라고 일렀다.

안채의 손님방에 자리를 잡은 네흘류도프는 침대에 누워 잠을 청했지만 여러 가지 생각으로 오랫동안 잠을 이룰 수가 없었다. 사실 지금부터는 돈이 더 많이 필요하게 될 텐데 농민들에게 토지를 빌려 주어 재산을 없애 버리면 어떻게 하나 걱정이 되기도 했다. 그러나 토지를 갖지 않는다면 저택을 유지할 필요도 없고, 또 시베리아로 가게 되면 집도 영지도 필요없게 된다고 그는 생각했다. 하지만 시베리아에서 일생을 보내지도 않을 것이고, 게다가 결혼을 하고, 아이가 생기게 되면 그때는 지금 한 일을 후회하지는 않을까 하는 생각도 들었다. 그리고 자신이 하려고 하는 일이 자신의 양심에 따르기 위해서인지 아니면 남들에게 과시하기 위해서인지도 스스로에게 물어 보았다.

　이튿날 아침 네흘류도프는 9시쯤 되어서 잠에서 깼다. 관리인은 그가 깬 것을 보고 농민들이 벌써 모여 있다고 알려 주었다. 네흘류도프는 그제야 벌떡 일어났다. 토지를 나눠 주고 재산을 없애는 것을 아깝게 생각했던 어젯밤의 기분은 흔적도 없이 사라져 버리고, 그는 아주 홀가분하고 자랑스러운 기분이 되어 있었다.

　그는 자신들이 싼값에 토지를 빌리게 되리라고는 꿈에도 생각지 못했을 농민들을 만나기 위해 가볍게 걸음을 옮겼다. 하지만 선행을 베풀러 가면서도 왠지 약간 부끄러운 기분이 들었다. 더구나 모자를 벗고 지주의 말을 듣기 위해 귀찮다는 듯이 모여 있는 농민들 앞에 서니 그만 막막해져서 한동안 아무 말도 할 수가 없었다. 농민들은 주인을 바라보며 그가 무슨 말을 할지 기다리고 있었다. 이 서먹한 침묵을 깨뜨려 준 것은 자신만만하고 침착한 독일인 관리인이었다.

　"지금부터 공작님께서 당신네들에게 좋은 일을 하시겠답니다. 그러니까 토지를 빌려 드리겠답니다. 당신네들에게는 분에 넘치는 일이지요."

　"어째서 분에 넘치나요, 바실리 카를로이치! 우리가 당신을 위해 일을 하지 않았다는 말인가요? 우린 돌아가신 마님한테 정말 큰 은혜를 입었습죠. 아, 천국에 계신 영혼께 평안 있으라. 그리고 공작님께서도 고맙게 저희들을 버리시지 않으셨습니다요."

　붉은빛 머리칼을 가진 입담 좋은 농사꾼이 말했다.

　"여러분을 모이게 한 것은, 여러분이 바란다면 토지를 모두 나누어 드릴까 해서요."

　네흘류도프가 말했다.

　농민들은 잘 알아듣지 못했는지 또는 믿지 못하겠는지 잠자코 있었다.

　"토지를 나누어 주신다는 게 무슨 뜻이죠?"

　반코트를 입은 중년 농민이 물었다.

　"여러분들에게 싼값으로 토지를 빌려 드려서 농사 지을 수 있도록 해 주려는 거요."

"거, 참 고마운 일입니다."

한 노인이 말했다.

"땅값만 우리네 힘으로 낼 수 있다면야."

다른 농부가 말했다.

"땅을 빌려 주신다는데, 싫다고 할 사람이 어디 있겠습니까요!"

"나리께서도 그 편이 편하실 겁니다. 그저 땅값만 받으면 되니까요. 그 렇잖으면 걱정거리가 끊이지 않습죠!"

네흘류도프의 생각과는 달리 농민들의 얼굴은 전혀 반가운 기색이 아니 었다. 그들은 네흘류도프의 제안에 대해서도 비싸다고 흥정을 해 오기도 했다. 그들은 지주들이 절대 손해 볼 사람들이 아니라고 생각하고 있었으 므로 그의 말을 순순히 받아들일 수가 없었다. 네흘류도프는 차근차근 설 명을 해 주었다. 그러다가 누가 토지를 빌리느냐, 곧 마을 전체가 빌리느 냐, 아니면 농민들끼리 조합을 만들어서 빌리느냐 하는 말이 오가자 그제 서야 농민들은 활기를 띠면서 이번 일이 자신들에게 유리한 것임을 깨닫 는 것 같았다. 일을 잘하지 못하여 돈을 치를 힘이 없을 것 같은 사람들을 조합에서 제외하려는 농민들과 제외당할 것 같은 농민들 사이에 심한 말 다툼이 벌어졌다. 결국 관리인이 가운데에 끼여든 다음에야 땅값과 그것 을 치를 날짜가 정해졌다.

모든 것이 네흘류도프가 바라고 의도한 대로 되었다. 농민들은 그 언저 리의 토지보다 30퍼센트나 싸게 빌리게 되었다. 네흘류도프의 수입은 거의 반 이상이 줄었으나 살림과 농기구를 판 돈이 생긴 것으로 그는 만족했다. 그런데 모든 것이 잘된 것 같으면서도 왠지 꺼림칙했다. 농민들 가운데 몇 사람은 고맙다고 말하고 있었지만 거의 대부분이 불만이었으며, 더 많은 것을 바라고 있는 것 같았기 때문이었다. 요컨대, 그는 많은 것을 잃었지 만 농민들 역시 별로 얻은 것이 없었던 것이다.

네흘류도프는 쿠즈민스코예에서 고모들의 영지인 파노보로 향했다. 고모들이 모두 세상을 떠나고 그의 소유가 된 그곳은 그가 카추샤를 알게 된 마을이었다. 그는 거기에서도 쿠즈민스코예 마을 식으로 토지 문제를 처리할 작정이었다. 그리고 카추샤에 대한 일과 아이에 대해 한번 자세히 알아보리라 생각하고 있었다.

그는 아침 일찍 파노보 마을에 닿았다. 네흘류도프는 먼저 고모들이 살던 저택으로 가 보았다. 주인이 살고 있지 않은 그 집은 지난날의 아름다운 모습은 모두 사라지고 황폐하게 퇴락해 있었다. 지붕의 철판은 비바람에 날아가 버리고, 벽은 무너져 떨어졌으며, 마룻바닥은 썩고 뜰에는 키가 큰 잡초들이 무성했다.

네흘류도프는 영지를 돌아보기 위해 걸음을 옮겼다. 우물을 지나니 곧 마을이 나왔다. 맑게 갠 아침 날씨가 몹시 후텁지근하게 느껴졌으며 한길에는 퇴비 냄새가 떠돌고 있었다. 마을 농민들은 마을길을 올라가는 낯선 신사의 모습을 보고 눈이 둥그레져서 줄곧 돌아보았고, 여자들은 문간과 처마 끝으로 달려나와 그의 모습을 지켜보고 있었다.

한참을 가다 보니 한 노인이 네흘류도프에게 인사했다.

"이곳 지주님의 조카님 아니십니까요?"

"그렇습니다."

"잘 오셨습니다. 그런데 마을을 돌아보시러 오셨나요?"

노인이 수다스레 말했다.

"그렇습니다. 그런데 지내시는 형편은 어떠신가요?"

무슨 말을 해야 좋을지 몰라 네흘류도프는 이렇게 물었다.

"산다고 할 수도 없습죠! 이보다 못한 생활이 어디 있을라고요?"

이야기를 좋아하는 노인이 말했다. 노인은 12명이나 되는 식구들이 얼마나 어렵게 살고 있는지 신세 타령을 늘어놓았다.

"댁에 들어가 봐도 괜찮겠습니까?"

안타까운 마음으로 얘기를 듣고 있던 네흘류도프가 노인에게 물었다.

"괜찮고말고요. 어서 들어오십시오."

노인은 이렇게 말하고 성큼성큼 네흘류도프를 앞질러 가서 자기 집의 문을 열었다. 여자들은 옷매무새를 고치면서 소매에 금단추가 번쩍이는 멋있는 신사가 자기들 집으로 들어가는 것을 신기한 듯이 조심스럽게 지켜 보았다.

그가 들어가자 집 안에서 더러운 속옷 바람의 소녀 둘이 뛰어나왔다. 네흘류도프는 모자를 벗고 허리를 구부려 좁고 더러운 방으로 들어갔다. 시큼한 냄새가 풍기는 방 안에는 베틀이 놓여 있어 공간이 별로 없었다. 부뚜막 곁에 서 있던, 걷어붙인 소매 밑으로 바싹 마른 두 팔을 드러내 놓고 있는 노파가 네흘류도프를 상냥하게 맞았다.

네흘류도프는 그들이 어떻게 사는지, 무엇을 먹는지 물어보았다.

"우리 농민들이 뭘 먹는지 보시겠다는 건가요. 참, 나리는 호기심도 많으시구려. 뭐든지 알고 싶어하시니. 제가 말한 대로랍니다. 빵에다 크바스, 그리고 수프. 어제 며느리들이 먹을거리를 뜯어 와서 그걸로 수프를 끓였죠. 그리고 감자가 조금 있죠."

"그것뿐인가요?"

"그리고 우유를 조금 섞어 희멀겋게 하는 것뿐이죠, 뭐."

노파는 히죽히죽 웃으며 문 쪽으로 눈길을 보내며 말했다. 열려 있는 문에 아이들과 여자들이 잔뜩 모여 농민의 음식을 낱낱이 들춰 보고 있는 기묘한 신사를 지켜 보고 있었다. 노파는 높은 사람을 상대하고 있는 자기가 자랑스러운 듯이 연신 그들을 쳐다보며 웃고 있었다.

"정말 지독한 생활이죠, 나리! 밑바닥입죠, 말도 할 수 없습니다요."

노인은 네흘류도프에게 이렇게 말하면서 문간에 득실거리는 사람들을 쫓았다. 네흘류도프는 까닭 모를 쑥스러움과 부끄러움을 느끼면서 그들에게 작별 인사를 하고 집을 나왔다. 문 어귀에 몰려 있던 여자와 아이들이 서로 밀치면서 그에게 길을 비켜 주었다. 그는 밖으로 나가서 길 위쪽으로 올라가기 시작했다. 그 뒤를 쫓아서 남자 아이 둘이 맨발로 달려왔다. 네흘류도프는 아이들을 돌아다보았다.

"이번엔 어디로 가세요?"

형인 듯한 아이가 물었다.

"마트로나 하리나네 집이 어딘지 아니?"

네흘류도프가 아이에게 물었다. 마트로나는 카추샤의 이모였다.

조그만 아이가 무엇이 우스운지 웃기 시작했다. 큰 아이가 점잖은 얼굴로 되물었다.

"마트로나라뇨? 할머니요?"

"그래, 할머니다."

"아하! 그럼, 세묘니하 할머니구나. 동구 밖에 있는 집이에요. 저희가 가르쳐 드릴게요. 가자, 페지카, 아저씨랑 같이 가자, 응?"

세 사람은 윗마을 쪽을 향해 함께 걸었다.

"그래, 이 마을에서 누가 가장 가난하니?"

아이들을 보고 마음이 편해진 네흘류도프가 물었다.

"누가 가장 가난하냐고요? 미하일도 가난하고, 시몬 마타로프도, 그리고 마르파도 굉장히 가난해요."

"그보다 아니샤가 더 가난해 뭐. 아니샤는 소도 없잖아. 그래서 얻어먹고 다니잖아."

영리하게 생긴 조그만 페지카가 똑똑하게 말했다

"소는 없지만, 그 대신 세 식구밖에 없단 말야. 마르파는 다섯 식구라고."

큰 아이가 반대했다. 작은 아이는 아니샤 편을 고집했다.

"그렇지만, 아니샤는 과부야."

"넌 아니샤가 과부라고 하지만, 마르파도 과부나 마찬가지야. 남편이 집에 없잖아."

큰 아이가 우겼다.

"남편은 어디 갔는데?"

네흘류도프가 물었다.

"감옥에서 이를 기르고 있죠."

흔히 말하는 표현을 쓰면서 큰 아이가 대답했다.

"지난해 여름 지주의 숲에서 자작나무 두 그루를 잘랐다고 감옥에 들어갔어요. 벌써 반 년 가까이나 돼요. 그래서 밥을 얻으러 다녀요. 애가 셋이나 있고 병신 할머니가 있거든요."

작은 아이가 제법 어른스럽게 말했다.

"그럼 마트로나는 어떠냐? 역시 가난하냐?"

네흘류도프는 마트로나의 오두막에 거의 다다라서 아이들에게 물어 보았다.

"가난한 게 다 뭐예요, 술을 팔고 있는데."

작은 아이가 잘라 말했다.

마트로나의 집에 이른 네흘류도프는 아이들을 남겨 놓고 안으로 들어갔다. 마트로나가 사는 곳은 형편없이 작은 오두막이었다. 화덕 뒤에 있는 초라한 침대를 보며 네흘류도프는 문득 카추샤도 저런 곳에서 아이를 낳고, 병이 들었겠구나 하고 생각했다.

네흘류도프가 문간의 낮은 문살에 머리를 부딪혀 가며 방으로 들어가자 베틀에 얽힌 실이 잘 풀리지 않아 짜증을 내고 있던 노파가 누구냐고 성난 듯이 물었다. 몰래 술을 팔고 있는 그녀는 낯선 남자를 몹시 경계하고 있었다.

"할머니한테 뭐 좀 물어 보려고 왔습니다."

네흘류도프는 자신을 소개하면서 그렇게 말했다.

노파는 잠시 동안 그를 찬찬히 살펴보더니 갑자기 태도를 바꾸며 수선을 떨었다.

"아이고, 젊은 나리시군요. 바보같이 알아 뵙지도 못하고 이를 어쩌나. 지나가는 사람인 줄만 알았지 뭡니까요. 정말 잘 오셨습니다요."

"할머니랑 단 둘이서 이야기하고 싶은데……."

열려 있는 문 쪽을 보면서 네흘류도프가 말했다. 문턱에는 아이들이 서 있고, 그 뒤에 해쓱한 여자 하나가 넝마 조각으로 만든 두건을 씌운, 병 때문에 얼굴이 창백한 어린애를 안고 서 있었다. 노파는 문 어귀에 서 있는 여자와 아이들을 큰 소리로 쫓아 버렸다.

"정말 몰라 뵈었어요. 정말 아주 훌륭해지셨어요! 그런데 이렇게 누추

한 데를 오시다니. 자, 이리 들어오세요, 나리. 어서 앉으세요."

노파는 판자로 만든 긴 의자를 앞치마로 닦으면서 말했다.

네흘류도프는 앉았다. 노파는 그 앞에 서서 마치 노래라도 부르는 듯한 소리로 다시 지껄이기 시작했다.

"나리도 많이 변하셨군요. 정말 우엉꽃처럼 아름다운 도련님이었는데, 전혀 딴사람이 되셨어요!"

"실은 물어 볼 게 있어서 왔는데, 카추샤 마슬로바를 기억하십니까?"

"카체리나 말씀이세요? 제 조카인데 어떻게 모를 리가 있겠습니까? 그 애가 불쌍해서 얼마나 울었는지. 저는 죄다 알고 있어요. 이 세상에 죄없는 사람은 없답니다. 누구나 다 잘못을 저지르죠! 젊은 탓이에요. 차를 마시는 동안에도 불쑥 그런 마음이 생기거든요. 그 일만은 함께 있으면 어쩔 수 없답니다. 나리는 그애를 버리셨지만 100루블이나 되는 돈을 주셨으니까 대가는 치르신 셈이죠. 하지만 그애는 행실이 좋지 않은 계집애였어요. 그때 제 말만 들었어도……. 그 일이 있은 뒤에도 좋은 일자리에서 번번이 쫓겨났어요. 어딜 가도 오래 있지 못했답니다."

"아이에 대한 것을 알고 싶은데, 여기서 애를 낳았다지요? 그애는 어디 있습니까?"

"아이 때문에 저도 그때 골치를 앓았답니다, 나리. 산모의 상태가 너무 나빠서 아이를 남에게 주기로 했죠. 천사 같은 조그만 영혼까지 괴롭힌다는 건 너무 무참해서 말씀이에요. 세상에는 낳아서 젖도 먹이지 않고 내버려 두는 바람에 말라 죽는 아이가 흔하답니다. 그래서 저는 남에게 맡기는 편이 낫다고 생각했어요. 마침 돈이 있어서 그렇게 할 수가 있었죠."

"그래, 맡길 곳은 있었나요?"

"있었죠. 그런데 데리고 가자마자 곧 죽어 버렸다고 그 여자가 말하더군요."

"그 여자가 누군데요?"

"그 여자 말이에요? 그런 일을 하는 여자였죠. 마리니아라고 했는데, 지금은 죽었어요. 약은 여자였죠. 그 여자는 아이가 양육원에 들어갈 수 있는 시기가 될 때까지 아이를 맡아 기르는 일을 했죠. 그리고 서너 명이 모이면 같이 데려가는 거예요."

"그래서 어떻게 되었나요?"

"카체리나의 아기도 그렇게 해서 데려가 주었답니다. 그 여자 집에는 두 주일 남짓 두었을까요. 아이는 그때 벌써 쇠약해져 있었답니다."

"그래, 귀여운 아이였나요?"

"얼마나 귀엽던지, 어디를 찾아봐도 그렇게 예쁜 아기는 없었을걸요. 나리를 꼭 닮았었어요."

노파는 눈을 깜박이면서 덧붙였다.

"왜 쇠약해졌을까요? 아마 젖 먹이는 게 나빴던 모양이지요?"

"젖이고 뭐고가 있었나요! 제 자식이 아니니까 소홀히 다루어서 그래요. 어떻게 해서든 살아 있는 동안에 데려다 주기만 하면 그만이니까. 돌아와서 하는 말을 들어 보니, 모스크바에 닿자마자 금방 죽어 버렸다나요. 빈틈없이 증명서까지 받아 왔더라고요. 참 약은 여자였죠."

네흘류도프가 자기 아이에 관해서 알아 낸 것은 이것이 전부였다.

밖으로 나온 네흘류도프는 저마다 가난을 하소연하며 도와 달라고 애걸하는 사람들을 만나 지갑에 있던 잔돈 60루블을 몽땅 털어서 나누어 주고는, 어둡고 슬픈 마음에 잠겨 자기 숙소인 관리인 별채로 돌아갔다. 관리인은 웃는 얼굴로 네흘류도프를 맞으면서, 농민들에게 오늘 밤에 모이라고 해 놓았다고 알려 주었다. 네흘류도프는 방으로 들어가지 않고 뜰로 나가 별채 주위의 오솔길을 거닐고 있었다.

얼마 동안 조용했던 주위가 갑자기 시끄러워졌다. 관리인 집 쪽에서 무엇을 가지고 다투는지 화가 나서 소리치는 여자들의 목소리가 들려 왔다. 그리고 이따금씩 관리인의 여유 있는 목소리가 들렸다. 네흘류도프는 귀를 기울여 듣고 보니, 농민의 암소가 지주의 땅에 들어와서 풀을 뜯어 먹었으니 그것을 보상하라는 관리인과 풀을 먹다 목장에서 잡혀 끌려온 암소를 내놓으라는 여자들의 싸움이었다. 네흘류도프는 전에 관리인에게 농민들이 굶은 소들을 일부러 지주의 땅에 풀어 놓아 풀을 뜯어 먹게 한다는 말을 들은 적이 있었다.

네흘류도프는 관리인에게로 가서 암소를 내주라고 일렀다. 그리고 다시 뜰로 나가서 자기 생각을 정리해 보려고 했으나, 이제 더 이상 생각하고 말고 할 것도 없었다. 죽어 가고 있는 줄도 모르면서 죽어 가는 농민들을 위해 자신이 무엇을 해야 하는지 또렷이 알 수 있었기 때문이다. 그는 이처럼 또렷하게 알 수 있는 것을 왜 지금까지 보지 못하고 있었는지, 그리고 왜 세상 사람들은 아직도 그것을 보지 못하고 있는지 새삼 놀라지 않을 수 없었다. 그리고 왜 자신이 물이나 공기나 햇빛과 마찬가지로 토지에 대해서도 모든 사람들이 같은 권리를 가지고 있다는 헨리 조지의 이론을 까마득히 잊고 있었는지 의아하게 생각하였다.

이제야 그는 쿠즈민스코예 마을에서 왜 자신의 마음이 개운치 못했는지도 알 수 있었다. 그는 스스로 자기를 속이고 있었던 것이다. 인간에게는 토지에 대한 소유권이 없다는 것을 알면서도 그는 그 권리가 자기에게 있다고 인정했고, 단지 일부만을 농민들에게 나눠 주며 만족했던 것이었다. 이제 그는 더 이상 그런 짓을 하지 않으리라고 생각했다. 쿠즈민스코예 마을이나 여기에서나 농민들에게 땅값을 정하여 토지를 빌려 주되, 그 돈을 농민들의 자금으로 만들어 세금이나 공공 사업에서 모자라는 것을 메워야겠다고 생각했다. 이것은 단일세는 아니었으나, 현 제도에서 할 수 있는 가장 가까운 방법이었다. 그리고 무엇보다 중요한 점은 그가 토지 소유권 행사를 포기한다는 것이었다.

가벼운 마음으로 집에 돌아간 네흘류도프는 관리인의 아내가 마련해 놓은 식사를 했다. 별로 먹을 것이 없었지만 그는 자신의 생각에 완전히 사로잡혀 무엇을 먹는지도 모르게 정신없이 먹어 댔다. 식사가 끝나자 네흘류도프는 억지로 관리인을 붙들어 앉힌 다음, 자기가 하고자 하는 일에 대해서 관리인의 의견을 물었다. 그러나 사람은 누구나 남의 이익을 희생시켜서 자기 이익을 챙기는 법이라는 것을 진리로 알고 있는 관리인은 그의 말을 전혀 이해하지 못했다.

"알았습니다. 말하자면, 그 자금의 이자를 받으신다는 말씀이군요?"

관리인은 얼굴을 빛내면서 말했다.

"아니, 그런 게 아냐. 토지는 개인 소유의 대상이 될 수 없는 거야. 이해 못 하겠소?"

"그렇습니다!"

"그러니 토지에서 나오는 모든 것은 여러 사람의 것이 되는 거지."

"그러면 나리의 수입은 없어지지 않습니까?"

관리인은 웃음을 거두고 물었다.

"그렇지. 나는 그것을 포기할 생각이야."

관리인은 무거운 한숨을 쉬고 네흘류도프가 약간 정상이 아니라고 생각했다. 하지만 주인의 기분을 언짢게 하고 싶지 않은 그는 계속 웃는 낯을 짓고 있었다. 그러면서 그렇게 되면 자신은 어디서 얼만큼 이익을 볼 수 있게 되는지 열심히 생각했다. 네흘류도프는 관리인이 이해하지 못하는 것을 알고 그를 내보냈다. 그리고 칼자국과 잉크로 더러워진 테이블 앞에 앉아 자기 마음 속에 간직한 생각들을 천천히 종이에 써 내려가기 시작했다.

촌장네 집 뜰에 모인 농민들은 왁자지껄하게 떠들고 있더니, 네흘류도프가 가까이 가자 하던 이야기를 그치고 쿠즈민스코예 마을에서와 마찬가지로 차례차례 모자를 벗으며 그를 맞았다. 이 고장 농민들은 쿠즈민스코예 마을의 농민들보다 훨씬 검소했다.

네흘류도프는 스스로를 격려하면서, 토지를 몽땅 농민들에게 나누어 준다는 자기 계획을 설명하기 시작했다. 농민들은 잠자코 있었다. 그들의 표정에는 아무런 변화도 나타나지 않았다. 그들은 네흘류도프가 설명을 하면 할수록 한층 더 얼굴이 굳어질 뿐이었다. 그것은 겉으로 내색은 안 하지만 지주의 교활한 꿍꿍이속을 다 알고 있다는 그런 태도 같았다. 네흘류도프가 잘 알아듣도록 말해도, 농민들은 그의 말을 이해하지 못했으며 또한 이해할 수도 없었다. 관리인이 납득하지 못한 것과 마찬가지로 그들은 네흘류도프의 생각을 알 수가 없었다. 사람은 누구나 자기 이익을 지키는 것이 옳다고 그들은 굳게 믿고 있었다. 이미 몇 대에 걸친 체험으로, 지주

들이란 언제나 농민에게 손해를 끼쳐 가며 자기 이익을 지키는 족속이라
는 것을 그들은 뼈저리게 깨닫고 있었다. 그러므로 지주가 그들을 모아 놓
고 무슨 새로운 제안을 하면, 그것은 어떻게 해서라도 더 교활하게 자기들
을 속이려는 속셈이 틀림없다고 생각하는 것이다.

"그건 질색이오. 우리는 그 전대로가 나아요."

농민들이 불만스럽게 말했다. 난폭한 말이 들리기도 했다. 계약서를 만
들어 그도 서명하고 그들도 서명해야 한다는 말을 네흘류도프가 꺼내자,
농민들은 한층 더 맹렬히 반대하기 시작했다.

"무엇 때문에 서명을 합니까요? 우리는 여태껏 이렇게 일해 왔습니다
요. 앞으로도 똑같이 해 나가겠어요. 무엇 때문에 그런 짓을 해야 합니까
요? 우리는 무식해서요."

"그럼, 여러분은 토지를 빌리고 싶지 않다는 말인가요?"

너덜너덜한 농민 외투를 입은 맨발의 중년 농민를 보며 네흘류도프가
물었다. 그 사나이는 명랑한 얼굴로 군인이 구령에 의해 벗은 모자를 받들
듯이 왼팔을 정확히 구부려 누더기 모자를 똑바로 들고 있었다.

"예, 그렇습니다."

"하여튼 내가 한 말을 잘들 생각해 보시오."

네흘류도프는 어이없는 얼굴로 말한 다음, 다시 한번 자기 제안을 되풀
이했다.

"아무것도 생각할 게 없습니다요. 어차피 나리 말씀대로 될 테니까요."

이가 빠진 노인이 화난 듯이 말했다.

"나는 내일 하루종일 여기 있습니다. 생각이 달라지거든 누구든지 심부
름을 보내 주시오."

농민들은 아무 대답도 하지 않았다. 이렇게 하여 네흘류도프는 아무 소
득도 없이 허무하게 사무실로 돌아왔다.

"정말 딱합니다, 공작님. 완고한 사람들이라 아무리 말해도 소용없습니
다. 집회에 나오기만 하면 고집을 부리고 끄떡도 하지 않습니다. 그것은
모든 것이 두렵기 때문이랍니다. 그들은 모두 사리를 아는 사람들입니다.

사무실에 왔을 때 차라도 대접하면 혀가 풀려서 말도 잘하고 어찌나 영리한지, 그야말로 장관 뺨칠 만큼 무슨 일이든 그럴듯하게 판단을 내린답니다. 그런데 집회에 나오면 딴사람이 된 것처럼 똑같은 소리밖에 않거든요……."

관리인이 웃으면서 말했다.

"그렇다면 그런 사리를 아는 사람 몇 명 부를 수 없을까? 그 사람들한테 알아듣도록 설명해 보고 싶은데."

네흘류도프의 말에 관리인은 그렇게 하겠다고 웃으며 대답했다.

네흘류도프의 침실로 마련된 사무실에 잠자리가 준비되었다. 관리인은 식사와 방 준비가 변변치 못한 것을 사과하고는 그를 혼자 남겨 놓고 나갔다. 농민들의 거절은 털끝만큼도 네흘류도프의 결심을 꺾지 못했다. 그뿐 아니라 이곳 농민들이 나타내는 적의까지도 그는 달갑게 생각하고 있었다. 네흘류도프는 기쁨과 행복에 차 있었다. 그런 기분은 그에게 순정어린 청년으로 지낸 그 행복했던 어느 여름을 되살려 놓았다. 그는 지금 자기가 그때만이 아니라 지금까지 살면서 때때로 있었던 아름다웠던 자기로 되돌아간 것 같은 기분이 들었다. 14세 때 진리를 계시해 달라고 하나님께 기도했던 때의 자기, 아직 어렸을 때 어머니의 무릎에 안겨 어머니와 잠자리 인사를 하면서 늘 착한 아이가 되겠다고 울며 약속했던 자기, 누나와 함께 서로 도와서 훌륭한 생활을 하고, 모든 사람들을 행복하게 해 주자고 맹세하던 시절의 자기와도 같다고 느꼈다.

지주의 산림에서 나무를 훔친 남편을 감옥으로 보내고 불쌍하게 살고 있는 아낙네, 주인에게 하녀가 당하는 것을 마땅하게 생각하는 마트로나, 얼마 살지 못하고 죽은 자신의 불쌍한 아이, 그리고 넝마 조각을 입고 영양 실조로 다 죽어 가며 늙은이같이 시든 얼굴로 웃고 있던 불행한 어린 아이, 굶주린 암소를 감시하지 못했기 때문에 지주에게 힘든 일로 갚아야만 하는 여인, 감옥과 머리를 깎인 죄수들, 코를 찌르는 악취, 쇠사슬……. 이런 모든 것들을 생각하면서 그는 이제 아무것도 아깝지 않다고 여기고 있었다. 그는 카추샤를 생각했다. 어서 그녀를 구하고, 그녀에게 속죄하기 위해 어떤 일이라도 해야겠다는 각오가 그를 기쁘게 했다.

네흘류도프는 자기가 살면서 일어난 모든 문제들, 왜 고모들이 있었는지, 왜 자신은 살아 있는지, 왜 카추샤라는 여자가 태어났는지, 왜 전쟁이 있었는지, 왜 자신은 그렇게 어지러운 생활을 했는지 그 모든 것에 대한 하나님의 섭리를 이해할 수는 없었다. 하지만 자신의 양심에 새겨진 하나님의 뜻을 이루어 나가는 것은 스스로 할 수 있는 일이며, 그것을 실행하면 틀림없이 마음의 평화를 얻을 수 있을 것이라고 확신했다.

네흘류도프는 새벽녘에야 겨우 잠이 들었으므로 눈을 떴을 때는 꽤 늦은 시간이었다.

관리인이 불러 온 농민들을 만난 네흘류도프는 자신의 뜻을 오해하고 있는 완고한 그들을 가까스로 이해시킬 수 있었다.

그리고 파노보를 떠나기 전날, 네흘류도프는 고모 집의 안채로 들어가서 이것저것 남아 있는 물건들을 뒤적여 보다가 한 서랍 속에서 편지 다발과 함께 끼여 있는 사진 한 장을 발견해 냈다. 그것은 두 고모와 학생 차림의 네흘류도프, 그리고 마슬로바가 나란히 찍힌 것이었다. 거기에는 청순하고, 싱싱하고, 아름다운, 생활의 기쁨에 가득 찬 마슬로바가 찍혀 있었다. 그는 편지 다발과 그 사진을 챙겼다.

거리에 초롱불이 켜지기 시작하는 저녁 무렵에야 네흘류도프는 여행에서 돌아와 자기 집으로 갔다. 그러나 집은 정리를 하느라 어수선하기 짝이 없었다. 하룻밤을 겨우 지내고 네흘류도프는 다음 날 아침 감옥에서 가까운 곳에 있는, 조잡하고 더러운 가구가 있은 두 칸짜리 방으로 거처를 옮겼다. 그리고 손수 정리해 놓은 짐들을 집에서 옮겨 놓으라고 이른 다음, 변호사를 찾아갔다.

변호사는 차례와 관계없이 네흘류도프를 만나 주었다. 그는 메니쇼프 모자(母子)에 관한 사건 기록을 읽은 이야기를 하며 무고한 판결에 몹시 분개했다.

"이건 정말 끔찍한 사건이더군요. 술집 주인이 보험금을 타먹으려고 자기가 직접 불을 지른 게 틀림없습니다. 게다가 메니쇼프 모자의 유죄를 뒷받침할 만한 증거는 전혀 없습니다. 이건 모두 예심 판사의 명백한 조작과 검사의 부주의 때문입니다. 다른 지방이 아니라 이곳에서 사건이 심리된다면 확실히 승소할 수 있을 겁니다. 그리고 페도샤 비류코바의 이름으로 황제께 올리는 탄원서를 작성해 놓았으니 페테르부르크에 가시게 되면 직접 청원하십시오."

"황제 폐하 말씀입니까?"

네흘류도프가 물었다.

변호사는 껄껄거리며 웃었다.

"그것은 가장 높은 최종심(最終審)을 가리키는 것이고, 고위층이란 것은 청원 위원회의 비서관이나 지사 정도를 말합니다. 그럼 다 됐지요?"

"아닙니다. 여기 분리파 교도들이 제게 보낸 편지가 있습니다. 틀림없이 그들이 보낸 편지라면 이건 놀라운 일이 아닐 수 없습니다. 저는 오늘 그들을 만나서 사건의 진상을 한번 알아볼 작정입니다."

네흘류도프는 주머니에서 분리파 교도들이 보냈다는 편지를 꺼내며 말했다.

"제가 뵙기에 당신은 감옥의 모든 청원이 쏟아지는 포탄 자리나 출구가 되신 것 같군요."

변호사가 미소를 지으면서 말했다.

네흘류도프는 페테르부르크로 가기 전에 마슬로바를 한번 만나 볼 생각이었다. 그는 감옥까지는 거리상으로 꽤 먼데다가 시간도 늦었기 때문에 마차를 잡아 타고 감옥으로 갔다.

마슬로바가 오늘은 어떤 상태일까를 생각하며 착잡한 심정과 두려운 마음으로 간수에게 그녀에 대해 물었다. 간수는 그녀가 병원에서 착실하게 근무한다고 알려 주었다. 네흘류도프는 병원으로 갔다. 인자하게 생긴 병원 수위가 소아과 병동 쪽으로 그를 안내했다.

마슬로바는 줄무늬가 쳐진 옷을 입고, 그 위에 하얀 앞치마를 두르고 있었다. 머리는 머리카락이 흘러내리지 않도록 머릿수건으로 싸고 있었다.

네흘류도프를 발견하자 그녀는 얼굴을 붉히며 머뭇거리더니 시선을 떨어뜨린 채 재빠른 걸음으로 그에게로 다가왔다. 얼마 동안 보지 못한 사이에 그녀는 많이 달라진 것 같았다. 그녀는 수줍음을 타고, 무언가 자제하는 것 같으면서도 그에게 반감을 품고 있는 것처럼 보였다. 그는 페테르부르크로 갈 예정이라고 그녀에게 이야기한 다음 파노보에서 가져온 사진이 들어 있는 봉투를 내밀었다.

"이건 내가 파노보에서 찾아 낸 옛날 사진인데, 당신이 기뻐할 것 같아서 가져왔소."

그녀는 까만 눈썹을 치켜뜨고 의아하다는 듯이 놀라움이 깃들인 눈으로 그를 쳐다보았다. 그리고 잠자코 그것을 받아 앞치마 속에 넣었다.

"그리고, 당신 이모를 만나 보았소."

네흘류도프가 말했다.

"이모를 만나 보셨다고요?"

그녀는 냉랭하게 말했다.

"이곳은 마음에 드오?"

네흘류도프가 물었다.

"괜찮습니다. 마음에 들어요."

"일이 너무 고되지는 않소?"

"아니 괜찮아요. 다만 아직 일이 손에 익지 않았을 뿐이에요."

"참으로 다행이오. 그곳보다는 여기가 더 나을 테니까."

"어디보다 더 낫다는 말씀이세요?"

그녀는 온통 붉어진 얼굴을 들고 말했다.

"아, 감옥 말이오."

네흘류도프는 얼른 대답했다.

"무엇이 더 낫다는 거죠?"

"내 생각으로는 여기에 있는 사람들이 더 나을 것 같은데. 그곳에는 이런 사람들이 없을 테니까."

"그곳에도 좋은 사람들은 얼마든지 있어요."

"메니쇼프 모자의 사건을 주선했는데, 그들은 곧 석방될 것 같소."
"다행이에요. 정말 좋은 할머니거든요."
그녀는 그 노파에 대한 칭찬을 되풀이하며 가볍게 미소지었다.
"난 오늘 페테르부르크로 갈 거요. 아마 재심을 받게 되면 판결이 취소되리라 기대하고 있소."
"취소되거나 말거나 지금은 마찬가지예요."
"지금이 어때서?"
"그건……."
그녀는 무엇인가 궁금한 듯한 눈초리로 그의 얼굴을 힐끔 쳐다보며 말했다. 네흘류도프는 그녀가 결혼하겠다는 자신의 결심이 바뀌었는지 궁금해하고 있는 것을 알았다.
"난 왜 당신이 아무래도 마찬가지라고 하는지 모르겠소. 하지만 당신이 유죄가 되건 무죄가 되건 내게는 마찬가지요. 어떤 경우라도 나는 내가 말한 대로 이행할 준비가 되어 있으니까."
네흘류도프가 단정적으로 말했다.
그녀는 고개를 들어 까만 사시눈으로 그를 바라보다가 옆으로 시선을 돌렸지만, 그녀의 얼굴에는 기쁨이 가득 서려 있었다. 그러나 그녀는 속마음을 감추며 이야기했다.
"그런 말씀을 하신다고 해도 아무 소용이 없어요."
"당신이 알아 두어야 하겠기에 말을 한 것 뿐이오."
"그 문제라면 이미 끝난 것이니, 더 이상 드릴 말씀이 없어요."
그녀는 기쁜 마음을 감추며 말했다. 그때 병실에서 무엇인지 시끄러운 소리가 들려 오고, 곧이어 아이들 울음소리가 났다.
"저를 찾는 소리 같아요."
마슬로바는 안절부절못하고 사방을 두리번거리며 말했다.
"그럼 이대로 작별을 해야겠군."
네흘류도프가 악수를 청하자 그녀는 그것을 못 본 척하고 돌아서서 빠른 걸음으로 걸어갔다.

네흘류도프는 그녀가 무슨 생각을 하고, 어떤 감정을 가지고 있는지 도무지 알 수가 없었다. 자신에 대해서도 마음이 누그러진 것인지, 아니면 화가 더 난 것인지 알 수가 없었다. 그러나 어쨌거나 그녀의 마음 속에 중요한 변화가 일어난 것만은 틀림없다고 생각했다. 그리고 그 변화가 그에게 새삼 용기를 북돋워 주었다.

밤이 되자 마슬로바는 혼자 남게 되었다. 시간이 있을 때마다 몇 번이고 봉투 속에서 꺼내 보던 사진을 이제는 완전히 꺼내 놓고 넋을 잃은 채 바라보고 있었다. 그녀는 누렇게 바랜 사진 속의 사람들은 물론이고 배경의 세세한 부분까지도 뚫어질 듯이 쳐다보았다. 특히 이마 위로 머리칼이 물결치고 있는 젊고 아름다운 자기 얼굴을 웃으며 들여다보았다. 그때 동료 간호 보조원이 방으로 들어왔다. 마슬로바는 정신없이 사진을 보느라고 그녀가 오는 것도 알지 못했다.

"그게 뭐야? 그분께서 주신 모양이지? 이게 정말 너란 말이야?"

뚱뚱하고 마음씨 착하게 생긴 간호 보조원이 사진 속의 마슬로바를 가리키며 물었다.

"그럼 누구겠어? 지금하고는 다르지?"

마슬로바가 입가에 미소를 띠고 상대의 얼굴을 쳐다보며 말했다.

"전혀 딴판인데. 하긴 10년도 더 된 사진이니 그럴 수밖에 없지, 뭐."

"10년이 아니라 아주 먼 옛날 얘기야."

마슬로바가 쓸쓸히 말했다. 그녀의 얼굴이 어두워지면서 미간 사이에 주름이 새겨졌다.

"지금까지도 편하게 살았잖아?"

"물론 편했지. 그래도 감옥보다 더 못했어."

마슬로바는 눈을 지그시 감고 고개를 저으면서 말했다.

"아니, 그게 무슨 소리야?"

"무슨 소리냐고? 밤 8시부터 새벽 4시까지 매일 그런 생활을 했으니까."

"그럼 왜 그만두지 않았어?"

"나도 그만두고 싶었지만 그럴 수가 없었어. 지금 내가 무슨 쓸데없는 말을 지껄이고 있는 거지!"

마슬로바는 이렇게 외치더니 사진을 책상 서랍에 집어 던지고는 눈물을 흘리며 문을 쾅 닫고 뛰어나갔다. 사진을 들여다보고 있는 사이에 그녀는 사진 속의 자기로 돌아간 듯한 착각에 빠져, 당시 자기가 얼마나 행복했었던가를 회상하며 지금이라도 그와 행복하게 살 수 있을지도 모른다고 생각하고 있었다. 그런데 그 간호 보조원의 말은 마슬로바가 굳이 외면하려고 하는 자신의 모습을 돌이켜보게 했던 것이다.

매일 술에 취해 이 남자 저 남자들과 흥청대며 어울렸던 시간들……. 그리고 지금은 감옥에까지 와 있다. 마슬로바는 이 모든 원인이 그 사람 때문이었다고 생각하자 갑자기 과거의 분노가 치밀어 올라 그가 저주스럽고 원망스러워졌다. 그녀는 오늘 그에게 비록 자신이 육체적으로 농락당하기는 했지만 영혼까지 농락당하지는 않겠다고, 그가 베푸는 관용의 대상으로 이용될 수는 없다고 말해 주지 못한 것이 새삼 분하게 여겨졌다. 그녀는 자신의 처량한 신세와 부질없는 원망을 지워 버리고 싶었다. 그리고 술을 마시면 그렇게 될 것도 같았다. 만일 그녀가 감옥에 있었더라면 스스로의 맹세를 깨뜨리고 술을 마셨을지도 모른다. 하지만 이곳에서까지 억지로 술을 구해 마시고 싶지는 않았다. 그녀는 방으로 돌아가서 파멸된 자기 인생을 생각하며 한없이 울기만 했다.

네흘류도프가 페테르부르크에 가서 할 일은, 고등 법원에 마슬로바의 상소장을 제출하는 것과 청원 위원회에 페도샤 비류코바의 사건을 올리는 것, 베라 보고두호프스카야의 부탁에 따라 슈스토바의 석방과 감옥 안에 있는 어떤 남자와 그의 어머니와의 면회를 요청하는 것, 그리고 분리파 교도들에 관한 문제를 알아보는 것이었다.

네흘류도프는 아무런 가책이나 죄의식 없이 수백만 명의 고통을 전제로 편의와 안락을 누리고 있는 소수층의 사람들을 혐오하고 있었지만, 마슬로바를 비롯해서 고통받는 사람들을 돕기 위해서는 어쩔 수 없이 그들에게 도움과 봉사를 요청해야만 했다.

페테르부르크에 도착하여 이모이자 전직 장관 부인인 차르스카야 백작 부인 댁에 여장을 푼 네흘류도프는, 더 이상 자기와 아무 관계도 없는 귀족 사회의 한복판에 곧장 뛰어들게 되었다. 그는 이것이 몹시 불쾌하게 여겨졌지만 달리 처신할 방법이 없었다. 호텔에 투숙하게 되면 이모를 모욕하는 일이기도 하고, 대인 관계의 폭이 넓은 이모의 도움을 받지 못하게 될 수도 있기 때문이었다.

"너에 대해 이상한 소문이 들리던데……. 죄수들을 도와 주고 감옥을 찾아다니며 개혁시켜 놓으려고 한다던데, 도대체 영국의 감옥 개혁가 하워드 흉내라도 내고 있는 거냐?"

부인은 그가 도착하자마자 커피를 권하면서 이렇게 말을 꺼냈다.

"아닙니다. 그렇지 않습니다."

"그건 훌륭한 일인데 어떠냐? 아무튼 무슨 로맨틱한 사연이 있는 것 같은데 이야기 좀 해 보렴."

네흘류도프는 과거에 마슬로바와 있었던 일을 모두 털어놓았다.

"아, 그래! 생각난다. 네가 고모네 집에 머무르는 동안 만났다는 그애 얘기를 네 어머니한테 들은 적이 있지. 그애는 아직도 미인이냐?"

백작 부인은 환갑이 된 노인이었지만, 건강하고 명랑하며 정력적이기까지 한 수다스러운 귀부인이었다. 네흘류도프는 이모를 좋아했을 뿐만 아니라 어려서부터 그녀의 영향을 많이 받고 있었다.

"아닙니다, 이모님. 그건 모두 지나간 이야기인걸요. 저는 다만 그녀를 도와 주고 싶을 뿐입니다. 그녀는 아무 죄도 없이 유죄 판결을 받았고, 그건 모두 제 탓이에요. 그녀를 위해서라면 어떤 일이든 힘닿는 데까지 노력할 작정입니다."

"하지만 네가 그애와 결혼하고 싶어한다고 하던데 어떻게 된 일이냐?"

"네, 저는 그럴 생각입니다만, 그녀가 싫어하는 것 같습니다."

백작 부인은 기가 막힌다는 듯이 조카의 얼굴을 쳐다보더니 갑자기 안색이 변하면서 만족스러운 표정을 지었다.

"그건 그애가 너보다 현명하기 때문이란다. 이런, 넌 정말 어리석구나!

정말 그애와 결혼할 생각이란 말이냐?"

"네, 그렇습니다."

"그런 일을 해 왔는데도 말이냐?"

"그렇기 때문에 더욱 결혼하려는 겁니다. 그 모두가 제 탓이니까요."

"안 된다. 넌 정말 바보 같구나! 이런 멍텅구리 같은 녀석! 네가 그렇게 멍텅구리이기 때문에 너를 좋아하고 있기는 하다만."

백작 부인은 터져 나오려는 웃음을 참으면서 말했다.

"너도 잘 알고 있겠지만, 아리느라는 사람이 매춘부 갱생원을 훌륭하게 운영하고 있단다. 나도 한번 가 본 적이 있는데, 창녀들이란 정말 구역질이 나는 존재더군. 집에 돌아오자마자 난 깨끗이 목욕을 했지. 하지만 아리느는 몸과 마음을 바쳐 그 일에 몰두하고 있단다. 그러니 그애를 거기에 보내자. 사람 구실을 하게 만들려면 그렇게 하는 수밖에 없어."

"그렇지만 그녀는 징역형을 선고받았어요. 제가 이곳에 온 이유도 그 판결의 취소를 주선하기 위해서입니다. 이것이 이모님을 뵙는 첫 번째 용무이지요."

백작 부인은 네흘류도프를 어리석다고 말하면서도 그가 부탁하는 대로 여러 통의 소개장을 정성스레 써 주었다. 그리고 남편인 차르스키 백작에게도 네흘류도프에게 소개장을 써 주도록 잘 말해 주었다. 네흘류도프는 그것을 가지고 페테르부르크의 귀족이나 고관들을 열심히 찾아다녔다.

마슬로바의 상소장은 접수됐다. 관리들은 이모부로부터 소개장을 받아 본 보리프 심의 위원이 사건을 심리하도록 회부되었다고 네흘류도프에게 이야기해 주었다. 네흘류도프는 변호사 파나린에게 이 사실을 전보로 알렸다. 그런데 다음 날 네흘류도프는 변호사 파나린의 방문을 받았다. 그는 자기 일도 있고, 마슬로바의 사건이 고등 법원에서 곧 심리된다면 방청도 할 겸 페테르부르크에 왔다고 했다. 네흘류도프가 친 전보와 길이 어긋났던 것이다. 네흘류도프에게 마슬로바의 사건이 심리되는 날짜와 심리할 의원들의 이름을 들은 파나린은 희망이 있다며 빙그레 미소를 지었다.

며칠 후 네흘류도프는 마슬로바 사건의 심리를 보기 위해 고등 법원으로 갔다. 벌써 여러 대의 마차가 도착해 있는 고등 법원의 웅장한 현관 앞에서 그는 변호사 파나린을 만났다. 파나린은 연미복에 하얀 와이셔츠를 받쳐입고 하얀 넥타이를 맨 차림으로 즐겁고 확신에 찬 표정을 짓고 있었다.

네흘류도프와 함께 안으로 들어온 파나린은 하얀 넥타이에 연미복을 입고 있는, 자기와 똑같은 차림의 동료 변호사를 알아보고 열심히 대화를 나누기 시작했다. 네흘류도프는 사람들을 둘러보았다. 방청객은 15명이었는데, 그들 속에는 코안경을 낀 젊은 부인과 머리가 하얗게 센 노부인도 섞여 있었다. 오늘 심리될 사건 중에는 언론에 관련된 것도 있어서인지 평소보다 사람들이 많이 모여 있는 것 같았다.

멋진 제복을 입고 얼굴이 불그스름한 잘생긴 정리가 서류를 손에 든 채 파나린에게 다가와서 어떤 사건을 맡고 있느냐고 물었다. 그는 마슬로바의 사건이라는 것을 알게 되자 무엇인가 끼적거리더니 가 버렸다. 파나린은 네흘류도프를 자기 동료에게 소개시키고 나서 제 딴에는 가장 흥미있는 사건이라며 곧 심리될 사건에 대해 이야기를 했다.

사건의 심리가 시작되기 바로 전에 네흘류도프는 방청객들과 함께 왼쪽 법정으로 들어갔다. 파나린도 다른 방청객들과 함께 칸막이 너머에 있는 방청석으로 들어갔다. 페테르부르크의 변호사만이 칸막이 앞에 놓여 있는 책상으로 걸어갔다.

고등 법원의 법정은 지방 법원의 법정보다 작고 구조도 간단했으나 거의 비슷했다. 다른 점이라곤 의원들이 앉는 테이블에 녹색 나사가 아니라 금줄이 쳐진 붉은 벨벳이 덮여 있다는 것이었다. 의원들은 모두 네 명이었다. 그들은 의장인 니키친과 보리프, 스코보로드니코프, 베라는 사람이었다. 의원들과 함께 서기관 겸 검찰 차장이 들어왔다. 우수가 깃들인 새까만 눈동자의 보통 키에 여의고 말끔하게 면도를 한 젊은 사내였다. 네흘류도프는 그가 낯선 복장을 했으며, 6년 동안이나 만나 보지 못했지만 대학 시절에 가장 가깝게 지내던 친구 중 하나라는 사실을 곧 알 수 있었다.

"검찰 차장이 셀레닌인가요?"

네흘류도프가 변호사에게 물었다.

"맞습니다. 그런데 왜 그러시죠?"

"잘 아는 사람이에요. 훌륭한 친구죠."

"훌륭한 검찰 차장입니다. 대단히 합리적이죠. 그러면 저 사람한테 부탁할 걸 그랬군요."

파나린이 말했다.

"저 친구는 언제나 양심적으로 행동한답니다."

네흘류도프는 셀레닌과의 친분과 우정은 물론 그의 순진함과 청렴하고 정직한 성격 등을 떠올리면서 말했다.

"그렇지만 이제는 그럴 만한 시간이 없습니다."

파나린은 시작된 재판 경과 보고에 귀를 기울이면서 소곤거렸다.

지방 재판소의 판결에 아무 수정도 가하지 않은 상소국의 판결에 대한 상소심이 시작되었다. 첫 번째 심리는 주식 회사 사장의 사기 행각을 폭로한 신문 기사에 관한 것이었다. 그리고 두 번째가 마슬로바의 사건이었다. 사실 의원들은 두 번째 사건부터는 회의실에서 차를 마시거나 담배를 피우면서 처리할 생각이었지만 변호사와 네흘류도프의 청으로 마슬로바의 사건도 법정에서 다루어지게 되었다.

보리프가 가느다란 목소리로 마슬로바 사건의 상소 사유를 자세히 보고했다. 그는 공정성을 잃은 듯한 말투로 판결 파기를 바라는 마음을 드러내고 있었다.

"더 첨가할 것이 있습니까?"

의장이 파나린을 향해 물었다.

파나린은 흰 와이셔츠를 입은 넓은 앞가슴을 내밀며 자리에서 일어나서 놀라운 설득력과 정확한 표현으로 원심 판결의 위법성을 여섯 가지 항목으로 지적했다. 그 밖에도 비록 간결하기는 하지만, 사건의 본질과 원심 판결의 끔찍스러운 불공정성에 대해 언급했다. 파나린의 변론을 들으면 고등 법원의 원심 판결 파기는 의심할 여지가 없어 보였다. 변론을 마친 파나린은 득의의 미소를 지었다. 그것을 보며 네흘류도프는 상소심에서의 승리를 확신하였다.

그러나 파나린이 변론을 하는 동안 의원들과 검찰 차장은 미소도 짓지 않고 동감하는 기색도 없이 지루한 표정으로 앉아 있었을 뿐이었다. 변호사의 변론이 끝나자마자 의장은 검찰 차장을 향해 고개를 돌렸다. 셀레닌은 즉시 간결하고 명확한 어조로 상소의 사유가 충분하지 못하니 아무 수정 없이 사건을 기각시키겠다고 또박또박 말했다. 이 말이 있은 직후 의원들은 회의실로 돌아갔다. 회의실에서는 두 가지 의견으로 나뉘었다. 보리프는 원심 파기를 주장했다. 베도 적극적으로 원심 파기를 주장했다. 니키친은 평소와 다름없이 보편적인 엄중성과 엄격한 형식주의에 입각해서 반대 입장을 취했다. 만사는 스코보로드니코프의 한마디에 달려 있었다. 그러나 그는 반대하는 입장에 섰다. 그것은 네흘류도프가 도덕적 요구 때문에 그녀와 결혼하겠다고 결심함으로써 자기들과는 달리 고상한 입장을 취하고 있었기 때문이었다. 스코보로드니코프는 유물론자이자 진화론자였으므로 추상적인 도덕적 현상이나 종교적 현상 따위는 쓸데없는 미친 짓일 뿐만 아니라, 자신에 대한 경멸이라고 생각하고 있었던 것이다. 한 창녀의 복잡한 문제와 그 문제로 인해 신성한 고등 법원에 유명한 변호사와 네흘류도프가 친히 참석하고 있다는 사실도 그를 몹시 불쾌하게 만들었다. 그는 상소를 기각하겠다는 의장의 의견에 찬성한다고 밝혔다.

상소는 기각되었다.

"무서운 일이로군요! 명백한 사실을 가지고도 형식이 미흡하다는 트집을 잡아 기각시키다니, 정말 무서운 일입니다."

네흘류도프는 서류 가방을 꾸려서 들고 나오는 변호사와 함께 응접실로 들어가면서 말했다.

"이 사건은 원심에서 잘못 처리된 것입니다."

변호사가 말했다.

"더구나 셀레닌이 기각을 시키다니, 정말 무서운 일입니다! 이제는 어떻게 해야 하나요?"

네흘류도프는 어찌하지 못하고 계속 탄성을 질렀다.

"이제 황제 폐하께 청원을 하는 수밖에 없습니다. 여기 머무르시는 동안에 직접 제출하십시오. 제가 써 드리겠습니다."

그때 셀레닌이 들어왔다. 그는 옛 친구인 네흘류도프가 이곳에 있다는 이야기를 듣고 찾아온 것이었다.

"이런 곳에서 자네를 만나리라고는 생각지도 못했네. 난 자네가 페테르부르크에 온 줄은 정말 몰랐어."

그는 네흘류도프에게 다가오면서 이렇게 말했다. 미소를 머금고 있었지만 눈에는 세상에 대한 초월 같은 것이 어려 있었다.

"나도 자네가 검찰 국장인 줄은 몰랐었네……."

"차장이야."

셀레닌이 정정을 하며 페테르부르크에 무슨 일로 왔는지 다시 물었다.

"내가 여기에 온 것은 어느 여자 유형수를 돕고 공정한 재판을 보기 위해서였다네."

"어떤 여잔데?"

"지금 막 판결이 내려진 사건 말일세."

"아, 마슬로바 사건 말이로군. 정말 근거가 빈약한 상소였다네."

셀레닌이 기억을 더듬으면서 말했다.

"중요한 점은 상소가 아니라, 한 무고한 여자가 처벌을 받고 있다는 거야."

셀레닌은 숨을 몰아쉬었다.

"충분히 그럴 수 있다네. 하지만……."

"그럴 수 있다니? 이건 분명한 사실이네."

"어떻게 자네가 이 사건을 알게 되었나?"

"배심원이었기 때문이지. 나는 우리가 어떤 잘못을 저질렀는지 알고 있다네."

셀레닌은 잠시 생각에 잠겼다.

"그렇다면 이내 상소장을 제출했어야 하는 건데."

"물론 제출했었지."

"그게 재판 일지에 기록되었어야 하네. 만일 그게 상소장에 첨부되었더라면……."

격무에 시달리느라 세상일에 관심이 적은 셀레닌은 네흘류도프의 사연에 대해 아무것도 모르고 있는 것 같았다. 네흘류도프는 그 사실을 눈치챘지만, 굳이 마슬로바와의 관계를 이야기할 필요가 없다고 생각했다.

"좋아, 그렇다면 지금이라도 판결이 부당하다는 것이 명백해졌지 않은가?"

네흘류도프가 말했다.

"고등 법원은 그것을 주장할 권리가 없다네. 만일 고등 법원이 판결의 공정성이라는 관점에 근거를 두고 법정의 판결에 스스로 수정을 가한다면 두말할 나위도 없이 정의를 수호하기보다는 혼란에 빠지게 될 걸세."

"내가 알고 있는 것은 다만, 그녀는 정말 결백하며 부당한 처벌로부터 그녀를 구원할 수 있는 마지막 희망이 사라져 버렸다는 것이네. 상급 법원에서 범법 행위가 완전히 확정되었으니까."

"확정된 것은 아니라네. 고등 법원은 사건 자체를 심의하지도 않거니와 심의할 수도 없으니 말일세."

셀레닌은 눈을 가늘게 뜨며 말했다.

네흘류도프는 정리가 셀레닌을 찾으러 올 때까지 그와 몇 마디 더 나누었다. 그 동안 네흘류도프는 친근하고 사랑하는 친구인 셀레닌에게 적대감은 아니더라도 거리감을 느끼고 있었다. 셀레닌 역시 그것을 느끼고 있었다. 그 때문에 두 사람은 서로 만나자고는 하면서도 아무도 만날 기회를 만들지 않았다. 결국 네흘류도프가 페테르부르크에 머물고 있는 동안 그들은 한 번도 만나지 않았다.

고등 법원을 나선 네흘류도프는 변호사와 곧 헤어져 강변에 있는 집으로 갔다. 네흘류도프는 기분이 몹시 울적했다. 고등 법원의 상소 기각으로 무고한 마슬로바에게 가해질 무의미한 고통이 확정되었고, 이것이 자기의 운명을 그녀와 결합시키려는 그의 확고 부동한 결심을 한층 어렵게 만들었기 때문이었다. 게다가 그처럼 상냥하고 우호적이며 고상하던 셀레닌이 악의에 차고 냉정하게 변한 것이 그를 한층 더 우울하게 만들어 주었다.

네흘류도프가 집으로 돌아오자 문지기가 그에게 편지를 내밀었다. 문지기의 말로는 어떤 여자가 써 놓고 갔다는 것이었다. 그 편지는 네흘류도프가 베라 보고두호프스카야의 부탁을 받고 석방되게끔 도와 준 슈스토바의 어머니가 쓴 것이었다. 그녀는 딸을 구해 준 은인에게 감사드리고 싶어서 왔으며, 베라 보고두호프스카야를 위해 중요한 일이 있으니 바실리예비치 5번가에 있는 어떤 아파트를 방문해 달라고 간청하고 있었다.

다른 편지 한 통은 네흘류도프의 옛 친구인 시종 무관 보가트이료프가 보낸 것이었다. 네흘류도프는 자기가 작성한 분리파 교도 명의의 탄원서를 황제께 직접 제출해 달라고 그에게 부탁을 해 두었었다. 보가트이료프는 크고 꼬불꼬불한 필체로 자기도 황제께 탄원서를 직접 제출하겠지만, 네흘류도프도 그런 문제를 담당하는 담당자들을 만나서 부탁해 보는 것이 어떻겠느냐고 적고 있었다.

네흘류도프는 깊은 절망감에 빠져 있었다. 그는 이 환멸스러운 세상에서는 아무것도 실행에 옮길 수가 없을 것 같다는 좌절감과 함께 너무나 무기력한 자신을 느끼고 있었다. 그가 세웠던 계획과 구상 따위는 젊은 날의 공상처럼 도저히 도달할 수 없는 것처럼 여겨졌다. 카추샤와의 결혼과 농민들에게 토지를 나눠 주는 일 같은 것도 실현할 수 없는 공상에 지나지 않으며, 그것들이 가식적이고 부자연스럽게 느껴지기까지 했다. 그러나 일단 페테르부르크에 온 이상, 실행에 옮기고자 했던 일은 모두 시도해 보리라고 네흘류도프는 마음먹었다.

아침에 네흘류도프는 어제의 생각을 다시 정리해 보았다. 그리고 비록 한순간이긴 하지만 자기가 그렇게 나약하게 생각한 것을 후회했다. 네흘류도프는 자기가 성취하려고 계획한 일이 비록 새롭고 어려운 일이라고 해도 그것이 생명의 길로 갈 수 있는 가능성을 지닌 유일한 일이라는 것을 잘 알고 있었다. 그리고 과거의 생활로 돌아가는 것이 아무리 익숙하고 쉬운 일이라고 해도 그것이 죽음이나 다름없는 것임을 잘 알고 있었던 것이다.

네흘류도프는 페테르부르크를 떠나기 전날, 아침 일찍 바실리예비치로 슈스토바를 찾아갔다. 슈스토바의 집은 아파트 이층이었다. 네흘류도프는 뒷문을 통해 가파른 계단을 곧장 올라가 음식 냄새가 진동하는 후끈한 부엌으로 들어갔다. 안경을 쓴 나이가 지긋해 보이는 여자가 앞치마를 두르고 소매를 걷어붙인 채 부뚜막 앞에서 김이 올라오는 냄비를 휘젓고 있었다.

"누구를 찾고 계신가요?"

그녀는 부엌에 들어온 사람을 안경 너머로 훑어보면서 딱딱한 말투로 물었다. 그러더니 네흘류도프가 자기 이름을 대기도 전에 놀라움과 반가움이 피어오르는 얼굴을 했다.

"어머나, 공작님이시군요! 아니, 왜 뒷문으로 오세요? 당신은 저희들의 은인이세요! 제가 그애의 어미되는 살마입니다. 공작님께서 구해 주지 않으셨으면 딸년을 완전히 망칠 뻔했어요."

그녀는 앞치마에 손을 문지르고는 네흘류도프의 손을 잡고 입을 맞추려고 했다.

"어제 제가 댁으로 찾아갔었지요. 동생의 성화가 이만저만이 아니어서 말이에요. 그애도 여기에 있답니다. 어서 절 따라 들어오세요."

슈스토바의 어머니는 헝클어진 매무새를 가다듬으면서 네흘류도프를 어두컴컴한 데로 끌고 갔다.

"제 동생은 코르닐로바라고 하는데, 아마 들어 보셨을 거예요. 그애는 정치 운동을 하고 있답니다. 상당히 똑똑한 편이지요."

그녀는 문 앞에서 멈추더니 낮은 목소리로 말했다.

슈스토바의 어머니는 네흘류도프를 작은 방으로 안내했다. 방 안에는 작고 뚱뚱한 젊은 여자가 앉아 있었는데, 긴 금발의 곱슬머리에 둥글고 창백한 얼굴로 보아 슈스토바가 분명했다. 그녀는 누가 보아도 알 수 있게 어머니를 많이 닮아 있었던 것이다. 그리고 그녀의 맞은편에는 까맣고 짧은 콧수염과 턱수염을 기른 청년이 루바시카를 입은 채 몸을 구부리고 앉아 있었다. 두 사람은 이야기에 열중해 있었는지 네흘류도프가 방 안으로 들어서자 비로소 고개를 돌렸다.

"리다, 네흘류도프 공작님이시다. 바로 그……."

얼굴이 창백한 그 젊은 여자는 반사적으로 벌떡 일어나더니, 커다란 눈으로 방 안에 들어선 낯선 사람을 눈부시게 바라보았다.

"당신이 바로 베라 보고두호프스카야가 부탁했던 위험 인물인가요?"

네흘류도프는 빙그레 미소를 지으며 그녀에게 악수를 청했다.

"네, 바로 저예요. 저도 그렇지만 이모가 당신을 몹시 만나 보고 싶어하셨어요. 이모!"

슈스토바는 착하고 천진 난만한 미소를 활짝 지으며 부드러운 목소리로 말했다.

"베라 보고두호프스카야는 당신이 체포된 것을 몹시 안타까워하고 있었어요."

네흘류도프가 말했다.

"이쪽으로 오세요. 이쪽에 앉는 것이 더 편하실 겁니다."

슈스토바는 청년이 앉았던 약간 부서진 안락 의자를 가리키면서 말했다. 그리고 네흘류도프에게 청년을 소개했다.

"제 사촌오빠 자하로프예요."

청년은 슈스토바처럼 착한 미소를 지으면서 네흘류도프와 인사를 나누었다. 그리고 네흘류도프가 자리에 앉자 창문 쪽에 있는 의자를 끌어다가 나란히 앉았다.

"저는 잘 모르지만 베라 보고두호프스카야는 이모와 친분이 두터운 사이예요."

슈스토바가 말했다.

그때 옆방에서 하얀 옷에 가죽띠를 졸라맨, 명랑하고 똑똑해 보이는 여자가 들어왔다.

"안녕하세요, 이렇게 와 주셔서 정말 고맙습니다."

그녀는 슈스토바와 나란히 소파에 앉으면서 말을 꺼냈다.

"그런데 베로치카는 좀 어떻습니까? 그녀를 만나 보셨나요? 잘 견뎌 내고 있겠지요?"

그녀가 몹시 궁금하다는 듯이 한꺼번에 여러 가지를 물었다.

"그녀는 별로 불평을 하지 않더군요. 자기 말로는 건강 상태도 좋은 편이라고 하고요."

네흘류도프가 말했다.

"저는 베로치카를 잘 알죠. 정말 훌륭한 인격자예요. 다른 사람들을 위해 일하면서도 자기 몸은 돌보지 않는답니다."

이모는 미소띤 얼굴로 고개를 저으면서 말했다.

"맞습니다. 그녀는 자기 자신에 대해서는 아무것도 바라지 않으면서도 아무 죄도 없이 잡혀갔다고 슈스토바만 걱정하고 있더군요."

"그건 사실이에요. 정말 무서운 일입니다! 사실 이애는 저 때문에 고생을 했던 거지요."

이모가 말했다.

"아니 절대 그렇지 않아요, 이모! 이모가 없었더라도 저는 그 서류를 가지고 있었을 거예요."

슈스토바가 말했다.

"내가 더 잘 알고 있으니 넌 가만히 있거라."

이모는 네흘류도프에게 그 사건의 전모에 대해 모두 얘기해 주었다. 슈스토바는 얘기 도중에 울음을 터뜨리고는 그 방을 뛰쳐나갔다. 누군가 서류를 잠시 보관해 달라고 슈스토바에게 맡겼는데 바로 그날 밤 가택 수색을 받게 되어 서류는 압수되고, 그녀는 붙잡혀 가서 심문을 받게 되었고, 얼마 후에 서류를 맡긴 미친이 체포되었다는 것이다. 그 일로 슈스토바는 아직도 고통스러워하고 있었다.

"젊은 사람들에게 독방이란 정말 무서운 곳이지요."

이모는 고개를 저으며 담배를 피우면서 말했다.

"그건 누구나 다 마찬가지겠지요."

네흘류도프가 말했다.

"아니에요, 누구나 다 그렇지는 않아요. 진정한 혁명가들에게는 독방이 휴식처도 되고 안정을 가져다 준다고도 하더군요. 혁명 사업을 할 때는 항상 불안에 떨며 힘든 일을 해야 하지만 일단 체포되고 나면 막중한 책임에서 벗어나 감옥에서 쉬기만 하면 되니까요. 어떤 사람은 체포되니 오히려 기쁘기까지 하다고 말하더군요. 그러나 젊은 사람들이나 무고한 사람들이 감옥에서 처음으로 겪게 되는 충격은 이루 말할 수 없을 정도입니다. 그들이 받게 되는 정신적 충격은 자유를 억압받는다든가 모든 게 궁핍하다는 정도는 아무것도 아닙니다."

이모가 말했다.

"당신도 경험해 보셨나요?"

"저는 두 번 들어갔었지요."

이모는 서글픈 미소를 지으면서 말했다. 그녀는 임신부의 몸으로 스물두 살에 처음 체포되었는데 정신적으로나 육체적으로 여간 힘들었던 게 아니었다며 네흘류도프에게 얘기해 주었다.

슈스토바가 뛰쳐나간 문으로 그녀의 어머니가 들어와서 그녀는 지금 기분이 몹시 우울해서 들어오지 않을 거라고 말했다.

"왜 젊은 그애의 삶을 망쳐야 하나요? 특히 가슴 아픈 일은 저도 모르는 사이에 제가 원인이 되었다는 사실입니다."

이모가 말했다.

"자기 아버지한테 보내 시골 바람이라도 쐬면 좋아질 거예요."

슈스토바의 어머니가 말했다.

"당신이 없었더라면, 저애는 죽고 말았을 거예요. 정말 감사합니다."

네흘류도프에게 머리를 숙이며 이모가 말했다. 그리고 그녀는 주머니에서 편지를 꺼내 네흘류도프에게 주며 베라 보고두호프스카야한테 전해 달라고 부탁했다.

"제가 뵙고 싶어한 것은 이것을 전하고 싶어서예요. 이 편지는 봉하지 않았으니 읽어 보신 다음에 찢어 버리시든지 전해 주시든지 마음대로 하셔도 좋아요. 누를 끼칠 만한 것은 아무것도 적혀 있지 않습니다."

네흘류도프는 편지를 전해 주겠다고 약속을 한 다음 작별 인사를 하고 거리로 나왔다. 네흘류도프는 그 편지를 읽지 않은 채 그대로 봉해서 전해 주어야겠다고 마음먹었다.

네흘류도프는 페테르부르크에서의 마지막 용무인 분리파 교도 사건을 처리하기 위해 같은 연대에서 같이 근무를 했던 옛 친구이자 시종 무관인 보가트이료프를 만나 황제께 제출할 탄원서를 전해 주었다. 그리고 그의 충고대로 그 사건을 좌우할 수 있는 토포로프를 만나 보았다.

분리파 교도 사건은, 정교에서 이탈한 기독교인들이 기소되어 무죄 판결을 받았으나 주교와 지사가 그들의 결혼이 불법적이라는 이유로 남편과 아내와 아이들을 여러 지방으로 유형 보내기로 결정한 사건이었다.

토포로프는 네흘류도프를 만난 자리에서 곧 이 처분을 중지시키고 그 사람들이 자기 집으로 돌아갈 수 있도록 해 주겠다고 약속했다. 네흘류도프로서는 탄원서를 낼 필요도 없게 된 것이다. 그도 그럴 것이 이 사건은 죄가 있어서가 아니라 그들을 그대로 내버려 두면 다른 주민들까지 정교에서 이탈하게 될지도 모르고 또 주교의 주장도 있고 해서 내버려 두었던 것이었기 때문이었다. 그런데 페테르부르크의 유력한 인사들과 깊은 관계를 맺고 있는 네흘류도프와 같은 후원자가 나타나 황제께 상신하려 하고, 또 외국 신문에 보도될지도 모르는 등 일이 커지게 되자 그도 어쩔 수가 없었던 것이다.

모스크바에 도착한 네흘류도프는 우선 감옥의 병원을 찾아갔다. 그것은 고등 법원이 지방 법원의 판결을 인정했으므로 시베리아 유형길에 오를 준비를 해야 한다는 소식을 마슬로바에게 전해 주기 위해서였다.

네흘류도프는 변호사가 작성한 황제께 보낼 탄원서를 마슬로바의 서명을 받기 위해 감옥으로 가져가는 길이었으나 그것에 크게 기대를 걸지는 않았다. 이상스럽게도 지금 그는 마슬로바가 풀려 나는 것에 그다지 연연하지 않았다. 그는 시베리아로 떠나 유형수나 징역수들 사이에서 생활할 것만 생각하고 있었다. 만일 마슬로바가 풀려 난다고 해도 그는 자신의 생활과 그녀의 생활을 어떻게 견뎌 나갈 것인지 막막하기만 했다. 그는 미국 작가인 소로가 자기 나라의 노예 제도를 보며 노예 제도란 것이 공인되고 보호되는 나라에서는 정직한 사람에게 적당한 곳이 오직 감옥밖에 없다고 한 말을 절실히 공감하고 있었다. 지금 러시아에서 정직한 사람에게 적당한 곳은 오직 감옥밖에 없다고 그는 생각했다.

감옥 병원으로 들어온 네흘류도프를 알아본 병원 수위는 마슬로바가 이미 그곳에 없다고 알려 주었다.

"그럼, 그녀는 지금 어디에 있소?"

"다시 감옥으로 돌아갔습니다."

"왜 돌아갔단 말이오?"

"그런 부류의 여자가 잘 지낼 리가 있겠어요? 간호장을 유혹해서 원장 선생님께서 되돌려 보냈답니다."

수위는 경멸하는 듯한 미소를 지으며 말했다.

수위의 이야기는 그를 얼떨떨하게 만들었다. 네흘류도프는 마슬로바와 자신의 생각이 그토록 다르리라고는 생각지도 못했다. 그는 뜻밖에 엄청난 불행한 소식을 들었을 때처럼 가슴이 미어졌다. 수위의 얘기를 듣고 맨 처음 그는 수치심을 느꼈다. 그는 무엇보다도 그녀가 정신적으로 변화했다고 생각한 자기 자신이 우스꽝스럽게 여겨졌다. 그의 희생을 원치 않는다던 그녀의 말과 비난과 눈물들이 모두 그를 좀더 이용하려던 타락한 여자의 교활한 수단에 지나지 않았다는 생각이 들었다.

네흘류도프는 지금부터 어떻게 해야 할지 자문해 보았다. 마슬로바의 그와 같은 행위가 혹시 그녀에게 얽매여 있는 자신을 해방시켜 주는 것은 아닐까 하고도 생각해 보았다. 그러나 그녀의 행위를 비난하며 무거운 짐에서 벗어나듯 그녀를 버리게 된다면 그것은 자기가 벌을 주려는 그 여자에게 벌을 주는 것이 아니라 자신에게 벌을 주는 것이라는 생각이 들었다.

그러면서 그는 어떤 사건도 자신의 마음을 바꾸어 놓을 수는 없으며 오히려 결심만 굳혀 놓을 뿐이라고 생각했다. 그는 마슬로바가 간호장을 유혹하든 무엇을 하든 내버려 두어야 한다고 생각했다. 그녀가 어떻게 행동을 하든 그것은 그녀의 자유이기 때문이었다. 자신은 자신의 양심에 따르기만 하면 되는 거였다. 그리고 그 양심은 자기가 지은 죄에 대한 속죄로 자신의 자유를 희생시킬 것을 요구하고 있었다. 그러므로 비록 형식적이나마 그녀와 결혼해서 그녀가 어디로 유형을 가든지 따라가야 한다고 네흘류도프는 다시 한번 마음을 다잡아 먹었다.

병원을 나선 그는 단호한 걸음으로 커다란 감옥 문을 향해 걸어갔다. 감옥 문 앞에서 네흘류도프는 마슬로바를 면회하고 싶으니 소장에게 전해 달라고 당직 간수에게 부탁했다. 네흘류도프를 익히 알고 있는 간수는 감옥에서 일어난 중대한 새 소식을 알려 주었다. 옛날 소장은 이미 파면되었고, 엄격한 신임 소장이 새로 부임해 왔다는 것이었다.

"지금은 규칙이 상당히 엄격해져서 면회하기 힘들 겁니다. 어쨌든 소장님께서는 지금 이곳에 계시니 곧 보고드리지요."

간수가 말했다.

네흘류도프는 곧 소장을 만날 수 있었다. 그는 키가 크고 광대뼈가 튀어나왔으며 동작이 몹시 느리고 우울해 보이는 깡마른 사내였다.

"면회는 지정된 날 면회소에서만 허용됩니다."

그는 네흘류도프를 거들떠보지도 않은 채 말했다.

"하지만 황제 폐하께 제출할 탄원서에 서명을 받아야 합니다."

"그럼 제게 맡기십시오."

"죄수를 직접 만날 일이 있습니다. 전에는 수시로 면회를 할 수 있었는데요."

"그건 옛날 이야기입니다."

소장은 네흘류도프의 얼굴을 훔쳐보면서 말했다.

"저는 지사의 허가증을 가지고 있습니다."

네흘류도프는 지갑을 꺼내면서 말했다.

"어디 볼까요?"

그는 여전히 네흘류도프는 거들떠보지도 않은 채 검지에 금반지를 낀 길고 하얀 손으로 허가증을 받아 들더니 훑어보고는 사무실로 가라고 말했다.

사무실 안에는 아무도 없었다. 소장은 자기도 면회에 참관할 생각인지 책상에 앉자, 책상 위에 놓인 서류를 치우기 시작했다. 네흘류도프가 정치범인 보고두호프스카야를 면회할 수 없겠느냐고 묻자, 그는 정치범은 안 된다고 딱 잘라 말했다.

"정치범과의 면회는 금지되어 있습니다."

소장은 이렇게 말한 다음 다시 서류를 열심히 읽기 시작했다. 보고두호프스카야에게 전해 줄 편지를 지니고 있던 네흘류도프는 음모를 꾸미다가 실패한 범죄자와 같은 기분이 들었다.

마슬로바가 사무실로 들어왔을 때 소장은 고개를 쳐들었으나 마슬로바나 네흘류도프 그 누구도 쳐다보지 않고 말했다.

"이야기하십시오!"

그리고 그는 여전히 서류에 열중했다.

마슬로바는 전과 마찬가지로 하얀 옷에 수건을 쓰고 있었다. 네흘류도프에게 다가온 그녀는 그의 차갑고 화난 얼굴을 보더니 얼굴을 붉히며 옷자락을 만지작거리면서 시선을 떨구었다. 그녀가 쩔쩔매는 모습에서 네흘류도프는 병원 수위의 말을 확신하게 되었다. 네흘류도프는 전처럼 그녀를 대하고 싶었지만 그래도 악수를 청하고 싶지는 않았다. 그토록 그녀가 원망스럽게 여겨졌던 것이다.

"당신한테 나쁜 소식을 가져 왔소. 고등 법원에서 상소가 기각됐소."

네흘류도프는 그녀를 쳐다보지도 않고 낮은 목소리로 말했다.

"그렇게 될 줄 알았어요."

그녀는 숨이 차다는 듯이 간신히 말했다.

전 같으면 네흘류도프는 그렇게 될 줄 알았다는 그녀의 말에 왜 그런 소리를 하느냐고 물었겠지만, 지금은 그저 그녀를 한번 쳐다보았을 뿐이었다. 그녀의 눈에는 눈물이 가득 괴어 있었다. 그러나 그 눈물도 그의 마음을 누그러뜨리지 못했다. 오히려 그녀에 대한 반감만을 자극시켜 줄 뿐이었다.

소장은 자리에서 일어나 사무실 안을 이리저리 거닐기 시작했다.

네흘류도프는 지금 마슬로바에게 혐오감을 가지고 있기는 했지만, 고등 법원의 상소 기각 결정에 대해서는 유감의 뜻을 전해야겠다고 생각했다.

"그렇다고 실망하지는 마오. 황제 폐하께 탄원서를 올리면 잘될 거요. 그래서 내가 바라는 것은……"

"저는 그런 것은 바라지 않아요……"

그녀의 약간 사시인 듯한 눈은 눈물에 젖어 애처롭게 그를 바라보고 있었다.

"대체 왜 그러시오?"

"병원에 가셨다가 제 이야기를 들으신 모양이군요……"

"하지만 그건 당신의 일이잖소."

네흘류도프는 인상을 찌푸리면서 차갑게 말했다. 그녀가 병원에서 있었던 일을 생각나게 하자 자존심에 모욕을 받았다는 격렬한 감정이 누그러져 있다가 다시 고개를 쳐들기 시작했다. 그는 상류 계급의 어떤 처녀도 결혼하기를 원하는 훌륭한 귀족이었다. 그는 그런 자신이 결혼 신청을 했음에도 불구하고 마슬로바가 잠깐을 못 기다려 간호장과 놀아나려 했다는 생각에 증오에 찬 눈으로 그녀를 바라보았다.

"이 탄원서에 서명하시오."

그는 이렇게 말하면서 주머니에서 커다란 봉투를 꺼내 책상 위에 올려 놓았다. 마슬로바는 의자에 앉아 수건 끝으로 눈물을 닦으면서 어디에 무엇을 써야 하느냐고 물었다. 그가 어떻게 하라고 가르쳐 주자, 그녀는 왼손으로 오른쪽 소매를 매만지면서 책상 맞은편에 앉았다. 네흘류도프는 마슬로바의 머리 뒤에 서서, 터져 나오는 오열을 참지 못해 흐느끼며 간간이 떨고 있는 그녀의 뒷모습을 묵묵히 바라보고 있었다. 그의 마음 속에서는 선과 악, 그러니까 모욕받은 자존심과 괴로워하는 그녀에 대한 연민의 감정이 열심히 싸우고 있었다. 그리고 마침내 선이 이겼다. 그가 진심으로 그녀를 동정한 것이 먼저였는지, 아니면 자기 자신을 돌이켜보고 자신의 죄와 비열함을 생각한 것이 먼저였는지는 알 수 없었다. 그러나 자신은 죄를 많이 짓고 있으며, 그녀가 불쌍하다는 생각이 동시에 들었다.

탄원서에 서명을 마친 그녀는 잉크가 묻은 손가락을 치마에 닦으면서 자리에서 일어나 그를 쳐다보았다.

"결과야 어떻든 또 어떤 일이 있었든 내 결심은 추호도 변하지 않을 것이오."

네흘류도프가 말했다.

네흘류도프는 그녀를 용서해야겠다고 생각하자, 그녀에 대한 동정심과 따뜻한 정이 강하게 일어나 그녀를 위로해 주고 싶었다.

"나는 내가 말한 것을 모두 실행할 생각이오. 당신이 어디로 유형을 가든 나는 당신을 따라가겠소."

"부질없는 짓이에요."

마슬로바는 급히 그의 말을 막았으나 그녀의 온몸은 희열로 가득 차 오고 있었다.

"유형길에 필요한 물건을 생각해 보시오."

"필요한 것은 별로 없어요. 정말 고마워요."

소장이 그들에게로 다가오는 것을 보고 네흘류도프는 그가 지시를 내리기 전에 그녀와 작별 인사를 하고, 전에 느껴 보지 못한 고요한 기쁨과 평온함 그리고 인류에 대한 애정을 느끼면서 바깥으로 나왔다. 마슬로바가 어떠한 행동을 하든 그녀에 대한 자신의 사랑은 변하지 않을 거라는 생각이 네흘류도프에게 기쁨을 느끼게 했으며, 그를 높은 곳으로 끌어올렸다. 그가 그럴 수 있는 것은 자신을 위해서가 아니라 그녀와 신을 위해서 그녀를 사랑했기 때문이었다.

그런데 마슬로바가 병원에서 쫓겨난 것은 그녀의 잘못 때문이 아니었다. 마슬로바가 여간호원의 심부름으로 복도 끝에 있는 약국에 약을 가지러 갔을 때, 그곳에는 오래 전부터 그녀의 꽁무니를 쫓아다니며 귀찮게 굴던 간호장이 있었다. 마슬로바는 달려드는 그를 뿌리치며 힘껏 밀었다. 그러자 그는 약장에 몸을 부딪쳤고 약병 두 개가 바닥으로 떨어져 깨지고 말았다. 그때 마침 복도를 지나가던 병원장이 유리 깨지는 소리와 얼굴을 붉히면서 뛰쳐 나오는 마슬로바를 보고 벌컥 화를 내며 외쳤다.

"이봐, 여기서도 행실을 바르게 하지 않으면 쫓아 버리고 말 거야. 대체 무슨 일이야?"

그는 안경 너머로 간호장을 쏘아보며 물었다.

간호장은 능글맞게 웃으며 변명을 늘어 놓았다. 병원장은 그의 말을 듣다 말고 고개를 든 채 안경 너머로 그를 바라보더니 병실로 돌아갔다. 그리고 곧바로 마슬로바의 자리에 좀더 얌전한 여자를 보내 달라고 소장에게 말했던 것이다. 마슬로바와 간호장 사이에 있었던 불미스러운 사건이란 이것이 전부였다.

네흘류도프와 만난 이후 다른 사내들과의 관계에 더욱 염증을 느껴 온 마슬로바로서는 사내와 불미스러운 짓을 저질렀다는 이유로 병원에서 쫓겨났다는 것이 무척이나 가슴 아팠다. 그녀는 많은 사내들이 자신을 모욕하는 것을 당연하게 여기며, 그녀의 거절을 이상하게 보는 사실이 비참하게 느껴졌으며 그런 자신에 대해 동정심까지 일어서 눈물을 참을 수가 없었다. 네흘류도프를 만났을 때도 그녀는 자신의 억울한 누명에 대해 변명하고 싶었다. 그러나 자신의 말을 믿어 주기는커녕 오히려 그의 의심만 불러일으킬 것 같은 느낌이 들어서, 복받쳐 오르는 설움을 참지 못하며 입을 다물고 있었던 것이다.

마슬로바는 그를 용서할 수 없으며 증오하고 있다고 생각했지만, 그녀는 이미 오래 전부터 그를 다시 사랑하고 있었다. 그래서 그가 바라는 것을 무의식적으로 실행하여, 술과 담배도 끊고 교태도 부리지 않으면서 간호 보조원으로 근무했던 것이다. 그것은 네흘류도프가 그렇게 처신해 주기를 바라고 있다는 사실을 그녀가 알고 있었기 때문이었다. 네흘류도프가 자신을 희생시켜 가면서 결혼하겠다고 이야기할 때마다 그렇게 단호히 거절한 것도 일단 내뱉은 말을 번복한다는 게 자존심이 허락하지 않았기 때문이기도 했지만, 자기와의 결혼은 그를 불행하게 만들 거라는 생각 때문이었다. 그래서 그녀는 그의 희생을 받아들이지 않겠다고 굳게 결심했다. 그러나 그녀로서는 그가 자신을 무시하고 자기의 내부에서 일어나고 있는 변화를 알아주지 않는다는 것이 괴로웠다. 그녀는 지금도 네흘류도프가, 자기가 병원에서 무슨 나쁜 짓을 저질렀다고 생각하고 있는 것이 유형이 확정되었다는 사실보다 더욱 고통스럽게 느껴졌다.

마슬로바가 첫 번째 죄수대에 섞여 이송될 수도 있었으므로 네흘류도프는 길을 떠날 준비를 서둘렀다. 그러나 할 일이 너무 많았기 때문에 아무리 시간이 넉넉하다 해도 모든 것을 다 마무리짓지는 못할 것 같았다. 모든 것이 전과는 전혀 달랐다. 그는 전에는 언제나 드미트리 이바노비치 네흘류도프라는 개인의 일에만 흥미를 가지고 숙고했으며 자신에 대해서만 온 신경을 집중시켰지만, 만사가 답답했었다. 그러나 지금은 드미트리 이바노비치 네흘류도프 자신이 아닌 남의 일뿐이긴 했지만 모든 일이 흥미롭고 자신을 사로잡는 일이었다. 그리고 그런 일은 너무도 많이 산적해 있었다. 네흘류도프가 전에 해 온 일은 모두 유감스럽고 화를 돋우는 일뿐이었지만 현재 그가 남을 위해 하고 있는 일은 거의 다 그를 즐겁게 해 주었다.

네흘류도프는 요즘 자신이 하고 있는 일을 세 가지로 분류해 놓았다. 그는 자신의 습관적인 분류 방식에 따라 그렇게 구분하고 관련 서류를 세 개의 가방에 따로 넣어 두었다.

첫 번째의 일은 마슬로바를 도와 주는 것이었다. 그것은 황제에게 제출된 탄원서가 받아들여지도록 노력하는 일과 시베리아로 떠날 준비를 하는 일이었다.

두 번째 일은 영지의 정리였다. 파노보에서는 지대(地代)를 농민들의 공동 기금으로 사용한다는 조건으로 토지를 그들에게 나누어 주었다. 그러나 이 계약을 확정짓기 위해서는 계약서와 유언장을 작성하여 서명해야 했다. 쿠즈민스코예에서도 지대를 받기로 했지만 그 기간을 정해야 했고, 또 그 중 얼마를 생활비로 쓰고 얼마를 농민들에게 남겨 줄 것인지 결정해야 했다. 그는 시베리아로 떠나는 데 경비가 얼마나 들지 전혀 알 수 없었으므로, 자신의 수입을 어느 정도 낮추면 좋을지 아직 결정짓지 못하고 있었다.

세 번째의 일은 그에게 의지하는 죄수들을 돕는 일이었다. 처음에는 도움을 청해 오는 죄수들에게 그들의 운명의 짐을 덜어 주기 위해 사방으로 뛰어다니며 탄원해 주곤 했었다. 그러나 도움을 부탁해 오는 사람들이 너무 많아 그들을 일일이 도와 줄 수가 없었다. 그래서 그는 할 수 없이 그것을 네 번째의 일로 만들어 그것에 큰 비중을 두게 되었다.

네 번째 일이란 수많은 사람들을 감옥에서 고통을 겪게 하는 소위 형사 재판이라고 불리는 이 끔찍한 제도가 대체 어떻게 유래되었는지 밝히는 것이었다. 그는 죄수들과의 개인적인 접촉이나 변호사나 감옥의 관계자, 죄수들의 수기를 통해서 범죄자라고 불리는 죄수들을 다섯 가지 부류로 분류할 수 있었다.

우선 첫 번째 부류는 메니쇼프나 마슬로바처럼 아무 죄도 없이 다만 재판상의 실수로 인해 죄수가 된 사람들이었다. 이런 부류의 죄수들은 그리 많은 편이 아니었지만, 조사에 따르면 약 7퍼센트 정도였다. 그는 이들에게 특별히 관심을 기울이고 있었다.

두 번째 부류는 격분하거나 질투에 사로잡히거나 만취한 상황 등에서 저지른 행위 때문에 유죄 판결을 받은 사람들이었다. 누구나 그러한 상황에 놓이게 된다면 틀림없이 거의가 그런 행위를 저질렀을 것이다. 그런 부류의 죄수들은 전체 죄수의 과반수를 넘었다.

세 번째 부류는 자기들의 관점에서는 당연하거나 옳다고 생각하는 행위가 입법가들이 제정한 법률상으로는 범죄로 인정되어 유죄 판결을 받은 사람들이었다. 밀주자들, 밀수범들, 대지주의 숲이나 국유림의 풀과 나무를 벤 사람들 그리고 산적들이나 정교를 믿지 않는 사람들과 교회에서 도둑질한 사람들이 여기에 속해 있었다.

네 번째 부류는 정신적으로 사회의 평균 수준을 넘어섰다는 이유만으로 죄수가 된 사람들이었다. 분리파 교도나 조국의 독립을 위해 반란을 일으킨 폴란드 인, 그리고 반정부 활동을 한 사회주의자나 동맹 파업자 같은 정치범들이 바로 그런 부류의 사람들이었다. 사회의 뛰어난 계층에 속하는 그들의 숫자 역시 상당히 많았다.

마지막으로 다섯 번째 부류는 그들이 사회에 저지른 죄보다 사회가 그들에게 지은 죄가 더 많은 그런 사람들이었다. 이들은 세상에서 버림받고, 끊임없는 박해와 유혹 때문에 도덕성이 둔감해진 사람들로서, 감옥 안팎의 수많은 사람들이 여기에 속했다. 그런데 그들은 범죄를 저지를 수밖에 없는 환경에 있는 사람들이었다. 네흘류도프가 요즈음 관계를 맺은 몇몇 도둑들과 살인자들, 새로운 학파가 범죄형으로 규정한 사람들, 소위 사회에서 말하는 방탕하고 타락한 사람들이 이 부류에 포함되었다.

네흘류도프는 이런 부류에 속하는 사람들과 접촉하는 사이에 그들의 대부분이 원래 훌륭한 소질을 갖고 있음에도 불구하고 마치 내버려 둔 식물이 제멋대로 뻗거나 보기 흉해지듯이 아무렇게나 뻗쳐서 보기 흉하게 된 것과 같다는 것을 깨달았다.

따라서 네흘류도프가 몰두하고 있는 네 번째 일이란, 어째서 다 똑같은 인간들이 한편에선 감옥에서 고통을 겪고 있는데, 다른 한편에선 그들과 같은 인간이면서 자유롭게 걸어다니고 있을 뿐 아니라 다른 한편의 인간들을 재판하고 있는가, 인간은 어떤 권리가 있어서 타인을 처벌할 수 있는가 하는 문제를 연구하는 것이었다.

처음에 네흘류도프는 이것을 책 속에서 찾으려고 여기에 관련된 책을 닥치는 대로 사서 읽었다. 그러나 그는 그 책들을 읽으면 읽을수록 점점 더 실망하게 되었다. 어떠한 책에서도 그는 인간이 무슨 권리가 있어서 다른 인간을 가두고 괴롭히고 추방하고 때리고 죽이기도 하는가 하는 해답을 얻을 수가 없었다. 그러자 네흘류도프는 자신이 너무 피상적으로 연구를 한 것은 아닐까 하고 자책마저 하게 되었다.

마슬로바가 소속된 죄수 이송대는 7월 5일에 출발하기로 확정되었다. 네흘류도프는 그녀의 뒤를 따라 길을 떠날 준비를 했다. 출발하기 전날 밤 네흘류도프의 누나와 매형이 그를 찾아왔다.

네흘류도프의 누나인 나탈리아 이바노브나 라고진스카야는 동생보다 10년이나 위였다. 그는 그녀의 영향을 어느 정도 받으면서 성장했다. 그녀는 어린 네흘류도프를 몹시 사랑했으며, 결혼할 무렵에는 친구처럼 지냈다. 그때 그들 남매는 사람들에게는 모든 사람들을 결합시킬 수 있는 훌륭한 성격이 있는 것을 발견하고 그것을 사랑했던 것이다.

그러나 두 남매는 곧 타락하게 되었다. 그는 군복무를 하면서 다른 생활로 빠져 들었고, 그녀는 일시적인 감정에 휩쓸려 사랑하게 된 남자와 결혼했다. 이그나치 니키포로비치는 명성도, 재산도 없었으나 매우 교활한 관리로서 자유주의와 보수주의 사이를 요령 있게 빠져 나가면서 이 두 사상을 이용하여 때와 장소에 따라 자기에게 더 유익한 결과를 가져 오도록 했으며, 특히 여자들을 매혹시키는 능력을 가지고 있어서 비교적 훌륭한 재판관으로 출세할 수 있었다.

네흘류도프는 매형을 아주 싫어했다. 그의 저열한 감정과 속이 좁은 자만심에 비위가 상하기도 했지만, 자기 누이가 그런 사내를 열렬하고 이기적이면서도 감정적으로 사랑한데다가, 남편을 만족시키기 위해 자기 내부에 지니고 있던 모든 좋은 점을 마비시키고 있다는 사실이 못마땅했다. 네흘류도프는 누나가 대머리에다가 털복숭이인 자만심 강한 사내의 아내라는 것이 언제나 괴로웠다. 그리고 그의 자식인 두 조카들까지도 그의 부산물이라 여겨 별로 애정을 느끼지 못하고 있었다.

누나 부부는 최고급 호텔의 최고급 객실에 머물렀다. 나탈리아 이바노브나가 낮에도 등불을 켜 놓아야 하는 음침하고 악취가 풍기는 동생의 하숙집으로 찾아왔을 때 네흘류도프는 집에 없었다. 그녀는 메모를 적어 두기 위해 동생의 방에 들어갔다가 깨끗하게 정돈되어 있기는 하지만 너무나 초라한 가구들을 발견하고는 깜짝 놀랐다. 책상 앞에 다가선 그녀는 오늘 꼭 자기를 찾아오라는 쪽지를 써 놓고 나서, 자기가 목격한 광경에 어이가 없다는 듯이 고개를 설레설레 저으며 호텔로 돌아갔다.

나탈리아 이바노브나는 동생이 관련된 두 가지 문제에 관심을 가지고 있었다. 하나는 카추샤와 동생의 결혼 문제였다. 그것은 자기가 살고 있는 도시에까지 소문이 날 정도로 사람들의 입에 오르내리고 있었다. 그리고 또 하나는 농민들에 대한 토지 분배 문제로서 이것 역시 널리 알려진 일이었는데, 사람들은 그것을 어떤 정치적으로 불온한 행동처럼 생각하고 있었다. 그녀는 동생이 카추샤와 결혼한다는 것에 대해 동생의 과감한 결단성과 순수한 모습에는 만족했으나 그처럼 무서운 여자와 결혼한다는 것이 끔찍하게 여겨져 어떻게서든 말려 볼 작정이었다.

그리고 농민들에게 토지를 분배하는 일은 그녀에게는 그리 중요한 문제가 아니었다. 그러나 그녀의 남편이 이 일로 몹시 흥분하여 처남을 설득시키도록 그녀에게 요구했다. 그는 네흘류도프의 행동이 무분별하고 경박하며 오만한 것이며 자기 과시욕에 불과하다고 단정짓고 있었다.

"농민들에게 토지를 분배하고 그 지대까지 그들에게 나누어 주는 일이 대체 무슨 의미가 있다는 거야? 만일 그렇게 하고 싶다면 농민 은행을 통해서 팔아 버릴 수도 있잖아. 그러면 어떤 의미를 가질 수도 있겠지. 아무튼 그런 것은 미친 짓에 불과해."

이그나치 니키포로비치는 후견인 문제를 염두에 두면서 동생의 괴상한 계획을 말리도록 아내에게 요구했던 것이다.

저녁 무렵에 집으로 돌아온 네흘류도프는 책상 위에 놓인 쪽지를 보고 곧 누나를 찾아갔다. 이그나치 니키포로비치는 옆방에서 쉬고 있었으므로 나탈리아 이바노브나만이 동생을 맞아 주었다. 그녀는 허리에 꼭 끼는 검은 비단옷을 입었으며, 검은 머리는 한창 유행하고 있는 헤어스타일로 돌돌 말아 틀어 올리고 있었다. 동갑내기인 남편에게 젊게 보이려고 애쓴 모습이 역력해 보였다. 그녀는 빠른 걸음으로 그를 맞으러 나왔다. 두 사람은 입을 맞추고 말로는 표현할 수 없을 정도로 신비스럽고 많은 의미를 담은 시선으로 마주보았다. 그러나 그것은 순간이었고 어머니가 돌아가시고 처음 만난 그들은 곧 공허한 인사말을 교환하기 시작했다.

"누님은 살도 좀 찌고, 더 젊어지신 것 같군요."

네흘류도프가 이렇게 말하자 그녀는 만족스러운 듯이 입술을 벙긋거렸다.

“그런데 너는 좀 여위었구나.”

“매형은 무얼 하세요?”

“쉬고 계시단다. 밤새 주무시지 못했거든.”

그들은 하고 싶은 말은 많았지만 서로 입이 떨어지지 않아서, 할말은 많은데 아직 하고 있지 않다는 시선만을 주고받을 뿐이었다.

“너희 하숙집에 찾아갔었단다.”

“네, 알고 있어요. 저는 집이 혼자 살기에는 너무 크고 쓸쓸해서 집을 나왔어요. 그리고 저는 필요한 것이 아무것도 없으니, 가구 따위의 모든 물건을 누님이 가져가십시오.”

“그래, 아그라페나 페트로브나가 그런 이야기를 하더구나. 그곳에도 갔었지. 몹시 고마운 말이기는 하지만……”

그때 하인이 은제 찻잔을 날라 왔다. 그들은 하인이 찻잔을 내려놓을 때까지 입을 다물고 있었다. 나탈리아 이바노브나는 탁자 맞은편으로 옮겨 앉으며 묵묵히 차를 따랐다. 네흘류도프도 아무 말이 없었다.

“드미트리! 나도 모든 얘기를 들었단다.”

나탈리아 이바노브나는 동생을 쳐다보며 마음 속에 결심이 선 듯 이렇게 말했다.

“그러세요, 누님께서 알고 계시다니 정말 기쁘군요.”

“그런데 너는 그런 생활을 했던 여자가 마음을 고쳐먹을 수 있을 거라고 생각하니?”

나탈리아 이바노브나가 말했다.

그는 작은 의자에 꼿꼿이 앉아서 누나에게 잘 대답해 주려고 그녀의 얘기를 열심히 듣고 있었다. 그에게는 조금 전에 가졌던 마슬로바와의 면회에서 마음 속에 일어났던 영혼의 평온한 기쁨과 모든 사람에 대한 호의가 여전히 충만해 있었던 것이다.

“저는 그 여자의 마음을 돌리려는 것이 아니라, 제 마음을 돌리려는 겁니다.”

그의 말에 나탈리아 이바노브나는 한숨을 몰아쉬었다.

"결혼을 하지 않더라도 다른 방법이 있을 텐데."

"하지만 그것이 가장 좋은 방법이라고 생각합니다. 뿐만 아니라 그렇게 함으로써 저를 필요로 하는 세계로 들어갈 수도 있고요."

"나는 그렇게 생각하지 않는다. 그렇다고 네가 행복해지지는 않을 거야."

"문제는 저의 행복에 있는 것이 아닙니다."

"물론 그렇겠지. 하지만 그 여자도 양심이 있다면 결코 행복을 느끼거나 원하지도 않을 거야."

"그녀는 원하지 않습니다."

"알겠다. 그러나 인생이란……."

"그래 인생이란 무엇인가요?"

"다른 것을 요구하고 있단다."

"인생은 우리가 당연히 해야 할 일을 요구할 뿐이고, 그 밖에는 아무것도 요구하지 않습니다."

네흘류도프는, 눈매와 입가에 잔주름이 잡혔지만 여전히 아름다운 모습을 간직하고 있는 누나의 얼굴을 쳐다보며 말했다.

"나는 이해가 되질 않는구나."

나탈리아 이바노브나는 다시 한숨을 몰아쉬며 말했다.

네흘류도프는 따뜻한 마음으로 가득 차 있던 결혼하기 전의 누나를 회상하면서 누나가 너무나 많이 변한 것을 안타까워하고 있었다. 그때 이그나치 니키포로비치가 평소와 다름없이 고개를 높이 쳐들고 넓은 가슴을 활짝 편 채 안경과 대머리와 검은 구레나룻을 번쩍이며 부드럽고 경쾌한 걸음으로 들어왔다.

"안녕하세요?"

네흘류도프는 부자연스러운 억양으로 말했다.

그들은 서로 악수를 나누었고, 이그나치 니키포로비치는 안락 의자에 가볍게 앉았다.

"남매끼리 나누는 대화에 방해가 되는 건 아닌지 모르겠군요?"

네흘류도프와 이그나치 니키포로비치 사이에는 격식을 차린 말투가 굳어져 있었다.

"아닙니다. 저는 제가 하고 있는 말이나 행동을 누구에게도 숨기려 하지 않으니까요."

네흘류도프는 그의 얼굴과 털투성이 손을 보고, 또 보호자인 척하는 자만심에 찬 말투를 듣게 되자 평온한 기분이 순식간에 사라져 버렸다.

"네, 우리는 동생의 계획에 대해 이야기하고 있던 참이에요. 차 한잔 드시겠어요?"

나탈리아 이바노브나는 찻잔을 잡으면서 말했다.

"그래, 한잔 마십시다. 그런데 그 계획이란 대체 어떤 거요?"

"죄수 이송대와 함께 시베리아로 떠나려는 겁니다. 그들 속에 제가 죄를 저지른 여자가 속해 있거든요."

네흘류도프가 말했다.

"그저 따라가는 것이 아니라 다른 계획도 있다고 하던데요."

"네, 그녀가 원한다면 결혼도 할 작정입니다."

"아니, 뭐라고? 괜찮다면 그 동기를 이야기해 보겠소? 나는 이해가 가지 않거든요."

"그 동기는 그녀가…… 타락의 첫발을 내디디게 된 것이…… 죄는 제가 지었는데도 벌은 그녀가 받았기 때문입니다."

네흘류도프는 적절한 말이 떠오르지 않자 자기 자신에게 화가 났다.

"만일 그녀가 벌을 받았다면 틀림없이 죄를 지었을 겁니다."

"그녀는 정말 결백합니다."

그리고 네흘류도프는 쓸데없이 흥분하면서 사건의 내막을 모두 이야기했다.

"무고한 사람은 결코 처벌을 받지 않습니다. 극히 드문 경우에 그런 일이 일어나긴 하지만, 그 역시 죄가 있기 때문에 벌을 받는 것이죠."

이그나치 니키포로비치는 자신감에 넘치는 미소를 지으며 말했다.

"하지만 저는 그렇게 생각하지 않습니다. 재판소에서 유죄 판결을 받은 사람들의 반수 이상이 결백한 사람들이라고 믿으니까요."

네흘류도프는 매형에게 반감을 느끼며 말했다.

"어째서 그런가요?"

"말씀드린 대로 무죄란 말입니다. 그 여자가 독살 사건에서 무죄이고, 요즘 제가 본 어떤 농민이 자기가 범하지도 않은 살인죄를 뒤집어쓰고 있지만 무죄인 것처럼 말입니다. 그리고 어떤 방화 사건에서는 무죄의 모자가 하마터면 유죄 판결을 받을 뻔했지요."

"네, 물론 재판상의 과오라는 것은 늘 있어 왔고, 앞으로도 있을 겁니다. 인간의 제도이고 보니 완전할 수는 없겠지요."

"그리고 많은 죄수들이 자기가 자라난 특별한 환경 때문에 자기 죄를 범죄라고 생각하지 않고 있습니다."

"실례의 말이지만, 그건 편견인 것 같군요. 모든 도둑들은 절도 행위가 나쁜 일이고, 절도 행위를 해서는 안 되며, 절도 행위가 비도덕적이라는 것을 잘 알고 있습니다."

이그나치 니키포로비치는 네흘류도프를 자극시키는, 침착하고 자신 만만한 태도로 약간 경멸하는 듯한 미소를 지으며 말했다.

"아닙니다. 그들은 모르고 있습니다. 사람들은 그들에게 절도 행위를 하지 말라고 말하고 있습니다만, 그들은 공장주가 그들의 임금을 착복하고 노동력을 착취하며, 정부가 수많은 관리들로 하여금 세금이라는 명목으로 끊임없이 그들을 수탈하고 있는 것을 직접 목격하여 잘 알고 있습니다."

"그렇다면 그것은 무정부주의로군요."

이그나치 니키포로비치는 처남이 한 말의 의미를 이런 식으로 점잖게 규정지었다.

"그것은 잘 모르겠습니다. 다만 저는 사실을 말씀드리는 것뿐이니까요. 그들은 정부가 자기들을 수탈하고, 또 우리 지주들이 공동 소유가 되어야 할 토지를 그들에게서 빼앗아 착취하고 있다는 사실도 알고 있습니다. 그리고 그들이 빼앗긴 것을 조금이라도 가져가면 우리가 그들을 투옥시키고 스스로 도둑이라고 믿게 만들고 싶어한다는 사실도 잘 알고 있습니다. 그

들은 자기들이 도둑이 아니라 자기들의 토지를 빼앗아 간 자들이 도둑이
며, 빼앗긴 것을 되찾는 것은 자기 가족에 대한 의무라는 것도 잘 알고 있
습니다.”

“이해가 가지 않는군요. 아니, 이해가 간다고 해도 동의할 수 없는 이야
기입니다. 토지란 누군가의 소유물이 되지 않을 수 없는 것이니까요. 만일
당신이 토지를 분배해 준다고 해도, 내일이면 또 누군가 수완 좋은 사람의
수중으로 들어가 버릴 테니까요.”

이그나치 니키포로비치는 네흘류도프가 사회주의자이고, 사회주의 이론
은 모든 토지의 공평한 분배를 요구하며, 그 분배란 몹시 어리석은 짓이어
서 그것을 논박하기란 무척 쉬운 일이라는 확신이 선 듯 침착하게 말을
시작했다.

“토지를 공평하게 분배하려는 생각을 가진 사람은 아무도 없습니다. 토
지란 사유 재산이 될 수 없으니까요. 따라서 토지가 매매의 대상이 되어서
는 안 된다는 말씀이지요.”

“인간에게는 본래 소유권이 있습니다. 소유권을 폐지해 보십시오. 그러
면 우리는 미개한 생활로 돌아가고 말 것입니다.”

이그나치 니키포로비치는 토지 소유에 대한 열망은 토지가 필요한 증거
이며, 이에 반박할 여지가 없다는 세론을 반복하면서 그에 관한 권위자인
것처럼 말했다.

‘내 생각은 그와 정반대입니다. 만일 그렇게 되면 지금같이 지주들이
건초 위에 누워 있는 개처럼 아무 일도 하지 않고, 토지를 방치하는 일도
없을 것입니다.”

“이봐요, 드미트리 이바노비치, 그건 정말 정신 나간 이야기예요. 정말
요즘 세상에 토지 사유권이 폐지될 수 있을 거라고 생각하고 있습니까?
그건 다만 우리의 오랜 꿈에 지나지 않는다는 것을 난 잘 알고 있습니다.
어쨌든 나는 당신에게 솔직하게 이야기하고 싶은데……”

이그나치 니키포로비치는 얼굴이 창백해지고 목소리를 떨었다. 그의 마
음 한구석에 절실히 와닿는 것이 있음에 틀림없었다.

"이 문제의 실질적인 해결에 들어가기 전에 다시 한번 곰곰이 생각해 보라는 충고를 하고 싶습니다."

이그나치 니키포로비치는 이렇게 말을 계속하면서 특별한 지위에 있는 사람들은 그 지위에서 파생되는 의무를 이행해야 하고 조상에게 물려받은 것을 자손에게 물려주어야 한다고 말했다. 그러면서 사사로운 이해 관계를 떠나 원칙적으로 네흘류도프의 의견에는 찬성할 수 없다고 결론지었다.

네흘류도프는 그에게 분노하고 있는 자기 자신을 제어하지 못하고 말없이 차를 마시기 시작했다.

"그런데 아이들은 잘 지내나요?"

네흘류도프는 어느 정도 마음의 안정을 되찾자 누나를 향해 이렇게 물었다. 나탈리아 이바노브나는 두 사람의 논쟁이 끝난 것에 안도하면서 아이들의 얘기를 즐거워하며 들려 주었다. 그리고 공통된 화제를 꺼내기 위해 페테르부르크의 최근 소식인, 결투로 외아들을 잃어버린 카멘스카야 부인의 슬픔에 대해 이야기하기 시작했다.

이에 대해 이그나치 니키포로비치는 결투에 의한 살인을 일반적인 형사범에서 제외시키는 제도에 대해 반대한다고 말했다. 그의 이러한 지적은 네흘류도프를 흥분시켜 아직 끝나지 않은 문제에 대해서까지 논쟁을 재개하고 싶은 생각이 일게 했지만, 이번에는 서로 생각하는 바를 털어놓지 않고 상대방을 비난하면서 자기 신념을 고집했다.

이그나치 니키포로비치는 네흘류도프가 자기를 비난하고 자기가 하는 일 모두를 경멸하고 있다는 것을 느끼면서 그의 잘못된 판단을 지적해 주려 했다. 반면에 네흘류도프는 매형이 자신의 토지 문제에 대해 쓸데없는 간섭을 하고 있는 것을 매우 불쾌하게 생각하고, 또 자신이 범죄라고 생각하는 것을 정당화하고 합법화하는 것을 참지 못하고 있었다.

두 사람은 상대의 말은 귀담아 듣지도 않으면서 자신의 신념만을 고집하며 서로에게 상처를 주는 논쟁을 계속하였다. 그리고 서로 감정이 격해져서 아무 말도 하지 않게 되었다.

네흘류도프는 얼마 동안 잠자코 있으면서 매형과 누나를 슬프게 만든 것에 가슴 아파했다. 매형한테 그렇게까지 모욕을 주고 누나를 슬프게 할 필요가 없었다고 생각하면서 자책을 했다. 더욱이 내일이면 길을 떠나게 되어 다시는 못 만날지도 모르는 일이 아닌가!

그는 착잡한 심정으로 그들에게 작별 인사를 하고 집으로 돌아왔다.

마슬로바가 소속된 죄수 대열은 오후 3시경에 정거장에서 출발할 예정이었다. 네흘류도프는 정거장까지 그들과 함께 가기 위해 12시 전에 감옥에 도착할 생각이었다.

아침에 눈을 뜬 네흘류도프는 어제 매형과의 사이에 벌어졌던 일을 후회하면서 그를 찾아가서 사과를 하고 떠나야겠다고 생각했다. 그러나 죄수 대열의 출발에 늦지 않으려면 준비를 서둘러야만 했다. 네흘류도프는 결코 돌아오지 않을 생각으로 하숙집에 방값을 치렀다. 그리고 급히 짐을 꾸려 보내 놓고 눈에 띄는 마차를 잡아 타고 감옥으로 향했다. 죄수들이 타고 갈 열차는 네흘류도프가 탈 우편 열차보다 두 시간 먼저 떠날 예정이었다.

7월의 무더위는 짜증스러울 정도였다. 거리의 포석과 집집마다의 돌담과 함석 지붕들에서는 바람 한점 없는 대기로 무더운 기운을 발산하고 있었다. 이따금 바람이 불어 올 때면 먼지와 페인트 냄새가 뒤섞인, 역겹고 뜨거운 공기가 밀려올 뿐이었다. 거리는 한산했으며 어쩌다가 지나가는 행인들은 건물의 그늘을 따라 걸으려고 애썼다.

네흘류도프가 감옥에 도착했을 때, 죄수 대열은 아직 출발하지 않고 있었다. 감옥에서는 새벽 4시부터 시작된 죄수 인계 사무가 여전히 진행 중이었다. 이송되는 죄수는 남자가 623명에 여자가 64명이었다. 신임 소장과 두 명의 부소장을 비롯해서 의사와 남자 간호원, 호송 장교와 서기 등이 정원 담 밑의 그늘진 곳에 마련된 책상 앞에 앉아 그들 모두를 일일이 명부와 대조하여 장부에 적고, 병약자도 가려내어 호송병에게 인계하고 있었다.

"어찌 된 일인지 끝이 없군! 정말 힘들어 죽겠어."

몸집이 크고 얼굴빛이 불그스름한 호송 장교가 수염으로 덮인 입으로 담배를 한 모금 빨며 말했다.

서기가 장부를 훑어보았다.

"아직 남자 죄수 스물네 명과 여죄수들이 남아 있습니다."

"왜 그렇게 서 있기만 하는 거야! 어서 와!"

호송 장교는 아직 조사가 끝나지 않아 서로 밀치며 혼잡하게 모여 있는 죄수들을 향해 소리쳤다.

죄수들은 벌써 세 시간 이상이나 뜨거운 뙤약볕 아래에서 줄지어 차례를 기다리고 있었다. 그리고 감옥 밖에서는 죄수들의 짐과 병약자들을 태울 약 스무 대 가량의 마차가 대기하고 있었다. 길가에는 죄수들의 가족들과 친구들이 그들이 나오기만을 기다리고 있었다. 그들은 먼발치에서나마 죄수들을 지켜 보기 위해서, 또는 혹시 무언가를 전해 주거나 이야기라도 나눌 수 있지 않을까 하여 온 사람들이었다. 네흘류도프도 그 무리 속에 끼여 있었다.

네흘류도프는 한 시간 가량 그렇게 서 있었다. 그러자 쇠고랑 철거덕거리는 소리와 발소리, 구령 소리, 콜록거리는 소리, 그리고 많은 사람들이 웅성거리는 소리가 들려 왔다. 그렇게 약 5분이 지나는 동안 간수들이 옆문으로 드나들었고, 마침내 출발 명령이 내려졌다.

커다란 소리를 내며 문이 활짝 열리자, 총을 들고 흰 제복을 입은 호송병들이 거리로 나와 숙련된 동작으로 문 앞에 큰 원을 그리며 둘러섰다. 호송병들의 정렬이 끝나자, 새로운 명령 소리와 함께 삭발을 한 머리에 둥근 모자를 쓴 죄수들이 어깨에 배낭을 멘 채 쇠고랑을 찬 발을 끌며 한쪽 손으로는 배낭을 붙잡고 다른 쪽 손으로는 보조를 맞추어 흔들면서 두 줄로 걸어 나왔다. 맨 먼저 나온 사람들은 회색 바지에다가 등에 기호가 새겨진 죄수복을 입은 남자 징역수들이었다. 그들은 쇠고랑을 철컥거리면서 마치 여행길을 떠나듯이 씩씩하게 한 팔을 흔들며 나와 열 걸음쯤 되는 곳에서 제자리에 서더니 네 줄로 늘어서기 시작했다. 그 뒤를 이어 쇠고랑을 차지는 않았지만 두 사람씩 짝을 지어 손목에 수갑을 차고 삭발을 하고 똑같은 옷을 걸친 죄수들이 줄지어 나왔다. 이들은 유형수들이었다. 이들 역시 네 줄로 늘어섰다. 다음은 농민 조합원들과 여자 죄수들이 차례로 나와 정렬했다. 앞줄에는 회색 상의에 머릿수건을 쓴 여자 유형수들이 있었고, 뒷줄에는 자원해서 유형수들을 따라가는 여자들이 있었다. 그들 속에는 회색 죄수복에 갓난아이를 싸서 안은 여자들도 여러 명 섞여 있었다.

여자들과 함께 어린아이들이 따라 나섰다. 이 아이들은 마치 말 떼 속에 끼여 있는 망아지들처럼 여죄수들 사이에 붙어 따라갔다. 남죄수들은 간혹 기침을 하거나 이야기를 주고받을 뿐 잠자코 서 있었다. 그러나 여죄수들은 끊임없이 떠들고 있었다. 마슬로바가 나왔을 때 네흘류도프는 그녀를 알아보았으나, 그녀는 곧 사람들 속에 묻혀 버렸다.

감옥 안에서 이미 죄수들의 인원수를 파악했음에도 불구하고 호송병들은 다시 한번 인원수를 맞추어 보았다. 이것도 상당히 오랜 시간이 걸렸다. 여러 죄수들이 이리저리 자리를 옮겨 인원 파악이 힘들었기 때문이었다. 조사가 끝나자 호송 장교가 무엇인가 명령을 내렸다. 그러자 죄수들 속에서 혼란이 일어났다. 허약한 남녀 죄수들과 어린애들이 앞을 다투어 짐마차로 달려가서는 그 위에 배낭을 던진 다음 기어오르기 시작했다. 울부짖는 갓난애를 안고 있는 여자들과 자리다툼을 하는 어린애들과 우울한 표정을 짓고 있는 남죄수들이 제각기 짐마차에 자리를 잡고 앉았다. 몇몇 죄수들은 호송 장교에게 다가가서 모자를 벗어 들고 짐마차에 타게 해 달라고 부탁을 했다. 그러나 호송 장교는 그들을 거들떠보지도 않고 담배만 피우고 있다가, 갑자기 죄수들의 머리 위로 팔을 휘저었다. 죄수들은 자신들을 때리려는 줄로만 알고 삭발한 머리를 움츠리며 물러섰다.

장교는 키가 크고 비슬거리는 노인 한 명만을 마차에 타도록 했다. 이 노인은 둥근 모자를 벗어 들고 성호를 그은 다음 마차로 다가섰으나 쇠고랑을 찬 허약하고 노쇠한 다리를 쳐들지 못해 오랫동안 마차에 기어오르지 못하고 쩔쩔맸다. 그러자 이미 마차에 올라 탄 한 시골 아낙네가 그의 손을 잡아 끌어올렸다.

배낭을 모두 짐마차에 싣고, 허가받은 사람들이 모두 마차 위에 자리를 잡고 앉자, 호송 장교는 모자를 벗고 이마와 대머리와 불그스름하고 굵은 목덜미를 수건으로 닦고 나서 성호를 긋고는 명령을 내렸다.

"전원 출발!"

사병들은 총을 덜거덕거렸고 죄수들은 모자를 벗어 성호를 긋기 시작했다. 어떤 죄수들은 왼손으로 성호를 긋기도 했다. 전송하러 나온 사람들이 무어라고 소리치면 죄수들도 이에 대꾸를 했다. 여자들 사이에서는 울음 소리가 터져 나왔고, 흰 제복을 입은 병사들에 둘러싸인 죄수 대열은 쇠고랑을 찬 발로 먼지를 일으키며 이동하기 시작했다. 병사들이 앞장을 서고 네 줄로 늘어선 징역수들, 유형수들, 농민 조합원들과 여죄수들이 대열을 이어 나갔다. 마지막으로 배낭과 허약자들을 가득 실은 짐마차가 출발했다. 한 마차의 꼭대기에서는 얼굴을 감싼 여자가 한없이 흐느껴 울고 있었다.

죄수 대열은 몹시 길어서 선두가 시야에서 사라진 다음에야 배낭과 허약자를 태운 마차가 움직이기 시작했다. 네흘류도프는 짐마차가 움직이는 것을 보고서 대기시켜 놓았던 마차를 타고 마부에게 죄수 대열을 따라 잡도록 일렀다.

바람도 불지 않는 몹시 무더운 날씨에 수천 개의 발이 일으키는 먼지가 길 한복판을 걸어가는 죄수들 사이에 뽀얗게 일어났다. 똑같은 복장을 한 죄수들이 보조를 맞추면서 빠른 걸음으로 걷고 있었기 때문에 네흘류도프가 탄 마차는 그들을 간신히 따라 잡을 수 있었다. 네흘류도프는 그들을 쫓아가면서 무리지어 가고 있는 그들의 모습이 마치 괴상한 생물 같다고 생각했다. 이런 인상은 죄수들 사이에서 자기에게 도움을 청했던 몇몇 아는 얼굴들을 발견하고야 겨우 사라졌다.

네흘류도프는 여죄수들 사이에서 금방 마슬로바를 발견했다. 그녀는 두 번째 줄에 끼여 있었다. 그녀는 어깨에 배낭을 메고 정면을 바라보고 있었는데, 얼굴은 평온하고 확고한 결심이 서 있는 것처럼 보였다. 그녀의 옆에서는 죄수복을 입고 시골 아낙네처럼 머릿수건을 맨 페도샤가 씩씩하게 걷고 있었다. 네흘류도프는 마차에서 내려 마슬로바에게 자기가 보낸 물건을 받아 보았는지, 또 기분은 어떤지 물어 보려고 행진하고 있는 여죄수들 쪽으로 걸어갔다. 그러자 옆에서 걸어오던 호송 하사관이 그를 보고 급히 소리를 치며 달려왔다.

"여보세요, 죄수 대열로 다가가서는 안 됩니다. 금지되어 있습니다."

가까이 다가온 호송 하사관은 그가 네흘류도프라는 사실을 알고는 거수 경례를 한 후 그를 제지했다.

"지금은 죄수들 곁에 가셔서는 안 됩니다. 정거장에 가서 만나십시오."

그는 죄수들에게 빨리 걸으라고 호통을 친 다음, 멋진 새 장화를 번쩍이며 자기 자리로 다시 뛰어갔다.

네흘류도프는 인도로 되돌아와서 마부에게 뒤따라오라고 이른 뒤 자기는 죄수 대열을 지켜보며 걸어갔다. 많은 사람들이 지나가는 죄수의 대열을 보고 수군대거나 더 잘 보기 위해 멈춰 섰다. 그리고 동정어린 시선을 보내거나 두려워했다.

네흘류도프는 죄수들처럼 빠른 걸음으로 걸었다. 그는 가벼운 옷차림에 얇은 코트를 걸쳤을 뿐인데도 덥고, 먼지와 거리를 뒤덮고 있는 뜨거운 공기 때문에 숨쉬기도 힘이 들었다. 그는 2, 300미터쯤 걷다가 다시 마차를 타고 앞으로 나갔으나 길 한복판이라 한층 무더운지 더 힘들게 느껴졌다.

"무얼 마실 만한 데가 없겠소?"

네흘류도프는 더 이상 참지 못하고 마부에게 물었다.

"근처에 그럴듯한 술집이 하나 있습니다."

마부는 길모퉁이를 돌아서 커다란 간판이 붙은 입구로 네흘류도프를 안내했다. 술집에는 손님이 하나도 없었다. 네흘류도프가 들어가자 카운터에 앉아 있던 루바시카를 입은 뚱뚱한 점원이 호기심에 가득 찬 눈으로 그를 바라보았다. 급사가 낯선 손님에게 관심을 나타내면서 주문을 받았다. 네흘류도프는 소다수를 주문하고 나서 창문에서 조금 떨어져 있는 식탁보가 덮인 테이블에 앉았다.

네흘류도프는 그렇게 앉아 있다 보니 매형과 어제 나눈 대화가 떠올랐으며 떠나기 전에 매형과 누나를 만나지 못한 것이 새삼 후회가 되었다. 그는 편지라도 쓰는 것이 좋겠다는 생각을 하며 급사에게 백지와 편지 봉투와 우표를 부탁했다. 그는 거품이 일고 있는 차가운 소다수를 들이켜면서 무슨 내용을 쓸 것인가를 궁리하기 시작했다. 그러나 마음이 혼란스러워져서 편지를 쓸 수가 없었다.

"사랑하는 나타샤 누님! 이그나치 니키포로비치 매형과 이렇게 언짢게 헤어지는 것이 마음 아프군요……."

그는 서두를 이렇게 시작했다. 그러나 그 다음에 쓸 말이 생각나질 않았다. 자신이 한 말을 용서해 달라고 하면 매형은 자신이 말을 취소한 것이라고 생각하면서 이것저것 참견할 게 분명했다. 그럴 수는 없었다. 이렇게 생각하자 네흘류도프는 자만심이 강하고 자기를 이해해 주지 못하는 매형에게 다시 혐오감이 솟아올라 쓰던 편지를 호주머니에 찔러 넣고 밖으로 나왔다.

네흘류도프는 다시 마차를 타고 죄수들을 쫓아갔다. 더위는 한층 더 심해졌다. 벽과 돌은 마치 뜨거운 열기를 내뿜고 있는 듯했으며, 아스팔트는 발이 데일 것처럼 뜨거웠다. 말은 먼지가 덮인 울퉁불퉁한 포장 도로를 피곤한 걸음걸이로 천천히 가고 있었다. 마부는 줄곧 꾸벅꾸벅 졸았다. 네흘류도프는 아무 생각 없이 앞만 바라보고 있었다. 내리막길에 접어들자, 큰 건물 출입구의 맞은편에 사람들이 모여 있고, 총을 멘 호송병 하나가 서 있었다. 네흘류도프는 마차를 세웠다.

"무슨 일이오?"

그는 문지기에게 물었다.

"죄수들에게 무슨 일이 있는 모양입니다."

네흘류도프는 마차에서 내려 사람들이 모여 있는 곳으로 다가갔다. 한 길 옆 내리막길의 울퉁불퉁한 포석 위에, 코가 납작한 붉은 얼굴에 턱수염을 기른, 몸집이 큰 중년 죄수가 회색 죄수복을 입은 채 반듯이 누워서 간신히 숨을 내쉬며 눈물에 젖은 충혈된 눈으로 허공을 바라보고 있었다. 그 죄수의 주위에는 잔뜩 인상을 찌푸리고 있는 순경과 지나가던 사람들이

빽빽이 서 있었다.

"감옥에 갇혀 있었기 때문에 쇠약해질 대로 쇠약해진 겁니다. 그런데도 이런 무더위 속에 강행군을 시키다니!"

점원인 듯한 사람이 누군가를 원망하는 투로 옆에 다가선 네흘류도프를 향해 말했다.

"저러다간 틀림없이 죽을 거예요."

양산을 든 노파가 울먹이며 말했다.

"루바시카를 풀어 줘요."

집배원의 말에 순경이 굵은 손가락을 떨면서 힘줄이 불거진 벌건 목덜미의 끈을 서툰 솜씨로 풀기 시작했다. 그는 몹시 흥분하고 당황했지만, 사람들이 모여드는 것을 막아야겠다고 생각한 모양이었다.

"무엇 때문에 모여든 거요? 그렇지 않아도 더워 죽겠는데. 바람이나 막지 말란 말이오."

"의사한테 보여서 허약한 사람은 남게 해야 합니다. 이렇게 되면 죽은 사람을 호송하는 거나 다를 게 없어요."

점원인 듯한 사람이 자신의 법률 지식을 뽐내는 듯이 말했다.

순경은 루바시카의 끈을 다 풀자, 허리를 펴면서 주위를 둘러보았다.

"그만 돌아가시오. 당신들하고는 아무 상관도 없는 일이오."

그는 동조를 얻으려는 듯이 네흘류도프를 돌아보며 이렇게 말했으나, 그가 아무런 반응도 보이지 않자 호송병을 돌아보았다. 그러나 호송병은 순경의 곤경에는 아랑곳하지 않고 한쪽에 서서 다 떨어진 장화 뒤축만 쳐다볼 뿐이었다.

"법이라고 해서 사람을 죽여도 괜찮다는 말인가?"

사람들 속에서 누군가가 말했다.

"아무리 죄수라고 해도 똑같은 인간이란 말이오."

누군가가 그 말에 대답이라도 하듯 말했다.

"머리를 좀더 들어 주고 물을 먹이시오."

네흘류도프가 말했다.

"물은 가져오도록 시켰습니다."

순경이 힘들게 죄수의 겨드랑이를 붙잡아 들어올리며 말했다.

"왜 이렇게 모여 있는 거야? 돌아가시오! 무엇 때문에 여기 서 있는 거요!"

유난히 깨끗한 흰 제복을 입은 경찰 서장이 빠른 걸음으로 나타나 사람들이 왜 모여 있는지도 모르면서 이렇게 소리쳤다. 그리고 가까이 다가와서 죽어 가는 죄수를 보자, 이런 일이 벌어질 것을 예견했다는 듯이 고개를 끄덕이며 순경을 향해 말했다.

"대체 무슨 일인가?"

순경은 죄수 대열이 지나가던 길에 이 죄수가 쓰러졌으며, 호송 장교는 그대로 내버려 두도록 명령했다고 보고했다.

"그렇다면 하는 수 없지. 경찰서로 데려 가야지. 마차나 불러 와."

"문지기를 보냈습니다."

순경은 경례를 붙이며 말했다.

점원인 듯한 사람이 더위에 대해 뭐라고 하려고 하자 경찰 서장이 매서운 눈으로 쏘아보며 참견하지 말라고 호통을 쳤다. 네흘류도프가 물을 마시게 해야 한다고 하자 경찰 서장은 그를 노려보았으나, 아무 말도 하지는 않았다. 문지기가 컵에 물을 담아 오자, 경찰 서장은 순경에게 물을 먹이라고 명령했다. 순경이 축 늘어진 머리를 들어서 물을 먹이려 했으나 죄수는 물을 마시지 못했다. 물은 턱수염을 타고 흘러 저고리의 앞가슴과 먼지 투성이가 된 삼베 루바시카를 적셨다. 경찰 서장의 명령에 따라 죄수의 머리에 물을 부어 주었으나 죄수는 여전히 몸을 움직이지 못하고 숨을 헐떡거리면서 온몸을 부들부들 떨고 있었다.

경찰 서장이 네흘류도프가 타고 온 마차를 쓰라고 순경에게 말했다.

"손님이 계십니다."

마부는 눈을 내리깔며 무뚝뚝하게 대답했다.

"제 마차입니다. 하지만 쓰도록 하십시오."

네흘류도프가 말하고는 요금은 자기가 지불하겠다고 마부에게 덧붙였다. 마부는 골난 얼굴로 머리를 설레설레 흔들며 호송병을 따라 경찰서로 마차를 돌렸다. 마차에 태운 죄수의 옆에 앉아 있던 순경은 머리가 멋대로 흔들리며 미끄러져 내리려는 죄수의 몸을 연방 바로 앉혔다. 호송병은 마차의 옆으로 걸어가면서 죄수의 다리를 바로 놓아 주었다. 네흘류도프는 그들의 뒤를 따라 걸어갔다.

경찰서에 도착한 죄수는 네 개의 침대가 있는 작고 지저분한 방으로 옮겨졌다. 두 개의 침대에는 정신병자와 결핵 환자가 누워 있었다. 죽어 가는 죄수를 옮겨 온 순경들의 뒤를 이어 경찰 서장과 간호부가 들어왔다. 간호부는 죽어 가는 죄수의 곁으로 다가가서 아직 체온이 남아 있긴 하지만 이미 죽은 것이나 다름없는 죄수의 창백한 주근깨투성이 손을 잡았다가 내려놓았다. 손은 시체의 배 위로 힘없이 떨어졌다.

"늦었습니다."

간호부는 고개를 설레설레 저으면서 이렇게 말하고 나서, 형식적으로 땀에 젖은 더러운 루바시카를 헤치면서 이미 심장의 박동이 멎어 버린 시체의 앙상한 가슴 위에 귀를 대보았다. 모두 입을 다물었다. 간호부는 몸을 일으켜 고개를 저으면서 눈을 크게 뜬 채 움직이지 않는 시퍼런 눈까풀을 만져 보더니, 다른 눈까풀도 만져 보았다.

"어떤가?"

경찰 서장이 물었다.

"시체실로 옮겨야 합니다."

숨이 끊어졌는지 잘 확인해 보라는 경찰 서장의 말에 간호부는 풀어헤쳤던 죄수의 가슴을 덮어 주면서 죄수의 곁에서 물러났다.

"그냥 시체실로 옮겨! 그리고 자네는 사무실로 가서 인수증에 서명을 하고 가게."

경찰 서장은 죄수의 곁을 떠나지 않고 있는 호송병을 향해 덧붙여 말했다.

"알겠습니다."

호송병이 대답했다.

　네흘류도프는 시체가 옮겨 가는 곳으로 쫓아가려고 했으나 경찰 서장의 저지로 어쩔 수 없이 마차로 돌아왔다. 마부는 졸고 있었다. 네흘류도프는 마부를 흔들어 깨워서 다시 정거장으로 향했다. 마차를 타고 가다 그는 총을 멘 또 다른 호송병이 쫓아오는 짐마차와 마주쳤다. 그 짐마차 위에는 숨이 끊어진 것처럼 보이는 다른 죄수가 누워 있었다.

　네흘류도프가 정거장에 도착했을 때 죄수들은 모두 유리창마다 쇠창살이 쳐진 열차에 올라타 있었다. 플랫폼에는 몇몇 전송객들이 서 있었지만 열차에 접근하는 것이 금지되어 있었기 때문에 아무도 다가오지 못하고 있었다. 감옥에서 정거장으로 오는 동안 네흘류도프가 목격한 두 죄수 외에도 세 명이 더 일사병으로 숨을 거두었다. 그 중에서 한 명은 먼젓번의 두 죄수들처럼 가까운 경찰서로 보내졌지만 나머지 두 명은 이곳 정거장에서 사망했다. 호송병들은 시체를 인계해야 하는 것과 그들의 서류와 물건을 관계 기관에 보내는 일 따위의 모든 법적 절차를 처리하느라 바쁘게 움직이고 있었다.

　더운 날씨에 이러한 일들을 처리하느라고 신경을 쓰고 있는 호송병들은 일단 전송객들이 열차로 접근하는 것을 금지하고 있었다. 그러나 네흘류도프는 호송 하사관에게 돈을 건네 주고 열차 쪽으로 가는 허락을 받았다. 뇌물을 받은 호송 하사관은 네흘류도프에게 상관의 눈에 띄지 않도록 얼른 이야기를 하고 돌아가 달라고 당부했다.

　네흘류도프는 열차로 다가갔다. 여덟 칸의 열차는 호송 장교의 칸을 제외하고는 모두 죄수들로 가득 차 있었다. 어느 열차에나 쇠고랑 소리와 싸우는 소리와 무의미한 욕지거리로 소란스러웠다. 그러나 도중에 죽어 간 동료들에 대한 이야기는 없었다. 그들은 배낭과 마실 물과 자리다툼을 하느라고 정신이 없었다. 네흘류도프가 열차 안을 들여다보니 호송병들이 통로 가운데서 죄수들의 수갑을 풀어 주고 있었다. 죄수들이 손을 내밀면 한 호송병은 열쇠로 수갑을 풀어 주고, 다른 호송병은 그 수갑을 걷는 식이었다. 네흘류도프는 여죄수들이 타고 있는 곳으로 다가갔다.

　차창에 얼굴을 대자 땀냄새가 밴 후끈한 열기가 새어 나왔고, 높은 목소리로 떠들어 대는 여죄수들의 소리가 들려 왔다. 네흘류도프가 차창 안을 들여다보니 죄수복을 입은 벌겋게 그을고 땀투성이의 여죄수들이 서로 떠들어 대고 있었다. 그가 쇠창살에 얼굴을 들이대자 여죄수들이 일시에 그를 쳐다보았다. 머릿수건을 풀고 상의를 걸친 마슬로바는 반대편 창가에 앉아 있었다. 네흘류도프를 알아본 페도샤가 마슬로바를 툭툭 치며 손가락으로 창문을 가리켰다. 마슬로바는 자리에서 벌떡 일어나 검은 머리를 수건으로 싸더니, 상기되어 빨갛게 달아오른 땀투성이의 얼굴에 미소를 띠며 네흘류도프 쪽으로 다가와 쇠창살을 붙잡았다.

"참 더운 날이죠?"

마슬로바는 기쁜 미소를 지으면서 네흘류도프에게 말했다.

"물건은 받아 보았소?"

"네. 고마워요."

"더 필요한 것은 없소?"

네흘류도프가 열차 안의 뜨거운 열기를 받으면서 물었다.

"없어요. 정말 고마워요."

"마실 것이 있으면 좋겠는데요."

옆에 있던 페도샤가 수줍게 말했다.

"그래요. 뭐 좀 마셨으면 좋겠어요."

마슬로바가 따라서 말했다.

"그럼 물도 없단 말이오?

"있었는데 동이 나버렸어요."

"조금만 기다려 봐요. 니즈니로 떠나기 전에 호송병한테 말해 볼 테니."

"그럼 정말로 당신도 가실 거예요?"

마슬로바는 마치 그 사실을 몰랐었다는 듯이 기쁨이 넘치는 시선으로 네흘류도프를 쳐다보았다.

"다음 기차로 떠날 셈이오."

마슬로바는 한동안 잠자코 있더니 깊은 한숨을 내쉬었다.

"그런데 나리, 죄수들이 열두 명이나 죽었다는데, 그게 사실입니까?"

갑자기 나타난 콜라브료바가 탁한 목소리로 네흘류도프에게 물었다.

"열두 명인지는 잘 모르겠는데, 두 명은 내 눈으로 직접 목격했소."

네흘류도프가 말했다.

"열두 명이 일사병으로 죽었다고 하더군요. 그런 짓을 저지르고도 하늘이 무섭지 않은지, 악마 같은 놈들!"

"그런데 여기 있는 사람들은 모두 괜찮은가요?"

네흘류도프가 물었다.

"여자들이 더 강한 법이랍니다. 그런데 한 여자가 애를 낳으려고 진통을 시작했어요."

키가 작은 여죄수가 줄곧 신음소리가 들려 오는 옆 칸을 가리키며 말했다.

"참, 당신이 해 주실 일이 있어요. 그녀를 여기에 남게 해 주시겠어요? 너무나 괴로워하고 있거든요. 제발 장교한테 말씀 좀 드려 주세요."

마슬로바가 다정한 표정을 억누르면서 말했다.

"알겠소. 한번 부탁해 보리다."

"그리고 페도샤를 남편 타라스와 만나게 해 주세요. 그 사람도 당신과 함께 떠나잖아요."

그녀는 미소짓고 있는 페도샤를 눈으로 가리키며 덧붙여 말했다.

"여보시오, 대화는 금지되어 있습니다."

한 호송병이 네흘류도프에게 다가오며 소리쳤다.

네흘류도프는 차창에서 물러나 호송 장교를 찾아보았다. 임신한 여죄수와 타라스에 관한 일을 부탁하기 위해서였다. 그러나 호송 장교는 눈에 띄지 않았다. 네흘류도프는 호송병한테 부탁해 보았지만 열차가 떠나기 전에 처리할 문제들로 복잡한 그들은 그의 말을 귀담아 들으려고도 하지 않았다.

두 번째 기적이 울린 뒤에야 겨우 네흘류도프는 호송 장교를 발견할 수 있었다.

"무슨 특별한 일이라도 있습니까?"

그는 자기에게 다가오는 네흘류도프에게 무뚝뚝하게 물었다.

"열차에는 임신한 여자가 타고 있습니다. 제 생각으로는 당신이……"

"그냥 내버려 두십시오. 어떻게 되겠죠."

호송 장교는 네흘류도프의 말이 끝나기도 전에 자기가 탈 찻간으로 걸어가면서 말했다. 그때 손에 호각을 든 차장이 지나가고, 곧이어 마지막 기적소리와 호각소리가 들려 왔다. 플랫폼에 나와 있던 전송객들과 여죄수들을 태운 열차 안에서 울음소리가 터져 나왔다. 네흘류도프는 타라스와 함께 플랫폼에 서서 꼬리를 물고 움직이기 시작하는 쇠창살이 달린 열차를 바라보았다. 다른 여죄수들과 함께 열차의 차창을 내다보고 있던 마슬로바가 네흘류도프를 바라보며 애처로운 미소를 짓고 있었다.

네흘류도프가 탈 여객 열차는 두 시간 후에 출발할 예정이었다. 네흘류도프는 그 동안 누나를 만나 볼까 생각해 보았지만 너무 지친 나머지 몸을 움직이는 것이 벅차게 느껴졌다. 그는 그곳에서 열차를 기다려야겠다고 생각했다. 일등 대합실의 긴 의자에 앉아 네흘류도프는 자기도 모르는 사이에 옆으로 누워 볼 밑에 손을 괸 채 깊은 잠에 빠져 들었다. 얼마가 지났을까 연미복 가슴에 배지를 달고 냅킨을 받쳐 든 급사가 그를 조심스럽게 깨웠다.

"여보세요, 여보세요! 네흘류도프 공작님이시지요? 어떤 부인께서 찾고 계십니다."

깜짝 놀라 눈을 뜬 네흘류도프는 주위를 돌아보며 자기가 지금 어디에 있는지 또 오늘 아침부터 무슨 일이 벌어졌는지 생각해 내려고 했다. 죄수들의 행진과 시체와 쇠창살이 쳐진 열차와 거기에 갇힌 죄수들과 산기로 괴로워하고 있는 한 여죄수와 쇠창살 속에서 애처로운 미소를 짓던 마슬로바의 얼굴이 스쳐 갔다. 그러나 그의 눈앞에는 술병과 꽃병과 촛대와 식기가 놓여 있는 식탁이 있었고, 그 옆에서는 급사들이 재빠르게 돌아다니고 있었다.

네흘류도프는 정신을 차리고 주변을 둘러보았다. 그때 문 쪽에서 낯익은 여인이 사방을 살피면서 식당으로 들어오고 있었다. 그녀는 바로 나탈리아 이바노브나였다. 네흘류도프를 발견한 나탈리아 이바노브나는 아그라페나 페트로브나를 거느린 채 동생 쪽으로 걸음을 옮겼다.

"드디어 너를 찾아냈구나!"

나탈리아 이바노브나가 말했다.

"만나게 돼서 정말 기쁩니다."

네흘류도프가 말했다.

"벌써 오래 전에 왔단다. 아그라페나 페트로브나와 함께 말이야."

그녀는 아그라페나 페트로브나를 가리키며 말했다. 레인코트와 모자를 쓰고 있는 아그라페나 페트로브나는 그들에게 방해가 되지 않으려고 멀찌감치 서서 부끄러운 듯이 인사를 했다.

"여기저기 너를 찾아다녔단다."

"여기서 그만 잠이 들고 말았지 뭐예요. 만나서 정말 기쁩니다. 그렇지 않아도 누님한테 편지를 쓸까 했어요."

네흘류도프는 누나를 만난 것이 정말 기쁘다고 반복해서 말했다.

"그게 사실이니?"

그녀는 놀라면서 말했다. 네흘류도프는 누군가의 짐과 여행용 모포와 종이 상자 따위가 놓여 있는 창가의 우단 소파에 누나와 함께 앉았다.

"어제 집에 와서 금방 후회했어요. 누님을 찾아가 사과를 드리고 싶었지만 매형이 어떻게 생각할지 몰라서…… 매형한테 좋지 않은 이야기를 한 것이 마음에 걸렸어요."

네흘류도프가 말했다.

"알고 있다. 너도 그럴 생각이 아니었던 것을 나도 알아. 너도 알고 있겠지만……"

그렇게 말을 하는 동안 나탈리아 이바노브나의 눈에 눈물이 괴었다. 그녀는 동생의 손을 잡았다. 그는 누나가 하려는 말을 충분히 이해할 수 있었다. 그녀는 남편의 사랑도 중요하지만 동생에 대한 그녀의 사랑도 소중한 것이므로 그들 사이에 벌어지는 사소한 말다툼도 그녀에게는 커다란 고통을 안겨 준다고 말하고 싶었던 것이었다. 그는 그러한 그녀의 사랑에 깊이 감동했다.

"감사합니다, 감사합니다……. 그런데 저는 오늘 말이에요…… 두 죄수가 피살되는 것을 목격했어요."

그는 갑자기 두 번째 죄수의 시체를 생각하면서 말했다.

"어떻게 피살됐는데?"

"그들은 이 더위에 끌려 나가다가 피살된 것이지요. 일사병으로 두 명이 숨졌으니까요."

"아니, 그럴 수가! 어떻게? 오늘 말이냐?"

"네, 방금요. 저는 그 시체들을 보았습니다."

"어머나, 그런 일이!"

아그라페나 페트로브나가 그들 곁으로 다가오면서 말했다.

"그래요. 우리는 그런 불행한 사람들이 어떻게 취급되고 있는지 알아두어야만 해요."

네흘류도프가 침울하게 말했다.

"그런데 넌 앞으로 어떻게 할 작정이냐?"

나탈리아 이바노브나가 말을 이었다.

"무엇이든지 다 하겠어요. 무슨 일을 해야 할지는 모르겠지만 어쨌든 무엇이든 해야 한다고 느끼고 있습니다. 제가 할 수 있는 일이라면 무엇이든 할 작정입니다."

"그래, 그래, 알겠다. 그러면 코르차킨 공작 영양과의 일도 완전히 끝난 거냐?"

나탈리아 이바노브나가 조심스럽게 물었다.

"네, 완전히 끝났어요. 그리고 양쪽 다 미련은 남아 있지 않다고 생각합니다."

"저런, 가슴 아픈 일이로구나. 나는 그녀가 좋았었는데……. 하지만 일이 그렇게 되었다면 할 수 없지. 그런데 너는 무엇 때문에 자신을 속박하려 하는 거지? 무엇 때문에 떠나려는 거냐고?"

"그렇게 해야만 하기 때문에 떠나려는 겁니다."

그 얘기는 더 이상 하고 싶지 않다는 듯이 네흘류도프는 진지하고 냉정한 태도로 말했다. 그러나 네흘류도프는 곧 누나에게 냉정한 태도를 보인 것이 미안해서 자신의 모든 생각을 말해야겠다고 생각했다.

"누님은 제가 카추샤와 결혼하는 것을 걱정하고 계시죠? 하지만 전 그 일을 실행하기로 결심했습니다. 물론 그녀는 강경하게 거절하고 있지요. 그녀는 제 희생을 원치 않을 뿐만 아니라, 그런 처지에 놓인 그녀 자신이 오히려 많은 희생을 하고 있습니다. 어쨌든 저는 그녀가 가는 곳이라면 어디라도 따라가서 다소나마 그녀를 돕고 운명의 짐을 덜어 줄 작정입니다."

네흘류도프는 격정에 겨워 떨리는 음성으로 자신의 결심을 다시 한 번 이야기했다. 나탈리아 이바노브나는 그의 말을 듣고 아무 말도 하지 못했다. 아그라페나 페트로브나는 이해가 가지 않는다는 듯이 나탈리아 이바노브나의 안색을 살피며 머리를 흔들었다.

열차를 탈 시간이 가까워지자 네흘류도프는 그들과 함께 플랫폼으로 나왔다. 네흘류도프는 짐을 나르는 인부와 자기 배낭을 멘 타라스와 함께 왼쪽으로 걸어갔다.

"이 사람은 제 친구입니다."

네흘류도프는 언젠가 누이한테 이야기한 적이 있는 타라스를 가리키며 말했다.

"정말 삼등차를 탈 거냐?"

네흘류도프가 삼등차 앞에서 걸음을 멈추고 짐을 나르는 인부와 타라스와 함께 열차에 올라타자 나탈리아 이바노브나가 물었다.

"그렇게 하는 것이 훨씬 마음이 가벼워요. 타라스도 함께 있고요."

네흘류도프가 웃으면서 말했다.

"그리고…… 쿠즈민스코예에 있는 토지는 아직 농민들한테 나누어 주지 않았으니, 제가 죽게 되면 조카들이 상속받게 될 겁니다."

네흘류도프가 덧붙였다.

"드미트리, 그만 해라."

나탈리아 이바노브나가 말했다.

"만일 토지를 나누어 준다고 해도 이것만은 말씀드릴 수 있습니다. 토지를 제외한 나머지 모든 재산은 아이들 소유가 될 겁니다. 아마 저는 결혼을 하지 못하게 될 테니까요. 그리고 결혼을 한다손 치더라도 아이는 생기지 않을 테니 말입니다. 그래서……."

"드미트리, 제발 그런 말은 그만해라."

나탈리아 이바노브나는 이렇게 말하고 있지만, 네흘류도프는 누나가 내심 반가워하고 있다는 것을 눈치 채고 있었다.

네흘류도프는 햇볕에 달아올라 무덥고 고약한 냄새가 물씬 풍기는 열차 안으로 들어갔다가 나탈리아 이바노브나와 작별하기 위해 곧 승강구로 나왔다. 나탈리아 이바노브나는 동생에게 무슨 말인가를 하려고 애쓰는 것 같았으나 아무 말도 하지 못하고 있었다. 그녀는 편지하라는 말조차 하지 못했다. 이미 오래 전에 여행자들의 상투적인 그 인사말을 두 남매가 함께 비웃은 적이 있다는 것을 기억하고 있었기 때문이었다. 그리고 재산 문제와 상속에 관한 몇 마디 대화가 두 사람 사이에 생기기 시작한 정다운 남매 관계를 한꺼번에 깨뜨려 버렸던 것이다.

하루 종일 햇볕을 받은데다가 승객들로 가득 찬 삼등차 안은 뜨거운 열기로 숨이 막힐 정도였다. 네흘류도프는 안으로 들어가지 않고 승강구에 남아 있었다. 그러나 숨이 막히기는 그곳도 마찬가지였다. 열차가 거리를 벗어나 샛바람이 불어오자 네흘류도프는 비로소 가슴 가득히 숨을 내쉴 수 있었다.

네흘류도프는 그곳에 기대 앉아서 오늘 목격한 죄수들의 죽음에 대해 생각해 보았다. 그리고 누나에게 말했던 것처럼 정말 그들은 살해된 것이 틀림없다고 생각했다. 그러나 그렇게 그들을 살해해 놓고도 아무도 그들을 살해했다고 생각하지 않을 것이다. 그들을 죽음으로 내몬 모든 사람들은 그저 관례대로, 혹은 명령대로 이행했을 뿐이었던 것이다. 그런 일이 발생하는 원인은 모두 지사라든가, 소장이라든가, 경찰 서장이라든가, 순경들이 인간에 대해 반드시 인간적인 태도를 취하지 않아도 좋은 경우가 세상에 존재한다고 여기기 때문이다. 단 한 시간만이라도 그리고 어떤 특수한 경우에라도 인간애보다 더 중요한 것은 아무것도 없다는 것을 인식하게 된다면, 다른 사람들에게 죄를 짓고서도 자신에게는 죄가 없다고 생각할 수는 없을 것이고, 오늘처럼 이렇게 어이없이 사람이 죽는 일도 없을 것이라고 그는 생각했다.

네흘류도프가 이렇게 생각에 잠겨 있는 동안 서쪽 지평선에서부터 뭉게뭉게 잿빛 구름이 피어 오르더니 어느 새 하늘을 뒤덮어 버렸다. 가까운 곳에서 비가 내리는 듯했다. 눅눅한 공기가 몰려오고 이따금씩 구름 사이로 번개가 번쩍였으며, 기적소리와 천둥소리가 점점 더 요란하게 어우러졌다. 그러더니 승강구와 네흘류도프의 코트 위에 빗방울들이 떨어지기 시작했다. 그는 자리를 옮겨서 눅눅하고 신선한 공기와 오랫동안 비를 기다리던 대지의 곡식 냄새를 맡으며, 기차 옆을 질주하는 들과 숲과 들판이 생기를 얻어 가는 모습을 바라보았다.

네흘류도프의 자리가 있는 칸은 승객들이 반쯤 차 있었다. 거기에는 하인, 기술자, 공장 노동자, 백정, 유태인, 점원, 아낙네들과 군인, 귀부인인 듯한 젊은 여자와 손목에 팔찌를 낀 중년 부인, 그리고 모표가 붙은 검은 모자를 눌러쓴 준엄한 표정의 신사가 타고 있었다. 이들은 모두 자리를 잡아서 안심이 된다는 듯이 넉넉한 표정으로 해바라기 씨를 까먹거나, 담배를 피우거나, 옆자리에 앉은 사람과 대화를 나누면서 앉아 있었다.

타라스는 행복한 얼굴로 통로 오른쪽에 앉아서 맞은편에 앉은, 단추가 떨어진 나사 코트를 입은 체격이 당당한 사내와 활달하게 이야기를 주고받고 있었다. 타라스가 있는 곳까지 가는 도중에 네흘류도프는 농민복을 입은 젊은 여자와 대화를 나누고 있는, 무명 코트를 입고 흰 수염을 기른 풍채가 훌륭한 노인 옆의 통로에서 걸음을 멈추었다. 네흘류도프를 보자 노인은 혼자 앉아 있던 반들반들한 의자에서 옷자락을 당기며 친절하게 자리를 권했다.

"이리 앉으시죠."

네흘류도프는 감사하다는 말을 한 다음 그 자리에 앉았다. 네흘류도프가 자리에 앉자마자, 그 여자는 중단된 이야기를 계속했다. 그녀는 도회지에서 일하는 남편을 만나고 지금 돌아가는 길이라고 이야기하던 중이었다.

"사육제 때에도 갔었지만, 하나님의 은혜로 이번에도 다녀오게 됐어요. 하나님께서는 크리스마스 때에도 다녀오도록 허락하실 거예요."

여자가 말했다.

"좋은 일이야. 도시에서 생활하는 젊은 사내들은 엉뚱한 길로 빠지기 쉬우니 가끔 다녀와야 해."

노인이 네흘류도프를 바라보면서 말했다.

"아니에요, 할아버지. 저희 남편은 그런 사람이 아니에요. 참 착실한 사람이에요. 번 돈은 한푼도 쓰지 않고 모두 집으로 보낸답니다. 이 아이가 기뻐하는 것만 보면 너무 좋아서 아무 말도 못 해요."

그녀는 미소를 지으면서 말했다. 새옷을 입고 다리를 흔들며 앉아 해바라기 씨를 뱉으며 어머니의 이야기를 듣고 있던 계집아이는 그 말을 증명하기라도 하듯 침착하고 총명한 눈을 굴리며 노인과 네흘류도프의 얼굴을 쳐다보았다.

"야무진 사람이로군. 그렇다면 더욱 잘된 일이지. 그런데 저런 것은 안 마시나?"

노인은 통로 건너편에 앉아 있는 공장 노동자인 듯한 부부를 눈으로 가리키며 덧붙였다. 남편은 고개를 젖히고 보드카를 마시고 있었으며, 그 아내는 술병을 꺼낸 배낭을 손으로 붙잡은 채 남편을 주시하고 있었다.

"아니에요. 저희 남편은 술도 마실 줄 모르고 담배도 피우지 않아요. 할아버지, 그런 사람도 드물어요. 정말이지 그이는……."

여자는 네흘류도프를 돌아보며 다시 한번 남편 자랑을 할 수 있는 기회를 놓치지 않고 말했다.

"참 다행이야."

노인은 술을 마시는 공장 노동자를 바라보며 되풀이해서 말했다. 공장 노동자는 술을 몇 모금 마시더니 술병을 아내에게 내밀었다. 그 아내는 술병을 받자, 미소를 지으며 그것을 입으로 가져갔다. 그런데 네흘류도프와 노인의 시선을 의식한 공장 노동자는 그들을 향해 고개를 돌렸다.

"뭐가 잘못됐습니까, 나리? 우리는 술을 마시면 안 되나요? 우리가 일할 때는 거들떠보지도 않다가 술을 마시니까 모두 쳐다보는군. 일을 해서 번 돈으로 술을 마시는 건데 뭐가 잘못됐나요?"

"네, 그렇군요."

네흘류도프는 뭐라고 대답해야 좋을지 몰라서 망설이며 말했다.

"제 말이 옳지 않습니까, 나리? 제 마누라는 억척 같은 여자랍니다! 저는 이 마누라한테 만족하고 있습니다. 그렇지 않아, 마브라?"

"쓸데없는 얘기는 그만 하고 술이나 드세요. 전 그만 마실래요."

그의 아내가 그에게 술병을 건네며 말했다. 그러더니 미소를 지으면서 취한 듯이 손을 흔들었다. 술병을 받아든 공장 노동자도 한 모금 더 마시더니 취기가 도는지 그들을 향해 사람 좋은 미소를 짓고는 아내의 무릎에 누워 잠을 청했다.

네흘류도프가 잠시 앉아 있는 동안, 난로쟁이로 53년이나 일했다는 노인은 자기 신세 타령을 늘어놓기 시작했다. 그는 이제 그 일에서 손을 떼고 쉬고 싶지만, 그럴 만한 여유가 없다고 했다. 그는 도시로 가서 자식들의 일자리를 마련해 주고 지금은 가족들을 돌보기 위해 시골로 내려가는 길이라고 말했다.

네흘류도프는 노인의 이야기를 듣고 나서 자리에서 일어나 타라스의 옆자리로 갔다.

"비좁으시더라도 좀 참으셔야겠습니다."

언제나 벙글벙글 웃고 있는 타라스는 무거운 자기 배낭을 마치 새털 다루듯이 가볍게 창가로 옮겨 놓으며 선량하고 상냥한 표정을 지으며 말했다.

자신은 말이 없는 편이지만 술을 입에 대기만 하면 말 보따리가 터져서 무슨 이야기든지 다 하게 된다고 타라스가 말했다. 사실 타라스는 평상시에는 거의 입을 열지 않았다. 그러나 드문 경우이긴 하지만, 특별한 경우 술을 마시고 나면 그는 몹시 즐겁게 떠들어 댔다. 그런 때는 매우 솔직하고 진지한 자세로, 선량한 파란 눈을 반짝이면서 입가에는 상냥한 미소를 띠고 재미있는 이야기를 한없이 늘어놓는 것이었다.

그런데 지금이 바로 그런 때였다. 그는 네흘류도프를 맞느라고 잠시 중단했던 이야기를 계속했다. 그는 노동자다운 억센 두 손을 무릎 위에 올려 놓고 정원사의 눈을 들여다보면서 자기 아내가 유형을 가게 된 내력과 그녀를 따라서 시베리아로 가고 있다는 사실을 새로운 친구에게 솔직하게 털어놓고 있었다.

네흘류도프는 그 사연을 자세하게 들은 적이 없기 때문에 관심을 가지고 귀를 기울였다. 그때 타라스는 독살 사건이 이미 끝나고 그것이 페도샤의 소행이라는 사실을 가족들이 알게 되었다는 이야기를 하던 중이었다.

"이건 저로선 슬픈 이야기입니다."

타라스는 우호적인 태도로 네흘류도프를 바라보면서 말했다.

"정말 그렇군."

네흘류도프가 말했다.

"그렇게 해서 모든 사실이 발각되었지요. 어머니께서는 독이 든 떡을 가지고 경찰서로 가겠다고 하셨습니다. 하지만 사리가 밝으신 아버님은 며느리가 아직 어린애라 자기가 무슨 짓을 저질렀는지도 모르고 있으니 가엾게 여기고 그냥 넘어가자고 하셨지요. 그렇지만 어머님은 그 말씀을 듣지 않으셨어요. 그만 경찰서로 달려가시는 바람에 순경이 오고, 증인을 소환하는 소동이 벌어졌답니다."

"그래 당신은 어떻게 됐습니까?

정원사가 물었다.

"저는 복통으로 이리저리 뒹굴며 토해 댔지요. 내장이 모두 끊어지는 것 같아서 아무 말도 못 했습니다. 그러는 사이 페도샤는 경찰서에 잡혀 갔지요. 처음부터 모든 사실을 시인했듯이 그녀는 모든 것을 순순히 자백 했답니다. 저하고 사느니 차라리 시베리아로 유형을 가는 게 나을 것 같아 그렇게 했다고 했습니다. 그렇게 모든 걸 사실대로 털어놓았으니 구속되는 것은 기정 사실 아니겠어요? 그때 마침 농번기가 다가왔는데, 집안에 여자라곤 어머님밖에 안 계셨고, 더구나 어머님마저 건강이 좋지 않으셨어요. 그래서 보석으로 꺼낼 궁리를 했죠. 아버님께서 어떤 관리를 찾아가셨지만 아무 소용이 없었어요. 다시 다른 관리를 찾아가셨지만 마찬가지였습니다. 이런 식으로 다섯 명의 관리를 찾아다니셨지만, 헛수고만 하신 거예요. 이리저리 찾아다니는 일도 이젠 포기하려던 차에 마침 어떤 서기를 알게 되었는데, 5루블만 내면 풀어 주겠다는 거였죠. 결국 3루블로 합의가 이루어졌습니다. 저는 아내의 옷을 저당잡혀서 그 돈을 주었죠. 그랬더니 그 사람이 어떤 서류를 써 주더군요. 즉석에서 모든 일이 해결된 겁니다. 저는 그녀를 데려 오기 위해서 시내로 갔습니다. 시내에 도착하자 저는 곧 여관에 말을 맡겨 두고 서류를 가지고 감옥으로 갔습니다. 그리고 아내가 풀려났지요. 우리는 여관에 들러서 계산을 마친 다음, 말을 마차에 매고 준비된 건초는 모두 망태에 쑤셔 넣었습니다. 그녀는 수건을 뒤집어쓴 채 올라탔습니다. 마차가 달리기 시작했습니다. 그러나 그녀는 물론 저도 아무 말을 하지 못했습니다. 집에 거의 당도할 무렵, 그녀는 어머님께서는 안녕하시냐고 묻더군요. 저는 그렇다고 대답했습니다. 또 아버님께서는 안녕하시냐고 묻더군요. 물론 그렇다고 대답했지요. 그랬더니 자기가 어리석어 무슨 짓을 저질렀는지도 모르고 있었다면서 용서해 달라고 하더군요. 저는 아내에게 오래 전부터 용서했으니 너무 걱정하지 말라고 말해 주었죠. 집에 당도하자 아내는 곧 어머님의 발 밑에 무릎을 꿇고 용서를 빌었어요. 어머님께서는 하나님께서도 용서하실 거라고 말씀하셨어요. 아버님께서도 반겨 주시면서 지난 일은 잊고 열심히 살라고 하셨습니다. 그리고 풍년이 들어 추수할 것이 많으니 바쁘게 일해야 한다고 하셨습니다. 아내는 그때부터 일손을 거들기 시작했습니다. 정말 깜짝 놀랄 만큼 열심히 일을 했답니다. 그때는 하나님의 은총으로 보리나 귀리가 좀처럼 볼 수 없는 풍작을 이루었습니다. 제가 베어 놓으면 아내가 보릿단을 묶고 또 어떤 때는 둘이 함께 베기도 했지요. 저도 일이라면 꽤나 솜씨 있는 편이었지만, 아내는 더 뛰어나서 무슨 일이든지 척척 해치우는 것이었습니다. 젊고 재빠른 아내는 한창나이였거든요. 아무튼 너무 열심히 일을 했기 때문에 제가 말릴 정도였답니다. 집에 돌아오면 손가락이 붓고 팔이 저리기 때문에 휴식을 취해야 할 텐데도 아내는 저녁식사도 하지 않은 채 헛간으로 달려가서 아침에 쓸 새끼를 꼬는 것이었어요. 엄청나게 달라진 거지요!"

"그래, 당신한테도 잘해 주던가요?"

정원사가 물었다.

"두말 할 나위 없이 우리 둘은 애정을 느끼게 됐죠. 제가 생각한 것은 뭐든지 다 알아듣거든요. 그토록 화를 내시던 어머님께서도 칭찬을 하셨지요. 어느 날 저는 함께 추수를 하러 가다가 짐마차의 마부석에 앉아서 페도샤에게 아직도 나를 죽이고 싶냐고 물어 보았죠. 그랬더니 페도샤는 지금은 정말로 저를 사랑하고 있다고 말하더군요. …… 그런데 어느 날 추수를 끝내고 삼베를 물에 담그러 집에 돌아와 보니…… 뜻밖에도 소환장이 와 있더군요. 그때 저희는 왜 재판을 받아야 하는지조차도 까맣게 잊고 있었답니다."

타라스가 기가 죽어서 말했다.

"악마의 소행이라고 할 수밖에 없겠군. 그렇지 않고서야 어떻게 사람이 사람을 죽이려 들겠소? 우리 마을에 살던 어떤 사람 하나도……."

정원사가 막 이야기를 꺼내려고 했을 때 기차가 서서히 멈추기 시작했다.

"역이로군. 한잔 마시러 갑시다."

이야기를 중단하고 그들은 열차에서 내렸다.

바로 그때 어디선지 양털 반코트에 짚신을 신고 배낭을 멘 노동자들이 플랫폼에 나타났다. 노동자들은 경쾌한 걸음으로 첫 번째 차량으로 뚜벅뚜벅 걸어가서 올라타려고 했으나 곧 차장에게 쫓겨나고 말았다. 노동자들은 서로 발을 밟을 정도로 급히 서둘러 다음 차량으로 다가가서 차의 모서리와 문에 배낭을 부딪치면서 올라타기 시작했다. 그러나 역의 입구에서 그들의 움직임을 주시하고 있던 다른 차장이 큰 소리로 야단을 치는 바람에 급히 그 칸을 나와 그 다음 칸으로 몰려갔다. 그곳은 네흘류도프의 자리가 있는 칸이었다. 그러나 차장이 다시 그들을 막았다. 그들은 앞으로 더 나아갈 생각으로 걸음을 멈추었다.

네흘류도프는 그들에게 그 찻간에 자리가 많이 비어 있으니 들어가라고 일러 주었다. 그들은 네흘류도프의 말에 따랐다. 네흘류도프도 그들의 뒤를 따라갔다. 노동자들은 자리를 잡기 시작했다. 그러나 모표를 단 모자를 쓴 신사와 두 부인이 화를 내며 그들을 내쫓기 시작했다. 늙은이, 젊은이 할 것 없이 한결같이 햇볕에 까맣게 그을리고 깡마른 20명 정도의 노동자들은 아마 자기들이 잘못했다고 생각했는지 다시 의자와 벽과 문에 배낭을 부딪치면서 그 찻간을 지나 앞으로 걸어갔다.

"어디로 가는 거냐, 이 녀석들아! 여기 앉도록 해."

그들과 마주친 차장이 소리를 질렀다.

노동자들은 큰 위기를 넘긴 인간의 기쁨과 평온함을 맛보면서 걸음을 멈추어 저마다 자리를 잡고 무거운 배낭을 내려 의자 밑에 밀어 넣었다.

타라스와 대화를 나누던 정원사가 자기 자리로 되돌아갔으므로 타라스의 옆과 앞의 비어 있는 자리에 세 사람이 앉았다. 그러나 그들은 네흘류도프가 다가오자, 그의 귀족티가 나는 외모에 당황해하며 자리에서 일어나 물러가려고 했다. 그러나 네흘류도프는 그들에게 그대로 앉아 있으라고 하고 자기는 통로 옆의 손잡이 나무 위에 걸터앉았다.

그들 중에 쉰 살 가량 먹어 보이는 사람이 놀란 표정으로 젊은 노동자들을 마주보았다. 그는 네흘류도프가 보통 신사들처럼 욕을 퍼부으며 내쫓지 않고 오히려 자리를 양보해 준 것에 당황하고 놀랐던 것이다. 그는 혹시 뭐가 잘못된 것이 아닐까 하고 의아하게 생각했지만 네흘류도프가 아무 스스럼 없이 타라스와 대화를 나누고 있는 것을 보고 곧 안심하는 표정을 지었다. 그는 젊은 노동자를 배낭 위에 앉게 한 다음, 네흘류도프에게 자기 자리에 앉으라고 권했다. 그래서 네흘류도프의 맞은편에 앉게 된 그는 몸을 움츠린 채 신사의 몸에 닿지 않도록 주의를 기울이고 있었다. 하지만 얼마 안 가서 네흘류도프나 타라스와 호의적인 대화를 나누게 되었을 뿐만 아니라, 이야기를 하다가 그의 특별한 관심을 끌고 싶은 대목에 이르면, 손바닥으로 네흘류도프의 무릎을 칠 정도까지 되었다. 그는 자기 신세 타령이며 이탄(泥炭) 지대에서의 노동에 관해 이야기했다. 그는 그곳에서 두 달 반 동안 일하고 집으로 돌아가는 길인데, 고용 당시 노임의 일부를 미리 받았기 때문에 집에 있는 동생들한테는 각각 10루블씩밖에 보내지 못했다고 말했다. 그는 물이 무릎까지 차는 곳에서 해가 떠서질 때까지 약간의 점심 시간을 제외하고 계속 일을 했었다고 했다.

"일이 손에 익지 않은 사람들은 정말 고통스럽답니다. 그렇지만 견디다 보면 아무것도 아니죠. 하지만 식사는 형편없었어요. 처음 얼마 동안은 너무나 형편없는 음식이 나오기에 모두 불평을 했지요. 그랬더니 곧 음식이 좋아져서 일하기도 한결 쉬워졌지요."

그리고 그는 벌써 28년 동안 막노동을 하고 있는데, 벌어들인 돈은 몽땅 집에 보낸다고 말했다. 처음에는 아버지한테, 다음은 형한테, 그리고 지금은 집안을 돌보는 조카한테 돈을 부쳐 주고, 자기는 1년 동안 벌어들인 5, 60루블 가운데서 담배와 성냥을 사는 데 겨우 2~3루블 정도를 쓰고 있다는 것이었다.

"나쁜 일인 줄은 알지만, 온몸이 녹초가 되면 보드카를 한잔 마시기도 하지요."

그는 죄책감을 느끼는 듯한 미소를 지으며 덧붙여 말했다. 그 밖에도 그는 집에서는 남자들 대신에 여자들이 집안일을 도맡아 하고 있다는 이야기와 오늘 그들이 떠나기 전에 청부업자가 보드카를 반 통이나 사 주었다는 이야기, 동료 한 사람이 죽은 이야기, 다른 한 동료가 병에 걸린 채 집으로 돌아가고 있다는 이야기를 했다. 네흘류도프는 그에게 병에 걸린 동료에게 키니네를 사 주라고 약명을 종이에 써 주었다. 네흘류도프는 돈을 주려 했으나 그는 자기가 사 주겠다고 말했다.

"제가 여러 군데 돌아다녔지만 나리 같으신 분은 뵙지 못했습니다. 야단을 치시기는커녕 오히려 자리까지 양보해 주시니 말입니다. 나리들도 온갖 분이 다 계시는군요."

그는 타라스 쪽으로 고개를 돌리며 말했다.

네흘류도프는 그의 거칠고 뼈가 앙상하게 드러난 팔다리와 허름한 옷과 햇볕에 그을리고 피로해 보이지만 상냥한 얼굴을 바라보았다. 그리고 그의 얘기를 들으면서 인간 생활에서 노동의 진정한 흥미와 기쁨과 고통을 맛보고 있는 새로운 세계의 사람들 속에 자기가 섞여 있음을 느꼈다. 그것은 정말 완전히 새롭고 다른 세계였다.

그는 새롭고 아름다운 미지의 세계를 발견한 여행자의 기쁨을 만끽하고 있었다.

제3부

마슬로바를 포함한 죄수 일행은 모스크바에서 약 5000킬로미터나 떨어져 있는 조그만 도시 페르미까지 왔다. 네홀류도프는 보고두호프스카야의 충고에 따라 마슬로바를 정치범들 쪽으로 옮겨 주었다.

마슬로바는 페르미까지 오는 동안 육체적으로나 정신적으로 매우 심한 고통을 받았다. 육체적으로는 비좁고 불결한데다가 이나 벼룩에 시달려야 했으며, 정신적으로는 짓궂은 사내들의 등쌀을 이겨 내야 했다. 여죄수들과 남죄수들이나 간수, 호송병들 사이에서 난잡한 행위가 일어나는 것은 하나의 관습처럼 되어 있었으므로 자기를 지키고 싶은 모든 여죄수들, 특히 젊은 여죄수들은 경계를 게을리해서는 안 됐다. 오랜 시간 동안 계속 공포심을 갖고 저항을 하는 일은 정말 고통스러운 것이었다. 마슬로바는 뛰어난 용모와 공공연하게 알려진 전력 때문에 더욱 그들의 습격을 받아야 했다. 그녀가 귀찮게 집적거리는 남자들을 단호히 거절하면 그들은 모욕을 당했다고 생각하면서 그녀를 증오하기까지 했다. 이러한 상황 속에서 페도샤와 타라스가 가까이 있는 것은 다소나마 도움이 되었다. 타라스는 자기 아내가 습격을 받았다는 사실을 알고는 아내를 보호하기 위해서 일부러 체포되어 죄수의 한 사람으로서 그들과 함께 이송되고 있었다.

정치범 쪽으로 옮기면서 마슬로바의 생활은 여러 면에서 개선되었다. 정치범들은 잠자리나 식사에서도 훨씬 나은 대접을 받았고, 또 거칠게 다

뤄지는 일도 적었다. 게다가 남자들도 귀찮게 쫓아다니지 않아 지워 버리고 싶은 과거를 잊고 지낼 수 있었다. 그리고 무엇보다도 커다란 수확은 유익하고 결정적인 감화를 준 사람들을 많이 알게 되었다는 사실이었다.

마슬로바는 숙박은 정치범들과 함께 할 수 있었지만 건강한 죄수였으므로 이동은 형사범들과 함께 걸어서 해야 했다. 그런데 걸어서 이동하는 사람들 중에는 두 명의 정치범도 끼여 있었다. 한 사람은 양순한 눈을 가진 마리아 파블로브나 시체치니나라는 아름다운 처녀였고, 또 한 사람은 야쿠츠크로 유형을 가고 있는 블라디미르 이바노비치라는 남자 혁명가였다. 마리아 파블로브나는 임신중인 여죄수에게 마차에 있는 자기 자리를 양보했기 때문에 걸어갔고, 블라디미르 이바노비치는 계급적 특권을 이용한다는 것은 부당한 일이라 생각했기 때문에 걸어갔다. 그래서 이 세 사람은 마차로 나중에 떠나는 다른 정치범들과는 달리 항상 아침 일찍 출발을 하고 있었다.

차가운 바람에 눈과 비가 흩날리는 9월의 어느 이른 아침이었다. 남자 죄수 400여 명과 여자 죄수 50명 정도로 구성된 죄수대 전원은 숙소의 마당에 소란스럽게 모여 있었다. 죄수들은 이틀 분의 식비를 반장들에게 지급하고 있는 호송 하사관 주위에 몰려 있기도 하고, 숙소의 마당까지 들어온 장사꾼들의 주변에 몰려서 음식을 사고 있기도 하였다.

카추샤와 마리아 파블로브나는 털가죽 옷을 입고 장화를 신은 모습으로 장사꾼들 쪽으로 갔다. 장사꾼들은 바람을 피해 북쪽 건물의 담벼락 옆에 쭈그리고 앉아서 물건을 팔고 있었다. 그들은 갓 구운 빵, 만두, 생선, 국수, 메밀죽, 간(肝), 쇠고기, 달걀, 우유 등을 팔고 있었으며, 어떤 이는 돼지새끼 통구이까지 팔고 있었다.

동물 보호주의자이자 채식주의자인 블라디미르 이바노비치는 비닐 점퍼를 걸치고 고무신을 신은 모습으로 마당에서 죄수대가 출발하기를 기다리고 있었다. 그 동안 그는 출입구의 계단 옆에 서서 머릿속에 떠오르는 생각을 수첩에 기록하고 있었다. 그는 '만일 박테리아가 인간의 손톱을 관찰하고 연구한다면 인간을 무기물로 보았을 게 틀림없다. 이와 마찬가지로 우리 인간은 지구 표면을 관찰하고 지구를 무기물로 인식해 왔다. 이것은 잘못된 생각이다.' 라고 적었다.

마슬로바가 새로 산 음식물들을 자루에 담고, 마리아 파블로브나가 돈을 내고 있을 때 호송 장교가 나타나더니 출발 준비 지시를 내렸다. 모든 일이 평소와 마찬가지로 일사 불란하게 진행되었다. 인원 점검이 있었고 쇠고랑 검사가 끝나자, 두 사람씩 짝지어진 죄수들에게 수갑이 채워졌다. 그런데 갑자기 노기 등등한 호송 장교의 고함 소리와 매질하는 소리, 어린 아이의 울음소리가 시끄럽게 들려 왔다. 그 순간 주위가 조용해지더니 곧 웅성거리는 소리가 났다. 마슬로바와 파블로브나는 시끄러운 소리가 들려오는 곳으로 달려가 보았다.

마슬로바와 마리아 파블로브나가 가 보니 체격이 좋은 호송 장교가 남자 죄수의 얼굴을 때린 손바닥을 어루만지며 계속해서 상스럽고 거친 욕설을 퍼부어 대고 있었다. 그의 앞에는 짧은 죄수복에 짧은 바지를 입은 머리를 반쯤 깎인 한 깡마른 남자 죄수가 피가 맺힐 정도로 두들겨 맞은 얼굴을 한 손으로 감싼 채, 다른 한 손으로는 울고 있는 여자 아이를 안고 서 있었다.

"꼭 본때를 보여 줘야 알겠어? 이 계집애를 어서 여자들한테 데려다 주란 말이야. 그리고 빨리 수갑을 차!"

호송 장교가 욕설을 퍼부으며 거칠게 소리를 질렀다. 호송 장교는 추방령을 받고 유형지로 끌려가고 있는 남자 죄수에게 수갑을 차라고 강요하고 있었다. 그러나 돔스크에서 아내가 티푸스로 병사한 이래 줄곧 자기 손으로 딸을 안고 온 농부는 어린 딸을 안고 가야 하기 때문에 수갑을 차지 못하겠다고 고집했고, 이것이 장교의 비위를 건드려 순순히 명령에 복종하지 않는다고 얻어터진 것이었다.

장교는 호송병에게 여자 아이를 빼앗고 얼른 수갑을 채우라고 계속 명령을 내렸다. 죄수들 사이에서 불만이 터져 나왔다.

"돔스크에서부터 수갑을 차지 않고 온 사람이란 말입니다."

탁한 목소리가 뒷줄에서 들려 왔다.

"강아지가 아니라 어린애란 말이오."

"그런 법도 있단 말이오?"

다시 누군가가 말했다.

"지금 말한 놈이 누구야?"

장교는 마치 무엇에 한대 얻어맞기라도 한 듯이 죄수들 사이로 고함을 지르며 달려갔다.

"내가 법을 가르쳐 줄 테다. 지금 어떤 놈이 지껄였지? 네놈이야? 아니면, 네놈이야?"

"우리들 모두가 말한 거지요. 왜냐하면……."

얼굴이 넓적하고 작달막한 사내가 입을 열었다. 하지만 그는 하던 말을 끝마칠 수 없었다. 장교가 두 손으로 그의 얼굴을 후려패기 시작했기 때문이었다.

"네놈들이 폭동을 일으키려고 그러는 모양인데, 폭동을 일으키면 어떻게 되는지 보여 주지. 개새끼들처럼 사정없이 쏘아 버릴 테다. 그렇게 되면 상부에서도 칭찬해 줄걸. 어서 계집애를 빼앗으라니까!"

죄수들은 아무 대답도 하지 못하고 입을 다물었다. 한 호송병이 발버둥치며 울부짖고 있는 여자 아이를 떼놓자, 다른 호송병이 고분고분하게 내민 죄수의 손에 수갑을 채웠다.

"여자들한테 데려 가!"

장교는 장검에 매달린 가죽끈을 매만지며 호송병을 향해 소리쳤다. 여자 아이는 얼굴이 시뻘개져서 울부짖으며 바둥거리고 있었다. 그때 죄수들 틈에서 마리아 파블로브나가 앞으로 나섰다.

"장교님, 이애를 제가 데려가게 해 주십시오."

여자 아이를 안고 가던 호송병이 그 자리에 섰다.

"넌 뭐야?"

장교가 물었다.

"저는 정치범입니다."

약간 튀어나온 듯한 아름다운 눈을 가진 마리아 파블로브나의 화사한 얼굴이 장교의 마음을 움직였다. 그는 그녀의 얼굴을 쳐다보면서 잠시 생각에 잠겼다가 이렇게 말했다.

"난 아무래도 좋아. 그러니 원한다면 데려가. 그런데 저들을 동정하는 것도 좋지만, 그러다가 도망쳐 버리기라도 하면 그땐 책임을 누가 지느냐 말이야."

"어린애를 데리고 어떻게 도망을 치겠습니까?"

마리아 파블로브나가 말했다.

"너희들과 이야기나 하고 있을 시간 없으니, 데려가고 싶으면 어서 데려가."

"이 여자에게 주어도 좋습니까?"

호송병이 물었다.

"내줘라."

"자, 이리 온."

마리아 파블로브나가 여자 아이를 어르며 말했다. 그러나 여자 아이는 자기 아버지에게로 가려고 발버둥치며 악을 쓸 뿐, 마리아 파블로브나에게 가려고 하지 않았다.

"잠깐, 마리아 파블로브나. 아이가 나한테는 올지 몰라요."

마슬로바가 자루 속에서 도넛을 꺼내며 말했다. 마슬로바를 이미 알고 있던 여자 아이는 도넛을 보자 얼른 그녀에게 안겼다.

죄수들이 잠잠해지자 출발 준비가 다시 시작되었다. 처음부터 모든 광경을 지켜 보고 있던 블라디미르 이바노비치가 모든 지시를 끝마치고 자기 마차에 올라타려고 하는 호송 장교에게로 뚜벅뚜벅 다가갔다.

"장교님, 당신의 처사는 옳지 않았습니다."

블라디미르 이바노비치가 입을 뗐다.

"너와는 상관없는 일이니, 제자리로 돌아가."

"하지만 당신의 처사가 옳지 않았다는 것만은 꼭 말씀드려야겠습니다."

블라디미르 이바노비치는 예리하게 반짝거리는 눈으로 장교를 쏘아보며 말했다.

"준비 끝났나? 전원 출발!"

장교는 블라디미르 이바노비치를 거들떠보지도 않고 소리치더니, 마차를 모는 병사의 어깨를 짚고 마차에 올라탔다. 곧이어 죄수들의 대열이 움직이기 시작했다.

마슬로바는 정치범들과 함께 생활하면서 힘들고 불편한 점도 많았으나 마음만은 그 어느 때보다 즐거웠다. 더구나 형사범들과 지낼 때보다 좋은 식사를 하였고, 이틀 동안 걷고 하루 휴식을 하는 행군은 그녀의 육체를 건강하게 만들어 주었다. 또 새로운 동료들과의 교제는 아무런 희망도 없는 그녀의 생활에 흥미를 불러일으켜 주었다. 그녀는 지금까지 그렇게 선량한 사람들을 전혀 보지 못했을 뿐만 아니라 상상조차 하지 못했었다.

"유죄 판결을 받았을 때 나는 울음을 터뜨리고 말았어요. 하지만 나는 하나님께 평생 동안 감사를 드려야겠어요. 일평생을 살아도 모르고 지나칠 뻔했던 분들을 많이 알게 되었으니까요."

마슬로바는 이렇게 말했다.

그녀는 그들을 지배하고 있는 정신이 무엇인지 쉽게 이해할 수 있었고, 민중의 한 사람으로서 그들과 공감하게 되었다. 그녀는 그들이 민중을 위해서 귀족들과 맞서고 있다는 사실도 알았다. 그들은 귀족으로서의 자신의 특권과 자유는 물론 생활까지도 민중을 위해 희생하고 있었다. 그것이 마슬로바로 하여금 그들을 더욱 높이 평가하고 존경하게 만들었다.

마슬로바는 그들 중에서도 특히 마리아 파블로브나를 존경하고 있었으며, 특별한 애정을 가지고 사랑하기까지 했다. 부유한 장군 집안에서 태어난 이 아름다운 여자는 3개국어를 자유자재로 구사할 줄 아는 지식인이었지만 아주 평범한 노동자처럼 행동했다. 그리고 유복한 가족이 보내 주는 물건은 모두 다른 죄수들에게 나누어 주고 자신은 외모에 전혀 신경을 쓰지 않고 남루한 의복과 신을 신었다. 이런 모든 것들에 마슬로바는 감동했다. 교태라고는 전혀 부릴 줄 모르는 그녀의 성격이 마슬로바를 당황하게 했으며, 그녀의 마음을 끌었던 것이다. 물론 마리아 파블로브나도 자신의 용모가 뛰어나다는 사실은 알고 있었으나 그것을 조금도 자랑스럽게 여기고 있지 않았다. 남자들 역시 이런 사실을 잘 알고 있었으므로 그녀에게 애정을 느끼게 되었다고 해도 겉으로 내색하지 않고 남자 동료나 마찬가지로 대해 주었다. 어쩌다가 그것을 잘 모르는 남자가 그녀를 귀찮게 굴 때면, 그녀는 자신의 엄청난 완력으로 위기를 모면한다는 것이었다.

"한번은 어떤 신사가 내 뒤를 쫓아오며 귀찮게 굴더군. 그래서 내가 멱살을 쥐고 흔들어 주었더니, 놀라서 도망쳐 버리고 말았어."

그녀는 입가에 미소를 지으며 말했다.

그녀가 혁명가가 된 것은 어려서부터 혐오를 느껴 오던 귀족 생활이 무엇인가 잘못되었다는 것을 철이 들면서 차츰 절실히 깨닫게 되었기 때문이라고 했다. 그녀는 열아홉 살이 되던 해에 친구들과 함께 집을 뛰쳐나와 여공으로 취직을 했다. 어머니는 계시지 않았고 아버지를 싫어하는 것도 한몫을 했다. 공장을 그만두고 도시로 진출한 그녀는 비밀 인쇄소가 있는 아파트에서 체포되어 유형 판결을 받았다. 주위 사람들의 말에 따르면 그녀가 가택 수사를 받았을 때 혁명가들 중 한 사람이 어둠 속에서 총을 발사했는데, 그녀가 스스로 그 죄를 뒤집어써서 그렇게 되었다는 것이었다.

마슬로바는 마리아 파블로브나가 항상 자신의 일은 생각하지 않고 중요한 일이거나 사소한 일이거나 남을 돕는 일에만 마음을 쏟고 있다는 사실을 알게 되었다. 노보드보로프는 그녀를 자선이라는 스포츠에 몰두해 있는 여자라고 농담하기까지 했다. 이것은 사실이었다. 마치 들새를 쫓는 사냥꾼처럼, 그녀는 생활의 모든 관심을 다른 사람에게 봉사할 기회를 찾아내는 데 집중시키고 있었다. 이것은 마치 습관처럼 되어 버렸고, 그녀의 생활에 하나의 과제가 되고 있었다. 그녀는 이것을 매우 자연스럽게 해냈기 때문에 사람들은 더 이상 그녀의 이러한 행동에 대해 높게 평가하지 않았을 뿐만 아니라 당연한 것처럼 생각하고 있었다.

마슬로바가 정치범들 쪽으로 옮겨 왔을 때 마리아 파블로브나는 그녀를 역겹고 불결한 인간이라고 생각했다. 마슬로바도 그것을 느끼고 있었다. 하지만 마리아 파블로브나는 그녀에게 상냥하고 친절하게 대하려고 노력했다. 마슬로바는 이처럼 훌륭한 여성에게 상냥하고 친절한 대접을 받는다는 것에 감동했다. 그녀는 마리아 파블로브나에게 진심으로 복종하였고 무의식적으로 그녀의 의견을 받아들였으며 자기도 모르는 사이에 그녀를 모방하게 되었다. 마슬로바의 이런 헌신적인 사랑은 마리아 파블로브나에게 전해져 그녀 또한 마슬로바를 사랑하게 되었다. 그리고 무엇보다도 두 여자를 가깝게 만든 것은 두 사람 다 성생활에 혐오를 느끼고 있다는 공통점 때문이었다. 물론 한 여자는 육체적 사랑의 모든 두려움을 맛보았기 때문이고, 다른 한 여자는 육체적인 사랑을 경험하지 못한 상태에서 그것을 어딘지 모르게 추잡하고, 인간의 가치를 하락시키는 것이라고 생각하고 있었기 때문이었다.

마슬로바는 마리아 파블로브나에게 커다란 영향을 받고 있었는데, 그것은 그녀가 마리아 파블로브나를 사랑하는 데서 비롯된 것이었다. 그리고 그녀는 블라디미르 이바노비치의 영향을 받고 있었는데 그것은 블라디미르 이바노비치가 마슬로바를 사랑하게 된 데서부터 비롯된 것이었다.

블라디미르 이바노비치는 모든 것을 이성으로 검토하고 결정한 다음 그것을 성실히 실행에 옮겨 나가는 사람이었다. 그는 중학생 때 재무성 관리인 아버지에게 부정으로 벌어들인 모든 재산을 민중에게 나누어 주자고 말했다가 뜻을 이루지 못하자 더 이상 아버지의 돈으로 생활하지 않겠다며 집을 나와 버렸다. 그리고 모든 악의 근원이 민중의 무지에 있다는 것을 깨닫고 혁명가가 되어 대학을 졸업하자마자 농촌으로 뛰어들었다.

그는 자신의 신념을 과감하게 전하다가 체포되어 재판에 회부되었다. 그는 재판관들이 자기를 재판할 권리가 없다고 주장하면서 모든 신문에 침묵으로 대항해 나갔다. 그리고 마침내 하르한겔스크로의 유형 판결을 받았다. 그는 세상에 존재하는 만물은 생명을 가지고 있다고 생각했다. 우리가 무생물이나 무기물이라고 여기는 것도 단지 우리의 이해가 부족해서 그렇게 생각하는 것이지 사실은 거대한 유기체의 일부라는 것이다. 따라서 거대한 유기체의 일부로서의 인간의 사명은 이 유기체의 생명과 살아 있는 각 기관의 생명을 보존시켜 나가는 데 있다고 생각했다. 그리하여 그는 생명체를 죽이는 것은 범죄라고 단정짓고 전쟁을 반대하는 한편, 인간은 물론 동물의 살해도 반대하고 있었다.

블라디미르 이바노비치는 수줍음이 많고 소심한 사람이었다. 그러나 그가 무엇이든 일단 결심한 것에 대해서는 아무도 그것을 막을 수 없었다.

블라디미르 이바노비치의 마슬로바에 대한 사랑은 플라토닉한 것이었다. 그녀는 여성 특유의 직감으로 이것을 눈치 채고 있었으며 블라디미르 이바노비치와 같은 훌륭한 인간의 사랑을 받는 것에 대해 상당한 자부심을 느꼈다. 네흘류도프가 그녀에게 청혼을 한 것은 그의 어진 마음씨와 지난날의 과오 때문이었지만, 블라디미르 이바노비치는 그녀의 현재 모습 그대로를 사랑하는 것이었다. 그녀는 블라디미르 이바노비치가 자기를 높은 정신적 자질을 갖추고 있는 훌륭한 여자로 보고 있다는 것을 알고 그의 기대를 저버리지 않기 위해 자신의 자질을 향상시키려고 온갖 노력을 기울였다.

마슬로바가 블라디미르 이바노비치를 처음 본 것은 감옥에 있을 때였다. 정치범의 일반 면회 때 그녀는 블라디미르 이바노비치가 자기를 뚫어져라 응시하고 있다는 것을 느꼈다. 그때부터 그에게 관심을 가지게 된 그녀는 그가 비범한 인물이며 자기를 남다른 눈으로 보고 있다는 사실을 알게 되었다. 그리고 그 후 마슬로바가 정치범들 쪽으로 옮겨지면서 두 사람은 만나게 되었고, 블라디미르 이바노비치가 형사범들과 함께 걷기 시작하면서 두 사람은 한층 더 가까워졌다.

네흘류도프는 니즈니에서 페르미까지 가는 동안 마슬로바를 겨우 두 번 만났을 뿐이었다. 그런데 그때마다 그녀는 불쾌한 표정을 지으며 마음을 전혀 터놓으려고 하지 않았고 그에게 적대감마저 나타냈다. 당시 그녀는 남자들에게 시달림을 받느라 몹시 우울한 상태였기 때문에 네흘류도프를 그렇게 대했던 것이다. 그러나 네흘류도프는 그러한 그녀의 태도에 괴로워했다. 그는 마슬로바가 유형길의 고통스럽고 힘든 환경을 견디다 못해 다시 과거의 방탕한 상태로 되돌아가지나 않을까 조바심이 났다. 하지만 그는 자신의 염려가 기우(杞憂)에 지나지 않았다는 것을 깨닫게 되었다. 오히려 그녀를 만날 때마다 그녀의 마음 속에서 어떤 변화가 더욱 뚜렷하게 일어나고 있다는 것을 확신하게 되었다. 돔스크에서 처음 만났을 때 그녀는 순진하고 반갑게 그를 맞으면서, 그가 자기를 위해 해 주었던 일과 현재 함께 지내고 있는 사람들 쪽으로 옮겨 준 것을 고마워했다.

숙영지를 따라 두 달 동안 행군하면서 그녀는 약간 여위고 햇볕에 그을려 나이가 더 들어 보였다. 그러나 옷차림이나 태도에서 지난날과 같은 천박한 빛은 전혀 찾아볼 수 없게 되었다. 이와 같은 변화가 네흘류도프의 마음을 몹시 유쾌하게 만들어 주었다.

그는 그녀에게 전에 가져 보지 못했던 새로운 감정을 느끼고 있었다. 그것은 최초의 순수했던 연애 감정도, 그 뒤에 경험한 육체적인 욕구도, 재판 직후 그녀와 결혼하기로 결심했던 때의 의무감 같은 것도 아니었다. 그것은 그녀를 처음 감옥에서 보았을 때, 그리고 간호장과의 일을 들었을 때 그녀에게 느꼈던 혐오감을 극복하고 그녀를 용서해 주었을 때 가졌던 동정이나 연민과 비슷한 감정이었다. 그의 이와 같은 감정은 지금까지 출구를 찾지 못해 발산되지 못하고 있던 네흘류도프의 마음 속에 사랑의 맥이 뚫린 것처럼 모든 사람에게 적용되었다. 여행하는 길에 네흘류도프는 줄곧 자기도 모르는 사이에 마부나 호송병에서부터 간수장이나 지사에 이르기까지 모든 사람에게 인정 많고 사려 깊게 행동하게 되었던 것이다.

네흘류도프는 마슬로바가 정치범 쪽으로 옮겨지고 난 후 많은 정치범들과 사귀게 되었다. 그러면서 그들에 대한 지금까지의 생각이 완전히 잘못된 것임을 알게 되었다.

러시아에서 혁명 운동이 일어난 이후 네흘류도프는 혁명주의자들에게 악감정과 경멸감을 품어 왔다. 그들이 반정부 투쟁에서 사용한 수단이 너무나 폭력적이고, 그들 모두가 공통적으로 지니고 있는 지나친 자존심이 그에게 저항감을 품게 만들었던 것이다. 그러나 그들과 좀더 가까워지고 그들이 아무 죄도 없이 정부로부터 탄압받고 있다는 사실을 알고부터는 그들이 지금과 같은 입장을 취할 수밖에 없었다는 것을 깨닫게 되었다. 그리고 사람들이 흔히 생각하고 있는 것과는 달리 그들은 타고난 악인도, 철저한 영웅만도 아닌 대부분 마음씨가 선량한 보통 사람들이라는 것을 알게 되었다. 그러나 그들은 보통 사람들의 집단에서 통용되는 것보다 훨씬 높은 도덕적 가치를 가지고 있었고, 대부분 엄격한 자기 절제력과 정직함을 지니고 있었으며, 공동 사업을 위해서라면 자신의 생명까지도 바칠 사명감을 갖추고 있는 사람들이었다.

네흘류도프가 특히 좋아했던 사람은 마슬로바가 편성된 반에 있는 유형수로서, 결핵을 앓고 있는 크르일리초프라는 청년이었다. 러시아 남부 지방의 부유한 지주의 아들인 그는 어릴 때 아버지가 사망하여 홀어머니의 외아들로 자랐다. 그는 중학교와 대학교에서도 별 어려움 없이 공부했을 뿐만 아니라 수학과를 수석으로 졸업하기도 했다. 그는 사랑하고 있던 여자와 결혼하고 지방 자치 단체에서 일해 봐야겠다고 생각하며 앞날에 대해 여러 가지 계획을 설계하고 있었다. 그때 대학 동창들로부터 공동 사업을 위해 쓸 기부금을 내 달라는 요청을 받았다. 그것이 혁명 자금이라는 것을 알고 있었던 그는, 혁명에는 관심이 없었지만 자신이 겁쟁이가 아니란 것을 보여 주겠다는 자존심 때문에 자금을 기탁했다. 그런데 그것이 문제가 되어 감옥에 가게 되었다. 그리고 그 감옥에서 선량하고 아름다운 두 소년이 아무 죄도 없이 어이없게 사형당하는 것을 보게 되었다.

"그때부터 난 혁명가가 되었습니다."

언젠가 그는 네흘류도프에게 자신의 얘기를 들려주며 그렇게 말했다. 그 후 그는 정부를 테러 행위로 위협하는 파괴 공작단의 우두머리가 되었다. 페테르부르크나 외국이나 키예프나 오데사를 돌아다니며 펼친 활동은 가는 곳마다 성공을 거두었다. 그러나 그가 가장 신임하던 사내의 배신으로 체포당하고 말았다. 그는 사형 선고를 받았지만 결국 무기 징역으로 감형되었다. 그러나 감옥에서 결핵에 걸려 언제 죽을지 모르게 되었다. 그는 자기가 걸어 온 길을 결코 후회하지는 않았다. 오히려 자기가 다시 세상에 태어난다고 해도 자기 생명을 똑같은 목적, 즉 그가 보아 온 것과 같은 일이 허용되고 있는 제도를 파괴하는 일에 바칠 것이라고 말했다.

　네흘류도프는 그를 보면서 과거엔 이해할 수 없었던 많은 일들을 이해하게 되었다.

　숙영지를 출발하기 전 어린 여자 아이의 문제로 호송 장교와 죄수들 사이에 문제가 있던 날, 네흘류도프는 여관에 묵고 있었는데 늦게 일어난 데다가 현청 소재지로 부칠 편지를 몇 통 쓰느라고 늦게 출발하여 여느 때와는 달리 해가 질 무렵에야 겨우 숙영지가 있는 마을에 도착할 수 있었다.
　지금까지 여섯 군데의 숙영지를 지나 왔는데, 그때마다 호송 장교가 바뀌었으며 그들은 한결같이 숙영지 내의 출입을 허락하지 않았다. 그래서 그는 벌써 일 주일 이상이나 마슬로바와 만나지 못하고 있었다. 감옥 관계의 고위 관리가 이곳을 지나갈 예정이라 어느 때보다 규칙이 철저하게 지켜지고 있었기 때문이었다. 그러나 이미 고위 관리는 숙영지를 들르지 않고 지나갔으므로, 이번에는 죄수들과의 면회가 쉽게 허락될 것이라고 네흘류도프는 믿고 있었다.
　이번 숙영지는 시베리아 도로변에 놓인 대부분의 숙영지처럼, 끝이 뾰족한 통나무로 울타리가 쳐진 마당에, 세 동의 단층 건물로 이루어져 있었다. 쇠창살이 달린 가장 큰 건물이 죄수들의 숙소였고, 다음 건물이 호송병 숙소, 그리고 세 번째 건물이 장교 숙소와 사무실이었다. 밖에서 보면 세 건물 모두 환하게 불이 켜져 있어서 왠지 즐겁고 유쾌한 일이 벌어지고 있을 것 같다는 착각을 일으키게 했다.
　네흘류도프는 세 번째 건물로 갔다. 그를 보자 병사는 사모바르에 불을 댕기다 말고 네흘류도프의 가죽 외투를 받아들더니 방 안으로 들어갔다.
　"공작님이 오셨습니다, 대장님."
　"그럼, 어서 들어오시라고 해."
　화가 난 듯한 목소리가 들려 왔다.
　"안으로 들어가십시오."
　병사는 다시 사모바르에 손을 가져가며 말했다. 네흘류도프가 들어가 보니 저녁 식사를 하고 남은 음식과 술병 두 개가 놓여 있는 식탁의 맞은 편에 체격이 크고 금빛 수염을 텁수룩하게 기른 장교가 앉아 있었다. 그는 술을 마셔서인지 얼굴이 벌개져 있었다. 네흘류도프를 보자 장교는 약간 몸을 세우면서 조롱이라도 하는 듯한 의아한 눈초리로 그를 쳐다보았다.

"대체 무슨 일이십니까?"

"어떤 여죄수를 만나게 해 달라는 부탁을 드리러 왔습니다."

네흘류도프는 제자리에 서서 말했다.

"정치범인가요? 그건 금지되어 있습니다."

장교가 말했다.

"그 여잔 정치범이 아닙니다."

"좀 앉으시죠."

"그 여잔 정치범이 아닙니다. 하지만 정치범들과 함께 지내도록 고위층의 허락을 받았습니다."

네흘류도프가 반복해서 말했다.

"아, 알겠습니다. 자그마하고 까무잡잡한 여자 말씀이지요? 그렇다면 면회가 가능합니다. 담배 태우시겠어요?"

장교는 네흘류도프의 말을 가로막으며 담뱃갑을 내밀고 정중히 두 개의 찻잔에 차를 따라 그 중 한 잔을 네흘류도프에게 권했다.

"드십시오."

"감사합니다만 전 그녀를 빨리 만나 봤으면 하는데요……."

"밤이 기니 시간은 넉넉하지 않겠어요? 그녀를 이리로 불러 드리죠."

"제가 그곳으로 가면 안 될까요?"

네흘류도프가 말했다.

"정치범들이 있는 곳으로 말입니까? 그건 법률 위반입니다."

"하지만 지금까지 여러 번 그런 허락을 받아 왔습니다. 제가 무엇을 건네 주지나 않을까 하고 걱정하시는 모양인데, 그렇다면 그녀를 통해서라도 전해 줄 수 있지 않겠습니까?"

"그렇지는 않습니다. 그녀는 몸 수색을 받으니까요."

장교가 기분 나쁜 미소를 지으며 말했다.

"그러시다면 제가 몸 수색을 받겠습니다."

"아니, 그럴 필요 없습니다. 좋으실 대로 하십시오."

장교가 뚜껑이 열린 병을 네흘류도프의 잔으로 가져오면서 말했다. 그러면서 그는 시베리아에 살면서 호송 장교 노릇을 하는 것이 얼마나 힘든 일인지 넋두리를 늘어 놓으며 교양 있는 말상대를 만난 것을 반가워했다. 네흘류도프는 이 장교의 불그스레 취한 얼굴과 지독한 향수 냄새, 그리고 기분 나쁜 미소에 저항감을 느끼고 있었지만 다른 사람들에게 그러는 것처럼 진지하고 조심스러운 자세를 유지할 생각이었다.

"당신이 사람들의 고통을 좀 덜어 준다면 위안을 찾을 수 있을 겁니다."

"그들이 겪는 고통이 대체 무엇입니까? 그들은 다만 죄수에 지나지 않는데 말입니다."

"그들에게서 어떤 특별히 다른 점이라도 찾으셨나요? 그들도 똑같은 인간입니다. 더구나 그 중에는 죄없는 사람들도 상당히 있고요."

"물론 그렇지요. 또 동정할 건 해야 하고말고요. 나도 그들을 가능한 한 편하게 해 주려고 애쓰고 있습니다. 그들이 고통스러워하는 것보다 차라리 내가 괴로움을 받는 편이 낫다고 생각하니까요. 다른 친구들은 걸핏하면 법을 내세우거나 총살을 시켜 버리지만 나는 그렇지 않습니다. 자, 한 잔 드시겠습니까?"

그는 다시 차를 따르면서 마슬로바에 대해 물었다. 그리고 자기가 알고 있는 어떤 여자에 대한 얘기를 늘어놓으려 하였다. 그러나 네흘류도프가 관심을 보이지 않자 장교는 그를 정치범 숙소로 안내하라고 지시했다.

네흘류도프는 병사의 안내를 받으며 다시 불그스레한 불빛이 가물거리는 어두운 마당으로 나왔다. 건물 가까이 다가가니 사람들이 북적거리며 얘기하는 소리가 일벌들이 벌집을 떠나려고 모여서 윙윙거리는 소리처럼 들려 왔다. 네흘류도프가 문을 열자 그 소리는 한층 높아지더니 외침과 욕설과 웃음소리로 바뀌었다. 그리고 철거덕거리는 쇠고랑 소리가 들려 오고, 낯설지 않은 분뇨 냄새와 콜타르 냄새가 지독하게 풍겨 왔다.

감방은 복도로 연결되어 있었다. 첫 번째 감방이 가족들을 수감한 감방이었고, 그 다음이 독신자 감방, 그리고 복도 끝에 있는 조그만 방 두 개가 정치범들의 감방이었다. 그런데 원래 150명을 수용할 수 있는 건물에 450명이 수용되다 보니 죄수들은 복도까지 차지하고 있었다. 그들은 복도에 앉아 있거나 벌렁 드러누워 있기도 했고, 어떤 죄수들은 빈 주전자나 더운물이 담겨 있는 주전자를 든 채 이리저리 돌아다니고 있었다. 그 무리 속에 타라스도 있었다. 그는 네흘류도프에게 달려와 공손하게 인사했다.

"아니, 무슨 일이라도 있었나?"

타라스의 콧등과 눈 밑에 시퍼런 멍이 들어 있는 것을 보고 네흘류도프가 물었다.

"그럴 만한 일이 좀 있었습니다."

호송병이 비웃으며 말했다.

"여자 때문이지요. 페지카라는 사람과 다투었답니다."

타라스의 곁에 있던 죄수가 거들었다.

"그런데 페도샤는 어찌 되었지?"

네흘류도프가 물었다.

"물론 잘 있습니다. 지금 막 더운물을 가져다 주려던 참입니다."

그렇게 말하더니 타라스는 가족용 감방으로 들어갔다.

네흘류도프는 방 안을 들여다보았다. 그는 지난 3개월 동안 여러 가지 상태에 놓여 있는 죄수들의 생활을 보아 왔다. 햇볕이 쨍쨍 내리쬐는 유형 길에서 쇠고랑을 차고 흙먼지를 흠뻑 뒤집어쓰며 걷는 모습이며, 길 한복판에 아무렇게나 휴식을 취하던 모습이며, 포근한 날이면 숙영지의 마당에서 노골적인 성행위를 벌이는 끔찍한 장면 등을 그는 목격해 온 것이다. 반대로 네흘류도프 역시 그들의 무리 속에 낄 때마다 죄수들의 시선을 집중적으로 받아 왔다. 그럴 때마다 그는 수치심과 죄의식을 느꼈으며 거기에다가 불가항력적으로 가지게 되는 그들에 대한 혐오감과 두려움으로 괴로워했다. 그는 자신도 그들과 같은 상황에 놓이게 된다면 어쩔 수 없이 그들처럼 되리라는 것을 잘 알고 있었지만, 그들에 대한 거부감을 떨쳐 버리지 못했던 것이다.

"저 친구는 팔자 늘어진 식충이로군."

네흘류도프가 정치범 감방 문 앞에 이르렀을 때 누군가 그의 뒤에서 한 마디했다.

"어찌 되었거나 네가 배 아파할 게 뭐가 있어, 젠장."

다시 누군가가 탁한 목소리로 듣기 거북한 욕설을 내뱉었고 그와 함께 적의에 찬, 비웃는 듯한 웃음소리가 들려 왔다.

복도 안쪽에는 칸막이가 쳐져 있고, 그 칸막이 안쪽에 있는 두 개의 조그만 방이 정치범들의 감방이었다. 그곳 복도의 한 구석에 있는 페치카 앞에 블라디미르 이바노비치가 소나무 장작을 들고 웅크리고 앉아 있었다. 그는 네흘류도프를 보더니 여전히 웅크린 채로 한 손을 내밀어 인사를 청했다.

"만나 뵙고 싶었는데 마침 잘 오셨습니다."

그는 네흘류도프의 눈을 똑바로 쳐다보며 의미심장하게 말했다.

"무슨 일이라도 있습니까?"

네흘류도프가 의아한 듯이 물었다.

"지금은 틈이 없으니 나중에 말씀드리죠."

블라디미르 이바노비치는 다시 불을 때는 일에 매달렸다.

네흘류도프가 첫 번째 방으로 들어가려고 할 때 마슬로바가 허리를 구부린 채 손에 빗자루를 들고 먼지 더미를 쓸어 담으며 다른 방에서 나왔다. 그녀는 먼지가 날리는 것을 막기 위해서 머리에서부터 눈썹 언저리까지 흰 수건으로 싸매고 있었다. 그녀는 네흘류도프를 보고는 얼굴을 붉히며 몸을 일으켜 빗자루를 내려놓은 다음, 치마에 두 손을 닦고는 꼿꼿이 그의 앞에 섰다.

"청소하고 있소?"

네흘류도프가 손을 내밀며 물었다.

"네, 전부터 제가 하던 일인걸요. 상상할 수도 없을 만큼 먼지가 많아서 벌써 여러 차례 쓸어 냈어요."

마슬로바가 웃으면서 말했다. 그리고 그녀는 블라디미르 이바노비치를 향해 담요는 다 말랐냐고 물었다. 블라디미르 이바노비치는 네흘류도프가 당황할 정도의 다정한 시선으로 그녀를 바라보며 고개를 끄덕였다.

"그럼 그건 가져가고 털외투를 내다 말려야겠어요. 우린 모두 이곳에 있어요."

그녀는 옆문을 가리키며 네흘류도프에게 말했다.

네흘류도프는 문을 열고, 침대 위에 놓인 양철 램프에서 희미하게 빛이 흘러 나오는 조그만 감방으로 들어갔다. 방 안은 썰렁했고, 아직 가라앉지 않은 먼지와 습기와 담배 냄새가 진동하고 있었다. 그곳에는 볼일을 보러 간 두 명을 제외하고 모두 모여 있었다. 전보다 훨씬 여위고 안색이 나빠진 베라 보고두호프스카야도 그곳에 있었는데, 그녀는 여기저기 담뱃가루가 놓인 신문지 앞에 앉아서 거친 솜씨로 담배 종이에 담배를 싸고 있었다.

그곳에는 또 네흘류도프가 전부터 호감을 가지고 있던 에밀리아 란체바란 여자도 있었다. 그녀는 아무리 조건이 나쁘더라도 차분하고 솜씨 좋게 감방의 살림을 돌보고 있었다. 그녀는 램프 옆에 자리를 잡고 햇볕에 그을린 고운 팔뚝을 걷어붙인 채 재빠른 솜씨로 컵과 찻잔을 깨끗이 닦아서 침대 위에 깐 수건 위에 올려 놓고 있었다. 란체바는 그리 예쁜 편은 아니었으나 영리하고 온화한 얼굴을 가진 젊은 여자로서, 웃을 때면 갑자기 생기 발랄하고 활달하며 매력적인 표정으로 바뀌었다.

"우린 당신이 벌써 러시아로 떠나셨을 거라고 생각하고 있었어요."

란체바가 예의 그 매력적인 미소를 지으며 말했다.

방 한구석에서는 마리아 파블로브나가 귀엽고 앳된 목소리로 떠들고 있는 여자 아이와 무엇인가를 하고 있었다.

"어서 오세요. 카추샤는 만나 보셨나요?"

그녀는 네흘류도프에게 이렇게 물으면서 여자 아이를 소개시켜 주었다.

네흘류도프는 아니톨리 크르일리초프를 발견하고 그쪽으로 몸을 돌렸다. 그는 두 발을 모으고 허리를 구부린 채 덜덜 떨며 나무 침대 한구석에 앉아서 열병 환자와 같은 눈으로 네흘류도프를 쳐다보고 있었다. 네흘류도프는 크르일리초프에게 다가가다가 유명한 혁명가인 노보드보로프와 마주쳤다. 네흘류도프는 그에게 얼른 인사했다. 네흘류도프가 얼른 인사한 까닭은 정치범들 가운데서 그에게 가장 거리를 느끼고 있었기 때문이었다. 노보드보로프는 안경 속에서 파란 눈을 반짝이며 네흘류도프를 보더니 인상을 찌푸리며 그를 향해 가느다란 손을 내밀었다.

"그래, 여행은 즐거우셨나요?"

노보드보로프가 빈정거리는 투로 네흘류도프에게 말했다.

"네, 여러 가지로 재미있더군요."

네흘류도프는 아무렇지도 않다는 듯이 대답을 하며 크르일리초프 곁으로 다가갔다.

"건강은 좀 어떠신가요?"

네흘류도프는 가늘게 떨리는 크르일리초프의 차가운 손을 잡으며 말했다.

"네, 괜찮습니다. 견딜 만해요. 그런데 여긴 굉장히 춥군요. 몸도 흠뻑 젖어서 이렇게 덜덜 떨리고요. 그런데 어째서 그 동안 통 들르지 않으셨나요?"

"그 동안 엄격히 규칙을 적용시키는 바람에 허가를 받지 못했어요. 오늘에야 겨우 허가를 받았습니다."

네흘류도프는 조금 전에 호송 장교를 만나 허가를 받은 이야기를 들려주었다. 그러자 곁에서 듣고 있던 마리아 파블로브나가 오늘 아침 그 호송 장교가 자기 곁에 있는 여자 아이에게 한 일을 이야기했다.

"당신은 카추샤를 찾고 계시죠?"

크르일리초프가 네흘류도프에게 물었다. 그리고 그는 그녀가 잠시도 쉬지 않고 일을 하며 지금도 청소를 하고 있다고 자랑스럽게 말했다.

마리아 파블로브나는 여자아이를 란체바에게 맡기고 마슬로바를 도와주러 나갔다. 그때 김이 모락모락 피어오르는 물 주전자와 식료품을 든 두 남자가 네흘류도프에게 알은체를 하며 빠른 걸음으로 들어왔다. 그들은 우유와 계란을 구해 온 것을 즐거워하며 천천히 바구니에서 음식을 꺼내 늘어놓기 시작했다.

잠시 후에 저녁을 먹기 위해 모두가 방에 모였다. 페치카에 불을 댕기자 방 안은 훈훈해졌다. 차와 우유, 도넛, 갓 구운 빵, 삶은 계란, 버터, 송아지 고기 등이 차려졌다. 모두가 식탁 대신에 나무 침대에 둘러앉아 먹고 마시며 대화를 나누었는데, 크르일리초프만은 축축한 반코트를 벗고 마른 담요를 덮은 채 자기 자리에 누워 이야기를 하고 있었다.

추위와 습기를 견디며 행군을 하고, 또 이곳에 도착해서는 청소하고 정돈하느라고 지쳐 있었지만 식사를 하고 뜨거운 차를 마시게 되자, 모두 기분이 한껏 고조되어 있었다. 그들은 서로 여러 가지 대화를 유쾌하게 나누었다. 그러나 자신들의 처지와 앞으로 다가올 일에 대해서만은 아무런 얘기도 하지 않았다.

젊은 남녀들이 많이 모여서 함께 생활을 하다 보니 이들 정치범들도 어쩔 수 없이 연애 관계에 얽혀 있었다. 그들은 거의 대부분이 사랑에 빠져 있었다. 노보드보로프는 언제나 밝은 미소를 짓고 있는 아름다운 그라베츠를 연모하고 있었고, 베라 보고두호프스카야는 나바토프와 노보드보로프를 동시에 짝사랑하고 있었다. 그리고 크르일리초프는 마리아 파블로브나에게 미묘한 감정을 느끼고 있었으며, 나바토프와 정숙한 유부녀인 란체바는 상당히 복잡한 연애 감정을 가지고 있었다. 그들 중 마리아 파블로브나와 콘드라치예프만이 애정과 거리가 멀었다.

네흘류도프는 그들과 함께 저녁 식사를 하느라고 마슬로바와의 개인적인 시간을 좀처럼 마련할 수가 없었다. 그는 크르일리초프 옆에 앉아 그와 대화를 나누었다.

그런데 얼마 지나지 않아 옆에 있는 형사범들의 감방에서 호송관의 목소리가 들려 왔다. 이어 주위가 잠잠해지더니 곧 두 명의 호송병을 거느린 하사관이 들어왔다. 점호였다. 하사관은 손가락으로 한 사람씩 가리키면서 인원을 점검했다. 그는 네흘류도프가 있는 곳으로 다가오더니 상냥하고 친절하게 일러 주었다.

"공작님, 점호가 끝나는 대로 나가 주셔야겠습니다."

네흘류도프는 그가 하는 말의 의미를 깨닫고 미리 준비했던 3루블을 슬며시 건네 주었다.

"공작님한테는 못 당하겠군요! 그럼 조금만 더 계시다 가십시오."

그 하사관이 나가려고 할 때 다른 하사관이 들어왔다. 그 뒤에는 키가 크고 수염이 듬성듬성 난 깡마른 죄수가 한쪽 눈두덩이 부어오른 채 따라오고 있었다.

"딸년 때문에 왔습니다."

죄수가 말했다.

"야, 아빠다."

갑자기 어린애의 목소리가 들리더니 란체바의 등 뒤에서 여자 아이가 불쑥 튀어 나왔다. 란체바는 마리아 파블로브나, 마슬로바와 함께 자신의 헌 치마로 아이의 새옷을 만들고 있었다.

"이애는 여기서 잘 지내고 있어요. 우리한테 맡겨 두세요."

마리아 파블로브나가 다정스레 있는 부녀를 바라보면서 말했다.

"아줌마들이 내 옷을 만들고 있는 중이야."

여자 아이는 일하고 있는 란체바의 모습을 가리키며 아버지에게 말했다.

"여기서 우리하고 함께 있을 거지?"

란체바가 여자 아이를 쓰다듬으며 말했다.

"그러고 싶어요, 그리고 아빠도 함께."

란체바는 밝은 미소를 지으며 그렇게는 안 된다고 아이에게 설명해 주었다. 그리고 아이의 아버지에게 아이를 그냥 두는 게 좋을 거라고 타일렀다.

"좋아, 그냥 맡겨 두는 게 좋겠어."

문 옆에 서 있던 하사관은 이렇게 말하고 나서 다른 하사관과 함께 감방을 나갔다.

"자, 악슈트카야, 아줌마들과 같이 있거라."

죄수는 여자 아이에게 말하면서 마지못해 나갔다.

그러자 두 손을 머리 밑에 베고 침대 구석에 누워 있던 블라디미르 이바노비치가 자리에서 벌떡 일어나더니, 네흘류도프 쪽으로 슬며시 다가왔다.

"그럼 이제 제 말씀을 좀 들어 주시겠습니까?"

"물론입니다."

네흘류도프는 블라디미르 이바노비치와 얘기를 하기 위해 그의 뒤를 따라 일어섰다. 네흘류도프가 일어서는 것을 바라보고 있던 마슬로바는 그와 눈이 마주치자 얼굴을 붉히면서 이상하다는 듯이 고개를 저었다.

복도에서는 형사범들이 떠드는 소리와 환호성이 더욱 뚜렷하게 들려 왔다. 네흘류도프는 인상을 찌푸렸으나 블라디미르 이바노비치는 아무렇지도 않은 듯했다.

"저는 카체리나 미하일로브나와 당신의 관계를 알고 있습니다. 그래서 당신한테 말해야겠다고 생각했습니다."

그는 선량한 눈으로 네흘류도프의 얼굴을 뚫어질 듯이 쳐다보면서 말했다. 그리고 말을 계속 하려고 했으나 형사범들이 있는 방에서 두 사람이 다투며 고함을 지르는 바람에 말을 중단할 수밖에 없었다.

그때 마리아 파블로브나가 복도로 나왔다.

"여기서는 시끄러워 말씀을 하실 수 없을 거예요. 이리로 오세요. 여긴 베로치카밖에 없어요."

마리아 파블로브나는 정치범 여자 죄수들이 쓰는 안쪽의 작은 방으로 그들을 안내했다. 나무 침대 위에는 베라 보고두호프스카야가 머리까지 담요를 뒤집어쓴 채 누워 있었다.

"머리가 아파서 자고 있으니 깨우지 마세요. 그럼 전 가 보겠어요!"

마리아 파블로브나가 말했다.

"아니, 여기 계셔도 상관없습니다. 저는 누구에게나, 더욱이 당신한테는 비밀이 없으니까요."

블라디미르 이바노비치가 말했다. 그의 말을 들은 마리아 파블로브나는 나가려다 말고 어린애처럼 온몸을 이리저리 흔들며 나무 침대 위에 깊숙이 앉더니, 아름답고 양순한 눈으로 어딘지 먼 곳을 응시하면서 그들의 이야기를 들을 준비를 했다.

"그러니까 제가 드리고 싶은 말씀은 저…… 저는 카체리나 미하일로브나에 대한 당신의 마음을 알고 있기 때문에, 그녀에 대한 저의 마음을 당신한테 알려 주어야겠다고 생각한 것입니다."

블라디미르 이바노비치가 되풀이해서 말했다.

"대체 무슨 말씀이신지?"

네흘류도프가 호의를 담은 눈으로 블라디미르 이바노비치를 바라보면서 말했다.

"에…… 그러니까 저는 그녀에게 아내가 되어 달라고 청혼할 작정입니다."

블라디미르 이바노비치가 말했다. 마리아 파블로브나가 깜짝 놀랐다는 표정을 지었다.

"하지만 거기에 대해 제가 무슨 말을 할 수 있겠습니까? 그건 그녀에게 달린 문제인데……."

네흘류도프가 말했다.

"그렇습니다. 하지만 그녀는 당신이 없이는 이 문제를 결정할 수 없습니다."

"그건 왜죠?"

"왜냐하면 당신과 그녀의 관계가 확실하게 결정되지 않은 상태에서는 그녀가 어떤 선택도 할 수 없을 테니까요."

"그 문제에 대한 제 입장은 완전히 결정되어 있습니다. 저는 제 의무라고 생각하는 일을 하고 있을 뿐이며, 그녀를 편하게 해 주려는 것뿐입니다. 어떤 경우에도 그녀를 구속하고 싶은 생각은 없습니다."

"그러시겠죠. 하지만 그녀는 당신의 희생을 원치 않고 있습니다."

"아닙니다. 이것은 희생은 아닙니다."

"저는 그녀가 자신의 결심을 절대 바꾸지 않을 거라는 것을 잘 알고 있습니다."

"그럼, 제게 하고 싶은 말씀이 무엇이죠?"

네흘류도프가 말했다.

"그녀는 당신이 그것을 인정해 주기를 바라고 있습니다."

"제 의무라고 생각하는 일을 해서는 안 된다는 것을 어떻게 제가 인정할 수 있겠습니까. 저로서는, 그녀는 자유의 몸이지만, 저는 자유의 몸이 아니라는 말씀밖에 드리지 못하겠군요."

블라디미르 이바노비치가 입을 다문 채 곰곰이 생각하기 시작했다.

"좋습니다, 카추샤에게 그렇게 전하죠. 당신은 제가 그녀를 사랑하는 것이 아니라고 생각하시는군요. 저는 그녀를 아름답고 수많은 고초를 겪은, 보기 드문 한 인간으로서 사랑하고 있습니다. 만일 그녀가 동의한다면, 그녀와 같은 유형지로 가도록 당국에 청원할 생각입니다. 4년이란 그리 긴 시간은 아니니까요. 저는 그녀의 곁에 있으면서 그녀의 운명의 짐을 덜어 주고 싶은……."

블라디미르 이바노비치는 흥분으로 목이 메어 말을 잇지 못했다.

"그렇다면 제가 무슨 말을 할 수 있겠습니까? 저는 그녀가 당신 같은 보호자를 만나게 된 것을 기뻐할 따름입니다."

네흘류도프가 말했다.

"제가 알고 싶었던 게 바로 그것입니다. 저는 그녀를 사랑하고 그녀가 행복해지기를 원하는 당신이, 그녀와 저의 결혼에 대해 어떻게 생각하는지 알고 싶었던 것입니다."

블라디미르 이바노비치가 말했다.

"행복할 수도 있겠지요."

네흘류도프가 말했다.

"그 문제는 모두 그녀의 손에 달렸겠지요. 저로서는 그저 고통받는 그녀의 영혼을 쉬게 해 주고 싶을 뿐입니다."

블라디미르 이바노비치는 고난에 찬 얼굴을 지닌 사람에게서는 전혀 기대할 수 없는, 어린애처럼 순진하고 부드러운 표정으로 네흘류도프를 바

214

라보며 말했다. 그러고는 자리에서 일어나 네흘류도프의 손을 잡고는 수 줍은 미소를 지으며 손을 얼굴에 갖다 대고 입을 맞추었다.

"그녀에게 그렇게 전하겠습니다."

블라디미르 이바노비치는 이렇게 말하고는 방에서 나갔다.

"이를 어쩌나. 그는 완전히 사랑에 빠지고 말았어요. 전혀 생각지도 못한 일이에요. 블라디미르 이바노비치가 저렇게 어리석고 철부지 같은 사랑에 빠지다니, 놀라운 일이에요. 정말 가슴이 아플 정도예요."

마리아 파블로브나가 한숨을 내쉬며 말했다.

"하지만 카추샤의 생각은 어떻습니까? 그녀는 어떤 생각을 가지고 있습니까?"

네흘류도프가 머뭇거리며 물었다.

"그녀요? 아시다시피 그녀는 그런 과거를 가졌음에도 불구하고 선천적으로 도덕적인 사람이에요. 섬세한 감정도 가지고 있고요. 그녀는 당신을 사랑해요, 대단히 사랑하지요. 그래서 그녀는 당신의 인생을 망치지 않게 하기 위해서 어떠한 일이라도 할 거예요. 그것을 행복으로 여기고 있지요. 그녀로서는 당신과 결혼하는 것이 과거의 어떤 타락보다도 더 나쁘고 무서운 것이 될 거예요. 아마 그녀는 결코 당신과 결혼하려 하지 않을 겁니다. 동시에 당신의 존재는 그녀의 마음을 불안하게 만들고 있어요."

"그럼 어떻게 해야 하죠? 내가 사라져 버려야 하나요?"

네흘류도프가 물었다.

"네, 어떤 면에서는요."

"어떻게 하면 그렇게 사라지는 것이 될까요?"

"농담이었어요. 하지만 제가 그녀에 대해서 말씀드리고 싶은 것은, 아마 그녀는 그의 열렬한 사랑을 기뻐하면서도 염려할 거예요. 아시다시피 제가 이 일에 끼여 들 만한 자격은 없습니다만, 블라디미르 이바노비치 역시 평범한 남성이에요. 자기는 카추샤에 대한 사랑이 플라토닉하다고 말하고 있습니다만, 만일 그것이 특별한 사랑이라고 해도 그 밑바닥에 그 어떤 추악한 것이 잠재해 있다는 것은 어쩔 수 없는 일이죠. 노보드보로프와 류보치카의 경우처럼 말이에요."

마리아 파블로브나는 자기 생각을 말해 버림으로써 문제의 핵심에서 벗어나고 있었다.

"그건 그렇고, 나는 어떻게 해야 좋겠소?"

네흘류도프가 물었다.

"저는 당신이 그녀와 직접 얘기해 보는 것이 좋을 듯싶어요. 모든 것을 확실히 해 두는 것이 좋으니까요. 그녀를 불러 드릴까요?"

마리아 파블로브나가 말했다.

"그렇게 해 주시겠어요?"

네흘류도프가 이렇게 말하자, 마리아 파블로브나가 마슬로바를 데리러 나갔다.

이따금씩 새어 나오는 신음 소리로 끊어지는 베라 보고두호프스카야의 조용한 숨소리와 칸막이 구실을 하고 있는 두 개의 방문 뒤로 끊임없이 터져 나오는 형사범들의 떠드는 소리를 들으면서 비좁은 감방에 혼자 남아 있게 되자, 네흘류도프는 이상한 기분이 들었다. 네흘류도프는 스스로에게 부여한 의무감에서 해방된 듯한 홀가분함과 함께 왠지 모르게 불쾌하고 꺼림칙한 기분이었다. 블라디미르 이바노비치처럼 훌륭한 사람이 그녀와 아무 관계도 없으면서 그녀의 운명과 결합하기를 원한다면 네흘류도프의 희생이 더 이상 커다란 의미를 가질 수 없다는 것, 그리고 마슬로바가 다른 사람을 사랑할 수 있으리라고 미처 생각하지 못했던 것, 그녀의 곁에서 지내기 위해 세워 두었던 인생의 계획을 변경해야 한다는 것 등 때문이었다. 블라디미르 이바노비치의 갑작스러운 말에 대해 네흘류도프가 자신의 감정을 미처 정리하기도 전에 마슬로바가 들어왔다.

"마리아 파블로브나가 보내더군요."

마슬로바는 그의 곁에 바짝 다가서면서 말했다.

"그렇소, 할말이 있소. 어서 앉으시오. 난 블라디미르 이바노비치와 이야기를 했소."

그녀는 무릎 위에 손을 얹고 자리에 앉았다. 그녀의 표정은 침착해 보였지만, 네흘류도프가 블라디미르 이바노비치를 언급하자 얼굴을 붉혔다.

"무슨 이야기를 하셨나요?"

"그 사람은 당신과 결혼하고 싶다고 말하더군."

그녀는 인상을 찌푸리며 괴로운 표정을 짓더니, 아무 말도 없이 눈을 내리깔았다.

"그는 나의 동의와 조언을 구하는 것이었소. 그래서 모든 것은 당신 손에 달려 있으니 당신이 결정할 문제라고 대답해 주었소."

"어머나, 그게 무슨 말씀이세요? 어째서 그렇죠?"

그녀는 이렇게 말하고는 네흘류도프의 마음을 언제나 뒤흔들어 놓는 묘한 사시눈으로 그의 눈을 바라보았다. 그리고 한참 동안 그들은 서로의 눈을 들여다보는 것으로 말로 다 할 수 없는 많은 대화를 나누었다.

"당신이 결정해야만 하오."

네흘류도프가 되풀이해서 말했다.

"무엇을 결정하란 말씀이세요? 모든 것은 이미 오래 전에 결정되어 있는데."

"아니오. 당신은 블라디미르 이바노비치의 제의에 대해 결정을 해야만 하오."

네흘류도프가 말했다.

"저는 징역수인데 어떻게 결혼을 할 수 있겠어요?"

그녀가 인상을 쓰면서 말했다.

"그렇소. 하지만 당신이 사면을 받게 된다면 어쩌겠소?"

"오, 저를 제발 내버려 두세요. 더 이상 아무 말씀도 드리고 싶지 않아요."

그녀는 자리에서 벌떡 일어나더니 방을 뛰쳐나갔다.

네흘류도프가 마슬로바의 뒤를 따라가 보니 그곳에 있는 사람들이 모두 흥분에 들떠 있었다. 벽에서 강제 노동형을 선고받은 페틀린이라는 혁명가가 쓴 수기를 발견했기 때문이었다.

8월 17일. 나는 홀로 형사범들과 함께 이송되고 있는 중이다. 네베로프가 나와 함께 있었으나 카잔 시의 어느 정신 병원에서 목을 매어 자살했다. 나는 건강하고 기운이 넘친다. 모든 것이 잘 되기만을 빈다.

모두 페틀린의 처지와 네베로프의 자살 원인에 대해 토의하며 논쟁을 벌였다. 그러나 크르일리초프만은 골똘한 표정으로 깊은 생각에 잠겨 정면을 바라보면서 아무 말도 하지 않았다. 그러더니 몹시 화가 난 듯 흥분하기 시작했다. 그는 마리아 파블로브나의 만류에도 불구하고 담배를 피워 물었으나 이내 기침을 하고 말았다. 구역질이 나는 모양이었다. 그는 침을 뱉고 나서 다시 말을 이었다.

"우린 그래서는 안 됩니다. 결코 그래서는 안 됩니다. 논쟁이나 일삼지 말고 모두 단결해서 동지들을 죽음으로 몰아 넣은 그들을 전멸시켜야 합니다. 그렇습니다."

그는 얼굴이 시뻘개지더니 더욱 심하게 콜록거리며 입에서 선혈을 토했다. 나바토프는 눈[雪]을 퍼 오려고 달려나갔다. 마리아 파블로브나는 물약을 꺼내서 그에게 권했으나, 그는 눈을 감은 채 핏기 없는 여윈 손으로 그녀를 밀친 다음, 괴로워하며 숨을 몰아쉬었다. 눈과 차가운 물로 그를 어느 정도 안정시켜서 자리에 누이고 나자 밤이 되었다. 네흘류도프는 사람들에게 인사를 하고 아까부터 자기를 기다리고 있는 하사관과 함께 출구로 걸어나갔다.

출입문을 나서자, 네흘류도프는 걸음을 멈추고 가슴을 활짝 펴면서 오랫동안 차가운 밤 공기를 마음껏 들이마셨다. 밖은 별빛으로 가득 차 있었다. 네흘류도프는 벌써 얼어붙어 있는 길을 걸어서 여관으로 돌아갔다. 자기 방으로 들어가자 그는 옷을 벗고 모포를 깐 소파 위에 가죽 베개를 놓고 누웠다. 그리고 생각에 잠겼다.

블라디미르 이바노비치와 마슬로바의 결혼 이야기에 대해서는 일단 접어 두기로 작정한 네흘류도프의 머릿속에는 마슬로바와 헤어져 복도로 나왔을 때 본, 냄새나는 분뇨통의 오물 옆에서 숨을 헐떡거리며 잠을 자고 있던 죄수들과 죄수의 다리를 베고 천연덕스럽게 잠을 자고 있던 한 남자 아이의 모습이 떠나질 않았다. 네흘류도프는 지난 3개월 동안 죄수들의 그러한 비인간적인 굴욕이나 고통을 줄곧 목격하며 아픔을 느껴왔다.

이튿날 아침 네흘류도프가 잠에서 깨자, 여관 여주인이 호송병이 편지를 전해 왔다고 알려 주었다. 편지는 마리아 파블로브나가 보낸 것이었다. 그녀는 크르일리초프의 상태가 생각보다 훨씬 심각하다고 적고 있었다.

저희들은 그와 함께 잠시 남아 있으려고 했습니다만, 허락을 받지 못해 그를 데리고 떠날 예정입니다. 그러나 그의 상태가 여간 심각한 것이 아닙니다. 그래서 도회지에 도착하시게 되면 그를 남게 하고, 우리들 중에서 누군가를 함께 머물 수 있도록 애써 주시기를 부탁드립니다. 그것 때문에 제가 그 사람과 결혼을 해야 한다면 저는 물론 그럴 준비가 되어 있습니다.

네흘류도프는 급히 떠날 준비를 했다. 마차를 부르게 하고, 여관 주인과 계산을 마쳤다. 얼마 지나지 않아 세 필의 말이 끄는 마차가 방울을 울리며 요란한 바퀴 소리를 내면서 함께 달려왔다. 그는 마부에게 가능한 한 빨리 죄수 대열을 쫓아가 달라고 부탁했다.

얼마 가지 않아 그는 배낭과 허약자들을 잔뜩 실은 마차를 따라잡을 수 있었다. 장교는 앞서 떠났고 병사들은 술에 취한 듯 유쾌하게 떠들면서 길 양옆과 뒤에서 따라가고 있었다. 짐마차의 숫자는 상당히 많았다. 앞에 있는 마차 위에는 허약한 형사범들이 여섯 명씩 밀착해서 타고 있었으며, 뒤에 있는 세 대의 마차 위에는 정치범들이 타고 있었다. 세 번째 마차에 크르일리초프가 베개를 베고 누워 있었고 그 옆에는 마리아 파블로브나가 앉아 있었다.

네흘류도프는 크르일리초프가 탄 마차 부근에서 내려 그쪽으로 걸어갔다. 술이 달아오른 호송병들은 네흘류도프를 향해 손을 저으며 말렸으나, 그는 거침없이 짐마차로 다가가서 마차를 붙잡고는 나란히 걸어갔다. 털

외투에 털모자를 쓰고 수건으로 입을 가린 크르일리초프는 더욱 여위고 헬쑥해 보였다. 아름다운 그의 두 눈동자는 한층 동그래지고 반짝거리는 것 같았다. 길이 울퉁불퉁해서 마차가 흔들렸으나 그는 네흘류도프를 줄곧 지켜 보았다. 상태가 어떠냐고 묻자, 그는 눈을 감으며 화가 난 듯이 고개를 저었다. 마차의 요동 때문에 그의 모든 기력이 떨어지고 있는 것 같았다. 마리아 파블로브나는 짐마차의 맞은편 자리에 앉아 있었다. 그녀는 크르일리초프의 상태를 걱정하는 표정을 지으며 의미 심장한 시선으로 네흘류도프를 바라보았다.

크르일리초프는 마리아 파블로브나를 가리키며 무슨 말인가 했지만, 알아들을 수가 없었다. 그는 기침을 억지로 참으며 고개를 저었다. 네흘류도프가 무슨 이야기인지 들으려고 머리를 갖다 대자, 그는 수건 사이로 입을 내밀며 속삭였다.

“이제는 훨씬 나아졌습니다. 다만 감기나 걸리지 말아야 할 텐데.”

네흘류도프는 같은 생각이라는 듯이 고개를 끄덕이다가 마리아 파블로브나와 눈길이 마주쳤다.

“그런데 삼체(三體) 문제는 어떻게 됐습니까? 쉽게 해결될 문제가 아니겠지요?”

크르일리초프는 다시 이렇게 속삭인 다음 고통스러워하면서도 억지 미소를 지었다.

네흘류도프는 무슨 말인지 몰랐는데, 마리아 파블로브나가 그것은 태양과 달과 지구의 관계를 규정한 유명한 수학 문제인데 네흘류도프와 블라디미르 이바노비치와 마슬로바의 관계를 농담조로 여기에 비유해서 말한 것이라고 설명해 주었다. 크르일리초프는 마리아 파블로브나가 자기 농담을 제대로 설명했다는 표시로 고개를 끄덕였다.

“하지만 결정을 내리는 것은 내 쪽이 아닙니다.”

“제 편지는 받아 보셨나요? 힘써 주시겠죠?”

마리아 파블로브나가 물었다.

“물론입니다.”

네흘류도프는 크르일리초프의 얼굴에 불만의 빛이 서려 있는 것을 눈치 채고 자기 마차로 되돌아갔다. 그리고 흔들리는 마차를 타고 길게 늘어선 대열을 앞서 나가기 시작했다. 길 건너편에서 그는 마슬로바를 보았다. 블라디미르 이바노비치는 여죄수들과 나란히 걸어가면서 열심히 얘기를 나누고 있었다. 네흘류도프를 발견하자, 여죄수들은 허리를 굽혀 인사를 했으며, 블라디미르 이바노비치는 엄숙하게 모자를 벗어 들었다. 그는 그들에게 특별히 할말이 없었으므로 마차를 세우지 않고 그들을 앞질러 갔다.

네흘류도프가 탄 마차는 속력을 내어 어두운 숲과 넓은 들판과 큰 길을 순식간에 지났다. 그리고 강에 도착했다. 그들은 그 강을 건너가야 했다. 강 한복판에 있는 나룻배가 급류를 타고 이쪽 강기슭을 향해 다가오고 있었다. 네흘류도프는 얼마 기다리지 않고 그 배를 탈 수 있었다. 사공들은 능수 능란한 솜씨로 기다리고 있던 짐마차들과 말을 잔뜩 싣고 선창을 출발했다. 네흘류도프의 마차와, 고삐가 풀린 말 세 마리도 한쪽 구석에 자리를 잡고 있었다. 조용한 배 안에서는 사공들의 발소리와 발을 구르는 말 발굽이 갑판을 두드리는 소리가 들릴 뿐이었다.

네흘류도프는 뱃머리에 서서 넓은 강을 바라보았다. 그러면서 마차 안에서 죽어 가고 있는 크르일리초프와 카추샤를 떠올리고 있었다. 죽음에 대해 아무런 대비도 하지 못한 채 죽어 가고 있는 크르일리초프의 모습은 그의 마음을 짓누르고 슬프게 했다. 그리고 블라디미르 이바노비치처럼 훌륭한 사내의 사랑을 받으며 참다운 길로 들어선 카추샤의 생기에 넘치는 모습 역시 그에게 고통으로 다가왔다.

나룻배가 강기슭에 닿았다.

네흘류도프는 가장 번화한 거리의 어느 여관 앞에서 마차를 멈췄다. 그러나 그곳에는 빈방이 없었기 때문에 다른 여관으로 가야 했다. 두 달 동안 우편 마차나 시골 여인숙, 죄수 숙박소 같은 곳에서 지내 온 네흘류도프는 그제야 그리 호화스럽지는 않았지만 깨끗하고 안락한 여관에 자리를 잡을 수 있었다. 그는 여장을 풀자 즉시 목욕을 말끔히 하고 복장을 잘 갖

춘 다음 그 지역 담당관을 찾아갔다.

여관의 문지기가 불러 온 마부는 비대한 키르기즈 산(産) 말이 끄는 마차에 네흘류도프를 태워 보초병과 순경이 서 있는 거대하고 훌륭한 저택 앞에 내려놓았다. 저택의 앞뒤로는 온갖 나무들이 울창한 정원이 있었다.

네흘류도프는 하인에게 자기 명함을 주며 장군에게 전해 달라고 부탁했다. 장군이 몸이 불편해서 아무도 만나지 않고 있다고 말하며 들어간 하인은 잠시 후 호의적인 대답을 가지고 돌아왔다.

"어서 들어오십시오."

네흘류도프는 서재로 안내됐다.

장군은 머리가 꼭대기까지 벗겨진 대머리에 주먹코와 눈가의 살이 자루처럼 늘어진 뚱뚱한 남자였다. 그는 타타르 식 비단 가운을 입고 은접시에 놓인 찻잔으로 차를 마시며 담배를 피우고 있었다.

"반갑습니다! 그런데 이런 차림으로 만나 뵈서 죄송합니다. 몸이 불편해서 외출도 못 하고 있거든요. 그런데 무슨 일로 이렇게 먼 곳까지 오셨습니까?"

그는 주름이 진 굵은 목덜미를 가운으로 가리면서 이렇게 말했다.

"죄수 대열을 따라 왔습니다. 그 속에는 저와 가까운 사람이 있거든요. 그래서 그 사람과 또 어떤 일로 각하께 부탁드릴 말씀이 있어서 이렇게 찾아뵈었습니다."

네흘류도프가 말했다.

장군은 네흘류도프의 얼굴에 시선을 고정시킨 채 진지한 자세로 그의 말을 경청했다. 그는 마슬로바가 억울하게 유죄 판결을 받았으며, 황제에게 그녀에 대한 탄원서를 제출했다는 이야기를 들려 주었다.

"그랬군요. 그래서요?"

장군이 말했다.

"그녀의 운명에 관한 통지서가 늦어도 이달 말까지는 페테르부르크에서 저한테 날아 올 겁니다. 탄원서에 대한 회답이 도착할 때까지 그녀를 이곳에 머물게 해 주셨으면 합니다."

　장군은 네흘류도프에게 담배를 피우지 않겠냐고 묻더니, 초인종을 눌러 당번병을 부른 뒤 차를 한잔 더 가져오라고 했다.

　"그 밖의 다른 용건은 뭐죠?"

　장군이 물었다.

　"그 죄수 대열에 소속된 어떤 정치범에 관한 일입니다. 그는 병으로 죽어 가고 있는데, 그가 이곳 병원에 남게 될 때 정치범들 가운데서 한 여자가 그를 간호하기 위해서 남고 싶어합니다."

　"그와 아무 관계도 없는 여자인가요?"

　네흘류도프의 말을 진지하게 듣고 있던 장군이 물었다.

　"그렇습니다. 하지만 결혼을 해야 남을 수 있다면 그렇게 할 마음의 준비가 되어 있다더군요."

　장군은 상대를 당황하게 만들려는 듯 빛나는 눈으로 그를 응시하면서 잠자코 담배만 피우고 있었다. 그러더니 테이블 위에 있는 책을 집어 손가락에 침을 발라 가면서 책장을 재빨리 넘기더니 결혼에 관한 조항을 읽어 내려갔다.

　"그녀는 어떤 선고를 받았나요?"

　그가 책에서 눈을 떼며 물었다.

　"징역형을 선고받았습니다."

　"그럼 결혼을 한다고 해서 그녀의 처지가 나아질 것은 없겠군요. 만일 그녀가 자유로운 사람과 결혼을 한다고 해도, 역시 형기를 마쳐야만 합니다. 그런데 그 남죄수와 여죄수 가운데 누가 더 무거운 처벌을 받고 있습니까?"

　"그들은 모두 강제 징역형을 선고받았습니다."

　"저런, 그렇다면 안 되겠군요. 남죄수는 병으로 인해 남을 수 있습니다. 물론 그에게 도움이 되도록 가능하면 모든 노력을 아끼지 않을 생각입니다만, 여죄수는 설사 결혼을 한다고 해도 여기에 남을 수 없습니다. 하지만 더 생각해 보겠습니다. 여기에 그들의 이름을 적어 주십시오."

　장군은 미소 띤 얼굴로 고개를 끄덕이며 말했다.

네흘류도프는 이름을 적었다. 그리고 그는 장군에게 환자와 면회하고 싶다고 말했다.

"그것도 힘든 일입니다. 물론 당신을 의심하고 있지는 않습니다만……."

장군은 어려운 사람을 동정하고 안타까워하고 있으며 뇌물을 통해 모든 일들이 해결되고 있지만, 자신의 입장에서는 명백한 법률 위반을 허용할 수는 없다고 잘라 말했다.

"그런데 어디에 묵고 계시죠? 듀크 여관인가요? 거긴 별로 좋지 않아요. 5시쯤에 식사하러 오십시오. 참, 영어를 할 줄 아십니까?"

"네, 압니다."

"그래요, 마침 잘됐습니다. 아실지 모르겠지만 영국인 여행가 한 사람이 여기에 와 있거든요. 그는 시베리아 유형과 감옥에 대해서 연구하고 있습니다. 그와 저녁 식사를 함께 하기로 했으니 당신도 와 주십시오. 시간은 5시입니다. 제 아내는 시간을 엄수하거든요. 그때 당신의 부탁에 대해서도 확실히 대답해 드리겠습니다."

장군과 헤어지고 난 네흘류도프는 한결 힘이 솟는 것을 느끼면서 우체국으로 갔다. 우체국 직원은 그의 이름을 듣자 곧 상당히 커다란 우편물을 내주었다. 거기에는 돈과 약간의 편지, 책, 《조국 잡지》 최근 호가 들어 있었다. 그는 우편물을 받아 들고 나무 벤치로 가서 앉았다. 거기에는 조그만 책을 든 병사가 무엇인가를 기다리면서 앉아 있었다. 네흘류도프는 그의 옆에 앉아서 편지들을 훑어보았다.

편지들 중에는 등기 우편이 한 통 들어 있었는데, 그것은 선명하고 붉은 봉납으로 꼼꼼히 봉인되어 있는 일련의 공문서와 함께 동봉된 셀레닌의 편지였다. 그것을 보는 순간 그는 긴장감으로 피가 머리로 솟구치고 가슴이 죄는 듯했다. 거기에 마슬로바에 대한 결정이 적혀 있을 것이기 때문이었다. 그는 봉투를 뜯고 알아보기 힘든 필적으로 조그맣게 씌어진 편지를 급히 읽어 내려갔다. 그러고는 안도의 한숨을 몰아쉬었다. 결정이 호의적이었던 것이다.

친애하는 벗이여! 자네와의 마지막 대화는 내게 강한 인상을 남겨 주었다네. 마슬로바 사건에 관해서는 자네가 옳았어. 나는 그 사건을 면밀히 조사해 본 뒤 그녀에 대해 분개할 만한 부정이 행해졌다는 것을 알게 되었네. 그것을 바로잡을 수 있는 건 자네가 탄원서를 제출했던 황제의 청원 위원회뿐이었네. 다행히 내가 그 사건의 해결에 협력할 수 있게 되었지. 예카체리나 이바노브나 백작 부인이 알려 준 자네 주소로 특사 사본을 동봉하네. 원본은 그녀를 재판했던 재판소로 발송되었는데 아마 곧 시베리아 총독부로 보내질걸세. 그래서 이 기쁜 소식을 서둘러 알리는 바이네.
우정의 악수를 보내며, 자네의 벗 셀레닌.

사본의 내용은 다음과 같았다.

황제 폐하 직속 청원 수리국. ××국 ××계 ×년 ×월 ×일.
황제 폐하 직속 청원 수리 국장의 명에 따라 평민 예카체리나 마슬로바에게 다음과 같이 공고함.
황제 폐하께서는 상신된 마슬로바의 탄원에 자비를 베푸시어 강제 노동을 가까운 시베리아 이주형으로 변경토록 윤허하셨음을 명함.

이 소식은 기쁘고도 중대한 것이었다. 마슬로바를 위해 그리고 자기 자신을 위해 네흘류도프가 바라던 것이 이루어진 것이다. 그러나 그녀의 처지가 변하면서 그녀와의 관계는 여러 가지로 복잡하게 변하게 될 게 분명했다. 네흘류도프는 일단 그것에 대해서는 신경을 쓰지 않기로 했다. 지금 중요한 것은 어서 빨리 이 소식을 마슬로바에게 전해 주는 것이라고 생각했기 때문이다. 그는 우체국을 나오자마자 감옥을 향해 마차를 몰도록 지시했다.
장군에게 감옥 방문을 허락받지 못했음에도 불구하고 네흘류도프는 감옥 방문을 시도해 보기로 마음먹었다. 그것은 상급 관리에게서 좀처럼 받기 힘든 허락도 하급 관리에게서는 아주 쉽게 받아낼 수 있다는 것을 경험으로 알고 있었기 때문이었다. 그는 마슬로바에게 기쁜 소식을 알리고, 크르일리초프의 건강 상태도 알아보고, 그와 마리아 파블로브나에게 장군의 말을 빨리 전해 주고 싶었던 것이다.

그러나 소장은 네흘류도프에게 상관의 허락 없이는 외부 사람에게 면회를 허락할 수 없다고 못박았다. 네흘류도프가 어떤 말을 해도 그는 요지부동이었다. 황제 폐하 직속 수리 국장이 직접 보낸 서류의 사본도 소장에게는 통하지 않았다. 그는 네흘류도프를 감옥 안으로 들여 놓기를 한사코 거절했다. 그런데 소장이 그렇게 엄격한 태도를 보인 것은 때마침 장티푸스가 돌았던 탓이었다.

네흘류도프는 아무 소득도 없이 마차를 타고 여관으로 돌아왔다. 그때 마부가 그에게 그에 관한 얘기를 들려주었다.

"감옥에서 사람들이 마구 죽어 가고 있어요. 무슨 전염병이 돈다나 봐요. 하루에도 스무 명씩이나 거꾸러진답니다."

여관으로 돌아온 네흘류도프는 마슬로바의 특사에 관한 서류가 아직 도착하지 않았다고 셀레닌과 변호사에게 편지를 썼다. 편지를 쓰고 나서 시계를 들여다보니 장군의 집으로 식사하러 갈 시간이 다 되어 있었다. 장군의 집으로 가던 도중 그는 마슬로바가 자신의 특사를 어떻게 받아들일까 생각해 보다가 그녀에 관한 것을 머릿속에서 급히 지워 버리고 장군에게 해야 할 말을 정리하기 시작했다.

네흘류도프에게 장군 댁의 만찬은 오랜만에 맛보는 즐거움이었다. 그는 호화롭고 아름다운 분위기와 맛있는 음식, 세련되고 교양 있는 사람들과의 유쾌한 대화에 한껏 취해 있었다.

만찬에는 장군 부부와 그들의 딸 내외, 부관을 포함한 집안 식구들말고도 영국인, 금광 경영자, 그리고 시베리아의 먼 도시에서 온 현지사가 더 있었다. 그들 모두가 네흘류도프에게는 기분 좋게 여겨졌다.

장군은 네흘류도프에게 자기 집을 다녀간 뒤에 무엇을 했느냐고 말을 걸었다. 그는 우체국에 들렀다가 오전에 말한 적이 있는 그 여자의 특사 소식을 알게 되었다며, 그 자리에서 감옥 방문을 허가해 달라고 부탁했다.

장군은 식탁에서 사무적인 이야기를 하는 것이 불만스럽다는 듯이 얼굴을 찡그리더니 아무 말도 하지 않았다.

"보드카 드시겠습니까?"

장군은 자기에게 다가온 영국인에게 프랑스 어로 물었다. 영국인은 보드카를 마시고 나서 오늘 대사원과 공장을 방문했다며 이제 거대한 이송 감옥을 보고 싶다고 말했다.

"그거 잘됐군요. 함께 가시도록 하세요. 이분들께 통행 허가증을 만들어 드리게."

장군이 부관에게 말했다.

네흘류도프와 영국인은 오늘 밤에 함께 감옥에 가 보기로 했다. 식사를 마치고 푹신한 의자에 앉아 온화하고 교양 있는 사람들에 둘러싸여 커피를 마시는 동안 그의 마음은 점점더 풀어져 가고 있었다. 그는 한동안 잊고 있던 즐거움을 느끼며 새삼 자신이 얼마나 정감 있는 사람이며 이런 따뜻한 분위기를 좋아하는지 절실히 깨닫게 되었다.

네흘류도프가 안주인에게 오랜만에 즐거움을 맛보았다며 작별 인사를 하고 떠나려고 할 때 장군의 딸이 성큼성큼 다가오더니 얼굴을 붉히며 그에게 말했다.

"제 아이들에 대해서 물으셨죠. 보고 싶으신가요?"

"저애는 누구나 자기 아이들을 보고 싶어하는 줄 아나 봐. 공작님께서는 전혀 흥미가 없으실 거야."

어머니가 딸의 순진한 태도에 미소를 지으면서 말했다.

"아닙니다. 저도 좋아합니다."

네흘류도프는 넘칠 듯한 모성애에 감동하며 이렇게 말했다.

"자기 아이들을 보여 주려고 공작님을 모셔 가는군. 의무라고 생각하고 한번 보아 주세요."

장군이 웃으면서 소리쳤다.

네흘류도프가 젊은 부인과 함께 간 방에는 두 개의 침대가 어두운 갓을 씌운 조그만 램프 불을 받으며 나란히 놓여 있었다. 젊은 부인은 첫 번째 침대 위로 허리를 굽혔다. 거기에는 여자 아이가 입을 벌린 채 베개에 곱슬곱슬한 긴 머리카락을 늘어뜨리고 조용히 잠들어 있었다.

"이애가 카챠랍니다. 예쁘죠? 이제 겨우 두 살이에요."

아이 엄마가 담요를 잘 덮어 주면서 말했다. 담요 밑으로는 조그맣고 하얀 발바닥이 드러나 있었다.

"귀엽군요!"

"이애는 바슈크예요. 할아버지께서 지어 주신 이름이지요. 생긴 게 딴판이에요. 시베리아 사람처럼 생겼죠. 그렇잖아요?"

"잘생긴 아이로군요."

네흘류도프는 엎드려 자고 있는 남자 아이를 내려다보면서 말했다.

"그렇죠?"

진지한 미소를 지으면서 아이 엄마가 말했다.

네흘류도프는 감옥과 쇠고랑, 삭발한 머리, 죽어 가는 크르일리초프, 온갖 과거를 가진 마슬로바를 문득 떠올렸다. 그러면서 그는 이처럼 우아하고 깨끗하게 여겨지는 행복을 바라는 자신의 마음을 읽었다.

그는 몇 번이나 아이들에 대해 감탄하며 이것을 놓치지 않으려는 아이 엄마의 마음을 충족시켜 놓고 나서 그녀의 뒤를 따라 응접실로 돌아왔다. 거기에는 영국인이 감옥에 가기 위해 그를 기다리고 있었다. 늙은 부부와 젊은 부부에게 작별 인사를 한 그는 영국인과 함께 장군 댁 현관을 나섰다.

날씨는 완전히 돌변해 있었다. 함박눈이 펑펑 내려서 거리에는 온통 흰 눈이 쌓여 있었다. 영국인이 탄 마차를 먼저 보내고 네흘류도프는 불쾌한 의무를 수행하는 듯한 괴로운 감정을 느끼면서 그 뒤를 따라갔다. 마차는 눈길 속을 느리게 굴러 갔다.

체격이 당당한 소장은 문 옆으로 나와 네흘류도프와 영국인에게 발급된 통행증을 보더니, 두 사람을 사무실로 안내했다. 그리고 용무를 물었다. 마슬로바를 만나러 왔다는 네흘류도프의 말을 듣자, 소장은 그녀를 데려오라고 간수를 보냈다. 그러고 나서 네흘류도프의 통역을 받으며 퍼붓기 시작한 영국인의 질문에 대답할 준비를 했다.

"이 감옥의 수용 인원은 얼마죠? 지금 몇 명의 죄수가 수용되어 있나요? 남자, 여자, 아이들은 각각 몇 명입니까? 징역수와 유형수 그리고 자원해서 따라 온 사람들은 각각 몇 명이나 됩니까? 그리고 환자들은 몇 명이죠?"

네흘류도프는 전혀 예상하지 않았던 면회가 점차 다가오는 데에만 정신이 팔려 아무 생각 없이 영국인과 소장의 말을 통역하고 있었다. 영국인에게 통역을 하고 있는 도중에 그는 조금씩 가까워지는 발소리를 들었다. 사무실 문이 열리고 간수의 뒤를 따라 마슬로바가 들어왔다. 죄수복을 입은 그녀를 보는 순간 그는 착잡한 기분이 들었다.

그녀가 눈을 내리깐 채 빠른 걸음으로 방에 들어왔을 때 그는 자신도 떳떳하게 가정과 아이를 갖고 살고 싶다는 생각을 했다.

그는 자리에서 일어나 그녀가 있는 쪽으로 다가갔다. 그녀의 얼굴 표정은 몹시 불쾌한 듯 굳어져 있었다. 그것은 그녀가 그를 비난할 때의 얼굴이었다. 그녀는 좀 불안해하는 듯이 보였다.

"특사가 내려졌다는 사실을 알고 있소?"

"네, 간수가 그러더군요."

"서류가 도착하는 대로 당신은 이곳을 나가 원하는 곳에서 살 수 있소. 우리 잘 생각해 봅시다."

그녀는 재빨리 그의 말을 가로챘다.

"제가 생각할 게 뭐가 있어요? 저는 블라디미르 이바노비치를 따라가겠어요."

그녀는 몹시 흥분해 있었음에도 불구하고 네흘류도프를 똑바로 쳐다보며 미리 준비해 둔 것처럼 빠르고 분명하게 말했다.

"그런가!"

"만일 그분이 저와 함께 살고 싶다면, 아니 자기 곁에 있기를 바란다면, 저로서는 그보다 더 좋은 일이 어디 있겠어요? 전 그걸 행복이라고 생각해야만 해요. 그밖에 무얼 더 바라겠어요."

네흘류도프는 그녀가 그렇게 말하는 것은 그녀가 블라디미르 이바노비치를 사랑하기 때문에 그가 그녀에게 바치려는 희생을 필요로 하지 않거나, 아니면 그녀가 그를 여전히 사랑하고 있기 때문에 그의 행복을 위해 블라디미르 이바노비치에게 가는 것이라고 생각했다. 그러자 그는 갑자기 자신이 몹시 부끄럽게 여겨졌다.

"만일 당신이 그를 사랑한다면……."

"전 이미 사랑 같은 건 다 떨쳐 버렸어요. 그리고 블라디미르 이바노비치는 다른 사람들하고는 전혀 다른 사람이에요."

"그야 물론이지. 그는 훌륭한 사람이오. 나도 그렇게 생각하고 있소."

그녀는 그의 말을 가로챘다. 그것은 그가 쓸데없는 말을 할까 두려워서 그런 것 같기도 하고, 또 자기가 하고 싶은 말을 전부 하지 못하게 될까 그러는 것 같기도 했다.

"아니에요. 당신이 원하시는 대로 하지 못하는 것을 용서해 주세요."

그녀는 사시인 듯한 신비감이 감도는 눈으로 그의 눈을 바라보면서 말했다.

"그렇지만 아마 이렇게 될 운명이었나 봐요. 당신도 당신의 삶을 훌륭하게 살아가야 하고요."

그녀는 조금 전에 그가 혼자 중얼거린 것과 같은 말을 했다. 그러나 이제 그는 이미 그런 생각을 하지 않고 전혀 다른 것을 생각하고 있었다. 그는 부끄러울 뿐만 아니라, 그녀와 더불어 잃게 될 모든 것을 아깝게 여기고 있었다.

"이건 내가 바라던 게 아니었소."

"무엇 때문에 당신은 스스로 고통을 받으시려는 거예요? 당신은 지금까지 할 만큼 하셨어요."

그녀는 억지로 웃는 듯한 미소를 지었다.

"그건 고생이 아니었소. 그리고 가능한 한 당신에게 도움을 주고 싶었고."

"우리에게는…… 우리에게는…… 아무것도 필요한 것이 없어요. 당신은 저를 위해서 이미 너무 많은 것을 해 주셨어요. 만일 당신이 아니었더라면……."

그녀는 목이 메어 말을 제대로 하지 못했다.

"난 당신에게 그런 말을 들을 자격이 없소."

"하나님께서는 모든 것을 잘 알아 주실 거예요."

그녀의 까만 눈동자에 눈물이 어렸다.

"당신은 정말 훌륭한 여자요!"

"제가 훌륭한 여자라고요?"

목멘 소리로 그녀는 애처롭게 웃으며 말했다.

"다 끝났습니까?"

영국인이 물었다.

네흘류도프는 영국인에게 그렇다고 대답하고 나서 그녀에게 크르일리초프에 관해 물었다. 그녀는 흥분을 가라앉히고 크르일리초프는 이송 도중 상태가 아주 심각해져서 도착하자마자 곧 병원에 수용되었으며, 마리아 파블로브나는 간호를 할 수 있도록 병원으로 보내 달라고 간청했지만 끝내 허가를 얻어 내지 못했다고 조용히 말했다.

"이만 돌아갈게요."

그녀는 영국인이 기다리고 있는 것을 눈치채고는 이렇게 말했다.

"작별 인사는 하지 않겠소. 다시 당신을 만나게 될 테니까."

네흘류도프가 말했다.

"용서하세요."

그녀는 들릴락말락하게 작은 소리로 말했다. 두 사람의 눈이 마주쳤다. 네흘류도프는 그녀의 묘한 사시인 듯한 눈의 시선과 애처로운 미소로 그녀가 한 말은 '안녕히 가세요'가 아니라 '용서해 주세요'라는 사실을 깨달았다. 네흘류도프는 그녀가 자신의 두 가지 예상 가운데 후자였다는 것을 확신할 수 있었다. 그녀는 그를 자유롭게 해 주기 위해 블라디미르 이바노비치와 함께 떠나려는 것이 분명했다. 그리고 지금의 그녀는 소망대

로 그것을 실행한 것을 기뻐하면서도 동시에 그와의 이별을 슬퍼하고 있
는 것이었다.

　그녀는 그의 손을 잡았다가 곧 돌아서서 재빨리 나가 버렸다.

　네흘류도프는 자신을 기다리고 있는 영국인을 쳐다보았다. 그는 수첩에
무엇인가를 기록하고 있었다. 네흘류도프는 그에게 방해가 되지 않으려고
벽 옆에 놓여 있는 나무 의자에 앉았다. 그는 별안간 심한 피로를 느꼈다.
그것은 수면 부족 때문도, 여행 때문도, 흥분 때문도 아니었다. 인생 전체
에 대해 완전히 지쳐 버린 것 같은 피로감이었다. 그는 의자 등받이에 기
대어 눈을 감자마자 고통스러운 죽음과도 같은 잠에 빠져들고 말았다.

　"자, 이제 감방을 돌아보셔야지요?"

　소장이 그를 흔들어 깨우며 물었다.

　네흘류도프는 무슨 소리에 눈을 뜨고서 자기가 의자에 앉아 있는 것을
깨닫고는 깜짝 놀랐다. 영국인은 메모를 끝내고 감방을 둘러보고 싶어했
다. 네흘류도프는 몸이 피곤하여 마음이 내키지 않았으나 그의 뒤를 따라
갔다. 간수에게 안내된 소장과 영국인과 네흘류도프는 구역질이 날 만큼
심한 악취가 풍기는 복도를 지나다가 두 죄수가 마룻바닥에 오줌을 누고
있는 광경을 보고는 깜짝 놀랐다.

　그들은 징역수의 첫 번째 감방으로 들어갔다. 70명 가량 되는 죄수들은
모두 감방 한복판에 있는 나무 침대 위에 몸을 맞댄 채 누워 있었다. 방문
객들이 들어서자 죄수들은 쇠고랑을 철거덕거리면서 일어나 반쯤 깎인 머
리를 반짝이며 침대 옆에 늘어섰다. 그러나 열이 심해 얼굴이 빨갛게 달아
오른 한 젊은이와 줄곧 앓는 소리를 하고 있는 노인만은 그대로 누워 있
었다. 영국인은 그들에게 언제부터 아프기 시작했느냐고 물어 보았다. 젊
은 사람은 오늘 아침부터, 그리고 노인은 벌써 오래 전부터 복통을 일으켰
지만 병원이 초만원이라 수용할 곳이 마땅치 않다고 소장이 대답했다. 영
국인은 불만스러운 듯이 고개를 저으며 죄수들에게 자신의 말을 통역해
달라고 네흘류도프에게 부탁했다. 영국인은 시베리아 유형지와 감옥에 대
한 조사 외에 크리스트교 전도라는 또 하나의 목적을 가지고 있었던 것이

다.

"이 사람들에게 좀 전해 주십시오. 그리스도께서는 그들을 불쌍히 여기시고 사랑하신다고. 그리고 그들을 위해 돌아가셨다고요. 만일 그들이 이를 믿는다면 구원받게 될 것이란 것도요. 이 책 속에 모든 말씀이 들어 있다고 그들에게 전해 주십시오. 여기에 글을 읽을 줄 아시는 분 계십니까?"

영국인이 말하는 동안 죄수들은 묵묵히 침대 곁에 서 있었다. 그들 중에 글을 읽을 줄 아는 사람이 20명 이상이라는 것이 밝혀졌다. 영국인이 손가방에서 장정된 《신약 성서》 몇 권을 꺼내자, 손톱이 새카맣게 자란 더러운 손들이 달려들었다. 그는 그들에게 성경 두 권을 나눠 주고 다음 감방으로 향했다.

다음 감방 역시 먼젓번 감방과 마찬가지 모습이었다. 그리고 여기에도 자리에서 일어나지 못하는 환자가 세 사람 있었다. 두 사람은 몸을 가누고 앉았으나, 다른 한 사람은 그냥 누운 채 들어온 사람들을 쳐다보려 하지도 않았다. 영국인은 그들에게 아까와 같은 말을 되풀이하고는 역시 성경 두 권을 건네 주었다.

세 번째 감방에서는 시끄럽게 떠드는 소리와 우당탕 하는 소리가 들려왔다. 소장이 문을 두드리며 조용히 하라고 소리를 질렀다. 문이 열리자 역시 모든 죄수들이 침대 옆에 늘어섰지만, 몇 명의 환자는 그대로 누워 있었고, 두 사람이 각자 상대의 머리채와 수염을 잡아당기며 싸우고 있었다. 소장이 가까이 다가가서야 그들은 비로소 손을 놓았다. 한 사람은 흘러내리는 콧물과 코피를 긴 외투의 소맷자락으로 훔쳤으며, 다른 한 사람은 잡아뜯긴 턱수염을 주워 모으고 있었다.

"반장!"

소장이 엄격한 목소리로 반장을 힐책했다.

"그들은 왜 싸운 거지요?"

영국인의 물음을 네흘류도프가 반장에게 통역해 주었다.

"각반 때문이죠. 남의 것을 찼으니까요. 이 녀석이 집적거리니까 저 녀석이 앙갚음을 한 겁니다."

네흘류도프가 반장의 말을 다시 영국인에게 설명해 주었다.

영국인은 자신의 성경을 꺼내더니 한쪽 뺨을 맞으면 다른 쪽 뺨을 내밀라는 그리스도의 계율 한 구절을 읽어 주며 그에게 통역해 달라고 말했다.

"자기가 한번 해 보라지."

누군가가 말했다.

"다른 쪽 뺨을 얻어맞고 나면 다음엔 무얼 내밀지?"

누워 있던 환자가 말했다.

"그러다간 만신창이가 될 거야."

"그래, 어디 한번 해 보라고 그래."

뒤에서 누군가가 킬킬대며 말했다. 그러자 사람들이 일제히 웃음을 터뜨렸다. 얻어터진 죄수까지도 코피와 침을 빨면서 웃어 댔다. 그래도 영국인은 당황하지 않고, 불가능해 보이는 일도 그것을 믿는 사람들에게는 가능하고 쉽다는 말을 그들에게 전해 달라고 네흘류도프에게 부탁했다. 그곳에는 네 명의 환자가 있었다. 어째서 환자들을 별도로 돌보지 않느냐는 영국인의 질문에 소장은 그들 자신이 그걸 원치 않는다고 대답했다. 그들은 전염병 환자가 아니며 간호장이 돌봐 주고 있고, 보조비도 나온다는 것이다.

"이 주일이 지났지만 얼굴도 안 내밉니다."

어떤 죄수가 말했다.

소장은 아무 대답도 하지 않고 다른 감방으로 안내했다. 영국인은 그들에게도 성경을 나누어 주었다. 다섯 번째, 여섯 번째 감방에서도 마찬가지였다.

세 사람은 징역수 감방에서 유형수 감방으로, 유형수 감방에서 그들을 따라가는 사람들의 방으로 가 보았다. 어디서나 굶주리고 병들고 멸시받는 모습들뿐이었다.

영국인은 성경을 모두 나누어 주고 나자 더 이상 설교도 하지 않았다. 죄수들의 괴로워하는 모습과 숨이 막힐 것 같은 분위기에 압도되었는지 입을 다문 채 감방을 돌아다녔다. 네흘류도프 역시 거절하고 그곳을 빠져 나갈 기력조차 없어서 피로감과 절망감에 사로잡힌 채 꿈길을 헤매 듯 그 뒤를 마냥 따라다녔다.

복도 끝에 음산한 방이 있었다. 영국인이 무슨 방이냐고 묻자 시체 안치실이라고 소장이 설명해 주었다. 영국인이 그곳에 들어가고 싶다고 말했다.

시체 안치실은 평범하고 조그만 방이었다. 벽에 켜져 있는 조그만 램프가 한쪽 구석에 쌓여 있는 배낭과 장작 더미와 침대 위에 있는 시체 네 구를 희미하게 비춰 주고 있었다. 첫 번째 시체는 뾰족한 턱수염을 짧게 기르고 머리는 반쯤 깎인 사내였다. 그의 시신은 이미 굳어 있었다. 푸른 빛이 감도는 두 손은 가슴에 포개져 있었던 것 같으나 지금은 풀려 있었고, 맨발도 발바닥이 따로따로 비어져 나와 있었다. 그 옆에는 맨발에 숱이 적은 짧은 머리를 땋아 내린 노파가 누워 있었다. 그 노파의 뒤로는 보랏빛의 옷을 걸친 남자가 누워 있었다. 그를 본 순간 네흘류도프는 얼른 그에게 다가갔다.

짧은 턱수염과 아름다운 코, 수려한 흰 이마, 숱이 적은 곱슬머리. 모든 것이 그에게는 낯익은 모습이었지만 그는 자신의 눈을 믿을 수가 없었다. 그는 바로 크르일리초프였던 것이다. 그러나 노여움에 불타고 흥분하면서도 괴로워하던 그의 얼굴은 온데간데없고 소름이 끼칠 정도로 아름다운 무표정의 얼굴만이 있을 뿐이었다.

네흘류도프는 어째서 그는 그토록 괴로워했으며, 무엇 때문에 살았던 것인지, 그리고 그는 지금 그것들을 깨달았을지 생각해 보았다. 그러나 그 답안은 존재하지 않는다는, 죽음 이외에는 아무 답안도 존재하지 않는다는 생각이 들었다. 그는 몹시 심란한 기분이었다. 네흘류도프는 영국인에게 작별 인사도 하지 않은 채 간수에게 바깥으로 안내해 달라고 부탁했다. 그리고 곧장 여관으로 향했다.

네흘류도프는 잠을 이루지 못하고 오랫동안 여관방에서 서성거렸다. 마슬로바에 대한 문제는 이제 모두 끝났다. 그녀에게 더 이상 그가 필요하지 않다는 사실이 그를 슬프고 부끄럽게 만들었다. 그러나 지금 그를 괴롭히고 있는 것은 그런 것이 아니었다. 또 하나의 다른 문제가 아직 끝나지 않았을 뿐만 아니라 그 어느 때보다도 한층 더 강하게 그를 괴롭히고 그의 행동을 요구하고 있었다.

그가 요 몇 달 동안 보아 온 모든 죄악, 특히 사랑스러운 크르일리초프까지도 멸망시킨 그 죄악은 세상을 지배하며 승리를 뽐내고 있는데, 그는 그것들을 물리칠 수 없을 뿐만 아니라 물리칠 수 있는 방법조차 알지 못했다. 그는 냉정한 장군이나 검사나 감옥 소장에 의해 더러운 공기 속에 투옥되어 있는 수백 수천의 학대받는 사람들을 떠올려 보았다. 그리고 시체들 사이에 누워 있는, 분에 못 이겨 죽은 온화한 크르일리초프의 모습을 생각해 보았다. 그러자 이런 일들을 잘못된 것으로 생각하는 자신이 이상한 것인지, 아니면 스스로 현명한 사람이라 생각하며 이와 같은 일을 행하는 사람들이 이상한 사람들인지 하는, 오래 전부터의 의문이 새로운 힘으로 그의 앞에 고개를 쳐들고 해답을 요구해 왔다.

몸과 마음이 모두 지친 네흘류도프는 램프 앞에 놓인 소파에 앉아서, 조금 전에 주머니에서 물건을 꺼내면서 책상 위에 던져 두었던 성경을 아무 생각 없이 들춰 보았다. 그것은 영국인이 기념으로 준 것이었다. 그러다가 '모든 말씀이 여기에 다 있다'는 영국인의 말을 생각해 내며 펼쳐져 있는 곳을 읽기 시작했다. 〈마태복음〉 제18장이었다.

그때에 제자들이 예수께 나아가 가로되, 천국에서는 누가 크니이까?

예수께서 한 어린아이를 불러 저희 가운데 세우시고 가라사대, 진실로 너희에게 이르노니, 너희가 돌이켜 어린아이들과 같이 되지 아니하면 결단코 천국에 들어가지 못하리라. 그러므로 누구든지 이 어린아이와 같이 자기를 낮추는 그이가 천국에서 큰자니라. 또 누구든지 내 이름으로 이런 어린아이 하나를 영접하면 곧 나를 영접함이니, 누구든지 나를 믿는 이 소자 중 하나를 실족케 하면, 차라리 연자맷돌을 그 목에 달리우고 깊은 바다에 빠뜨리우는 것이 나으리라.

네흘류도프는 무슨 말인지 확실히 알 수가 없었다. 그리고 이런 말이 자기에게 아무것도 얘기해 주지 않는다는 것을 느끼면서, 그는 그 동안 여러 차례 성경을 읽어 보았지만 언제나 이처럼 모호하고 불분명한 것에 싫증이 나서 집어 던졌었던 것을 기억해 냈다. 그래도 그는 다시 7, 8, 9, 10절을 읽어 내려갔다. 거기에는 죄의 유혹과 그 유혹이 반드시 세상에 도래할 것이며, 사람들이 지옥의 불길 속으로 떨어져 벌을 받을 것이며, 또 하나님의 얼굴을 보게 되는 어린 천사들의 이야기가 씌어 있었다. 그는 그 말들이 모순투성이인 것처럼 느껴졌지만 그래도 뭔가 좋은 얘기라는 것은 알 수 있었다.

인자가 온 것은 잃은 것을 구원하려 함이니라. 너희 생각에는 어떻겠느뇨. 만일 어떤 사람이 양 100마리가 있는데, 그 중에 하나가 길을 잃었으면, 그 99마리를 산에 두고 가서 길 잃은 양을 찾지 않겠느냐?

진실로 너희에게 이르노니, 만일 찾으면 길을 잃지 아니한 아흔아홉 마리보다 이것을 더 기뻐하라. 이와 같이 이 소자 중에 하나라도 잃는 것은 하늘에 계신 너희 아버지의 뜻이 아니니라. 그때에 베드로 나와서 가로되, "주여, 형제가 내게 죄를 범하면 몇 번이나 용서하여 주리이까, 일곱 번까지 하오리까?" 예수께서 가라사대 "네게 이르노니 일곱 번뿐 아니라 일흔 번씩 일곱 번이라도 할지니라." 이러므로 천국은, 그 종들과 회개하려 하던 어떤 임금과 같으니, 회개할 때에 1만 달란트 빚진 자 하나를 데려 오매, 갚을 것이 없는지라 주인이 명하여 그 몸과 처와 자식들과 모든 소유를 다 팔아 갚게 하라 하였다. 그 종이 엎드리어 절하며 가로되, "조금만 참으소서. 다 갚으리이다." 하거늘, 그 종의 주인이 불쌍히 여겨 놓아 보내며 그 빚을 탕감하여 주었더니, 그 종이 나가서 제게 100데나리온 빚진 동관 하나를 만나 붙들어 목을 잡고 가로되 빚을 갚으라 하매, 그 동관이 엎드리어 간구하여 가로되, "나를 참아 주소서 갚으리이다." 하되, 허락하지 아니하고 이에 가서 빚을 갚을 때까지 옥에 가두거늘, 그 동관들이 그것을 보고 심히 민망하여 주인에게 가서 그 일을 다 고하니, 이에 주인이 저를 불러다가 말하되, "악한 종아, 네가 빌기에, 내가 네 빚을 전부 탕감하여 주었거늘, 내가 너를 불쌍히 여김과 같이 너도 네 동관을 불쌍히 여김이 마땅치 아니하냐."

"겨우 이게 전부인가?"
네흘류도프는 이 구절을 읽다가 갑자기 큰 소리로 외쳤다. 그러자 그의 모든 존재의 내부에서 '그렇다, 그게 전부다.' 하는 목소리가 들려 왔다.
그때 갑자기 정신 생활을 하고 있는 사람들에게 이따금 일어나는 일이 네흘류도프에게도 일어났다. 처음엔 이상하고 역설적이며 농담처럼 여겨지던 것이 점차 확신이 서게 되고, 마침내는 가장 단순하면서도 의심의 여지가 없는 진리로 나타나는 것이었다. 그는 사람들을 괴롭히고 있는 죄악으로부터 구원받을 수 있는 단 한 가지 확실한 길은, 늘 자신을 하나님에 대해 죄인이라는 것을 인식하고, 따라서 남을 처벌하거나 바르게 할 만한 힘이 자기에게는 없다는 것을 깨닫게 하는 것뿐임을 명확히 알게 되었던 것이다.
그가 형무소나 군대에서 목격했던 그 무서운 죄악도, 그 악을 행하고 있는 사람들 자신이 악인이면서 악을 바르게 고쳐 보려는 그 불가능한 일을 하고 싶어하는 데서 생긴다는 것을 그는 분명히 깨달았다. 여태까지 그가 찾지 못했던 해답은 바로 그것이었다. 즉, 사람은 누구나 죄짓지 않은 사람이 없으므로, 사람들에게 벌을 주거나 교화시킬 수 있는 사람도 존재하지 않으니, 항상 모든 사람들을 몇 번이고 끝없이 용서해야 한다는 것이었다.
그러면 악당들은 어떻게 처리해야 하는가, 그들을 아무 처벌도 하지 않고 내버려 두어야 하는가 하는 평소에 품고 있던 반대 논리도 그를 더 이상 당황하게 하지 못했다. 만일 형벌이 범죄를 감소시키고 죄수들을 교화시킬 수 있다는 것을 증명할 수 있다면, 이러한 반대 논리도 커다란 의미를 지닐 수 있었다. 그러나 실제로는 그와 반대라는 사실이 증명되어 왔다. 네흘류도프는 지금까지 사회와 질서가 이대로나마 존속하고 있는 것은 다른 사람들을 재판하고 처벌하는 법률로 보호된 죄인들이 아니라, 이 같은 부패와 타락에도 불구하고 서로 동정하고 사랑하는 마음을 잃지 않는 사람들이 있기 때문이라는 것을 명확히 알 수 있었다.

네흘류도프는 자기가 생각하고 있는 이러한 근거를 성경에서 찾을 생각으로 처음부터 다시 읽어 내려갔다. 그는 언제나 감동을 주었던 산상 수훈을 읽으면서, 오늘에야 비로소 아주 단순한, 누구든지 실행할 수 있는 계율이 존재한다는 사실을 깨달았다. 모든 사람들이 그 계율을 실행한다면, 인간 사회는 완전히 새로운 질서를 갖추게 되어 그를 분개시켰던 온갖 폭력이 자연히 자취를 감출 뿐만 아니라, 인류가 갈망하는 최고의 행복인 지상 천국을 누릴 수 있는 것이라고 그는 생각했다.

그 계율은 다음 다섯 가지였다.

제1의 계율(마태복음 제5장 21~26절)은, 사람은 사람을 죽여서는 안 될 뿐 아니라 형제에게 화를 내서도 안 되며, 형제를 어리석은 사람이라고 무시해서도 안 된다. 그리고 만일 어떤 사람과 다투게 되면 하나님께 공물을 바치기 전에, 즉 기도를 하기 전에 그와 화해를 해야 한다는 것이었다.

제2의 계율(마태복음 제5장 27~32절)은, 사람은 간음해서는 안 되고, 여자의 아름다움에 음욕을 품어서는 안 되며, 한 여자를 아내로 맞았으면 결코 그녀를 배반해서는 안 된다는 것이었다.

제3의 계율(마태복음 제5장 33~37절)은, 사람은 어떤 경우에나 맹세를 하고 약속을 해서는 안 된다는 것이었다.

제4의 계율(마태복음 제5장 38~42절)은, 사람은 눈에는 눈이라는 식의 복수를 해서는 안 되고, 누가 오른쪽 뺨을 치면 왼쪽 뺨도 내주어야 하며, 모욕을 용서하여 겸허한 마음으로 참고, 누구든지 자기에게 바라는 것이 있으면 거절하지 말아야 한다는 것이었다.

제5의 계율(마태복음 제5장 43~48절)은, 사람은 원수를 미워하거나 원수와 싸워서는 안 되고, 그들을 사랑하고 도와 주며 봉사해야 한다는 것이었다.

네흘류도프는 꼼짝도 하지 않고 타오르는 램프의 불빛을 바라보고 있었다. 그러면서 일상 생활의 모든 죄악을 떠올리며, 만일 모든 사람들이 이런 계율에 따라 살아간다면 삶이 얼마나 훌륭해질까 하고 생각해 보았다. 그러자 그 동안 느껴 보지 못했던 환희가 마음 속에 일어났다. 그것은 마치 오랜 고통과 괴로움 속에서 갑자기 안식과 자유를 발견한 것 같은 기분이었다.

그는 밤새도록 잠을 자지 않았다. 그리고 성경을 읽은 많은 사람들이 경험했듯이 지금껏 여러 차례나 읽으면서도 발견하지 못했던 성경 구절의 의미를 뚜렷하게 이해할 수 있게 되었다. 마치 해면이 물을 빨아들이듯이 그는 성경 속에서 자기에게 필요하고 중요하며 기쁜 것을 받아들였다. 그리고 그가 읽은 모든 것은 이미 오래 전부터 알기는 했지만, 완전히 깨닫지 못하고 또 믿지도 않았던 것이 의식의 빛에 비쳐 뚜렷이 확인된 듯한 기분이었다. 그는 이제서야 비로소 충분히 깨닫고 확신하게 된 것이다.

그는 이 같은 계율이 실천만 된다면 사람들이 기대하고 바라는 최고의 행복을 누릴 수 있을 뿐만 아니라 그것을 실천하는 데에 인생의 유일한 의의가 있음을 깨달았다. 그것은 교리 전체에 면면히 흐르고 있는 것으로서, 포도밭 농부들의 우화를 보면 더욱 명확히 알 수 있다. 농부들은 일을 하도록 맡겨진 포도밭이 자기들 것이라고 생각하고, 포도밭에서 생산되는 것 전부가 자기들을 위한 것이라고 판단했다. 그리고 자기들이 할 일은 포도밭에서 인생을 향유하는 것이라고 생각하여 주인을 잊고 주인이나 주인에 대한 의무를 상기시켜 주려는 사람들을 모두 죽여 버렸던 것이다.

사람들 모두가 그와 똑같이 행동하고 있다고 네흘류도프는 생각했다. 사람들은 자기가 자기 생명의 주인이라든가, 생활은 즐거움을 주기 위해 주어진 것이라고 어리석게 믿고 있다고 그는 생각했다. 만일 우리가 세상에 보내졌다면 누군가의 의지와 어떤 목적이 있음에 틀림없었다. 그러나 사람들은 자신의 쾌락만을 위해 사는 것이라고 믿고 있는 것이다. 그것은 주인의 의지를 이행하지 못한 포도밭의 농부가 어리석었던 것처럼 우리가 어리석기 때문이라고 그는 깨달았다. 그러면서 주인의 의지가 표현된 이러한 계율을 사람들이 실천할 때에만 지상에 신의 왕국이 건설되고, 그에

알맞은 은혜를 입을 것이라고 확신했다.

그는 '너희들은 신의 왕국과 그 정의(正義)를 구하라. 그러면 그 나머지는 너희들에게 돌아갈 것이다.'라는 성서의 구절을 생각하며 바로 그것이 자기 일생의 사업이라고 생각했다. 그러면서 이제 한 가지 일이 끝나자, 또 다른 일이 시작되는 것을 가슴 뿌듯하게 받아들였다.

이날 밤부터 네흘류도프에게는 전혀 새로운 생활이 시작되었다. 그것은 그가 새로운 생활 조건 속에 들어갔기 때문이라기보다 이때부터 일어난 모든 일이 과거와는 완전히 다른 새로운 의미를 지니게 되었기 때문이었다.

그의 인생의 새로운 날들이 어떻게 끝을 맺을지는 미래가 보여 줄 것이다.

1899년 12월 17일 모스크바에서

WORLD BEST

《부활 *Voskresenie*》 바로 읽기

인간 사랑을 설파한 대문호

19세기 러시아 문학을 대표하는 세계적인 대문호이자, 위대한 사상가이며, 종교가였던 톨스토이(Lev Nikolaevich Tolstoi, 1828~1910). 그가 세계 문예사에서 차지하는 위치는 신화적이며, 그와 견줄 만한 작가란 그리 많지 않다. 톨스토이는 괴테가 사망한 이래로 세계 문학을 지배했으며, 문학 외적인 면에서도 그의 명성은 볼테르(Voltaire, 1694~1778)의 시대 이래로 그 예를 찾아볼 수 없다. 특히 러시아 국민들에게 있어서 톨스토이는 다른 어떤 작가들보다 선호되고 있으며 러시아 문학의 중심, 그리고 스승으로 숭앙받고 있다. 그가 팔십 생애에 걸쳐 이룩한 문학적 성과 외에도, 세계의 지성을 뒤흔들던 그의 거대한 사상적, 도덕적, 인격적 권위는 앞으로도 결코 의심되지 않을 것이다.

톨스토이의 문학 창작은 시작부터, 임박한 혁명의 폭풍 시대에 자리잡고 있었다. 즉 톨스토이는 이른바 러시아 혁명 전 시대의 작가로 그의 창작에는 러시아 농민문제가 중심점을 이루고 있다. 19세기 러시아의 사회는 봉건적인 농노제도에서 자본주의 체제로 이행해 가는 전환기에 놓여 있었으며 그 과정에서 발생한 여러 문제들로 인해 혼란 속으로 빠져들고 있었다. 지배층과 국민 대중의 이해, 갈등이 더욱 첨예화되어 갔으며, 국민의 대다수를 차지하던 농민들은 궁핍에 시달리고 있었다. 이러한 시대적 배경 속에서 진보적 문학인들은 사회적인 대변혁이 불가피하다고 생각하고 구세계의 붕괴 및 사회정의의 실현이 가까이 도래하리라는 믿음을 지니게 되었다. 그리고 이러한 믿음은 자유와 경제적 평등을 쟁취하고자 하는 대다수 국민의 분위기와 함께 19세기 러시아 문학에 반영되었으며, 사회 현실을 고발, 비판하는 리얼리즘 문학으로 뿌리내리게 되었다.

또한 근대 러시아 문학은 본질적으로 러시아 인텔리겐치아의 산물인데, 이들은 제정 러시아 엘리트들로서 문학은 무엇보다도 사회비판에서, 그리고 소설은 '사회 소설'에서 시작되어야 한다고 생각했다. 이 새로운 정치·문학적 전위세력은 러시아 문학에서 1830년대 말까지 압도적이던 귀족층을 대신해 문단을 주도하며 반종교, 반전통주의를 통해 국민대중을 계몽시키고자 했다.

이런 정치·사회적 격동기와 문학적 세대교체기에 톨스토이는 인류의 보편적 행복과 사랑을 희구하며, 문학가요, 사상가로서 치열한 삶을 보내게 된다. 톨스토이는 강직하기 이를 데 없는 사회 현실의 관찰자요, 진리와 정의의 참된 벗으로서, 비록 그가 귀족 출신이었지만 농민 대중의 비참한 삶을 이해하고 그들의 입장에서 현대 사회의 결함과 부조리, 죄악을 작품으로 형상화했던 위대한 인간이었다.

톨스토이의 생애는 1880년경을 전후로 전연 다른 두 시기로 나뉜다.

전기는 행복스러운 결혼생활과 창작에 몰두하면서 자신과 가족을 위해 살았던 에고이스트의 시기로, 이때 그는 19세기의 웅대한 두 서사적 작품인 《전쟁과 평화》(1864~1869)와 《안나 카레니나》(1873~1877)를 탄생시킨다.

후기는 종교적 개종과 함께 1882년 《참회록》을 발표하면서 문학 활동에서 종교적, 정신적인 방향으로 전향한 만년의 시기로, 톨스토이는 새로운 종교 및 윤리적 가르침의 예언자로 부상하며 《부활》이라는 성스러운 예술적 결정품을 발표한다.

전기 ── 문학에의 낙관적 열망과 위기

레프 니콜라예비치 톨스토이 백작의 가문은 오래된 러시아 귀족 가문이며, 톨스토이의 어머니는 볼콘스키 공작의 영애로 태어났다. 그의 부친과 모친은 《전쟁과 평화》의 니콜라이 로스토프와 공작 영애 마리아와 같은 등장 인물들의 출발점이 되고 있다. 톨스토이는 유년 시절과 소년 시절을 여러 형제들로 이루어진 대가족 속에서 모스크바와 야스나야폴랴나를 오가며 보냈다. 그는 두 살 때에 어머니를 잃었고 아홉 살 때에 아버지를 잃었다. 그 후의 교육은 백모가 맡았다.

생애의 많은 부분을 톨스토이는 대학에서 보냈다. 대학을 떠난 후에 그는 젊은 급우들과 마찬가지로 불규칙하고 환락에 가득 찬 생활—— 술, 도박, 여자—— 을 했다. 그러나 톨스토이는 있는 그대로의 삶을 가벼운 마음으로 용납할 수가 없었다. 그의 일기(그의 일기는 1847년 것부터 현존한다)에는 처음부터 삶의 이성적이고 도덕적인 변호를 위하여 채워지지 않는 갈망이 드러나고 있다. 이러한 갈망은 영원히 그의 정신을 지배하는 힘으로 잔존하였다.

그가 보다 야심적이고 보다 분명하게 창조적인 작품을 쓰고자 한 첫 시도는 1851년에야 나타난다. 그 해, 공허하고 무용한 모스크바의 생활에 염증을 느낀 톨스토이는 맏형 니콜라이를 따라 카프카스로 떠났다. 그곳의 아름다운 자연이 그의 어지러움을 진정시켜 주었다. 그곳에서 그는 카자흐 마을에 주둔하고 있던 포병대에 융커(Junker)—— 즉, 귀족 태생이지만 사병 계급의 지원자—— 로 들어갔다. 1852년에 톨스토이는 최초의 이야기, 《유년 시대》를 완성한다. 이 이야기는 즉시 커다란 성공을 거두었고 문학계에서 톨스토이의 위치를 확고히 해 주었다. 1853년 러시아와 터키 사이에 크리미아 전쟁이 일어나고 톨스토이는 장교로서 출전했다. 그는 전투의 중심지인 세바스토폴리에서 공을 세워 훈장을 타기도 했고, 이때의 경험을 《세바스토폴리 이야기들》이란 작품으로 형상화하기도 했다.

톨스토이는 전쟁이 끝나자 곧 제대를 하고 고향으로 돌아왔다. 페테르부르크와 모스크바의 문인들은 그를 그들의 가장 유명한 동료 가운데 한 사람으로서 환영했다. 반면에 귀족 출신으로서 톨스토이의 허영심과 자만심은 자신의 성공으로 더욱 의기양양해졌고, 인텔리겐치아 출신의 기성

문인들과는 사이가 좋지 않았다. 톨스토이에게 있어서 그들은 지나치게 자의식이 강한 평민에 불과했으며, 자신들의 모임보다는 '사교계'를 선호하고, 서구적 성향을 지향하는 그들의 위장된 우월성에 불쾌감을 느꼈던 것이다.

1856년부터 1861년 사이에 톨스토이는 페테르부르크와 모스크바, 그리고 야스나야 폴랴나와 외국을 전전하면서 보냈다. 특히 외국 여행을 통해 유럽의 부르주아 문명의 이기성과 물질주의에 혐오감을 품게 되었다. 1859년에 그는 야스나야 폴랴나에 농민의 자제들을 위한 학교를 설립하였고, 1862년에 「야스나야 폴랴나」라는 교육 잡지를 발행했다. 이 잡지에서 그는 지식인들이 농민들을 교육시킬 것이 아니라 지식인들을 농민들이 가르쳐야 한다고 주장함으로써 진보적 지식인들을 경악케 했다. 한편 도덕적 안정을 위한 끊임없는 추구는 계속 톨스토이를 고통스럽게 했다. 이즈음에 그는 젊은 날의 거친 생활을 포기하고 결혼을 생각했고, 1860년에는 맏형 니콜라이가 결핵으로 죽었다. 이 형의 죽음은 그에게 있어서 죽음이라는 불가피한 실재와의 첫 만남이었다. 톨스토이의 인생관이 언제나 생명의 의미를 묻는 데서 시작하고 있는 것은 이와 같이 그의 전반기의 생에서 사랑하는 골육을 잃었기 때문이다. 그러나 톨스토이의 인생은 그때부터가 시작이었다. 1862년, 오랜 주저 끝에 톨스토이는 18세의 처녀 소피아 안드레예브나 베르스(Sophie Andreyevna Behrs)와 결혼을 하였다. 톨스토이의 결혼은 그의 생애에서 가장 중요한 두 가지의 획기적인 사건들 가운데 하나이다(다른 하나는 그의 기독교에로의 귀의이다).

톨스토이는 항상 하나의 선입관, 즉 자신의 양심 앞에서 어떻게 자신의 삶을 정당화하고 그리하여 안정된 도덕적 행복을 달성할 수 있는가에 사로잡혀 있었다. 독신 시절에 그는 두 개의 서로 대치되는 욕망 사이를 방황하였다. 하나는 그가 농민들 속에서 발견했던 온전하고 무분별한 '자연적인' 상태를 향한 정열적이고 절망적인 열망이었다. 즉 그것은 정당화를 필요로 하는 삶이 양심에서 자유로운 상태였다. 그는 일부러 동물적인 충동(특히 사냥)에 빠져 그러한 상태를 발견하고자 노력했으나 끝내 그러한 상태를 발견할 수 없었다. 이와 똑같은 다른 하나의 열정적인 열망, 즉 삶의 이성적인 정당성을 발견하고자 하는 열망이 그가 자기 만족적인 목표를 달성했으면 하고 바랄 때마다 그의 마음을 갈기갈기 찢어 놓았던 것이다. 톨스토이에게 있어서 결혼은 보다 안정되고 영원한 '자연적인' 상태로 나아가는 문이었다. 가정 생활과 그가 태어난 생활에 대한 무조건적인 용인과 그 생활에의 순종은 이제 그의 종교가 되었던 것이다.

　결혼 생활의 처음 15년 동안을 톨스토이는 만족스럽고 단조로운 삶의 축복 속에서 지냈다. 이러한 삶의 철학은 《전쟁과 평화》 속에 고도의 창조력으로 표현되어 있다. '1805년'이라는 최초의 제목으로 구상된 《전쟁과 평화》는 분량에서 뿐만 아니라 완벽도에 있어서도 초기 톨스토이의 걸작품이다. 이 소설의 철학은 이성과 문명의 세련이 아니라, 자연과 인생의 찬미이며, 완전한 낙천이다. 적나라하게 드러나는 전쟁의 공포와 끈질기게 폭로되는 궤변적이고 무익한 문명의 부조리에도 불구하고 《전쟁과 평화》의 전체적인 메시지는, 세계는 매우 아름답다는 미와 만족의 메시지이다. 이러한 목가적인 것에로의 경도(傾倒)는 시종일관 톨스토이 속에 항상 존재하는 가능성이었으며, 그것은 그의 끊임없는 도덕적 불안과는 전혀 반대되는 것이었다. 이러한 톨스토이의 자연성의 뿌리는 그가 속한 계급, 즉 러시아 귀족 계급의 행복하고 부유한 세태 풍속과의 조화인 것이다.

　톨스토이가 생각한 삶의 의미는 삶 그 자체였다. 가장 위대한 지혜는 삶에서의 자신의 위치를 받아들이고 삶에 순응하는 데 있었다. 그러나 자기 합리화된 삶에 열중하고 대체로 만족하였으며 자신의 위대한 소설 속에서도 전무후무한 상상력으로 이러한 삶을 찬양했지만, 톨스토이는 결국 그 삶에 완전히 동화될 수는 없었다. 도덕적인 갈망이라는 벌레는 한때 무시해도 좋을 정도로 줄어들었지만 결코 죽지는 않았다. 톨스토이는 항상 도덕적인 문제와의 충동으로 초조해 했다. 이러한 정신적 불균형이 위기감으로 변해가고 있을 무렵 톨스토이는 《안나 카레니나》라는 또 하나의 대작을 구상하기 시작했다. 《전쟁과 평화》에는 톨스토이의 건강하고 자신만만한 귀족의 낙관주의가 시종 군림하고 있었고 그로 인해 위대한 목가

이며 '인류의 진로를 가리키는 깃발'인 영웅 서사시로 씌어질 수 있었는데, 그러한 낙관주의가 《안나 카레니나》에 오면서 어두워지고 비관주의적 경향으로 흐르게 되었다. 결국 톨스토이는 이 작품을 쓰는 동안에 그를 기독교로 귀의케 하는 정신적 위기를 맞이하게 되며 그의 인생에 대한 낙관주의와 예술에 대한 믿음에 변화를 초래하게 되었다.

이처럼 톨스토이의 1880년대 이전 시기의 특징이 자연적(목가적)이고, 비합리적(신화적)이고, 개인적이었던 반면에 이후로 전개되는 그의 생애는 이성적이고 합리적이며 박애주의적인 성향을 띠게 된다.

후기 —— 종교에로의 심취와 정신계의 사도

톨스토이의 위기는 《참회록》에 성서적인 힘을 가지고 기술되어 있다. 이 위기는 죽음의 실재에 점점 사로잡힘으로써 일어났는데, 이 죽음의 문제는 다시금 삶의 최종적인 정당성을 향한 억제할 수 없는 갈망과 욕망을 제기하였다. 처음에 그것은 톨스토이를 정교(Orthodox Church)로 이르게 했다. 그러나 톨스토이를 사로잡고 있던 합리주의는 그 자신을 신학적이고 신비주의적인 기독교의 교의를 배제한 도덕적인 것만을 용납하는 순수하게 이성적인 종교에 이르게 했다. 이성적인 종교는 결국 그의 영혼이 갈망했었던 최종적인 목표였던 것이다.

톨스토이의 가르침은 모든 전통과 확실한 신비주의가 제거된 합리화된 '기독교 신앙'이다. 그는 개인의 불멸(不滅)을 부정했고, 복음서들의 도덕적 가르침에 철저하게 관심을 집중했다. 그리스도의 도덕적 가르침 중에서 '악에 저항하지 말라'는 말은 그 뒤에 나오는 모든 말의 원칙으로 수용되었다. 톨스토이는 국가를 시인하는 교회의 권위를 부정했고 폭력과 강제를 인정하는 국가를 힐난했다. 모든 형태의 강요에 대한 그의 힐난은 정치적인 관점에서 톨스토이의 가르침이 무정부주의(無政府主意)에 기울어져 있음을 알게 한다. 실제로 톨스토이의 무정부주의의 칼날은 러시아의 현존 체제를 겨냥하고 있었다. 이러한 억압적 지배 기구(정부)에 대한 톨스토이의 분노와 증오는 더욱 깊어지고 그의 최후의 대작인 《부활》

(1899년)에서 날카로운 필치로 단죄하기에 이른다.

톨스토이의 이런 비판 의식은 그의 행복론과도 연관되어 있다. 톨스토이의 종교는 본질상 행복의 추구에 기초한 교리이다. 즉 인간은 자기만을 위해서 살아서는 안 되며, 남을 위해서, 인류 전체의 행복을 생각하면서 살아가야 한다는 것이다. 인간이 자기 행복만 생각하고 살면 그 희망은 서로 충돌하기 때문에 도저히 행복해질 수 없고 따라서 이성의 활동인 사랑을 가지고 일반성을 위해 살아가는 것이 인생 최고의 목적이며 그 가운데 올바른 행복이 존재한다는 것이다. 그리고 이와 함께 톨스토이의 예술관에도 변화가 일어난다.

1880년 이후 톨스토이는 여러 가지 윤리적 이유로 예술을 거부하고 문학 활동을 중단했다. 뿐만 아니라 온갖 미적 쾌락을 유치한 것으로 간주하고 그의 초기 걸작들을 본능적이고 비도덕이라 하여 비난하고 말살하려고까지 했다. 톨스토이는 예술은 소수 식자계층(識者階層)을 위한 하나의 사치품에서 만인의 공유물로 되돌아오지 않는 한 전혀 무용할 뿐만 아니라 실제로 해롭기까지하다고 선언했다. 이제 톨스토이에게 있어 예술이란 공감을 일으켜 '감화를 주는 것'이었다.

'만약 어떤 사람이 작가의 정신상태에 의해 감화를 받아 그 사람이 이러한 감정, 다른 사람들과의 연대를 느낀다면 이렇게 영향을 미친 대상이 예술이다.'라고 톨스토이는 《예술이란 무엇인가?》(1897)에서 밝히면서 셰익스피어, 베토벤 및 푸슈킨의 예술은 그것이 사람들을 한데 묶는 대신 여러 계층으로 갈라 놓는다는 이유로 배격했다.

이러한 톨스토이의 변화된 심상은 그의 교화적 논문집인 《참회록》을 비롯해서 《나의 신앙》(1884), 《그러면 우리들은 무엇을 할 것인가》(1886), 《인생론》(1887), 《예술이란 무엇인가》, 《종교론》(1902) 등에 심도 있게 투영되어 있다.

개종 이후, 톨스토이의 종교에로의 심취와 그에 따른 개인 생활의 전향은 이전에 그를 찬미하던 많은 사람들을 깜짝 놀라게 하고 실망케 했다. 특히 아내 소피아와의 정다운 사이가 벌어지기 시작했다. 그러나 톨스토이는 그런 것에 개의치 않고 계속해서 자신의 신념을 실천에 옮기고자 노력했다. 모든 악의 뿌리가 사유제(私有制)에 있다고 생각하고 일체의 돈과 토지, 그리고 저작권 등을 포기했다. 그리고 톨스토이는 그의 고향인 야스나야 폴랴나에서 농민들과 함께 생활하며 그들과 가까워지기 위해 노력했다. 농민의 자제들을 교육하기도 하고 그들을 위해 단순하고 간명한 말로 표현한 민화들을 쓰기도 하였다. 일반 대중을 위한 이 일련의 교훈적인 단편들은 대체로 1885년 이후 톨스토이의 가르침을 대중화시킨다는 특수 목적을 위해 설립된 '포스레드니크' 출판사에 의해 출판되었다.

톨스토이의 이 새로운 소설들은 그가 지향하는 종교적 예술에 대한 열망으로 가득 차 있다. 이후에도 톨스토이는 그의 개종에 대한 견해를 담은 《이반 일리치의 죽음》(1886), 《주인과 하인》(1895) 등과 성문제를 다룬 《크로이체르 소나타》(1889), 《악마》(1889, 사후에 출판됨) 등의 걸작들을 발표했다. 그러나 톨스토이의 모든 후기 서사작품들 중에서 가장 많은 관심을 끌었고 가장 널리 알려진 대표적인 작품은 《부활》이다. 분량에 있어서도 초기의 대작인 《전쟁과 평화》, 《안나 카레니나》에 필적하는 《부활》은 소설가로서의 톨스토이의 영묘한 재능이 유감없이 발휘된 작품으로, 1899년 「니바」 지에 연재되면서 세인(世人)들의 굉장한 반향을 불러일으켰다. 이 《부활》의 회오리는 사람들의 가슴 속에 '톨스토이즘'이라는 영원히 식지 않을 불꽃을 타오르게 했고 그 불길은 점점 많은 사람들의 가슴으로 옮아가게 되었다.

만년의 톨스토이는 대부분의 시간을 고향인 야스나야 폴랴나에서 보냈다. 충실한 제자 체르트코프, 《대톨스토이전》의 저자이자 전기작가인 비류코프 등을 비롯해 많은 추종자들이 톨스토이 곁에 모여들었고 모든 계층민들 사이에서 그의 명성은 매우 높아졌다. 생애 마지막 20년 동안 톨스토이는 명예와 인기와 권위를 누렸을 뿐만 아니라 그 명성이 옛 선지자와 예언자들을 방불케 하는 전설적인 인물이 되었다. 야스나야 폴랴나는 사람들이 모여 사는 새로운 공동체가 되었다. 또한 많은 사람들이 국적과 사회계급과 문화계층의 차이를 막론하고 찾아와서 농부의 옷을 입고 있는 늙은 사상가를 마치 성자처럼 우러러보고 가는 순례지가 되었다. 그를 만나보고 '이 사람은 과연 신과 같도다!'라고 생각한 것은 고리키(Maxim Gorky, 1868~1936)만이—— 무신론자인 그는 이러한 고백으로 그의 톨스토이 회상록을 끝맺고 있다—— 아니었을 것이다.

그러나 톨스토이의 가족은 막내딸 알렉산드라만을 제외하고 모두 그의 가르침에 반대했다. 특히 아내 소피아 안드레예브나는 그의 새로운 사상에 확고히 반대한다는 입장을 나타냈다. 그녀는 재산의 포기를 거부했고, 그녀의 대가족을 부양하는 것이 자신의 책임임을 분명히 했다. 결국 톨스토이는 그의 새로운 작품의 판권은 포기했지만 토지와 초기 작품들의 판권은 아내에게 넘겨 주어야 했다. 이것은 사유재산의 포기와 물질적 부의 경멸에 대한 톨스토이의 가르침과 그의 아내의 주도하에 영위했던 편안하고 호사스럽기까지 했던 생활간의 외적 모순을 야기했다. 이 모순은 그에게 몹시 부담이 되었고, 자주 가출(家出)에 대한 충동을 받게 되었다. 톨스토이는 나이에 비해 매우 건강했으나, 1901년 티푸스, 폐렴 등의 중병으로 인해 오랫동안 크리미아에서 요양 생활을 해야만 했다. 톨스토이는 생애의 마지막까지 일을 계속했고, 조금이라도 지력이 쇠퇴했다는 어떤 징후도 보이지 않았다. 다만 사생활의 갈등으로 더욱 고통을 당했고, 아내와의 불화로 괴로워했다. 결국 1910년 10월, 82세의 노인인 톨스토이는 아내에 대한 증대하는 노여움에 가득 차서 막내딸 알렉산드라와 주치의를 데리고 미지의 목적지를 향해 야스나야 폴랴나를 떠났다. 얼마 동안 불안하고 정처없이 방황하던 톨스토이는 북쪽 대륙의 찬 바람에 휘몰려 최후의 안식처인 아스타포보 정거장에 머물러야 했다. 역장은 이 노작가를 관사로 안내했고 그곳에서 11월 7일 새벽, 톨스토이는 그 장대한 생애를 마쳤다. 이 톨스토이의 최후의 비극은 '세기의 전설'로 지금까지 전해지고 있다.

작가 톨스토이의 위대함은 그의 창작이 인간에 대한 사랑과 믿음의 확인이었다는 데에 있다. 인간 전체의 긍정과 생명 찬미의 문학의 창조자로서 시종했던 톨스토이에게 있어 생명에 대한 무한한 사랑과 믿음이야말로 그의 문학작품에 태양 같은 빛과 따뜻함을 제공하던 원천이었다. 그는 항상 인생에 대하여 절박한 고민을 체험하고 그 사상을 실현하느라고 애쓴 작가이다. 그리하여 톨스토이는 문학에만 머물러 있지 않고 교육, 난민구제의 방면에도 힘을 기울였다. 러시아의 부조리와 크나큰 죄악에 대해서 행동으로써 속죄하려고 했던 것이다. 톨스토이는 최후까지 동시대의 작가 중 가장 뛰어난 예술가로 남아 있었고 그의 죽음으로 세계 문학계는 주인이 없는 상태가 되었다. 톨스토이는 살아 있는 양심이었고 그 세대의 도덕적 불안과 정신적 갱신에 대한 의지를 누구보다도 잘 표현한 위대한 스승이요, 교육자였다.

《부활》 —— 종교적 열정의 예술적 승화

현대 서구 문학 전부를 뒤져 봐도 《부활》의 저 포괄적인 서사적 위대성에 비견될 수 있는 소설은 드물다. 《전쟁과 평화》, 《안나 카레니나》와 함께 톨스토이의 3대 걸작으로 칭송되는 《부활》은 그 심오하고 웅대한 작품성에 있어 다른 두 작품을 능가하고도 남음이 있다. 《부활》은 사랑을 기초로 한 예술에서 출발하여 만년에는 종교에 몰입했던 대문호 톨스토이의 모든 사상, 예술, 종교가 고도로 농축된 결정품이라 할 수 있다. 프랑스의 작가 로망 롤랑이 '다른 어떤 작품에서보다도 톨스토이의 맑고 심혼을 찌르는 듯한 곧은 눈길을 절실히 느낀다'고 그의 《톨스토이론》에서도 찬탄한 바 있듯이, 이 작품은 톨스토이의 종교적 열정을 예술로 승화시킨 예술적 성서이며, 최후의 불꽃이다.

《부활》은 1899년 3월 13일자 「니바」지 11호에 연재되었다. 그러나 톨스토이가 실제로 이 작품을 구상한 것은 그보다 10년 전이었다. 1887년의 어느 날 톨스토이는 야스나야 폴랴나로 그를 찾아온 법률가 친구인 A·F 코니로부터 페테르부르크 관구 재판소 검사 시절의 흥미로운 에피소드를 듣게 되었다. 즉 핀란드의 어느 별장지기의 딸인 로자리아라는 16세의 소녀가 대학을 갓 나온 여주인의 친척 청년에게 유혹을 받아 농락을 당하고 임신까지 하게 되어 주인에게 쫓겨나 결국 매춘부로 전락하게 되고 절도 혐의로 투옥까지 되었다는 것이다. 그런데 그 재판 배심원 중에 우연히도 지난날 로자리아를 농락한 남자가 끼여 있었고 법정에서 그녀와 재회한 그 남자는 심한 자책감을 느끼고 그녀와 결혼하려 했으나 결국 그녀가 병에 걸려 죽고 말았다는 사실담이었다.

톨스토이는 이 이야기를 듣고 매우 흥미를 느낀 나머지 곧 소설을 쓰려고 하였다. 톨스토이는 코니에게 그 자료를 자기에게 양보해 달라고 부탁했으며 그의 아내 소피아에게 쓴 편지에서 '그것은 너무나 마음에 드는 이야기이기 때문에 꼭 내 손으로 어떻게든 써 보고 싶다'고 고백하기도 한 것으로 보아 당시 톨스토이가 이 에피소드에 얼마나 집착하고 있었는지를 알 수 있다. 그러나 당시 톨스토이는 소설무용론(小說無用論)을 주장하며 예술창작에 심한 회의를 느끼고 있었기 때문에 곧바로 소설로 옮겨지지는 않았고 그의 머릿속에서 거의 10년을 머무르게 되었다.

그러던 중 1895년경 카프카즈 지방에서 '두호보르' 교도 사건이 일어났다. 두호보르라는 성령부정파 교도들이 러시아 정부의 탄압을 받아 국외 추방을 당하게 되었는데 그들과 친교를 맺고 있던 톨스토이는 그들의 이주 비용을 돕기 위해 구상 중이던 《부활》의 완성을 서두르게 되었던 것이다. 이렇게 《부활》의 배경에는 톨스토이의 지고한 박애적, 인도적 정신이 내재해 있었던 것이다.

당시 이미 70세의 노령에 다다른 인생의 교사 톨스토이였지만 일단 창작에 몰두하자 어느 새 순수한 예술가 톨스토이로 돌아가 초기의 순수 문학 작품에 조금도 뒤지지 않는 완전한 문학 세계를 만들어 낼 수 있었다. 그 스스로, 《전쟁과 평화》 이후 그렇게 강한 창작욕을 느낀 적은 없다고 말한 것으로 보아 이 작품에 대한 그의 만년의 열의와 진지함이 어느 정도였는가를 알 수 있다.

《부활》의 내용은 3부로 구성되어 있다. 제1부는 카추샤와 네흘류도프의 재판소에서의 재회와 그에 따른 네흘류도프의 참회가 주를 이룬다. 네흘류도프는 카추샤에 대한 인간적인 가책과 함께 자신이 속한 귀족 사회의 부패와 타락에 분노를 느끼고 카추샤의 구명 운동에 나선다. 이러한 흐름에 따라서 제1부에서는 법정과 감옥을 중심으로 한 사법 세계의 부당함이

다루어지고, 제2부에서는 네흘류도프가 자기 영지에 내려가서 경험한 농촌의 궁핍한 생활상과 페테르부르크 상류사회의 허위에 찬 생활이 대조되어 묘사된다. 그리고 제3부에서는 카추샤와 함께 자청하여 시베리아 유형을 따라 나선 네흘류도프의 심적 고뇌와 용서를 바라는 마음의 종교적 성스러움이 그려지고 있다.

이상과 같이 《부활》은 카추샤라는 한 창녀의 넋과 네흘류도프라는 귀족 청년의 넋이 갱생하고 부활하는 사랑 이야기에 지나지 않지만 이 소설 속에서 다루어지고 있는 문제들은 개선되어야 할 19세기 말의 러시아의 총체적 현상들을 모두 포함하고 있다. 톨스토이는 이 작품에서 당시 러시아의 상류계급과 하류계급을, 네흘류도프와 카추샤의 상호 관계를 통해 지극히 생동적이고 유기적이고 구체적인 형태로 잘 그려 놓음으로써 환멸로 가득 찬 러시아의 낡은 가면을 적나라하게 노출시켰던 것이다. 특히 가난한 농민 생활에 대해서는, 그것이 농노 해방 후에도 조금도 개선되지 않고 오히려 새로운 빈곤의 악순환을 계속하고 있는 현실상을 밝혀 내고 있다. 그러나 《부활》에서 톨스토이가 무엇보다도 설득력을 가지고 그린 것은 역시 재판과 형무소의 실태였으며 그것을 통해 국가와 종교라는 지배권력을 통렬히 비난하고 있다.

개종 이후 사회발전과 문명의 비인간적 성격에 대한 톨스토이의 증오심과 경멸감은 더욱 커졌고, 후기 작품, 특히 《부활》에서는 이 같은 비인간성에 대한 증오심이 더욱더 강렬하게 나타났다. 《부활》에서는 완전히 비인간적인 국가기구와 그것에 의한 희생자가 지닌 열정을 대비시키고 있다. 톨스토이는 여기서 전체주의(全體主義)라는 억압적 상황 속에서 이루어지는 지배권력의 횡포를 서구 문학을 통틀어 유례가 없을 정도로 포괄적이고 다양하고 정확한 형상으로 폭로해 내고 있다.

이 작품에서 상류사회 사람들의 형상은 매우 풍자적이고 반어적으로 나타난다. 외견상으로는 우아하고 화려한 그들이지만 실제로는 음흉하고 타락한 불결한 짐승에 지나지 않는다고 보았다. 마치 스위프트(Jonathan Swift, 1667~1745)의 작품에 등장하는 악취나는 야후(Yahoo ; 걸리버 여행기에 나오는 아주 불결한 짐승)와 비슷한 것이다. 《부활》에 등장하는 뻔뻔스럽도록 양심이 마비된 재판관, 오만불손한 부패한 관리, 호화찬란한 껍데기를 쓰고 있으면서도 속은 텅텅 비어 있는 상류사회 귀족들은 바로 톨스토이가 폭로해 낸 썩을 대로 썩어 있는 러시아의 야후들이었던 것이다. 이렇게 볼 때 《부활》은 제정 러시아의 부정인 동시에 새로운 러시아의 탄생, 즉 부활을 의미한 것이라 하겠다. 이처럼 낡은 러시아 사회의 '뒤집힘'과 연루된 여러 인간적 변화를 예민하게 감지했던 비범한 문학적 민감성이야말로 톨스토이의 문학적 위대성의 증거일 것이다.

또 톨스토이의 종교에 대한 신랄한 비판도 이 작품의 주요 내용이다. 톨스토이는 국가의 노예로 전락해 버린 종교는 대중을 타락시키는 도구에 지나지 않는다고 비판했다. 톨스토이는 이 작품에서 교회의 일체 권위를 부정했으며 교회의 의식, 기만에 찬 미사, 우상 숭배 등 교회 자체의 존재를 부정했다. 그는 사람들이 그리스도교의 가르침에 어긋난 생활을 하고 있으며, 위선과 부정과 불평등이 만연한 사회는 강압과 허위에 의해서만이 유지될 뿐이라고 비난했다. 결국 톨스토이는 《부활》에서의 교회 모독 사건으로 인해 1901년에 파문선고를 받았다. 그럼에도 러시아의 지식인들과 대중들은 《부활》의 새로운 사회고발에 깊은 감동을 받고 이 소설을 근대문명의 가장 위대한 폭로로서 찬사를 아끼지 않았다.

한편 톨스토이는 러시아 정교회에서의 파문에 대해 자신의 심정을 다음과 같이 밝혔다.

'나는 정신으로서, 사랑으로서, 만물의 근원으로서 이해되는 신을 믿는다. 나는 신이 내 속에 있으며, 또 내가 신 속에 있다고 믿는다. 나는 신의 의지가 인간 예수의 가르침 속에 알기 쉽게 명백히 표현되고 있다고 믿는 바이며, 예수를 신으로 생각하고 그에게 기도를 드리는 것을 가장 큰 모독이라고 생각한다. 나는 또 인간의 참된 행복은 신의 의지를 표현하는 것에 있으며 신의 의지라는 것은 인간이 서로 사랑하고 남을 자기처럼 사랑해야 한다는 것이라고 믿는 바이다.'

톨스토이의 이러한 사상은 바로 《부활》의 결론을 장식하는 주요 테마이

기도 하다. 톨스토이는 이 작품의 에필로그에서 〈마태복음〉 제5장과 18장의 구절을 빌려, 만일 인간이 불화와 위선과 폭력을 버리고 자유로운 협조와 형제애를 소중히 여기려고 애쓰기만 한다면, 이 지상에도 신의 왕국을 건설할 수 있다고 확신함으로써 이야기를 끝맺고 있다. 사실 이러한 종교적 설교로서의 결말 부분은 《부활》의 전체적인 예술적 농도와는 어긋나는 것이기도 하지만 톨스토이의 심오한 사상을 그대로 대변할 수 있다는 점에서 매우 중요한 가치를 가지고 있다. 실제로 결말 부분의 박애주의와 '어떠한 악이라도 거기에 저항하지 말라' 는 무저항주의는 러시아뿐만 아니라 전세계의 정신생활에 신선한 충격과 함께 새로운 방향을 제공하였다.

종교에로의 전향을 단행한 1880년대 이후, 오랫동안 톨스토이의 소설다운 소설에 목말라하던 러시아 인들에게 《부활》은 그들의 갈증을 해소시켜 주었을 뿐만 아니라 그들을 열광케 했다. 그러나 《부활》은 모든 권력과 전제, 종교에 대한 매서운 비난서였다. 이 작품을 정부에서 온전히 허용해 줄 리 없었다. 「니바」 지에 연재되고 있을 때부터 수많은 삭제가 가해져 전 1백 23장 중 겨우 25장만이 삭제 없이 게재되었다. 이 때문에 《부활》의 완본은 러시아 안에서 간행되지 못하고 영국을 비롯한 외국에서 간행되어 러시아에 밀수되는 고난을 겪어야 했다.

톨스토이 문학세계의 웅대함은, 대단히 복잡하고 다양한 세계를 하나의 변화무쌍한 운동 속에서 서술하면서도 이 모든 복잡한 현상의 배후에 깔린 전체 인간 운명의 하나의 통일적 기초를 문학적으로 명백히 밝혔다는 점이다. 그리고 '국가 사회에 대한 비판을 가장 예술적으로 형상화시킨' 《부활》은 그러한 톨스토이 예술관의 가장 충실한 반영물이라는 점에서, 또 인간성을 새롭게 갱신할 수 있으리라는 톨스토이의 희망과 인간적, 도덕적 열정의 완벽한 창조물이라는 점에서 톨스토이 문학, 나아가서는 세계문학의 극치요, 결정체라 불리워지고 있는 것이다.

톨스토이 연보

1828년　8월 28일 니콜라이 톨스토이 백작의 넷째 아들로 야스나야 폴랴
　　　　나에서 출생하다.

1830년(2세) 8월 7일 어머니 마리야 니콜라예브나가 여동생 마리아를 분
　　　　만하다가 얻은 산욕열이 원인이 되어 사망하다.

1837년(9세) 6월 21일 아버지 니콜라이 일리치가 툴라 현에 갔다가 노상
　　　　에서 졸도하여 사망.

1840년(12세) 현존하는 최초의 시 〈어지신 고모님에게〉를 쓰다.

1844년(16세) 9월 20일 카잔 대학 동양어학과(아랍·터키 어 전공)에 입학.

1845년(17세) 진급 시험에 낙제. 법과로 전과하다.

1847년(19세) 카잔 대학을 중퇴하고 고향 야스나야 폴랴나로 돌아가다.

1851년(23세) 3월, 〈지나간 이야기〉를 쓰다. 5월, 큰형 니콜라이가 있는 카
　　　　프카스(코카서스) 포병대에 사관후보생으로 입대.

1852년(24세) 군무(軍務) 속에서 3월 17일 단편 〈습격〉 기고. 6월, 《유년시
　　　　대》 탈고. 네크라소프가 주재하는 잡지 「현대인」에 익명으로 9월
　　　　부터 게재하기 시작하여, 작가로서의 제일보를 내딛다. 9월, 중편
　　　　소설 〈지주의 아침〉 기고. 12월, 〈습격〉 탈고. 중편 〈카자흐 사람
　　　　들〉 기고.

1853년(25세) 각지를 전전. 4월, 단편 〈크리스마스의 밤〉, 5월, 장편 《소년시
　　　　대》 기고.

1854년(26세) 《소년시대》를 발표.

1855년(27세) 3월. 장편 〈청년시대〉 기고. 〈1854년 12월의 세바스토폴리〉, 〈1855년 5월의 세바스토폴리〉 발표.

1856년(28세) 3월, 형 드미트리 사망. 〈1855년 8월의 세바스토폴리〉, 〈눈보라〉, 〈두 경기병(輕騎兵)〉, 〈모스크바의 한 친지와 진중에서 만남〉, 〈지주의 아침〉 등을 발표. 「현대인」에 체르스이세프스키의 비평 〈유년시대론〉이 실림.

1857년(29세) 야스나야 폴랴나에서 정착하여 농사일을 하다. 〈류체른〉, 〈알리베르트〉, 〈청년시대〉를 쓰다.

1859년(31세) 농민의 자제를 위해서 야스나야 폴랴나에 학교를 세우다. 〈세 죽음〉, 〈결혼의 행복〉 발표.

1860년(32세) 교육문제에 중대한 관심을 가져 〈국민교육론〉을 기초하다. 〈폴리쿠시카〉 기고.

1862년(34세) 교육에 관한 논문 〈국민교육에 관하여〉, 〈읽고 쓰기 교육방법에 관하여〉, 〈누가 누구에 관하여 쓰는 것을 배우는가〉를 발표. 9월, 18세인 소피아 안드레예브나와 결혼하다. 〈꿈〉, 〈목가〉 쓰다.

1863년(35세) 장남 세르게이 태어나다. 〈어떤 말[馬]의 역사〉 창작. 「야스나야 폴랴나」 종간호를 내다. 〈진보와 교육의 정의〉, 〈카자흐 사람들〉, 〈폴리쿠시카〉를 발표. 〈12월 당원〉 기고. 《전쟁과 평화》 준비로 나폴레옹 전쟁 시대의 연구를 시작하다.

1864년(36세) 장녀 타치야나 태어나다. 〈톨스토이 저작집〉 제1, 2권 발간.

1865년(37세) 《전쟁과 평화》의 첫머리(1~28장)를 「러시아 통보」에 게재.

1866년(38세) 〈니힐리스트〉, 《전쟁과 평화》 제2편 발표. 5월, 차남 일리야 태어나다. 시프닌 사건의 변론에 나서다.

1867년(39세) 초판 《전쟁과 평화》 전 3권 간행.

1869년(41세) 3남 레프 태어나다. 《전쟁과 평화》 완결, 간행.

1872년(44세) 《초등 교과서》 발행. 〈카프카스의 포로〉, 〈신은 진리를 알고 있지만 곧 말하지 않는다〉 발표.

1873년(45세) 3월, 《안나 카레니나》에 착수. 〈사마라 지방의 굶주림에 대하여〉를 「모스크바 신문」에 게재. 《톨스토이 저작집》 제1~8권까지 간행. 아카데미 회원에 선출되다.

1875년(47세) 《안나 카레니나》가 「러시아 통보」에 연재되기 시작하다.

1877년(49세) 《안나 카레니나》 완결.

1878년(50세) 5월. 〈최초의 기억〉 집필. 《참회》를 쓰다.

1880년(52세) 〈교의신학의 비판〉 발표.

1881년(53세) 〈사람은 무엇으로 사는가〉, 〈요약 복음서〉 발표.

1882년(54세) 모스크바의 민세(民勢) 조사에 참가. 《참회》를 완성, 「러시아 사상」에 발표, 발매 금지되다. 〈모스크바 민세 조사에 대하여〉, 〈교회와 국가〉를 발표.

1884년(56세) 《내 신앙의 귀결》을 발표, 발매를 금지되다. 〈광인 일기〉 등 기고.

1885년(57세) 부인에 의해 《톨스토이 저작집》 전 12권이 간행되다. 민화(民話) 〈바보 이반 이야기〉, 〈두 노인〉, 〈양초〉, 〈사랑이 있는 곳에 신도 있다〉, 〈소년은 노인보다 현명하다〉, 〈두 형제와 황금〉 등 창작하다.

1886년(58세) 〈인생에 대하여〉 기고. 10월, 희곡 〈암흑의 힘〉이 발행과 상연이 금지되나 마침내 허가되어 3일 만에 25만 부가 나가다. 〈이반 일리치의 죽음〉 간행. 〈부인론에 대한 반박〉, 〈국민 독본과 과학서에 대하여〉, 민화 〈소악마가 빵값을 한 이야기〉, 〈회개한 죄인〉, 〈사람에게는 많은 땅이 필요한가〉, 〈세 은사(隱士)〉, 〈달걀만한 씨앗〉, 〈대자(代子)〉 등 집필.

1887년(59세) 1월, 《일력》을 냄(당국의 탄압으로 심히 왜곡되어 나옴). 《일력》은 '톨스토이의 일력' 또는 '매일의 수양' 이라는 제목이 붙여져 민중 사이에 크게 보급되었고, 《인생독본》의 기초가 되기도 했으며 수십만 부가 팔리다. 1~2월, 중편 〈빛이 있는 동안 빛 속을 걸어라〉를 쓰다. 〈최초의 양조자〉, 〈머슴 에멜리안과 빈 북〉,

〈세 아들〉 등을 발표하다.

1888년(60세) 2월 22일 〈임흑의 힘〉이 파리의 '자유극장'에서 상연되다.

1889년(61세) 논문 〈1월 12일의 기념제〉, 3~4월, 희극 〈그녀는 잘하고 있었다〉(나중에 〈문명의 열매〉로 게재)의 초고를 쓰다. 3~7월 〈예술이란 무엇인가〉 착수. 11월 19일 〈악마〉를 쓰다. 12월, 〈크로이처 소나타〉 탈고. 《부활》의 구상에 힘쓰다. 〈각성할 때이다〉, 〈신을 섬길 것인가 혹은 황금을 섬길 것인가〉, 〈손의 노동과 지적 노동〉을 쓰다.

1890년(62세) 〈문명의 열매〉 집필에 힘쓰다. 2월, 〈신부 세르게이〉 집필에 착수하다. 〈어째서 사람은 제 스스로를 마비시키는가〉를 쓰다. 〈크로이처 소나타 뒷이야기〉, 〈성욕론〉, 〈알코올과 담배〉, 〈빛은 어둠 속에서 빛난다〉, 〈빵집 표트르〉를 쓰다.

1891년(63세) 2월 24일 〈문명의 열매〉가 모스크바에서 초연되다. 2월 25일 〈톨스토이 저작집〉이 몰수당하다. 3월 25일 아내 소피아가 발행 금지되었던 〈크로이처 소나타〉의 공표 허가를 알렉산드르 3세에게서 직접 얻어내다. 〈니콜라이 파르긴〉을 제네바에서 출판. 〈첫째 단계〉의 집필 시작. 〈기근의 보고〉, 〈무서운 문제〉, 〈법원에 대하여〉, 〈어머니 이야기의 예언〉, 〈어머니의 수기〉 등 발표. 〈신의 왕국은 그대들 속에 있다〉를 쓰기 시작하다. 레벤펠트 감수 독문판 《톨스토이 전집》이 간행되다.

1893년(65세) 5월 4일 〈신의 나라는 너희들 내부에 있다〉 탈고. 7~8월, 〈무위(無爲)〉를 「러시아 통보」 제9호에 발표. 8~10월, 〈종교와 국가〉를 쓰다. 10월, 《노자(老子)》의 번역에 몰두. 〈신의 나라는 너희들 내부에 있다〉 발표. 모파상 작품들의 서문을 쓰다. 〈태형(笞刑) 반대론〉, 〈노동자 여러분에게〉, 〈헤이그 만국 평화 회의에 대하여〉 발표.

1894년(66세) 1월, 모스크바 심리학회 대회에 명예회원으로 뽑히다. 11월 26일 〈이성과 종교〉 탈고. 12월 28일 〈종교와 도덕〉 완성. 〈주인과

하인〉기고. 〈카르마〉, 〈모파상 저작집의 서문〉, 〈드로진 전기의
　　　후기〉, 〈젊은 황제〉 발표.
1895년(67세) 3월, 〈주인과 하인〉 탈고. 〈부끄러워하라〉 발표. 〈열두 사도에
　　　의하여 전해진 주의 가르침〉 저술.
1896년(68세) 〈암흑의 힘〉이 황실 부속극장에서 상연이 허가되다. 〈하지
　　　무라트〉의 창작을 구상하다. 〈종말이 왔다〉, 〈그리스도의 가르침〉,
　　　〈복음서는 어떻게 읽을 것인가〉, 〈현재의 사회조직에 대하여〉, 〈애
　　　국심과 평화〉, 〈예술이란 무엇인가〉등을 쓰기 시작하다.
1897년(69세) 〈예술이란 무엇인가〉 탈고. 〈하지 무라트〉를 쓰기 시작. 희곡
　　　〈산송장〉의 창작을 구상. 〈헨리 조지의 사상〉, 〈국가와의 관계〉
　　　등을 쓰다.
1898년(70세) 두호보르 교도를 돕기 위한 자금 마련 방편으로 《부활》을
　　　완성하기로 결심하다. 야스나야 폴랴나에서 《부활》의 삽화 제작.
　　　〈종교와 도덕〉, 〈톨스토이즘에 관하여〉, 〈기근이란 무엇인가〉, 〈두
　　　전쟁〉, 〈카르타고를 파괴하지 마라〉, 〈러시아 통보의 편집자에게
　　　부친다〉, 〈두호보르 교도의 원조에 관해서〉 등을 쓰다. 소설 〈신
　　　부 세르게이〉 발표.
1899년(71세) 3월, 〈부활〉을 발표하여 세인의 주목을 끌다. 〈사랑의 요구〉,
　　　〈한 상사(上士)에게 부치는 글〉을 쓰다.
1900년(72세) 1월, 아카데미 예술회원으로 뽑히다. 예술 극장에서 체호프
　　　의 연극 〈바냐 아저씨〉를 관람한 뒤 희곡 〈산송장〉을 쓰다. 〈애
　　　국심과 정부〉, 〈죽이지 마라〉, 〈현대의 노예 제도〉, 〈자기 완성의
　　　의의〉를 쓰다. 7~8월, 중병을 앓다.
1901년(73세) 정부기관인 종무원(宗務院)이 톨스토이를 그리스 정교회에
　　　서 파문하다. 3~4월, 〈파문의 명령에 대한 종무원에의 회답〉을
　　　쓰기 시작하다. 9월, 전 가족이 크리미아에 갔으나 거기서 톨스
　　　토이는 티푸스와 폐렴으로 중태에 빠지다. 〈하지 무라트〉, 〈나의
　　　종교〉, 〈병사의 수기〉, 〈유일한 수단〉, 〈누가 옳은가〉, 〈신앙의 자

유를 인정하라〉 등을 쓰다.

1902년(74세) 2월, 《나의 종교》를 탈고. 5~6월, 〈노동 대중에게〉를 쓰다. 〈성직자들에게 대한 공개장〉, 〈지옥의 부흥〉, 〈종교론〉을 쓰다.

1903년(75세) 1월, 〈유년시절의 추억〉을 쓰기 시작하다. 〈성현(聖賢)의 사상〉의 편찬에 착수. 단편 〈무도회가 끝난 뒤〉 탈고. 9월, 〈셰익스피어론〉 집필. 〈노동과 병과 죽음〉, 〈아시리아 왕 아사르하돈〉, 〈세 가지 의문〉, 〈그것은 너다〉, 〈정신적 본원의 의의〉, 〈인생의 의의〉를 쓰다.

1904년(76세) 5월, 전쟁 반대론 〈반성하라〉 발표. 《인생독본》 편찬 착수. 6월, 〈유년시절의 추억〉 탈고. 비류코프의 역저 〈대톨스토이전〉의 원고 교열〉, 〈해리슨과 무저항〉, 〈과연 그렇지 않으면 안 되는가〉, 〈하지 무라트〉를 출판.

1905년(77세) 체호프의 단편 《귀여운 여인》의 발문을 쓰다. 〈러시아 사회운동〉, 〈푸른 지팡이〉, 〈코르네이 바실리예프〉, 〈알료샤 고르쇼크〉, 〈딸기〉, 〈세기의 종말〉, 〈표트르 크지미나의 수기〉, 〈기도〉, 〈불타〉, 〈대죄악〉, 〈가짜 증서〉 등을 쓰다.

1906년(78세) 8월, 안드레예브나가 중병. 10월, 《인생독본》이 간행되다. 11월 16일 〈꿈을 꾸었던 일〉을 쓰다. 〈셰익스피어와 희곡에 대하여〉를 「러시아 말」 제277~282, 285호에 나누어 싣다. 〈유년시절의 추억〉, 〈러시아 혁명의 의의〉, 〈국민에게 부치는 공개장〉, 〈1일 1선〉, 〈신의 일과 인간의 일〉, 〈라메데〉, 〈표트르 페리치츠키〉, 〈파스칼〉 등을 발표.

1907년(79세) 1월 20일 당국에 의한 톨스토이 저서의 압수 선풍. 야스나야 폴랴나에 학교 재건. 〈진정한 자유를 인정하라〉, 〈우리들의 인생관〉 발표.

1908년(80세) 3월, 〈폭력의 법칙과 사랑의 법칙〉을 쓰다. 5월, 〈침묵할 수 없다〉(사형 집행의 옳지 않음을 역설)를 쓰다. 7월 9일 〈침묵할 수 없다〉의 게재로 각 신문이 벌금을 물고 「세바스토폴리」지 편

집자가 체포당하다. 〈어린이들을 위하여 쓰인 그리스도의 가르침〉,
〈보스니아와 헤르체고비나의 병합에 대하여〉를 발표.《인생독본》
의 개정 증보에 심혈을 기울이다.

1909년(81세) 3월~7월, 〈불가피한 혁명〉을 쓰다. 5월, 〈세상에 죄인은 없다〉
쓰다. 9~10월, 칭기즈칸에 관한 논문 집필에 착수. 11월, 사후에
관한 유언장이 만들어지다. 〈사형과 기독교〉, 〈유일한 계율〉, 〈누
가 살인자냐〉, 〈고골리론〉, 〈나그네와의 대화〉, 〈마을의 노래〉, 〈돌〉,
〈큰곰자리〉, 〈나그네와 농부〉, 〈오를로프의 앨범〉, 〈어린이의 지혜〉,
〈꿈〉을 쓰다.

1910년(82세) 2월, 단편 〈호두인카〉, 〈마을의 3일간〉 쓰다. 3월, 희곡 〈모든
것의 근원〉 탈고. 8~9월, 〈세상에 죄인은 없다〉의 개작. 10월 28
일 새벽, 아내에게 마지막 글을 써 놓고 막내딸 알렉산드라와 의
사를 데리고 집을 떠나다. 도중에서 사형을 논한 〈유효한 수단〉
을 탈고. 10월 31일 여행중 병이 들어 아스타보바 역(현 톨스토
이 역)에서 내리다. 11월 3일 최후의 감상을 일기에 쓰다. 11월 7
일 오전 6시 5분 역장 관사에서 눈을 감다. 11월 9일 야스나야 폴
랴나에 묻히다.

▲ 톨스토이의 아버지인 니콜라이 톨스토이

▲ 페테르부르르크 대학 생활 때의 톨스토이

▲ 결혼 당시의 톨스토이와 17세의 소피아

▲ 톨스토이 형제들로 오른쪽부터 세르게이, 니콜라이, 드미트리

▲ 야스나야 폴랴나를 찾아온 체호프와 함께하고 있는
톨스토이

▲ 톨스토이의 80세 생일을 기념하여
야스나야 폴랴나에서 부인과 찍은
사진

▲ 톨스토이 문학의 성지(聖地)가 되고 있는 야스나야
폴랴나의 저택

▲ 톨스토이의 아들들이 아스타보바 역장 관사에서 눈
을 감은 톨스토이를 메고 나오는 광경

▲ 작가동맹 본부에 있는 톨스토이
기념상

Hye Won World Best
Hye Won World Best

Hye Won World Best